北宋生活顧問 4 完

游素蘭 繪
阿昧 著

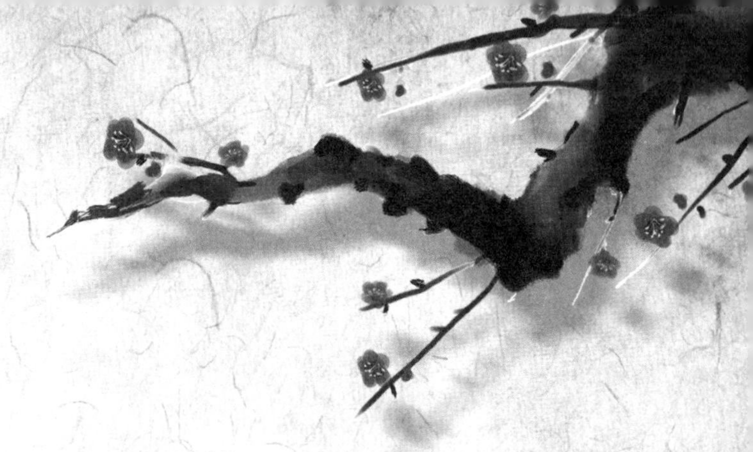

目次

壹之章　楊氏發威　05
貳之章　兵來將擋　43
參之章　孕事疑雲　83
肆之章　夫君吃醋　125
伍之章　青苗出嫁　165
陸之章　喜獲麟兒　205
柒之章　便宜買賣　241
終之章　夫妻交心　275
番外篇　蘇州幸福生活　323

壹之章　楊氏發威

林依迎出去，楊氏已到了屋裡，正好奇地打量店內陳設和幾名酒客。她很驚訝楊氏怎麼突然回來了，但並沒露在臉上，免得讓楊氏誤會她是不歡迎自己回來。

林依笑吟吟行過禮，道：「娘回來怎麼不事先知會一聲，我好去接妳。」

楊氏指了指自己身後的一行人，笑道：「有這麼些人跟著，不消妳去接。」

林依朝後一看，跟來的下人還真不少，門外四名家丁守在兩口大箱子旁，門口兩個小丫頭隨楊嬸站著，緊跟在楊氏身後的，一個林依認識，是流霞，另一個卻眼生，但她身上的服色與流霞相差不大，想必不是楊氏的貼身大丫頭，就是張棟到衢州後新抬舉的通房丫頭。

楊氏見林依打量她們，向後喚道：「都過來與二少夫人見禮。」

一聲令下，請安聲一片，連門外的四名家丁都跪下了。林依來到大宋，過的都是苦日子，不曾見過這等場面，片刻驚訝過後，倒也沒怯場，淡淡道了聲「起來吧」，就命楊嬸拿錢來打賞。

此時不是飯點，店內酒客不多，但也都個個伸長了脖子朝這邊張望，林依不願影響生意，便請楊氏到裡間坐。

楊氏朝外招了招手，命家丁把箱子抬進來，林依連忙攔道：「娘，我這開的是娘子店，男人不能進來。」

楊氏朝店內一看，果然從酒客到酒保都是女人，笑道：「我在衢州就聽說東京如今興娘子店，果然如此。」說著叫家丁遠遠地避開，莫站在門口嚇著了客人，又叫小丫頭出去抬箱子。

林依見那些下人訓練有素，想來不管是買是雇價格都不便宜，看來張棟在衢州真是發財了。門外的大箱子頗為沉重，兩名小丫頭根本抬不動，楊嬸見狀要上去幫忙，楊氏卻道：「流霞、流雲，還愣著作甚，趕緊去搭把手。」

流霞乾脆地應了一聲，率先出門去了，那被喚作流雲的卻露出委屈神色，頓了頓才跟著出去。

楊氏隨林依進到裡間，趁著下人們還在外抬箱子，急問林依：「外面的店是妳開的？」

林依點頭道：「正是。生計艱難，只好開店糊口，我們還蓋了間新酒樓，手頭更緊，這才厚顏向爹娘借錢。」

楊氏道：「自個兒爹娘什麼借不借的，有我們在，本就不該你們來操心生計。我已帶錢回來了，這店還是趕緊關了的好。」

林依以為楊氏是擔心他們虧錢，忙道：「娘放心，我們這店紅火著呢。」

楊氏急道：「這與虧不虧錢沒關係，咱們一家子都是做官的，怎能自降身分去行商，沒得讓人笑話。」

李舒也是出身官宦世家，都樂意讓方氏開店，不以為恥，為何楊氏這般在意？她哪裡曉得，楊氏因為娘家由官轉商，已是自卑了好多年，哪會願意自家兒媳也走上從商之路。

楊氏見林依不作聲，繼續苦勸：「妳瞧瞧妳周圍的那些官宦夫人，可有從商的？」

這話林依還真反駁不了，就像趙翰林家寧願賣祖屋，也不肯起做生意的心，就是與楊氏一樣的心理，覺得從商降了身分。其實大宋並不怎麼抑制商業，做生意很容易賺錢，再說又不是入商籍，有什麼要緊。

林依從大道理上沒法說服楊氏，只好隱晦地告訴她，張家腳店並不是她一人的店，其中有一位大人物參股。楊氏做官宦夫人多年，一聽就明白了其中的彎彎道道，想必這位大人物與張仲微的仕途有利。她是很理智的人，當即就打消了繼續勸服林依的主意，但要求林依明確告訴她那位大人物是誰。

林依很猶豫，不是她不願意，也不是信不過楊氏，而是怕參政夫人不高興。

楊氏道：「妳到底涉世不深，我得給妳把把關，看看這位夫人值不值得相交。」

楊氏的話有幾分道理，林依道：「娘，我與人有言在先，不經她的允許，不好開口，待我問過她的意思再告訴妳，如何？」

楊氏點頭道：「做人要守信，妳是對的，只別忘了就成。」

兩人講了這一大篇的話還不見箱子進來，楊氏有些生氣，喚了兩聲。流霞跑進來道：「我們抬不動那箱子，正在慢慢挪。」說完睜著亮晶晶地眼望楊氏，大概是希望她能開口，讓楊嬸去幫忙。

林依看出了她的心思，正要開口，楊氏卻道：「那就慢慢挪吧，我不著急。」

流霞抹著汗跑出去，半句怨言也不敢有，看來去了衢州後沒少受調教。

楊氏向林依道：「我聽說妳在東京麻煩不斷，上個月就動身朝東京來了，在路上時收到了衢州轉來的信，正好我帶的錢足夠，不然還得折回去。」

原來楊氏不是專門送錢來的，她口中的麻煩事是指方氏？這真讓林依沒想到。

她還是沒能猜對，楊氏道：「妳放心，牛夫人雖是我繼母，但比不得妳與我親，要是她還欺負妳，只管告訴我。」

原來是指牛夫人，這都過去好久的事了，楊氏怎麼還提？林依先是詫異，不過略想了想就明白過來，大宋傳遞消息，除了口口相傳，就只能靠書信，這兩種方式都是極慢的，幾個月前發生的事，上個月才傳到衢州，倒也不稀奇。

林依福身謝楊氏道：「我們盡使娘操心，還讓妳親自跑一趟，真是過意不去。」

楊氏笑道：「幾個月沒見，妳與我生分了。我回東京來倒也不全是為了妳的麻煩事，乃是不願意待在衢州成天堵心，不如回來跟著兒子兒媳享清福。」

除了張棟納妾，還有什麼能讓楊氏堵心的，不過她能放心大膽地回來，想必已作了萬全的準備。林依想起還壓在箱底的藥方，猜想楊氏肯定還有一張「更好」的。

林依婆媳又講了會子話，流霞她們終於把兩只大箱子拖了進來，四人累得直喘氣。楊氏道了聲「辛苦」，卻片刻也沒讓她們歇著，招呼流霞與流雲上前，重新與林依見禮，介紹道：「流霞伺候得好，我抬舉她做姨娘了。流雲是路上新買的，如今是個通房。」

雖然是妾室，但到底是張棟身邊的人，林依欲起身回禮，楊氏卻將她按下，道：「妳如今什麼身分，哪消與她們回禮，且安穩坐著，別折殺了她們。」

流霞附和稱是，流雲臉上有些許不滿，但也沒說什麼。林依看了，暗自好笑，就算她不是官宦夫人，也犯不著給一個通房丫頭回禮，真不知她這不滿從何而來。

流雲的神色林依能瞧見，其他人自然也瞧見了，流霞當眾就講了出來，啐道：「別仗著有幾分大老爺的寵愛，尾巴就翹到了天上去，這東京可不必衢州，別不懂規矩，給大夫人臉上抹黑。」

流雲眼一豎，就要回嘴，楊氏斥道：「要吵回房吵去，別在這裡丟人現眼。」

林依瞧了這一齣，明白了，楊氏帶流雲回來，既能移走張棟身邊的惹事精，又能給流霞找點兒事做，真是一舉兩得。

楊氏方才叫兩個妾室回房再吵，可林依根本沒空的房間來分，便與楊氏商量道：「娘，我們的新酒樓已然竣工，轉眼就能住人，現在另租房實在划不來，不如我同仲微在店裡擠一擠，妳住裡間，其他幾位都到後面去委屈幾天，如何？」

楊氏笑道：「我帶來的有四人，還有幾名家丁，不再租幾間屋哪裡住得下。妳放心，錢娘這裡有。」說著命流霞開箱取錢，交與林依，道：「妳先安排酒樓裝修的事，別耽誤了。」

林依謝過，命人去請張仲微回來。張仲微聽說楊氏回東京，不知出了什麼事，一路狂奔歸家，見她正與林依談笑風生，這才鬆了口氣，上前見禮。

楊氏見張仲微氣喘吁吁，忙拉他坐下歇息，林依卻笑道：「沒空讓你歇著，好幾樁事要你去辦呢。」她將楊氏拿來的錢遞過去，道：「你帶著這錢，先去給娘，還有姨娘、下人們租間房子，再去交待肖大，酒樓裝修的事趕緊開工。」

林依講的件件都是大事，張仲微不敢再歇，忙起身去了。林依惦記著會員卡的事還未辦，便與楊氏講解了一番。楊氏並不太懂生意場上的事，只道：「妳先把合作人是誰告訴我，咱們再決定這酒樓還開不開。若是開得，那什麼會員卡的錢我出了；若是合夥人靠不住，等酒樓裝修好就趕緊賣掉。」

在楊氏眼裡，酒樓只是幌子，最終得為張家男人的仕途服務，這心理林依十分理解，她答應楊氏，明日一早就去尋合夥人。

楊氏指了流霞幾人，道：「我這幾個丫頭都不能閒著，妳店裡若是缺人手，儘管叫她們來幫忙。」

有個小丫頭十分機靈，忙上前一步，向林依道：「二少夫人，奴婢小扣子，人雖愚笨，手腳卻勤快，願意到店裡做個酒保，替二少夫人分憂。」

這話講得實在中聽，林依由衷佩服楊氏調教人的本事，笑道：「我們店小，酒保暫時不缺人，不如妳到後面和青苗換班賣蓋飯，也讓她有空歇一歇。」

小扣子應了一聲，問楊氏道：「大夫人，我這就去尋青苗姊姊？」

楊氏點了點頭，許她去了。另一個小丫頭不甘落後，也稱要去，林依笑道：「後面地方小，窗前兩人站著都擠，妳還是留下服侍大夫人吧。」

楊氏幾人都奇道：「什麼窗口？蓋飯又是什麼？」

林依覺得講也講不明白，乾脆帶著她們到後面去參觀了一番，又叫青苗盛出幾份蓋飯，端到裡間請楊氏幾人嘗了嘗。

雖是大鍋做出來的蓋飯，楊氏卻讚不絕口，拉著林依的手道：「只有妳做的飯好吃，我到了衢州，換過好幾個廚子，就是做不出這味兒來。」

別說衢州，就是都城東京，會用油來炒青菜的也找不出幾家來，相比之下，自然是林依做的菜可口些。

流霞與流雲附和著楊氏，也讚嘆了幾句。林依向楊氏笑道：「娘既然愛吃，我天天做給妳吃。」

楊氏將流霞二人一指，道：「有她們在，哪輪得到妳動手，且跟著娘享享福。」

這話林依接不得，到底是公爹的妾，就算心裡再瞧不起，面兒上情得足，便將話題引開了去，稱張仲微的堂妹張八娘也在店中做活，叫她來與楊氏請安。

楊氏趁著張八娘還沒進來，問林依道：「我聽說張八娘是被休回來的，為此妳叔叔還攛掇著李簡夫同方睿家幹了一場？」

看來楊氏雖遠在衢州，卻事事都清楚，林依點頭道：「是有這事兒，不過咱們卻是因禍得福，只苦了八娘子。」

怎麼個因禍得福法，楊氏心裡明白，道：「我看張八娘也是因禍得福，那個方家，不是人待的。」說話間張八娘敲門進來，與楊氏見禮。楊氏虛扶一把，命流霞將一盒茶餅遞過去，道：「這是我從衢州帶來的龍遊方山陽草坡出的茶，當地人都極愛吃的，妳拿去嘗嘗。」

張八娘謝過她，笑道：「東京人也盛讚龍遊茶好吃呢，只是一直無緣得見，今兒我託大伯母的福，也嘗上一嘗。」

林依玩笑道：「妳要嘗自己煮去，妳大伯母偏心，只送了妳，沒送我呢。」

楊氏大笑：「不偏心不偏心，我那箱子裡還有好些，都是妳的。」外面店裡還有客人需要招待，張八娘沒坐多久便起身出去了。楊氏望著她的背影，微微嘆息：「是個好孩子，可惜命不好。」又勸林依道：「我曉得妳與她情同姊妹，但她總待在咱們這裡也不好，還得讓她回娘家去，叫她娘與她尋一戶人家。」

林依嘆了口氣，道：「這些道理我都懂得，只是依她這性子，再嫁還是要吃虧，我實在不敢輕易開口，怕誤了她終身。」

楊氏卻道：「天下這樣大，總有比她還老實的人家，也別把她嫁遠了，就在東京城尋戶人家，時時探望，錯不了哪裡去。」

林依起身一福，笑道：「那我先替八娘子謝過娘了。」

楊氏笑道：「這是叫我去與二夫人打交道呢？妳也學壞了。」

林依懇切求道：「娘，我曉得嬸娘難纏，只是我舊年在鄉下時全靠八娘照應，如今她落難，我不能不管她，妳就當是幫媳婦了，這份大恩大德我永遠記得。」

楊氏嘆道：「也是，若由著妳嬸娘來，不知又要將八娘嫁到哪裡去，沒得害了那孩子，我就當是積善行德了。不過這事兒是不能向妳嬸娘提起的，不然一片好心又要讓她當作驢肝肺，且等有機會，向妳叔叔提一提。」

林依見她答應了，大喜，連忙又深深一福，謝她幫忙。

張仲微去過樓店務，就在張家酒店斜對面租下了一套一明一暗的上等房，以供楊氏居住，又在張家簡易廚房的隔壁租下了兩間下等房，一間女僕住，一間男僕住。

林依覺得張仲微如此安排十分妥當，正欲小聲誇他幾句，就聽見流雲嘀咕：「下等房怎麼只租了兩間，分明不夠住。我可是老爺的通房，怎能與小丫頭們混在一處。」

流霞一指頭戳到了她面上，罵道：「通房也是丫頭，並沒有委屈了妳。要想住單間，等當上了姨娘再抱怨吧。」

流霞罵的是流雲，可話裡話外都是在暗暗責怪張仲微辦事不力，沒給她這位姨娘單獨安排個住處。林依恨她蹬鼻子上臉，但楊氏沒出聲她也不好開口，只能狠狠瞪去一眼。

可偏偏楊氏就想聽她的意見，特意問道：「媳婦，妳說這新租的房子該如何安排？」

林依先解釋了一番，道：「新酒樓後面有個小院，等裝修完畢咱們便能搬進去，不必多租屋，花些冤枉錢。」

她這是替楊氏省錢，後者自然只有高興的，笑著點了點頭。

流霞聽過林依的話，本已將不善的目光投了過去，但一見楊氏的笑臉，馬上審時度勢，也跟著點起頭來。

林依才不管流霞心裡是怎麼想的，一個妾室與正頭娘子相比，哪怕高了一輩，仍是那腳下的泥，想要對著幹，只能說是不自量力。

她接著道：「丫頭們和姨娘都先委屈幾天，在一間房裡擠擠吧。娘年紀也大了，夜裡沒個人照料，我可放心不下，就叫她們四人夜裡輪流值夜吧。」

流霞自小跟著楊氏，做慣了值夜的差事，聞言倒沒什麼，但流雲卻從來沒值過夜，只曉得那是極辛苦的差事，臉上就露出不忿來。

楊氏假裝沒看見，只叫她們按照林依的分派，下去打掃屋子，鋪陳床臥。流霞最瞭解楊氏的脾性，一絲不滿也不敢再露出來，低眉順眼地謝過林依的安排，率先出去了。

流雲的城府卻要差上許多，在楊氏面前時還能忍住，但回到下等房就露出了本性，坐在床板上抱怨道：「我看二少爺與二少夫人都看咱們不順眼，分房間一事分明是他們兩口子串通好的，我就不信多租一間下等房能多花多少錢。」

流霞心裡也是這樣想的，認為張仲微兩口子並非勤儉，而是嫌她們分享了楊氏的錢，不然他們自己的下人僅有兩名，怎麼卻占了整整一間房？但她深知，凡是楊氏喜歡的人，就算她再不喜歡也得裝著喜歡，不然絕沒有好下場，楊氏對待張棟的女人可一向是心狠手辣的。

流雲還在抱怨個不停，流霞為了討楊氏喜歡，也為了藏住自己的真實想法，便上前把流雲從床上拽了下來，喝道：「二少爺和二少夫人也是妳能抱怨的？給我跪下。」

流雲在衢州時比流霞受寵許多，楊氏待她也還不錯，因此她一點兒也不怕流霞，站直了身子，回嘴道：「妳以為妳是誰？同我一樣是個奴呢，就敢來罰我的跪？」

流霞理直氣壯道：「我是姨娘，乃半個主子，而妳只是個丫頭，我怎麼罰不得妳？」

流雲嗤道：「半個主子？那是咱們大夫人心好，與妳臉面，妳還當真了。」

流雲方才抱怨張仲微夫妻的話，讓楊氏聽了肯定生氣，流霞自認為抓住了流雲的小辮子，豈肯輕易放過，抓住她的胳膊，使勁朝前一帶，道：「妳不肯跪也成，同我見大夫人去。」

流雲方才講了些什麼她自己心裡很清楚，但小丫頭小墜子去取抹布了，屋內沒有第三人，她大可咬定是流霞誣陷她，因此雖有些心慌，卻不至於害怕。不過被拉扯著到楊氏面前去，不是什麼光彩的事，流雲可不願遂了流霞的意，拚命掙扎。

小墜子端著盆水進來，又將三塊抹布擺到桌上，但流霞與流雲只顧著扯來扯去，絲毫沒有要來打掃房間的意思，還時不時叫上兩聲：「小墜子快來幫忙。」

上等房和女僕的下等房加在一起足足有四間，打掃起來工作量不小，若要讓小墜子一人完成，她可不願意，但她不敢指使流霞和流雲，便匆匆趕往林依臥房，向楊氏告狀。

楊氏聽說流霞和流雲不顧規矩在打架，一點兒也沒生氣，甚至連處罰的話都沒講，只讓小墜子轉告那兩位：「在東京，咱們家是二少夫人當家，今後她們的月錢由二少夫人發放，若短了物事，也只管來找二少夫人。」

小墜子記下，跑回下等房，將楊氏的話轉述。流雲一聽，只覺得雙膝發軟，不等流霞推她，自個兒就跪下了。

流霞慶幸自己沒同流雲一樣亂抱怨，得意洋洋，道：「這下曉得厲害了？看日後二少夫人怎麼收拾妳。」

流雲後背淌冷汗，嘴上卻不甘示弱還嘴道：「妳別當二少夫人是傻子，我方才是在她面前抱怨了二少爺不假，可妳接的那話是什麼意思，妳以為她聽不出來？」

流霞仔細回憶當時林依的臉色，好像真是變了一變的。她的後背也嗖地涼了起來，深悔不該賣弄小聰明，這舊仇加新恨，還不知林依會怎麼整她呢。

她尋了把椅子坐下，想了想，覺得自己的處境還是比流雲略好些，她到底沒有明著抱怨，至於話裡的話，一口咬定自己沒那意思便得；而流雲抱怨張仲微，可是直截了當講出來了的，就算林依要發威，也是先整治流雲，而她則能趁此時間好好地與林依改善改善關係。

如何改善關係？流雲才剛講了林依夫妻的壞話，這個得讓她知道。流霞的唇角不知不覺勾了起來。

小墜子見她們兩個，一個呆愣跪著，一個傻笑，都不來幫忙打掃，急得直想哭。這幾間屋子長久無人居住，灰塵厚厚一層，頂上還有蜘蛛網，光靠她一人肯定是沒法在楊氏入住前打掃乾淨的，到時肯定要受責罰。

她越想越急，真哭了出來，央求道：「姨娘、姊姊，妳們身量高，且把屋頂角落裡的蜘蛛網攬一攬，如何？」

流霞和流雲各自想著心思，根本不理她，小墜子只好抹著淚，又去找楊氏。楊氏聽了她的哭訴，不作答，只朝林依努了努嘴。小墜子也算機靈，馬上撲過去跪下，道：「二少夫人，我不怕累，只是怕耽擱了大夫人歇息。」

林依看了看楊氏，後者朝她微微笑，一副無論妳怎樣處置我都不介意的模樣。林依雖然不明白楊氏為何要讓她來解決這事兒，不過既然有人撐腰，她還怕什麼，於是也微笑起來：「不就是不愛幹活，什麼大事，正好她們來東京後的頭一份月錢還沒發，拿去到街上雇兩名媳婦子，不知多少人爭搶著來呢。」

小墜子心想，若她真這般做了，不知流霞和流雲怎麼恨她，於是忙道：「這是新規矩，她們還不懂，且等我告訴她們去。」

林依點了點頭，叮囑道：「屋子要打掃乾淨，特別是大夫人住的那間，若是她們不上心，那還是拿月錢雇人來的好。」

小墜子應著去了，楊氏問林依道：「有無怪我一回東京就與妳樹敵？」

林依忙稱不敢，道：「只是娘在這裡，哪輪得到我管家。」

楊氏道：「我曉得妳是個好孩子，只是有時心太軟。妳要曉得，一味地怕事是不成的，大多數時候妳得讓別人怕妳。我這兩個妾室都不是省油的燈，管教她們的事就交給妳了，我要輕鬆地享享清福。」

楊氏讓林依管家，林依並不奇怪，因為以前楊氏在京時，家也是她管的。但流霞和流雲卻是張棟的妾，雖說家中奴婢都該當家人管束，但楊氏這番話講出來總讓人聽著怪怪的。難道她別有用意，想讓林依提前操練操練，好為以後管教張仲微的妾室打基礎？

楊氏的一雙眼，彷彿能看穿人的心思，道：「妳放心，我自己是個不喜妾室的人，怎會偏偏朝妳屋裡塞人，叫妳堵心？我的確就是想享享福，沒有別的意思，妳莫多想。」

這話如同一劑定心丸，打消了林依所有的胡思亂想，她由衷地感激楊氏，笑道：「既然娘信任我，我就試著管管，橫豎出了錯，也有娘兜著。」

楊氏也笑道：「總共也沒多少人，能出什麼錯。」

楊氏有她的打算，正是因為家中人口不多，才把流霞和流雲兩個刺頭丟給林依，讓她學著管管人，同時把心腸練硬些。

在月錢的壓力下，流霞和流雲很快就幫著小墜子把房間打掃乾淨，前來向林依稟報。

林依正想讓她們去歇一歇，就聽見楊氏道：「許久沒回東京，都忘了麵條是什麼味兒了。」

流霞馬上道：「我去擀麵，晚上給大夫人做個淹生軟羊麵。」

楊氏皺眉道：「油膩膩的，誰吃那個。」

流雲見流霞討好不成，暗笑，道：「叫流霞擀麵，我與大夫人做個桐皮麵。」

流霞暗恨，流雲要討好楊氏也就罷了，偏還要拉上她擀麵，到時力氣是她出的，得臉的卻是流雲，她才不肯做這吃力不討好的事，遂道：「大夫人是惦記東京口味，妳提這南邊傳來的桐皮麵作甚？」

流雲不以為意，道：「別以為我頭一回到東京，我被賣前在東京待過好幾年呢，這桐皮麵早就傳到北邊來了，許多東京人打小都吃它呢。」

楊氏道：「就是桐皮麵，順便把一家人的晚飯都做了，不得馬虎。」

楊氏沒有過多的吩咐，流霞卻明瞭，今晚得她擀麵了。流雲見楊氏肯定了桐皮麵，還沒來得及高興，就聽見說她們得準備全家人的晚飯，不禁暗暗叫苦。

但她們二人不僅不敢講半個不字，還裝出開心的模樣，爭先恐後地朝廚房去了。

小墜子也要跟去，楊氏卻將她留下了，誇她道：「妳遇事能來稟報，很好，去歇著吧。」

小墜子謝過她，轉身去了。

楊氏向林依道：「有些人不能讓她們歇著，一閒就要生事。」

讓流霞和流雲拖著疲憊的身子去做晚飯，就是對她們變相的懲罰？林依猜想著，向楊氏道：「媳婦記下了。」

流霞和流雲還不算太蠢，生怕晚飯不做好，連覺都睡不成，因此在廚房裡雖有爭吵卻沒太過分，還提前把晚飯端上了桌。

飯桌上有三人，楊氏、張仲微和林依，其他的人都在旁侍候。張仲微才從工地回來，描述著新酒樓的宏偉和那兩層的花門，十分興奮。

流霞幾人都聽入了神，問道：「那樣大的酒樓真的只招待女客？」

楊氏正高興，就沒怪她們插嘴，道：「別顯出村來，沒聽二少夫人講過，如今東京的娘子店到處都是呢。」

流霞想去見見世面，便慫恿楊氏道：「大夫人，得閒咱們也去瞧瞧，順便幫二少夫人打探打探同行的消息。」

楊氏骨子裡還是瞧不起生意人的，聞言沉下了臉，道：「二少夫人乃是官宦夫人，誰與她們是同行？」

流霞今日這是第二次討好楊氏未成，再不敢作聲，灰頭灰臉退至一旁，惹來流雲吃吃地笑。

流霞見流雲幸災樂禍，更恨她幾分，等到楊氏吃完飯回房，就溜去林依房裡，把流雲暗地裡抱怨她夫妻倆的話講了，又道：「我對二少夫人也多有得罪，但我這人沒什麼心思，好的壞的都擺在臉上，不像有些人，當面一套，背地裡又是一套。」

其實流霞也算個有城府的，但她運氣不好，遇上的主子楊氏更精明，能一眼看穿她的心思；而林依，吃過她的虧在前，想來這輩子是不可能再輕信於她了。

林依淡淡道：「我知道了，妳去吧。」

流霞對她的反應有些失望，但並沒灰心，她知道，有些人就是這樣，表面裝作不在乎，心裡卻是恨極。她和林依相處的時間也不算短，對她的性子還是有幾分瞭解的。

但她這回卻是猜錯了，林依是真的不在意，公爹的一個通房丫頭與她何干？只要心思不打到她家的男人身上來，她根本就不會多看一眼。

至於流雲的抱怨，很正常，哪有員工會不抱怨老闆的呢，況且她也不是背地才抱怨，當面就嘀咕上了，這樣沒心思的人無甚妨礙。而流霞口中的當面一套背後一套的人，當是她自己才對。

張仲微掀簾進來，正好和流霞打了個照面，不禁皺起了眉頭，也不管她還沒走遠，就問林依道：「她來做什麼？往後不許她進咱們的屋，免得她又起壞心。」

林依笑道：「你是主子，與下人計較什麼？讓她們鬧騰去，翻不出如來佛的五指山。」

張仲微挨著她坐下，掏出一張單子，開始報裝修材料的價格，林依一面聽一面記帳，兩口子直到夜深才歇下。

第二日，林依先到參政夫人家，稱她家婆母想知道酒樓的合夥人是誰，但她未經參政夫人許可，不敢擅自相告。

參政夫人知道楊氏並非等閒，而是位知州夫人，正經的誥命。衢州知州可是手握實權，結交這樣的人對歐陽參政是有好處的，於是她欣然同意林依將她入股的事告訴楊氏。

而楊氏得知林依的合夥人乃是副相夫人，大喜過望，對酒樓的態度來了個一百八十度大轉彎，不但不再反對，還處處出謀劃策，甚至拿出一筆錢，再三囑咐林依把酒樓裝修得更豪華些，好吸引更多的官宦夫人光顧。

自從楊氏回來，林依過得極為舒心，外面工地有了錢，一切按部就班，她只管與張仲微核對帳單。家裡有流霞流雲爭寵，搶著做事，也不消人操心。

如此過了幾日，楊家來人，請楊氏回娘家坐坐。楊氏氣她不在京時，牛夫人不但不照顧林依，還處處擠兌她，因此擺起了架子，就是不回。直到楊升親自來請，才給了面子，定下回娘家的日子。

回娘家前，楊氏見張仲微和林依沒有像樣的見客衣裳，便請來裁縫，與他二人新做了兩套，又將自己在衢州置辦的首飾送了林依幾件，直到把她打扮得無比貴氣，才雇來轎子，帶她出門。

牛夫人天生勢利眼，本還在為楊氏擺譜而生氣，但一見她們一行個個都是珠光寶氣，立時就覺得矮了一截——楊家也有錢，但卻沒地位，比不得張家如今錢權都齊備。

楊升平日裡沒少埋怨牛夫人，怪她得罪了張家，生生將個靠山變作了仇家。他有心改善關係，便把張仲微一摟，帶他出門吃酒去了。

牛夫人卻有自己的想法，張仲微官階低，指望不上，張棟官雖不小，卻離得太遠，她找到的那位靠山比他們可強多了。

呂氏聽說楊氏來了，趕來相見。楊氏是頭一回見她，送了份豐厚的見面禮，又讓林依隨她去轉轉。林依知道楊氏是有話單獨與牛夫人講，便跟著呂氏到她房裡去。

呂氏房裡，蘭芝正跪著，看樣子不是一時半會兒了。林依看了呂氏一眼，心想這位舅娘真膽大，敢明著苛待楊升的心上人。

呂氏讓林依坐下，命小丫頭上茶，卻沒有讓蘭芝起來的意思。蘭芝偷偷抬頭，看了林依一眼，正好讓呂氏瞧見，罵道：「看什麼看，難不成想讓張二少夫人與妳求情？也不瞧瞧自己是什麼貨色，當初明明沒懷孕，卻要裝作有喜，厚著臉皮混進楊家來，如今又與牛大力不清不白。」

呂氏指名道姓，蘭芝臉上掛不住，小聲辯解道：「少夫人，我陪牛少爺吃酒是夫人的意思，我不敢不去。」

呂氏彈了彈指甲，笑道：「妳放心，這事兒有我瞞著，少爺還不知情，不過妳若還是咬緊牙關什麼也不講，那可就怪不得我了。」

林依聽明白了，怪不得呂氏訓妾不避著她，原來講的還是那日謠言的事，不知這蘭芝到底掌握了什麼祕密，竟讓呂氏比她還上心。

呂氏雖罵著蘭芝，卻無一絲急躁，這讓林依懷疑，事情的真相呂氏早就知情，只不過要借蘭芝的口而已。

蘭芝一如既往地口風緊，任呂氏如何責罵就是不張口。呂氏拿她無法，只得讓她下去，又與林依訴苦道：「這蘭芝到底是妓女出身，膽子大得很，連我揚言將她賣掉都不怕。」

林依故意道：「謠言的案子已結，她不願講就算了，舅娘別難為她。」

呂氏睇了睇眼，問道：「若背後還有隱情，妳不想曉得？若真正的幕後之人不挖出來，妳不怕日後又被算計？」

林依聽了她這話，愈發肯定呂氏是知情之人，但她自己不想說，又撬不開蘭芝的嘴，林依能有什麼辦法？

呂氏見林依臉上淡淡的，生怕她不理會，便關上房門，與她道：「妳看我們家，如今是我婆母掌權，處處與妳張家為難，這若換作我當家，絕不會如此。」

呂氏在楊家的境況林依有所耳聞，其實她娘家硬實，牛夫人待她還算過得去，只是她一直對蘭芝與她一同進門之事耿耿於懷，認為她的臉面全讓牛夫人給丟盡了，因此處處與牛夫人作對，想要奪過酒樓的經營權和管家權。

林依認為呂氏完全是在賭一口氣，牛夫人只得楊升一個兒子，將來這一切還不都是她的，性急什麼。呂氏的確是賭氣，她嫁妝豐厚，根本瞧不上牛夫人的那點子家底，她就是想看到牛夫人吃癟，暴跳如雷的模樣。她見林依遲遲不表態，追問道：「仲微媳婦，妳到底幫不幫我？」

林依好笑道：「舅娘，我根本聽不懂妳在講什麼，怎麼幫？」

呂氏道：「妳幫我，其實也是幫自個兒，咱們同心合力，逼蘭芝講出實情，如何？」

林依還以為呂氏要提些讓她為難的要求，沒想到只是這個，大鬆一口氣，道：「舅娘都拿她無法，我能有什麼法子？不如舅娘再加把勁兒，逼她講出實情，我這裡先謝過。」她說著就起身，與呂氏深深一福。

呂氏是想讓林依動用衙門的關係祕密審訊蘭芝，若能尋個藉口提她過堂，那就更好了，但她沒想到林依竟是滴水不漏，不等她出聲就先堵住了她的口。

呂氏訕訕笑了笑，一語雙關道：「到底是有婆母的人，長進不少。」

這是暗諷林依在婆媳鬥爭中成長了？楊氏的確是教了林依不少，但卻不是如呂氏所想。

林依暗道，呂氏的心眼兒可真不少，明明知道實情卻不相告，偏還要假惺惺地邀約林依一起逼問蘭芝，想必存的私心不少。

不過林依並不在意，如今的張家沒什麼要求著楊家的地方，看不慣了各自丟開，又沒什麼損失。至於蘭芝的祕密，她本是一籌莫展，可今日見了呂氏如何待蘭芝，就有了信心，一定能問出來。

呂氏見林依閒閒吃茶，根本不接話，明擺著沒把她這個舅娘放在眼裡，不禁又氣又急，但她一介布衣，就算是長輩，也不敢在官宦夫人面前發火，只得把氣惱憋了回去。

過了一會兒，楊氏與牛夫人祕談完畢，命人來喚林依，告辭歸家。林依與楊氏同坐一乘轎子，奇道：「外祖母怎不留我們吃飯？難道我們家如今的身分還讓她瞧不上眼？」

楊氏沒作聲，直到回到家中，遣退閒雜人等，才與她道：「妳還沒瞧出來，楊家尋到更好的靠山了，這才不把咱們放在眼裡。」

林依驚訝道：「娘，妳怎麼看出來的？」

楊氏冷笑道：「我今日試探了繼母好幾回，任她話風再緊，還是聽出了幾分來。」

林依將王翰林受賄案講與楊氏聽，道：「她早就這樣做過了，如今又尋靠山，倒也不稀奇。」

楊氏恨道：「她尋靠山我管不著，但不該到張家挑事。」又與林依道：「她既不給我留臉面，妳也犯不著與她客氣，若再尋事，只管加倍回敬。」

林依與楊氏斟了盞茶，叫她消消火氣，笑道：「早就回敬過了，不然楊家娘子店不會倒，我是怕娘聽了生氣，這才瞞了這些天。」

楊氏並不知此事，忙問詳細，待得聽林依細細講過，展顏大笑，直誇她幹得好。

林依又將謠言和蘭芝之事講與楊氏聽，請她幫忙拿個主意。楊氏笑道：「妳不是沒主意，是想尋個撐腰的人吧？」

林依不好意思地笑了，湊到楊氏跟前耳語幾句。楊氏覺得利誘這招不錯，便道：「此事包在我身上。」

過了幾日，楊氏尋了個由頭，邀請楊升一家吃酒。因她家也有兩名妾室，呂氏便把蘭芝也帶了來。林依趁機送了蘭芝幾個錢，誘她講出真相，蘭芝起初仍舊口風緊，但在林依又加了兩樣首飾後，就爽快地把事情原原本本講了一遍。原來散佈謠言的主意是牛夫人出的，她與王翰林的關係從未斷過，只是如今變聰敏，開始由明轉暗，但凡有事，只通過牛大力的父親傳遞，牛大力的父親是朝廷官員，與王翰林接觸不容易引人注目。

林依見蘭芝將這一篇講下來，有條不紊，猜想她早就沒打算瞞著，只是想謀取些好處，那呂氏只知威逼卻不知利誘，這才讓林依占了個便宜。

林依套完蘭芝的話，不動神色地重新入席，陪楊氏招待呂氏，席間，呂氏有說有笑，好似昨日的不快沒有發生過，讓林依感概，原來人人都備有一張面具，像方氏那樣什麼都掛在臉上的，倒是鳳毛麟角。

午飯後，楊升夫妻告辭，楊氏帶林依離了腳店，到她臥房坐下，問道：「事情辦妥了？」

林依點了點頭，將蘭芝所講的實情轉述，楊氏早就猜到牛夫人有靠山，倒也不奇怪，道：「我看蘭芝不是個好的，與她兩樣首飾，可惜了。」

林依笑道：「不可惜，她這回嘗到了甜頭，下回就不需要我主動找她了。」

牛夫人搭上了王翰林，往後指不定還要出什麼么蛾子，能在楊家安一雙眼，確是不錯，楊氏微笑點頭，讚道：「所言極是，妳看得長遠。」

沒過多久，酒樓裝修完畢，趁著天氣晴朗，敞門敞窗戶通通風，林依早已訂下新的桌椅板凳、酒具器皿，只等牆壁乾透就拖回來。

印製的會員卡已分裝到小盒內，且另交與參政夫人一盒，託她分送給東京有頭有臉的官宦夫人。張仲微雖厭惡王翰林，但畢竟是上司，因此將會員卡討來一張送給了他。

東京天氣乾燥，牆壁很快就乾透。近幾日，林依開始與楊氏和張仲微商量籌備開張的各項事宜。

張仲微還記得牛夫人來砸過場子，擔心新酒樓樹大招風，又有人上門搗亂，因此建議：「我看許多大酒店都養有打手，專門對付吃酒賴帳之人，不如咱們也養兩個？」

楊氏十分贊同，道：「這樣大棟的酒樓難免出差池，以我和三娘的身分，實在不宜常露面，依我看，不僅得雇看場之人，還得請個掌櫃的。」

看場子的人好找，請兩個膀大腰圓的婆子便是，但掌櫃的是關鍵人物，不僅要八面玲瓏，還得熟悉城中的官宦夫人，不能貴人上門卻認不出來，更重要的是，得夠忠心，不然能將店給搬空了。

楊氏微皺眉頭，這一時之間上哪兒去挑個合適的人選？林依卻胸有成竹，笑道：「我這裡有兩位，時常招待官宦夫人，對她們的喜好脾性都還算了解，更難得的是，對張家忠心耿耿。」

楊氏頗感興趣，問道：「是哪兩位？」

林依朝對面的張家腳店一指，笑道：「遠在天邊，近在眼前。」

楊氏恍然，她指的是楊嬸和張八娘，她們在店內做酒保已不是一天兩天，的確熟識各種情況，又夠忠心，堪當掌櫃的。不過張八娘那性子……楊氏看了張仲微一眼，沒敢明說，只與林依玩笑道：「我還以為妳要抬舉青苗做掌櫃的呢，畢竟她才是打小跟著妳的人。」

林依道：「青苗性子急，不夠老成，再說她一直在後面賣蓋飯，並不熟悉酒店內的情況。楊嬸也是咱們張家的老人兒了，且是仲微的奶娘，我信得過她。」

楊氏馬上介面道：「瞧我這糊塗的，竟忘了她是二郎的奶娘。既是如此，那便是她吧。」

楊氏的選擇同林依一樣，張八娘雖也可信，但一來性子軟，二來她還要再嫁，還不知落腳地在哪裡，而掌櫃一職換來換去可不合適。

婆媳二人對視一眼，心照不宣。其實她們是多慮了，張仲微向來重情義，楊嬸在他心中的地位並不亞於張八娘，他是很樂意看到自己的奶娘步步高升的。

既是商量妥當，便兵分兩路，楊氏請牙儈，去挑兇神惡煞的婆子；林依則同張仲微喚來楊嬸，先恭喜她高升，再與她細細講解掌櫃的職責。

對於楊嬸來說，服務張家就是她這輩子最大的責任，也是唯一的工作，因此沒有假惺惺地講些自身能力不足之類的話，而是拍著胸脯向林依兩口子打保票，一定幫他們把酒樓照看好。

楊嬸喜氣洋洋地重回腳店幹活兒，林依擔心張八娘沒能當上掌櫃，心裡鬱結，便叫了她來裡間，與她談心。但張八娘的性情與張仲微有幾分相像，只是替楊嬸高興，並無半分妒忌，笑道：「三娘能與我份活兒做，讓我打發時間，我感激都來不及，哪會與楊嬸爭這個，別忘了，她也是我的奶娘。」

林依見她豁達，放下心來，仍讓她出去做酒保，過了會子，又喚青苗來。青苗沒等林依開口，先問道：「二少夫人，你們都去經營大酒樓，蓋飯店怎麼辦？」

這事兒林依考慮過，楊嬸當了掌櫃的，就得另聘一個廚子，這新來的廚子肯定不會做蓋飯，如何是好？

青苗聽過林依的擔憂，笑道：「照我看，這廚子不請也罷。咱們開的是酒店，又不是食店。至於蓋飯，我來做便得，前面有小扣子照應，耽誤不了功夫。」

東京的確有很多酒店都不專設廚房，全靠提籃子的經紀人供應，還有許多依附酒樓而生的小食店，專門向酒樓供應菜品。但張家酒樓吸引人的所在，有一項便是油炒青菜和燒全魚，林依不想捨棄，她還指望靠這個把會員卡的成本賺回來呢。

至於蓋飯店，所賺的錢有限，反占用一個廚房兩名丫頭，實在不合算，於是同青苗商量，撤銷蓋飯店，讓她專管酒樓的廚房。青苗有些不情願，道：「咱們的蓋飯店關了門，讓那些老主顧上哪裡買蓋飯去？我們的新酒樓雖然也有蓋飯賣，但不是這些窮街坊能買得起的。」

林依道：「賺錢要緊，顧不了這許多了，不過有許多人擅於偷師，另開一家也不定。」

這話提醒了青苗，提議將蓋飯店轉租出去，教授接手者做蓋飯的手藝。林依嚴詞拒絕，並告誡青苗，不許將做蓋飯的手藝傳出去。

青苗十分不解，賣蓋飯根本賺不了幾個錢，為何要將手藝保密？

林依並非捨不得蓋飯手藝，而是不願炒青菜、燒全魚等菜品的祕密外傳，說來也怪，炒青菜、燒全魚本是極簡單的一件事，但許多競爭對手就是參悟不透，仍使用著大宋的傳統做法，也正因為這樣，才使得張家酒樓的下酒菜成了獨一份。

青苗聽了林依的解釋，才明白林依為何要讓她來管新酒樓的廚房，當即保證道：「二少夫人放心，我絕不把張家的手藝傳出去。」

青苗的人品，林依還是相信的，點頭道：「新酒樓的廚房我早已命人分作了獨立的兩間，一間給雇傭的廚子，做一般的菜色；另一間留給妳專用，凡是咱們張家獨創的菜都栓上門再做，莫讓人偷師了去。」

青苗慎重應下，林依又交與她另一件大事，讓她去楊氏處尋牙儈，挑兩名合適的廚子。青苗領命，轉身去了。

張仲微到新酒樓轉了一圈回來，問林依道：「新酒樓極大，樓上又全是濟楚閣兒，這酒保是不是得多雇幾個？」

他話音剛落，小墜子便來請林依，稱楊氏和青苗已挑完了人，請她過去接著挑酒保。張仲微一笑，原來早就安排好了。

林依到得楊氏臥房，兩名健碩的媳婦子已在那裡候著，見她進來，磕頭見禮。楊氏道：「她們是牙儈特意費心挑來的，雖為女流，卻個個都會些拳腳功夫。我本來只想挑一個，但想著晚上也該有人看家護院，多個人能換班，就都留了下來。」

林依笑道：「還是娘考慮得周到。」

青苗上前稟道：「廚子也挑好了，不過光看，辨不出本事高下，因此我叫她們打烊後再來，做幾道菜與我們嘗過，再決定留誰。」說完又笑嘻嘻補充道：「正好省得楊嬸做晚飯。」

林依笑罵一聲「鬼機靈」，命她回蓋飯店，向老顧客吆喝幾嗓子，告訴她們蓋飯店過不了幾天就要歇業了，請街坊鄰居們多多原諒。

楊氏對林依這一決定很是認同，在她看來，為了保持身分的高貴，能不做生意就不做生意，至於酒樓，只因那是與貴人聯絡感情的工具，才不算在內。

牙儈領進一群媳婦子，請楊氏與林依挑酒保。這些媳婦子都是牙儈依照林依的指示事先調查過的，全是家世清白，住得又近的東京本地人。

不選年輕女孩兒，卻要選有家有口的媳婦子，這是林依的主意，培養一名熟練的酒保不是三兩天的事，而大宋女子出嫁早，若雇女孩兒來，指不定做幾天就該嫁人了，還是雇媳婦子做得長久，而且媳婦子肩上有家庭重擔，做事也更盡心盡力。

林依按照挑人的慣例，先觀察衣著，再察看指甲縫，揀那愛乾淨的，挑出二十個。接著問她們家中可有婆母，沒侍奉過婆母的三人，棄之。再問她們家中可有小姑子，與難纏的小姑子打過交道的優先錄用。

一番詢問，最後挑出十五人，但這還不算完，林依還想考她們的記憶力，便吩咐牙儈，等張家腳店打烊之後再帶她們來。

牙儈應下，帶著一眾人離去。

楊氏向林依道：「新屋落成，總會有人送禮來，有的是物，有的卻是人，妳得做好準備。」送禮來，收下便是，送人的情況，林依沒碰見過，還得具體情況具體分析。楊氏很滿意林依這想法，人際場複雜無比，同樣是送禮，也不能一概論之，得仔細分析過利害關係再作決定。

晚上，張家腳店打烊後，由青苗挑選的廚子掌勺，做了一桌豐盛的菜肴。品菜前，林依先命楊嬸把店裡所有的酒都擺出來，連同桌上的菜，一一向十五名候選酒保介紹，讓她們在最短的時間內記下，然後背給大家聽。

最後，林依選那記性好、聲音清晰悅耳的，留下十名試用，讓她們明日就來參加培訓，並與牙儈約好以一個月為限，試用期內不合格的，或退或換。

選好酒保，一家人坐下品菜，並許青苗也來嘗味道。挑選廚子倒比挑酒保簡單許多，菜燒得好壞，一嘗便知，作不得假。幾道菜嘗完，由最熟悉東京人口味的楊氏拍板，留下了其中兩位，同酒保一樣，也以一個月為試用期，順利通過試用才能轉正。

事情忙完，送走牙儈，大家才正經坐下來吃飯。飯桌上，楊氏突然問起：「我回東京已有些日子了，可曾去祥符縣報過信？」

張仲微與林依相視一眼，齊齊搖頭。青苗口快，道：「我們倒想去，只是怕，如今新店開張在即，正是忙的時候，不能添亂。」

張家新添的幾人聽了這話，都是雲裡霧裡，不知祥符縣與忙亂有什麼關係，楊氏卻是心知肚明，道：「開張是大事，親戚肯定是要請的，但是那天客人多，恐怕忙不過來，還是提前請二房一家來聚一聚的好。」

林依聽了這話，暗讚不已，到底薑還是老的辣，若開張那天再請方氏，保不齊惹出什麼亂子，而提前宴請，管她怎麼鬧騰，都沒外人看見，丟不了臉——這一招，實在是高。

楊氏帶來的幾人都不認得去祥符縣的路，便叫小扣子明日看著蓋飯店，讓青苗騰出空來，一早就去祥符縣送信。

林依琢磨著，依方氏的性子，只要她來，肯定就會把張仲微「借」了她十貫錢的事告訴楊氏，與其讓她占先，不如讓張仲微自己跟楊氏說去。

張仲微大概也想到了這事兒，一吃完飯，就把林依拉到了一旁，問道：「那十貫錢的事，娘可知曉？」

林依白了他一眼，道：「不知道，等著你去說呢。」

明兒一早，方氏可就來了，此事等不得，張仲微把牙一咬，就出門去了楊氏房裡。林依怕他惹楊氏不高興，連忙跟了去。

張仲微上回同林依吵了一架後，學聰敏了，沒敢把實情告訴楊氏，只道當時手頭緊，向方氏借了點錢，若方氏明日吵鬧，還請楊氏莫要朝心裡去。

林依心想，他能不講實情，可難保方氏也不講，與其讓她來惹楊氏生氣，還不如自個兒老老實實承認，以求得楊氏原諒。她想到這裡，便拿胳膊肘使勁撞了張仲微一下兒，又擋到他側面，堵住他的去路。

這樣大的動作，張仲微自然明白是什麼意思，但猶猶豫豫、吭吭哧哧，就是開不了口，還是楊氏瞧出了異狀，主動問道：「二郎有什麼事，與娘講講？」

張仲微躲不過，只得將那日的情景原原本本講了。林依逼著張仲微講實情只是為了防方氏，可不是為了挑撥他與楊氏的關係，因此極怕楊氏生氣，趕著替張仲微辯解道：「娘，仲微也是一時糊塗，他已曉得錯了，往後再不敢了。」

楊氏臉上沒有生氣的跡象，可也沒帶笑，淡淡應了一句「知道了」，就讓張仲微退下，獨留了林依在屋裡。

張仲微一走，楊氏臉上的表情就放鬆了，微笑著向林依道：「別再怪二郎了，他這錢，我替他還了。」

「啊？」林依著實吃了一驚，「娘，您別慣著他，得讓他長點兒記性。」

楊氏看起來是真沒生氣，臉上仍舊帶著笑，道：「二郎行事雖然欠妥，但心眼兒是好的，如果他連自個兒的親娘都不惦記，就別指望他來惦記我這過繼來的娘了。」

林依有點發懵，楊氏不是一向不樂意張仲微與方氏走得太近嗎，怎地現在大變樣？難道她以往的態度只是做給方氏看的？不過以方氏那性子，的確不能給好顏色，不然就要蹬鼻子上臉。

楊氏瞧出林依的疑惑，笑道：「等妳將來也當了娘，就能想明白了。」

林依不好意思地笑了笑，起身告辭。她回到房內，將楊氏的決定告訴張仲微，張仲微感激楊氏替他著想，心中內疚，暗暗發誓，即便是過繼來的娘，也一定要好好孝敬。

林依擔心這債務還得太輕鬆，張仲微就不會當回事兒，那望過去的眼神就帶上了威脅。張仲微被她盯得一哆嗦，連聲保證往後孝敬方氏一定走明路，再不敢犯同樣的錯誤。

林依提醒他道：「不光如此，往後不論給嬸娘送禮還是送錢，都不許越過娘親去。送去前，還得先讓娘過目。娘待咱們不薄，你可不能讓她寒心。」

張仲微鄭重應下，林依這才許他寬衣上床，依例行事。

青苗最不愛方氏來家，第二日磨磨蹭蹭，直到楊氏遣人來催，才不情不願地出了門。半個時辰的路程，被她走了個把小時才到，張家二房門首乃是方氏的零嘴兒店，任嬸正坐在裡頭，一面看店一面偷嗑瓜子。

青苗走過去，大力敲了敲櫃檯，皮笑肉不笑道：「任嬸，誰家養了妳可真是倒楣，連賣錢糊口的零嘴兒都不放過。」

任嬸嚇得一個激靈，滿手的瓜子兒撒了一地，忙不迭送地彎腰去撿，還不忘央求青苗別告訴方氏。

青苗朝門前的大石上一坐，撿了片落葉扇著風，道：「那妳去裡頭替我傳個信兒，就說大夫人自衢州回來了，請二老爺和二夫人去吃酒。」

任嬸怕她告密，連忙從櫃檯後鑽了出來，請她幫忙看會子，又問：「只請二老爺和二夫人，大少爺和大少夫人不請？」

青苗剜了她一眼，道：「我可不敢替妳看店，萬一妳把短缺的零嘴兒賴到我頭上怎辦？咱們兵分兩路，妳去請二老爺和二夫人，我去請大少爺和大少夫人。」

任嬸還真有過這念頭，不想被青苗猜中，又是一場驚嚇，喃喃道：「咱們都進去，那誰來看店？」

青苗道：「那是妳的事，我管不著。妳若不願意去，也成，但我到二夫人面前講漏了嘴，妳可別怪我。」

任嬸偷偷看了一眼店內地下的幾粒瓜子殼，哪敢講一聲不願意？她匆匆進院，拉了個粗使丫頭出來，強令她坐到店內，再對青苗諂媚一笑，請她一同進去。

看來任嬸是想禍害那粗使丫頭了，青苗正想回頭提醒一聲，卻見那丫頭的手也悄悄伸向了瓜子盒，便將那話吞了回去。

青苗到了李舒房裡，張伯臨還在衙門，僅李舒一人在家，聽說楊氏回京很是高興，但無奈她身子沉重，又不大願意同方氏一起出門，遂以生產在即為由，婉拒了楊氏的邀請，但她答應，若張伯臨得閒，一定讓他去。

青苗完成差事，攥著賞錢出來，任嬸已在院子裡等著了，滿臉羨慕地望向她的手，道：「二老爺不在家，大夫人請二夫人的事我已同她講了，不過妳來，是領了大夫人的命，我勸妳還是到二夫人跟前打個照面，免得她怪罪。」

青苗隨手丟去幾個銅錢，道：「謝妳提醒，我這就去。」

任嬸接住錢，眉開眼笑，就把青苗先前威脅她的事忘到了腦後，殷勤備至地引著她來到方氏房前，還親手替她打起簾子。

青苗一向潑辣，方氏內心裡還是有些怕她的，因此沒為難她，只問了些楊氏有無在衢州發財之類的話。青苗一律應答不知道，方氏拿她沒轍，只得放她去了。

青苗辦成差事，一路飛奔回家，這回只花了不到半個時辰。她回稟楊氏，二房一家正好明日就有空，一早便來。楊氏遂命她去通知林依，明日腳店歇業一天，專門招待二房一家。

林依聽過青苗的傳話，知道這是提防著方氏，家醜不可外揚的意思，便馬上叫楊嬸把第二日歇業的牌子掛了出去，那幾個參加培訓的酒保也放了她們一天的假。

家裡開著腳店有一宗好處，凡有客人來，酒水菜蔬都是齊備的，不消特意準備。第二日，楊嬸早早起床，由青苗和小扣子打下手，將店內的特色菜拾掇了幾樣，整治出一桌豐盛的酒席。

臨近晌午時，二房一家到了，張梁與方氏走在前面，張伯臨則在後照看著一箱賀禮。楊氏見了那箱子，與林依小聲道：「妳叔叔和大哥還是懂事的，曉得與我們撐門面。」

林依點了點頭，來不及接話，方氏已風風火火進了店門，她連忙向楊氏說了一聲，迎上前去。

楊氏是長嫂，沒有動身，等著二房一家向她行過禮，才招呼他們坐下，命小扣子、小墜子上茶。

張梁還記得楊氏最講究男女有別，便主動提出由他帶張伯臨和張仲微上別的房間坐去。楊氏卻道：「都是一家人，我又才回來，沒那麼多講究，就在這裡坐吧。」

楊氏轉變這樣大，張梁雖疑惑，但還是依言坐了。林依暗道，楊氏向來不做無謂的事情，留張梁和張伯臨在這裡，定是想讓他們為那十貫錢作個見證。

她猜的不錯，果然還沒等入席，楊氏就命流霞把十貫錢抬了出來，滿滿一小箱，擱到方氏面前，道：「這是仲微向妳借的錢，拖了這些時日才還，實在不好意思。弟妹妳數數，若是對得上，就把借條還我吧。」

方氏竟私藏過十貫錢？張梁瞪大了眼睛，驚訝而又憤怒，他還記得自己每每向方氏討酒錢方氏都說沒有，原來全是騙人的。方氏感覺到張梁的目光，哀嘆，回家一頓毒打是跑不掉了，但她又捨不得為了逃脫挨打而不收這十貫錢，只得咬牙把手伸進懷裡，掏出借條來。

流霞接過借條，遞與楊氏，楊氏並沒有接住，只就著流霞的手看了一眼，暗恨，方氏果然是有備而來，不然怎會把一張借條隨身帶著。流霞到底跟隨楊氏多年，十分通曉她心意，待她看過借條，沒急著撕毀，而是轉手又遞與張仲微，這是請他驗真假的意思。

張仲微自然不好意思仔細查看，但林依就在他旁邊，微微探頭，見紙上的筆跡確是出自張仲微，便朝流霞輕輕點頭。

流霞遂走到溫酒的爐子前，將借條丟進去，燒了個一乾二淨。

方氏惦記著回家後的那頓打，已是亂了心智，安安靜靜坐著，言語寡少，笑不露齒，倒顯露出幾分大家出身的模樣來。

事情了結，楊氏招呼大家入席，道：「對面廳裡也擺了一桌，男人們若嫌我們呱噪，就上那邊吃去吧。」

張梁樂得不與方氏同席，忙帶著張伯臨兄弟到斜對面的上等房去了。張梁一走，方氏直覺得渾身輕鬆，敢放開笑了，也敢大聲講話了。她朝桌上看了看，想挑出些毛病，扳回一局，但滿桌的魚肉，也不乏清淡小菜，搭配得恰到好處，實在讓人挑不出什麼來。

如此這般，方氏更為生氣，心想若不是楊氏白撿她一兒子，怎會過得如此舒心。

林依瞥見方氏的臉色變了，只當沒看見，今日她有保護傘在，什麼也不怕。

方氏緊捏著筷子，桌上的菜挑不出毛病，就打起桌邊人的主意。楊氏是長嫂，她不敢輕易挑釁，便把目光投向林依，道：「我身為長輩，卻不見人來斟酒，真是沒規矩。」

林依朝她面前的酒杯看了一眼，明明是滿的，需要斟哪門子的酒，分明是故意找碴。

楊氏與她使了個眼色，叫她忍耐。林依不知楊氏有什麼後招，只好站起身來，拎起酒壺，假意朝方氏酒杯中點了一點。

方氏得意洋洋，正準備繼續支使林依為她佈菜，就看見在對面廳中侍候的小墜子慌慌張張地奔進來，撲倒在楊氏面前，哭道：「大夫人，二老爺欺負我。」

楊氏斥道：「胡說，二老爺什麼身分，怎會欺負妳，定是妳沒伺候好。」

小墜子捂著臉道：「我並不敢，謹遵大夫人囑咐，一直小心伺候，在桌上，二老爺還誇我來著，可我領他去茅廁的路上，他就、就……」

小墜子泣不成聲，講不下去，但她身上的領口開了，腰間的帶子也散了，明眼人一看就明白發生了什麼事，定是張梁趁著如廁，藉機調戲於她。

方氏的臉刷的一下就綠了。林依暗暗奇怪，張梁與張棟不同，他雖好色，卻知曉分寸，李舒房裡那許多美貌的丫頭都沒見他拖一個到房裡去，怎會趁著做客調戲起大嫂的丫頭來？

小墜子還在哭訴：「大夫人，我雖只是個丫頭，卻是清清白白，二老爺這樣對我，叫我今後有何面目示人……」

楊氏面色鐵青，轉向方氏，問道：「弟妹，妳說這事兒該怎麼辦？」

方氏強作鎮定，裝出滿不在乎的模樣，道：「不過是個丫頭，多大點事。」

楊氏將桌子猛地一拍，怒道：「堂堂知州家的丫頭，比妳都高貴幾分，豈能容妳調戲？」

方氏的酒杯一個沒端住，叫幾點酒水浸濕了衣襟，慌道：「又不是我調戲的，妳只問那調戲的人去。」

楊氏扭頭喚流霞：「妳聽見二夫人的話了？」

流霞應了一聲，就欲拉著小墜子朝對面去。方氏心想，張梁向來敬著張棟與楊氏，若叫他作答，要麼是花大價錢把小墜子買下來，要麼是付一筆賠償費。而錢從哪裡來？方氏瞧了一眼腳下的錢箱子，慌手慌腳地站起身來，撲向流霞，想去攔她，但今日流雲轉了性子，十分配合流霞，飛快地伸出一隻腳，絆了方氏一下。

方氏一個踉蹌，正好跌在楊嬸懷裡，楊嬸忙將她攙回座位，一個勁兒地勸：「二夫人，妳可得當心身子，可別跌壞了。」

方氏眼睜睜地看著流霞與小墜子走進斜對面的上等房，直覺得腳下的十貫錢都長上了翅膀，馬上就要嗖嗖地飛回楊氏房裡去。她可不是坐以待斃的主兒，越急越有主意，與楊氏商量道：「大嫂，咱們妯娌好不容易見面，別讓一個丫頭傷了和氣。既然二老爺喜愛她，我就拿我家的丫頭與妳換一換，如何？」

楊氏只覺得好笑，望著她不講話。方氏自顧自繼續嘮叨：「說起來還是我虧了，我家那個丫頭已然十七八，生得好，手腳又勤快，而妳家這個，最多不過十三四，眉眼沒長開，做事也笨拙……」

林依見她講得天花亂墜，忍不住插嘴問了一句：「嬸娘想拿誰與我娘換小墜子，不會是冬麥吧？」

方氏絲毫不覺得尷尬，點了點頭，道：「正是她，她可……」

眾人哄堂大笑，掩沒了方氏的後半截話，在這屋裡的，除了新來的流雲，誰人不知冬麥是怎樣的人，一想起她那滿臉的斑斑點點，還有那懶得出奇的性子，再結合方氏誇她的話，都忍不住笑了又笑。

方氏自然明白她們為何發笑，腆著臉皮道：「冬麥生得好容貌，只是後來得了場病才有了些許瑕疵，但只要撲些粉就看不見了。她以前是不愛動，不過自從病好後，比誰都勤快。」

青苗見她信口胡謅，實在忍不住，嗤道：「是挺勤快，都被打發去做洗衣裳的粗使活計了。」

楊氏一直沒作聲，只命人取來小墜子的賣身契，遞與方氏看，道：「弟妹講得對，不能因為一個丫頭傷了我們妯娌間的和氣。弟妹既然想要小墜子，那我就原價轉賣與妳好了，若妳想拿別的丫頭來換也沒問題，只要賣身契上的價格相當即可，若是妳家丫頭價低也不要緊，差額可以拿現錢來補。」

楊氏接連幾個「若是」、「不要緊」，讓方氏聽暈了頭，再一看小墜子的賣身錢竟有一百貫，就只曉得嘀咕：「我沒錢。」

楊氏十分善解人意，道：「沒錢也不要緊，打個欠條慢慢還，都是自家親戚，我不收妳利息。」

方氏有點發懵，不知自己怎麼就被楊氏給繞了進去，她決定，從現在起一句話也不講，只坐等張梁那邊的消息。

楊氏見方氏保持沉默，也不再開口，一時間，桌上安靜異常。

不多時，流霞就回來了，但卻不見了小墜子的身影。她湊到楊氏耳邊欲小聲講話，楊氏卻道：「有什麼不敢讓大家聽見的，就站在那裡講。」

流霞只好退回中間，大聲道：「二老爺說，小墜子只不過是個下等丫頭，算不得大夫人跟前的人，他買下她做妾，倒也不算違了規矩。」

張梁講的是規矩，聽在方氏耳裡就全變作了「錢」，她耳邊轟的一聲炸開，再聽不見旁的話。

楊氏道：「小墜子的確只是個下等丫頭，不然也不會只一百貫。二老爺既然瞧得上她，那是她的福氣，叫她去收拾包袱吧，待會兒就跟二老爺回去。」

流霞道：「二老爺還向大夫人討要小墜子的賣身契。」

楊氏捏著賣身契，卻遞出去，只看著流霞。流霞會意，忙道：「二老爺說了，二夫人那裡有十貫，先付給大夫人，算是個定錢，至於剩下的九十貫，讓二夫人給大夫人打個欠條。」

楊氏點頭，一面命人去取筆墨紙硯，一面向方氏道歉：「照說二老爺喜歡，我這做嫂子的就該送給他，只是小墜子那丫頭，大老爺也是極中意的，若不收你們幾個錢，我怕他怪罪於我。」

方氏一想到張梁竟然收了個妾，心頭的恨意上來，就把九十貫錢的事擠到了一邊去。流霞替她把筆蘸好墨，塞到她手裡，半勸半脅迫，逼著她寫下了欠條，按下了手印。

流雲在一旁嘀咕：「小墜子賣虧了，大夫人養她這幾個月，個頭都長了不少，若交與牙儈去賣，肯定能賣一百五十貫不止。」

楊氏斥道：「都是自家人，虧了就虧了，我還能賺二夫人的錢不成？」

方氏氣得滿臉通紅，渾身打顫，幾欲坐不穩，她一想到自己每回進城來，都是攪得別人家雞犬不寧，今日卻是她自己吃了大虧，這口氣怎麼也嚥不下，於是雙手一撐，就想站起來撒潑。

楊氏身後站著兩個眼生的媳婦子，假意上來與她斟酒，一手就捏碎了一酒杯。方氏目瞪口呆，那媳婦子還抱怨是這酒杯太薄，不經捏。

楊氏責備道：「看妳們驚嚇了二夫人，還不與她賠罪。」

兩名媳婦子福身行禮，待得她們回位時，方氏已悄悄坐了回去，不敢再起鬧事的心。

楊氏心情頗好，頻頻舉杯，邀方氏同飲，又將些衢州風俗來講，時不時還問問方氏二房如今的境況。

方氏明明是懷著討債的心思來的，結果到了最後變成她倒欠楊氏九十貫，這讓她方寸大亂，前言不搭後語，坐了沒會子，覺得渾身不對勁，便站起身來，想去問問張梁是否一同歸家。

楊氏見她沒帶下人來，忙叫她坐下，讓小扣子去問。張梁這會兒喝得正高興，才不願回去，方氏氣呼呼地把筷子一摔，也不告辭，獨自先走了。

楊氏不滿道：「目無長嫂，沒得規矩。」

流霞把方氏座位底下的那箱子錢拖出來，笑道：「二夫人心裡正窩火呢，大夫人原諒則個。」

楊氏道：「她窩火，我還窩火呢。好好一個丫頭，虧著本與她了。」

流雲不滿流霞獨自站在錢箱前，忙道：「大夫人，我幫妳把箱子搬進去。」

楊氏看了林依一眼，道：「交與二少夫人，入帳吧。」

林依忙道：「買小墜子的錢並不是從公帳走的，這錢還是娘自己收著的好。」

楊氏想了想，道：「也罷，還有張欠條呢。等二夫人把錢還齊，咱們再商量入帳的事。」說完，便命流霞與流雲二人把錢箱子抬到她臥房去，又許她們從中取出五百文平分。

好端端的，楊氏為何要賞這兩人，是因為她們今日在方氏面前表現「良好」？林依越看越覺得今日這事兒有蹊蹺，不過不管真相如何，都與她沒有妨礙，因此坐得定定的，十分安穩。

流霞與流雲歡天喜地地謝過楊氏，合力抬起錢箱，朝斜對面去了。桌上只剩下了楊氏和林依，前者吃了口酒，嫌店大人少太空曠，便吩咐道：「把我和二少夫人愛吃的菜揀幾盤子送到裡間去，剩下的你們撤下去吃吧，不用伺候了。」

楊嬸幾人照著她的吩咐做了，在裡間另設一張小圓桌，擺上兩副碗筷，然後退了出去。

林依猜想楊氏是有話要對她單獨講，於是斟上兩杯酒，安靜不語。楊氏卻只慢慢吃著，過了好一會子才突然冒出一句：「二老爺沒有調戲小墜子，是小墜子主動勾引他。我沒有提前告訴妳不是對妳不信任，只是還沒來得及。」

這話證實了林依的猜想，不過她認為這兩者間沒有太大的差別：「若二老爺自己不動心，小墜子勾引也無用。」

楊氏笑了起來，大感欣慰：「正是這個理。」

張梁一把年紀，得了個水靈的小丫頭伺候，在林依看來，怎麼都是他占便宜，因此一點也不替他心疼那一百貫，只是疑惑：「小墜子願意去給二老爺做妾室？」

楊氏淡淡道：「這是她的福分。」

林依默然。

楊氏又道：「自然是事先問過她的，若她心有抵觸，怎麼替我辦事。她這樣的丫頭，容貌不算上乘，空有機靈也無用，本來只是配窮小廝的命，如今能有機會做個妾室，一輩子衣食無憂，有什麼不樂意的。」

林依本以為小墜子是被迫的，這時聽說她自己也樂意，放心之餘又不禁感嘆，原來並不是誰都把做妾視為洪水猛獸，對於很多生活在社會底層的女人來說，那是她們改變命運的一條捷徑。

楊氏話中稱小墜子還要替她辦事，什麼事？是想在二房安放一雙眼睛和一雙耳朵？林依懶怠朝深處去猜想，只不自主地替小墜子擔心，方氏在許多事上缺根弦，但對付妾室卻極有一套，小墜子未來的日子恐怕不太好過。

楊氏卻完全沒有這方面的顧慮，似乎對小墜子十分有信心。

婆媳二人沒有再出聲交流，一直到吃完飯，楊氏才重新開口：「往後二夫人那裡就交給我了，妳只管經營好酒樓，多與各位官宦夫人走動走動，這男人在官場上的升遷還少不得要妳協助呢。」

林依很高興楊氏幫她分擔一些事情，真心誠意謝過她，送她到對面去。對面廳中的三個男人都已吃醉了，尤以張梁為最，起身與楊氏行禮時，差點站不穩。

張伯臨擔心張梁再喝下去連家都回不了，便趁著楊氏過來，向她告辭。楊氏吩咐小墜子將張梁扶了，又叫流雲雇來兩乘轎子，將他們送上了轎。

流霞在裡間聽見動靜，奔出來問道：「大夫人，妳準備送小墜子的首飾錢物，是現在叫她自己帶過去，還是怎地？」

楊氏道：「既是與她做臉，就做到十分，將那些物事用紅綢子紮了，挑個吉日送到二房去，叫二老爺與她擺酒席正式開臉。」

流霞介面道：「若不擺酒，就將物事再搬回來，沒得通房丫頭還陪送嫁妝的理。」

楊氏正是這個意思，聞言微微一笑。流雲覺著流霞的話映射了她，臉上很不好看，當著楊氏的面又不好講什麼，憋得十分難受，便想另起一事出個風頭，好壓過流霞去，遂向楊氏提議道：「大夫人，我去查吉日，到時那些嫁妝就由我去送，順便囑咐小墜子幾句。」

流霞嗤笑道：「小墜子是要做姨娘的人，需要妳這通房丫頭去教導？別讓人笑掉了大牙，以為我們大房沒規沒矩。」

楊氏今日心情不錯，見她們拌嘴也不斥責，反而和稀泥道：「多大點事，想去就都去吧。妳們平日也沒什麼出門的機會，只當是去散散心了。記得到了二房言語要客氣，莫惹惱了二夫人。」

流霞和流雲高高興興應了，視線對碰，互哼一聲，各自把頭別開。林依瞧得直發笑，只可惜到時無法親自去觀戲。

楊氏大概是累了，朝榻上一躺，懶懶道：「媳婦妳去忙，流霞、流雲也都下去吧，準備準備出門的衣衫首飾，別讓人瞧著寒酸。」

這話就是暗許流霞與流雲能肆意招搖，聽得兩人心花怒放，恨不得立時飛回下人房去翻那些壓箱的寶貝，但林依在跟前她們不敢逾越，只能慢慢跟隨其後，直到林依回房，才爭先恐後地朝下等房跑。

林依走進裡間，張仲微才喝過楊嬸送來的醒酒湯，正倒在床上迷迷糊糊。他聽見門響，喚了一聲「楊嬸」，沒等到回應，再一抬頭，才看見是林依，笑道：「娘子，瞧妳臉紅的，想必也吃了不少酒，快來躺躺。」

林依瞧張仲微神色自如，得出兩點結論，第一，他認為張梁領走小墜子一事，十分平常；第二，他對方氏欠下楊氏一百貫的事，毫不知情。

林依除去鞋襪，到床上躺下，本想與張仲微講一講小墜子的事，卻被他一把摟去，親住了嘴。她不想為別人掃了自家官人的興，只好集中精神，迎合上去。

一時事畢，張仲微突然道：「娘子，我曉得妳要講什麼，妳放心，叔叔愛納妾，那是他的事，我不跟著學。」

林依側頭望他，抬手摸了摸他汗涔涔的臉，輕聲道：「是不能跟著學，我可拿不出一百貫給你買妾。」

出乎林依的意料，張仲微竟曉得小墜子的身價，而且認為一百貫是衢州的低價，若是在東京，買個下等婢女須得四百貫。

這樣看來，楊氏講的沒錯，此事竟真是方氏占便宜了，怪不得她雖然氣憤，卻沒在價錢上多作糾纏，也怪不得張梁二話沒說就決定將小墜子買下。楊氏一文不賺，把小墜子賣給了張梁，恐怕就是為了給方氏添堵，讓她少點時間上別人家搗亂。這一招談不上很高明，但肯定有效，而林依一想到方氏反欠了大房九十貫就止不住地樂。

方氏這一氣而歸，果真就忙亂起來，再無心理睬別人家的事，直到大房的新酒樓開張也無暇上門挑刺。

貳之章　兵來將擋

張家新酒樓開張這天，熱鬧非凡，外有雙層彩門金碧輝煌，內有參政夫人捧場，十分的有面子。許多提前收到林依所贈會員卡的貴人們，三三兩兩結伴而來，與張家酒樓格外添了不少光彩。

酒樓上下兩層，下面是大堂，門口候著兩名女跑堂，白毛巾搭在肩頭。入門左手邊是櫃檯，陳列著各種美酒。右邊整整齊齊二十套桌椅，酒保經紀穿梭其間。靠窗立有女說話人，牆邊更有溫酒焌糟。樓上分作單間，全是濟楚閣兒，以百花為閣號，每閣有專門的酒保招待，殷勤自不必說。

酒樓內的每一名酒保都事先經過了培訓，在唱報酒名時，順便與客人講解會員卡的種種好處，推銷會員卡。但林依發現，不少官宦夫人對此都持保守態度，興趣濃烈，但真正出錢購買的極少。

參政夫人悄悄安慰她道：「咱們大宋的官員大都清廉，家中沒多少結餘，會員卡雖然划算，但畢竟要一口氣拿出幾百文來，負擔不小，她們囊中羞澀，這才猶豫，並非不想買。」

林依聞言，琢磨著是不是再推出一種「鐵卡」，定價更低，以留住清廉之家的官宦夫人。這念頭才剛浮現，還沒來得及細想，楊嬸便來稟報，稱牛夫人在樓上濟楚閣兒，說想見一見林依。

參政夫人笑道：「她還敢來，倒也膽子大。」

林依道：「到底是親戚，面兒上情。」她叫來個酒保，端了酒盤跟著，上樓見牛夫人，一進門，就先與牛夫人和呂氏敬了一杯，講了些多謝捧場之類的話，把禮節做得足足的，以免讓人挑了刺去。

呂氏待林依比牛夫人熱情許多，先拉林依挨著她坐了，再連聲稱讚張家新酒樓宏偉非凡，遠超牛夫人原先開的楊家娘子店。

這話讓牛夫人心裡很不舒服，板著臉駁道：「我們家開娘子店時，妳還沒嫁過來呢，曉得什麼。」

呂氏也不頂嘴，只朝林依一笑，立時襯出牛夫人的小氣來，讓牛夫人又添了幾分氣惱。

林依微笑著看她們婆媳鬥法，心想這世事真是難預料，本以為楊家要多個委屈小媳婦，沒想到到頭來受氣的是牛夫人。

牛夫人的面前擺著一張會員卡，她將卡片朝林依那邊推了推，問道：「這是妳家賣的？」

林依一看，正是張家酒樓的金卡，預存一千文，消費打七折。她點頭笑道：「多謝外祖母照顧生意，一來就買了會員卡，不過這金卡最是合算，能替妳省下不少錢呢。」

呂氏拿起會員卡，晃了晃，笑道：「這是我買的，我讓娘也買一張，她捨不得花錢。」

牛夫人沒理她，繼續問林依：「聽說妳家酒樓開張前，這樣的卡已送了好些出去？」

這事兒牛夫人是怎麼知道的？肯定是與王翰林有來往，在王翰林夫人處瞧見的。一千文錢可不是小數目，就算最低檔的銅卡也得六百文呢，這些卡免費所贈之人都是朝廷三品以上的誥命夫人，牛夫人哪裡夠資格，況且她向來只曉得與林依作對，林依才不願白送她會員卡。

幸好送那些卡都沒經過林依的手，乃是參政夫人代辦，因此她回答得格外理直氣壯：「外祖母從哪裡聽來的？我可沒朝外送過會員卡，這一張卡好些錢呢，送來送去，不得把酒樓送虧了？」

牛夫人不相信，但她只曉得王翰林夫人的卡是張仲微送的，其他人的卡從何而來她並不知道。她可不敢把王翰林夫人講出來，以免引起林依的懷疑，於是扯了個謊，誆林依道：「樓下好些持卡的夫人都說她們的卡是別個送的呢，難道不是妳？」

這話一聽就是編出來的，林依才不上這個當，笑道：「外祖母說笑了，妳也是做生意的人，酒樓比我家還多一棟，妳敢不敢虧著本送這樣的會員卡出去？」

牛夫人將信將疑，但林依言之鑿鑿，由不得她不信，只好閉了上了嘴。

林依暗自冷笑，原來特意把她叫上來就為了問這個，也虧得牛夫人臉皮厚，三番兩次得罪張家，還好意思來討會員卡。她想著想著，又突然警醒，牛夫人雖生有一雙勢利眼，卻從來不貪小便宜，怎會為一張會員卡而計較，只怕是王翰林夫人打發她來問的，目的就是探出林依送了禮給哪些官宦夫人，同哪些達官貴人有交往。

看來楊氏還真說對了，她們開酒樓不全是為了賺錢，來酒樓的客人也不全是為了吃酒。

林依見牛夫人再無話可講，便稱樓下客人需要招呼，起身離去。在她出濟楚閣兒不久，呂氏就尋了個藉口追下樓去，拉住她道：「仲微媳婦，將妳的會員卡賣我幾張。」

林依暗自奇怪，呂氏不是已經買了一張，怎麼還要買？不過有生意做，何樂而不為，她開心問道：「金卡最合算，舅娘要買幾張？」

呂氏道：「我買的多，咱們找個地方坐下慢慢說。」

林依更為詫異，便將她引至後院的空屋裡，尋了條板凳請她坐下，歉意道：「濟楚閣兒都坐滿了，這院子也還沒來得及收拾，委屈舅娘了。」

呂氏卻道：「如此正好，我是偷溜下來的，若我婆母問起，便稱去瞧妳家後院了。」她自懷裡掏出金卡，道：「這樣的卡給我來十張。」又問：「聽說還有銀卡與銅卡，分別是什麼價？」

林依答道：「銀卡預存八百文，消費打八折；銅卡預存六百文，消費打九折。」

呂氏略作考慮，便讓林依將銀卡和銅卡各賣二十張與她。林依好奇心盛，故意道：「舅娘買這麼些用得完？不如用一張買一張，到時我派人與妳送到府上去。」

呂氏朝四周看了看，見後院靜悄悄並無旁人，這才小聲道：「我哪裡用得了這些，是買來送人的。說起來還得感謝妳和我婆母，若不是妳們方才閒聊，我也想不出這主意來——既然有人收卡，必定就有人送，別人送得，我也送得。」

原來購買會員卡當作禮品送人在大宋尚屬先例，不過林依在那世見得多了，並不以為奇，更不過問呂氏究竟所送何人，只感謝她照顧生意，痛痛快快取來金、銀、銅五十張會員卡，與呂氏在空蕩的後院做成了交易。

待林依走出後院時，袖子裡多了沉甸甸一錠金元寶，樂得她走路都輕快了許多。她鑽進櫃檯，將金元寶交與楊嬸，叫她入帳。楊嬸一面開抽屜，一面稟報道：「二房來信，稱大少夫人生了個大胖小子，大夫人已打發人送賀禮去了，叫二少夫人不必操心，只管把酒樓照看好。」

林依聽說李舒喜得貴子，十分高興，笑道：「今日特殊，酒樓開張，不得閒去探望，等忙過這陣子再去看大侄子。」

楊嬸鎖好金元寶，叫新晉帳房張八娘記上帳，讚道：「還是二少夫人有本事，我在這裡站了半天，也沒能賣出這樣多的會員卡去。」

林依已隱約捕捉到賺錢的門道，但還未成形，不便多講，只稱全靠酒保盡心推銷，才促成她做了這筆生意。

張八娘記完帳，仍不住地抬頭瞄林依，林依察覺，問道：「八娘子想回去瞧侄子？」張八娘不好意思地點了點頭，稱她有些想念爹娘。林依笑話她道：「前幾天大夫人宴請二房，誰叫妳躲在隔壁不肯來，這會兒又想了？」

張八娘只低了頭不作聲。店內生意紅火，不住地有人來結帳，林依不想耽誤她工作，便道：「咱們酒樓才開張，一時半會兒肯定不得閒，且等大嫂擺滿月酒的時候，咱們一起去。」

整個酒樓的員工也就張八娘和青苗識字，青苗要照管廚房，若張八娘一走，便無人記帳，因此確是少不得。張八娘也清楚這狀況，遂點了點頭，繼續幹活兒。

林依重回大廳應酬，一天下來，賺得不少，累得也夠嗆。打烊後，楊氏過來瞧了瞧，勸她道：「今日才開張，妳來盯著是對的，往後便只在後院坐鎮，無事不必上前面來。」

林依點頭應了，同楊氏一起回州橋巷——因酒樓急著開張，他們一家仍住在原處，還沒來得及搬。

走到家門口，楊氏念及林依辛苦了一天，便叫她回房歇息，不必來立規矩。林依謝過楊氏，將她送到斜對面，再才轉身回房。流霞與流雲兩個已在裡間門口候了多時，見林依回來，爭先恐後去迎，噓寒問暖，一個稱自己替她準備了茶點，一個稱自己替她打好了泡腳的熱水。

林依走進裡間，果然看見地上腳桶內，熱氣騰騰，旁邊小幾上擺著新鮮點心和一盞熱茶。

無事獻殷勤，非奸即盜，不過有人伺候，何樂而不為，林依開開心心朝凳子上坐了，任由流霞幫她脫鞋襪，流雲幫她捏肩捶背。片刻過後，她已是舒舒服服地泡著腳，一面享受足底按摩，一面吃點心喝茶。

流雲站在林依身後幫她捏著肩，還不忘小聲嘀咕：「就知道跟我學，見我捏肩，她就按腳。」說完還提醒林依：「二少夫人，那點心是我孝敬妳的，妳可別安到了流霞頭上去。」

敢情兩人不是約好了來的？林依心下奇怪，但稍微想了想就明白過來，眼前最要緊的事情除了開好酒樓，就是搬新家，酒樓她們肯定是不操心的，今日來討好林依，十有八九是為了能分間好房。

林依心裡跟明鏡兒似的，偏偏就是不作聲，看似十分享受她們的刻意討好，笑道：「大夫人把妳們調教得好，有了妳們，省得我另外再買丫頭了。」

林依房裡的兩名下人，楊嬸做了掌櫃的，青苗管了廚房，目前確是沒人使喚。流雲臉色微變，聽林依這意思，是打算一直拿她們當使喚丫頭了？她才皺眉，就被流霞瞧見，嗤笑道：「妳仗著二少夫人瞧不見就擺出臉色來？若是無心服侍二少夫人，就歇著去吧，這裡有我一人足夠。」

流雲哪肯承認，咬死自己沒擺臉色，乃是流霞誣陷。她們吵吵嚷嚷，林依聽得不耐煩，斥道：「我看妳們一個個都不是好心的，我從早忙到晚，妳們不曉得？好不容易回來歇會子，還吵吵鬧鬧，存心不讓我好過。」

林依如今的態度直接影響著流霞與流雲的生活水準，因此她二人挨訓，一聲都不敢吭，緊緊把嘴閉了，集中精神，捏肩的捏肩，按腳的按腳。

沒過一會兒，張仲微也回來了，見林依正在泡腳，心生羨慕，笑道：「娘子好個會享福。」

流雲正捏得手發酸，忙趁機停下來，問道：「我另打一桶水來，二少爺也泡一泡？」

張仲微可不敢讓張楝的愛妾幫他打洗腳水，聞言唬了一大跳，話都不敢接就又退了出去。

流霞一掃林依的臉色，馬上斥責流雲：「好不懂規矩的婢子，自己到門外跪上一刻鐘。」

流雲委委屈屈地看著林依，道：「我是一片好心。」

林依閉上眼，沒有作聲，流雲不敢再辯，自動自覺走到門外，挨著牆根跪下了。流霞自上回設計林依未果，就曉得了她是個容不下妾的人，因此再不敢在太歲頭上動土，她見張仲微還在外頭沒進來，便收起腳桶，替林依擦腳，道：「這腳一次泡久了也不好，我到外頭盯著流雲去，免得那妮子偷懶。」

她盯著流雲是假，換張仲微進來與林依獨處是真，林依很滿意她如今懂事，微笑著點了點頭。

流霞一出門，張仲微就掀簾進來了，笑道：「流霞倒是知情識趣。」

林依道：「她要是不擅長見風使舵，在娘跟前也就待不了這麼久。」

張仲微詫異道：「她這次回東京，我看妳待她還好，原來仍舊是防著她。」

林依笑道：「什麼好不好的，她吃了我家的米就得幹活，只要肯幹，我就不難為她，我又不指望她多忠心，理會那許多作甚。」

張仲微明白了，這是拿流霞當外人呢，他指了指門外，又問：「流雲那丫頭跪在門外又是怎麼回事？她再淘氣，也是娘屋裡的人，妳莫要懲罰太過。」

林依不以為意，道：「娘巴不得我把她們調教得服服貼貼，才不會因為這個怪我，倒是你，憐香惜玉了？」

張仲微脖子一縮：「我哪裡敢。」

林依輕輕一拎他耳朵，笑道：「諒你也沒那個膽兒。」說著站起身來朝門外走，道：「我去燒水，親自與你泡腳。」

張仲微笑瞇瞇地應了，朝床上一躺，等著娘子的愛心服務，但林依還沒走兩步，就被匆匆趕來的楊嬸叫住了：「二少夫人，白日裡收了好些賀禮，如何處置？」

林依揉了揉肩，道：「今日累了，賀禮又跑不了，明兒再說吧。」

楊嬸卻還是把她攔住了，道：「死物是跑不了，可還有活物呢？」

林依一愣，難道被楊氏猜中了，真有人送人來？

楊嬸繼續朝下講，證實了林依所想，確是有人送了幾名婢女來，因是打烊後才送來的，所以林依不知道。

真是會挑時候，林依揉了揉眉心，問道：「大夫人可知曉？」

楊嬸只認張仲微和林依兩個主人，楊氏是排在後頭的，因此搖了搖頭，道：「我一收到人就趕來告訴二少夫人，還沒來得及去大夫人那裡。」

收人可不比收物，一不小心就要惹麻煩，林依拿不定主意，只好進去與張仲微講了一聲，轉身朝楊氏房裡去。

楊氏早料到會有此事，一點兒也不奇怪，一面叫林依安心，一面問楊嬸：「送來的是些什麼人？」

楊嬸回道：「全是婢女，年紀小的十四五，大的十七八。容貌有好有差，我分不出是上等還是下等的。」

楊氏先問林依的意見：「現在就領進來瞧瞧？」

林依點頭道：「我聽娘的。」

楊氏朝楊嬸揮了揮手，楊嬸便返回酒樓，將那幾名被當作賀禮的婢女領了來，叫她們三人一排在廳內站好，再請楊氏與林依出來瞧。

一共六名婢女，排了兩排，俱低眉順眼，斂神聚氣，看起來都是訓練有素。第一排中間的那名，容貌最為平常，楊嬸指了她，最先介紹：「這是王翰林家送來的，說是怕我們酒樓人手不夠，讓她來幫忙，做個酒保。」

林依十分詫異，與楊氏對望一眼，王翰林也太囂張了，竟敢明目張膽地送奸細來。只不過既是送奸細，為何不挑好看的送，卻要送個容貌一般的來？就不怕張家瞧不上而打發去做粗活？林依猜想，這肯定是牛夫人出的主意，她曉得林依不許張仲微納妾，擔心送了美貌的來反而進不了張家的門，因此穩妥行事，只送個讓林依尋不著藉口的。

林依想到這裡，止不住地暗暗發笑，這人若要存心尋藉口，還怕找不著？她和善地對那名婢女一笑，側頭與楊氏商量道：「我看這婢子生得粗壯，就叫她去洗衣裳吧，正好家裡缺個粗使丫頭。」

楊氏也猜到這丫頭是牛夫人買的，轉由王翰林來送而已，不然以翰林院官員的俸祿，哪怕是個學士，也不會有錢到買婢女送人。她聽過林依的分派，誇讚道：「媳婦能幹，如此安排十分妥當。」

那婢女卻不願意，懇請道：「兩位夫人，婢子會洗碗碟，就讓我去酒樓幫忙吧。」

讓她去洗碗碟，林依怕洗不「乾淨」，若是叫她偷偷撒上些什麼，那禍可就闖大了。就是派她去洗衣裳，林依都不大放心，打定主意只讓她洗下人的衣裳，主人的衣裳另派妥當人清洗，不許她插手。

楊嬸見楊氏與林依都沒有接那婢女的話，就明白了她們的意思，斥那婢女道：「替主人做事還由得妳挑三揀四？王翰林夫人沒教妳學規矩？」

林依忙道：「王翰林夫人最為講究，豈會沒教過她規矩？定是這婢子擅作主張，存心要丟王翰林夫人的臉。」

這話若傳到王翰林夫人耳裡去，指不定就真想歪了，那婢女大急，忙自扇兩個嘴巴，請求林依原諒。

林依懶得與她費功夫，只問楊嬸剩下那幾名美貌婢女分別是何人送來的。

楊嬸報上名字，林依和楊氏卻都不認得，還是有名婢女自報家門，稱她家原主人是城內富商，因仰慕林依，才將她與另一名婢女送了來，還補充道，若是林依對她們不滿意，大可退換，一直換到滿意為止。

另幾名婢女紛紛點頭，稱她們家原主人也是一樣的意思。林依再仔細一問，這五名婢女分別是三戶富商送來的，打的都是仰慕林依的旗子，至於是真想攀附張家，還是想借林依的手轉去參政夫人那裡就不可而知了。

別個送來的人林依可不敢用，先前之所以留下那名婢女，皆因王翰林在翰林院位高權重，張仲微又還要在翰林院當差，得罪不起，而這幾名還是打發了的好。楊氏提議，將她們全送至參政夫人家，一來能討好參政夫人，二來能賣那些富商一個人情。

林依笑道：「娘，歐陽參政乃有名的清官，從不收受賄賂的，即便不是物而是人，只怕也不會收。」

楊氏道：「送不送是我們的心，收不收在她。」

林依便依了楊氏，命楊嬸把那五名婢女送至參政夫人處，又叫小扣子把王翰林送來的婢女帶了下去，教她學規矩。

房中只剩下了林依婆媳，她向楊氏嘆道：「別個送來的人總是使著不安心，只恨王翰林的面子不好駁得。那丫頭就算遣去洗衣裳，也是一雙眼，叫我放心不下。」

楊氏笑道：「這才一個妳就受不了了？現在是二郎官小，妳才沒遇過這樣的事，待他高升，送人的只多不少。妳要嫌那丫頭礙眼，就趕她到別處去住，反正酒樓後面的院子太小，根本住不下那許多人。」

張家新酒樓後有一處小院子，總共只得三間房，根本不夠住，林依原本的打算是，待得搬過去，到了晚上就把酒樓大堂內的桌子拼一拼，鋪上鋪蓋，讓下人們去睡。如今多了個婢女，便要另租一間房，她實在是不願意。

楊氏見她猶豫，又出了個主意：「我帶來的四名家丁可不好進酒樓，還得另租一間房與他們住，不如就租間稍大的，從中隔開，與那婢女居住，妳看如何？」

林依撫掌道：「還是娘點子多，如此甚好。隔出來的那間房既是她的居所，也是咱們家的洗衣房，四名家丁就在隔壁，還能看住她，以防她亂跑。」

楊氏笑道：「妳開的是娘子店，我那四名家丁毫無用武之地，正閒得發慌呢，如此也好讓他們有個差事。」

林依一直對養四名閒人頗有意見，這會兒見楊氏主動提起，忙道：「差事多著呢，如今的大酒樓可不比先前的小腳店，每日買菜倒泔水都是力氣活，正用得上他們。那院子有道後門，就讓他們從該門出入，既做了活兒，又不影響前面的生意。」

楊氏也不願家裡有人閒著，覺得林依如此安排十分妥當，便點了點頭，許她調配那四名家丁。

去參政夫人家送婢女的楊嬸不多時便回轉，果然不出林依所料，五名婢女參政夫人一個也不收，只叫林依自行處置。

林依心道，王翰林是同僚，又是上級，收下他送來的人無妨，但這幾名都是富商送來的，若是收下，恐怕有受賄之嫌。

楊氏笑話她太多心，大宋官員千千萬，若收個把婢女就叫受賄，那受賄的人多了去了，何況她們是因為張家酒樓開張，作為賀禮正大光明地送來的。

楊氏做了多年官宦夫人，經驗豐富，既然她都這樣講了，林依便放下心來，決定將這五名婢女賣掉，換回真金白銀。不過此時天色已晚，去叫牙儈不合適，還好楊嬸與青苗如今在酒樓睡，空出間屋子，林依便命流霞和才罰完跪的流雲帶她們去那裡安置。

流霞與流雲領著五名婢女來到空房，又把王翰林送來的那個也叫了來，將她們朝裡一推，再把門一鎖，萬事大吉。但她倆並未就此離去，而是躲到簡易廚房後，低聲議論起來。

流霞先抱怨道：「好不容易掙來個姨娘，卻連個使喚丫頭也無，還不如在衢州時的光景。」

流雲剛被流霞算計，罰了跪，心裡正不爽快，聞言譏諷道：「妳本來就是個丫頭，有什麼好抱怨的。」

流霞冷笑道：「我如今沒了丫頭使喚，就只好使喚妳了，誰叫妳就是個丫頭呢。」

流雲心下一凜，回過味來，若不給流霞謀個丫頭使喚，受苦受累就是她。想到這層，她忙將鎖婢女的屋子一指，道：「丫頭又不是沒得，一共六個呢，妳就討一個來使喚又如何？」

流霞見她上道，暗自高興，但又作出愁眉苦臉狀，道：「哪有那般容易，妳沒聽見二少夫人要賣了她們？再說那幾個一看就是狐媚子，留在身邊可不讓人放心。」

流雲當初就是個普通丫頭，因生得「狐媚子」才讓張棟瞧上了，因此極看不慣流霞防患於未然，嗤道：「男人又不在身邊，妳也太操心。」

流霞不是個容易被激的人，聽了流雲這話，仍舊決定謹慎行事，不能給自己留後患。她抬起胳膊，把流雲撞了撞，道：「咱們家通共也沒幾個下人，哪有那麼多衣裳要洗，不如我們同心協力，把王翰林送來的醜丫頭討來使喚，如何？」

流雲心中一動，問道：「若是討得來，算誰的丫頭？」

流霞為了拉攏流雲作同盟，自然滿口好話：「算咱們倆的丫頭。」

流雲一向是侍候人，從沒得過別人侍候，聞言開心笑了，拉起流霞就朝林依房裡走，道：「咱們現在就去與二少夫人說。」

流霞忙拽住她，道：「此事不宜操之過急，咱們現在就去，恐怕二少夫人不信洗衣裳的活兒輕，且先等那丫頭洗上兩日。」

流雲馬上道：「那我去與小扣子講，叫她這兩日自己洗衣裳，免得給那丫頭添負擔。」

流霞橫了她一眼，不滿道：「妳把嘴管嚴些，莫要講與別人知曉，不然傳到大夫人耳裡怎辦？」

小扣子跟小墜子一樣，都愛到楊氏跟前打小報告，流雲考慮不周，因此雖暗地裡翻了個白眼，卻沒敢反駁流霞的話。

流霞提議，讓流雲兩日後以那婢女活兒少貪玩為藉口，去向林依提分派丫頭的事。

流雲疑道：「妳不與我同去？」

流霞耐心解釋道：「我是姨娘才有資格使喚丫頭，若我去，就顯得嬌氣了，不如妳去幫我講話，興許大夫人和二少夫人見我們姊妹和睦，一高興就答應了。」

流雲覺著有理，便點頭答應了。二人就此商定，又去查看了一遍門鎖，同回楊氏那廳中向林依覆命。

流霞瞧著流雲高高興興的樣兒，暗笑不已，就她這樣沒心機，還妄想當姨娘呢，兩日後討要丫頭，若事成，皆大歡喜，萬一不成，林依也只會怪她，罪過落不到自己頭上來。

林依處理完婢女的事情，又陪楊氏吃過一盞茶才重新回房歇息。此時張仲微已洗漱完畢，上床捂著了。他見林依去了這會子才回，便問是否家裡出了事。

林依將那六名婢女的事講了一遍，特別強調王翰林也送了人來，張仲微聞言一驚，又聽說楊氏與林依已安排妥當，這才放心睡覺。

第二日林依起床時，牙儈已在廳裡候著了，一問才知，乃是家丁奉楊氏之命，趕早請來的。林依忙先去楊氏處請安道謝，再才回來料理家務，將那五名美貌婢女賣了個好價錢。她雖當著家，卻尊重婆母，先將錢送至楊氏房裡，楊氏不收才歸入公中。

張仲微臨出門時瞄了一眼帳本，笑道：「多收幾名婢女，頂酒樓個把月收益了。」

林依拿筆頭戳了他一下，道：「那你想想法子，多辦幾回酒，好叫別個有機會來送禮。」

張仲微笑著出門，去了翰林院，林依則合上帳本，準備去酒樓看看。她剛鎖好抽屜，就見流雲在門外探頭探腦，不禁唬了臉道：「想進就敲門，鬼鬼祟祟作甚？」

流雲訕笑著溜了進來，與她行禮道：「我來問問二少夫人早上想吃什麼，我好去做。」

家中小廚房如今是她與流霞負責，不過今日這般殷勤肯定不尋常，林依站起身來整理衣裙，道：「我去酒樓吃，妳只備大夫人的飯即可。」

流雲上前幾步，幫她扯裙子取蓋頭，笑道：「咱們酒樓蓋好，我還沒去瞧過呢，不知能否沾二少夫人的光，也跟去見見世面？」

她心裡打的什麼小九九，林依一清二楚，不過是盯上了酒樓後院那幾間房，但她並不曉得那房總共只得三間，任她再怎麼動腦筋也改變不了什麼，因此林依樂得做個人情，道：「只要大夫人准許，妳就跟我去吧。」

流雲是背著流霞來的，此時後者正在幫楊氏梳頭，若她去稟告楊氏，就等於告訴了流霞，自然是不肯去，心想橫豎不過一通責罵，也值不了什麼，便扯了個謊，稱自己已知會過楊氏了。

林依戴上蓋頭，率先出了門，流雲連忙一溜小跑跟上，一起到了酒樓。她站在門首，先看見那華麗無比的彩門，再望見樓上雕花的欄杆，忍不住偷偷地樂，心想能搶在流霞前頭，在這樣豪華的酒樓後院搶先占個房間，就算回去挨罵也值了。

此時時辰尚早，客人未至，酒樓內空蕩蕩，但林依為了保險起見，還是轉頭叮囑流雲慎言慎行，不許到處瞄，莫丟了張家的臉。

林依卻是多慮了，流雲雖感嘆於酒樓內的寬敞豪華，但她目的不在於此，根本無心旁顧，目光只朝堂後那面牆掃視，偷偷觀察通向後院的門在哪裡。

林依本著好事做到底的原則，主動與她指出後門所在，許她隨意去參觀。流雲得了允，快活得似條搶到骨頭的小狗，飛快奔向了後院。後院不大，橫著十步，豎著十步，讓流雲大失所望，再細細一數房屋，才得三間，想必是楊氏一間，張仲微夫妻一間，她與流霞一間。

原來還是要和流霞擠一個屋，流雲狠狠扯著手帕子，在院內走來走去，十分煩躁。

林依察視過酒樓，揀了張桌子坐下，準備吃早飯。青苗親手做了幾個小菜端上來，問道：「流雲呢，我叫她來伺候。」

林依喝了口粳米粥，笑道：「人家好歹也是大老爺跟前的人，妳還真拿別個當丫頭使喚？」

青苗將托盤敲了兩下，道：「我不管是誰跟前的人，反正咱們家不養閒人。」說著把托盤朝個酒保懷裡一丟，挽起袖子就上後院去了。

流雲還在院子裡繞圈圈，眉頭皺起老高，青苗一瞧就火了，衝將過去，一手將她推了個踉蹌，罵道：「我還道妳來收拾房屋，卻在這裡躲懶。」

流雲曉得她是林依跟前的紅人，不敢得罪，忙辯解道：「我不是來收拾屋子的，二少夫人並沒分派這活計。」

青苗插著腰，兇巴巴問道：「那妳來作什麼？」

流雲道：「我來瞧瞧……」她本想說來瞧瞧屋子，突然腦中靈光一閃，半途上轉了話，問青苗道：「青苗姊姊，我看這裡有三間屋子，其中必定有妳一間吧？」

青苗根本懶得去猜測她是什麼心思，直接啐道：「我們下人哪能同主人平起平坐，妳莫忘了自己的身分。」

這一句話把流雲打入了深淵，她頭上雖有「通房」二字，卻左不過也是個下人，難道連與流霞擠著住一間房的資格也無？青苗是林依跟前的紅人，她如此想，是不是代表林依也是這樣考慮的？流雲十分地惶恐，又十二萬分的不甘心，便故意問青苗道：「不知青苗姊姊住在哪裡？」

青苗朝大堂一指，道：「晚上把桌子拼了，就在酒樓裡睡。」

流雲故作可惜狀，道：「青苗姊姊生得好模樣，怎能受這樣的委屈？照我看，那間屋子該妳獨住才對，該讓那流霞睡酒樓去。」

青苗該成為什麼樣的人才有資格與主人同住一個院子，她心知肚明，因此沒有好臉色給流雲，故意氣她道：「就算我住了那屋，也是同流霞一起，輪不到妳頭上。妳有心挑撥離間，不如算計算計如何朝上爬。」

流雲沒一句話討到了好，癟著嘴，不敢再作聲。

青苗見她委屈癟嘴，不耐煩起來，一手抓起她胳膊，拽到大堂上，指了林依道：「二少夫人在吃飯，妳還不去伺候著。」

主人在吃飯，流霞卻在後院遛達，確實說不過去，因此她雖然仍舊癟嘴，卻不敢反駁，乖乖走上前去，到林依身後侍立。

林依一早轉賣婢女，進帳頗豐，心情很好，待吃了個七八分飽，就和顏悅色問流雲道：「院子看過了？覺著如何？」

流雲還委屈著呢，開口就講了真心話：「好是好，就是屋子少了點。」

林依指了指酒樓內忙著做準備工作的酒保們，道：「那妳就盼著酒樓多賺錢，等攢夠了錢，咱們換大院子住。」

這話流雲愛聽，雖然攢錢不是一時半會兒的事，但有希望總比沒盼頭的好。林依走到櫃檯前，向楊嬸交待了幾句，便戴上蓋頭，準備回家。

流雲幾步跑上去，攙住林依的胳膊，一面扶著她走，一面試探問道：「二少夫人，我看那後面有三間房，不知如何分配？」

林依笑道：「依妳看，該怎麼分？」

流雲打定了主意，那間屋若她不能住，也定叫流霞住不了，於是答道：「自然是大夫人一間，二少爺與二少夫人一間，還有一間作待客之用。」

這樣的佈局林依倒真想過，只是不甘心另租屋與兩個妾室住。她笑著問流雲：「那妳和流霞住哪裡？」

流雲早就想好了答案，馬上道：「我們自然同其他下人一樣，到酒樓內拼桌子。」

林依不相信她能有這樣的覺悟，卻很高興有人道出自己的心聲，於是忍著笑道：「妳既有這樣的想法，何不向大夫人講去？」

流雲也不笨，一聽這話便知林依這關是過了，她想到流霞也要睡桌子，開心不已，一回到家就去見了楊氏，稱酒樓後院屋子少，自己甘願同流霞去睡酒樓，騰出一間屋來作客廳。

流霞就站在楊氏身後，聞言暗恨不已，流雲要討好主人，何必拉上自己，真是個害人精。

楊氏微微側頭，詢問流霞的意見，流霞心裡一百個不情願，卻不甘落於人後，讓流雲出這風頭，便笑道：「這主意還是我昨晚想出來的呢，正準備與大夫人講，卻讓流雲搶了先。」說完不等流雲接話，便向楊氏屈膝道：「這屋子少租一天就少付一天的房錢，因此搬家宜早不宜遲，我這就去收拾包袱。」

楊氏不吝言辭，誇獎了她幾句，放她去了。流雲眼看著本該她得的誇讚落到了流霞頭上，即便目的達成，心裡仍是堵得慌。她這會兒已是落到了後頭，生怕收拾包袱的功勞也被流霞搶去，忙向楊氏告退，追了出去。

林依那邊也在收拾包袱，她與張仲微僅有一口大衣箱，將錢匣子朝裡一擱就算是收好了。她鎖上裡間的門，走到楊氏這邊，問道：「娘，我與仲微的物事已裝好了，您這裡還有什麼要幫忙的？」

楊氏搖了搖頭，道：「我們才回東京，只有兩口箱子，隨時能走。」

流雲在外聽見，存心要揀一件事蓋過流霞去，忙掀簾進來道：「大夫人、二少夫人，那院子到處是灰，我與流霞先過去收拾。」

林依誇她道：「還是妳想得周到，掃乾淨些，中午多賞妳一道菜吃。」

流雲謝過她，得意洋洋看了一眼後進來的流霞，把她扯了出去。

林依與楊氏相視而笑，商量起新客廳該如何佈置，哪裡要擺個花瓶，哪裡要添置一件陳設。

流雲和流霞去了酒樓後院，先是站在院子裡大吵一架，吵到一半，被青苗進來訓斥了一通，才開始埋頭幹活。還沒到飯點，廚房的準備工作自有人做，青苗還不算太忙，乾脆就當起了監工，很快便指使流雲二人把三間屋子打掃得乾乾淨淨。

流雲認為討好青苗就是討好林依，聽了幾句訓倒沒什麼，而流霞身為丫頭時都沒瞧過青苗臉色，如今升作姨娘卻要受她指使，心裡存了一包的氣，偏又發作不得，忍得好不難受。

兩人完工，回去覆命，又被安排抬第三只箱子，累得一塌糊塗，好不容易挪到新家，待想歇一歇，才想起這裡沒有她們的屋子。

流霞的火氣蹭蹭地直往上竄，一指頭戳到流雲的臉上，咬牙切齒罵道：「瞧妳出的好主意，這下可好，連個歇腳的地方都無，妳倒是上酒樓歇去呀？」

流雲累得腿發軟，站都站不穩，她心裡也後悔，嘴上卻不肯服軟，道：「妳再罵，後天我不幫妳去討丫頭。」

流霞這才想起自己還有求於她，只好將繼續罵她的念頭收了回去，嘀咕道：「我就不信那丫頭討來後，妳不搶著使喚。」

林依在屋內已聽見了她們拌嘴，心想把她們累病了還得花錢請郎中，實在划不來，便遣小扣子出來傳話，讓流霞與流雲上客廳歇著。

外面安靜下來，林依閒不住，又想到酒樓去轉轉，才出房門，卻被隔壁房裡的楊氏叫住了。楊氏不愛林依總朝酒樓跑，勸她要習慣官宦夫人的生活，閒時做做女紅澆澆花，有錢時便做個東，請其他夫人到家裡來聚聚。

林依心想，她們聚會還不是得到酒樓內，有什麼分別。但楊氏卻認為這差別大了去了，混淆不得。林依雖有不同見解，但還是依了楊氏，答應從今往後安於後院，無事不出門。

楊氏瞧她悶悶的，笑道：「妳若是閒得慌，咱們就坐了轎子上街去。搬了新家也該添置些物事，再到首飾店打個金項圈，等妳大哥的兒子滿月時作賀禮。」

林依聞言大樂，原來自家酒樓不能常去，街卻是逛得的。她生怕楊氏反悔，連忙回房戴好蓋頭裝好錢，回來將楊氏攙了就走。

楊氏瞧她心急，笑了，拍著她的手道：「我不讓妳去自家酒樓是怕長此以往別人要把妳當生意人，反忘了妳官宦夫人的身分。不過自家酒樓不能常去，別人家的娘子店還是去得的，雖然要花些錢，但知己知彼，百戰不殆，是不是？」

楊氏真是位開明又有趣的婆母，林依聞言更樂，扶著她親親熱熱出門，一同坐轎子到街上去。

州橋那端連接著御街，過得橋去，繁華熱鬧更勝數倍，街道兩旁店鋪林立，路上行人如織。

楊氏念著林依自來東京就沒添置過新衣裳，便命轎夫在一家綢緞莊前停了下來，帶著林依到店裡去，要給她挑匹布料做裙子。

掌櫃的是個大嫂，眼極尖，瞧見她們是坐轎來的，猜想是有錢人，便捧出幾匹織錦供楊氏婆媳挑選。

楊氏朝櫃檯上看了看，摸著一匹宜男百花的蜀錦，向林依道：「看來看去，還是咱們四川的織錦最好。」

林依還沒答話，掌櫃的已是連讚三聲「好」，稱楊氏有眼力，會挑布。楊氏挑的那匹布乃是極豔麗的黃色，林依並不喜歡，但她認得那布料上的花樣，也曉得是什麼寓意，於是不好推卻，只得也讚了聲好。

掌櫃的極有眼色，一聽林依也稱好，立時就取了尺子出來，幫她量尺寸，準備裁布料。

林依琢磨著，只她一人做新衣可不合適，便在那堆蜀錦裡幫楊氏挑了一匹紫葵花。楊氏見林依有心，便含笑收了，一面叫那掌櫃的來量尺寸，一面問林依道：「咱們給二郎也挑一匹。」

林依笑道：「我想著他做了官要時常在外見客，早就與他做了好幾身袍子了，等下一季再算他的吧。」

原來只是她自己勤儉，卻省下錢來與張仲微添了新衣，楊氏暗讚一聲賢慧，喜愛林依的心更添了幾分。

掌櫃的裁好布，問道：「兩位夫人要做什麼樣式？」

林依這才明白，這家綢緞莊乃是一條龍服務，不但賣衣料，還包做衣裳。她只在鄉下做過衣裳，不知東京流行式樣，雖在官宦夫人身上瞧過幾件，卻叫不出名字來，只得以目示意，請教楊氏。

楊氏是最愛花錢的人，向來不肯委屈自己，先前是因為三郎的病才窘迫了幾年，如今她手裡又有了錢，自然要極盡奢侈，於是吩咐掌櫃的，兩條裙子褶要多要細，裙間還要綴上些珍珠。

楊氏講式樣，林依不懂，可一聽珍珠，便曉得這兩條裙子價錢便宜不了，她有些心疼錢，但漂亮的衣裳誰人不愛，加上轉賣婢女才賺了不少錢，就安下心來，準備奢侈這一回。

楊氏交待完掌櫃的，又帶林依去買屋內陳設，訂做送李舒兒子的金項圈。一路上，教了林依好些富貴知識，如何挑綢緞、如何挑好瓷、如何辨別金子的成色，諸如此類。

林依十分用心地記下，努力按照楊氏的要求，做個合格的上層社會夫人，而不是只會賺錢的暴發戶。婆媳兒媳採購一番，回到家中，將買來的擺設交與流霞幾人，命她們把客廳好生佈置。

轉眼兩天過去，流雲在流霞的催促下尋到林依，稱派給新來洗衣女的活兒太少，令她每日足足有半天是空閒的。流雲抱怨完，又補充道：「二少夫人，妳可講過咱們家不養閒人。」

張家連上家丁，下人總共七、八人，洗這些衣裳，對於無其他活計的婢女來講確實少了。林依點頭道：「多謝妳提醒，容我再想想，與她多派些活兒。」

流雲見林依同意她的看法，大喜，忙道：「不用二少夫人費腦筋，我這裡就有個主意——流霞身為姨娘，卻沒個使喚丫頭，實在有失我們家的體面，不如叫那婢女洗完衣裳就到她跟前當差。」

林依望著她微微笑，問道：「這是妳的主意還是流霞的主意？」流雲為了將差事辦成，便稱是自己的主意，與流霞無關，但林依根本不信，流雲向來與流霞不對盤，怎會突然如此好心？討要丫頭這件事，要麼是流霞攛掇流雲，要麼是她二人合謀。

若她們討要的是個普通婢女，林依興許就同意了，但那婢女乃是王翰林的一雙眼睛，遣得越遠越好，哪還能朝屋裡領，這兩人真真是糊塗。

流雲眼巴巴地瞧著林依，再三保證：「流霞也沒多少活兒讓她做，耽誤不了洗衣裳。」

林依本想耐心與流雲解釋，別人家送來的丫頭不能隨便使喚，突然想到這道理流雲可能不明白，但流霞跟隨楊氏已久，肯定是知道的，正是因為她知道，才不肯自己來，而是慫恿著流雲來挨罵。

可憐流雲中了圈套還不自知，猶自為流霞講著好話，讓林依看了直好笑。兩妾相爭，林依本不想管，但流霞不該拿她當傻子，不然事事都來煩她那還得了。

不過流霞到底是楊氏身邊的人，若貿然罰她，是打了楊氏的臉，雖然楊氏講過任由林依調教，但林依絕不敢天真到當了真，於是與流雲道：「這事兒我做不了主，妳問大夫人去。」她心想，流雲的把戲她都能瞧出來，楊氏也一定能猜出是流霞搗鬼，至於如何處罰，就讓楊氏定奪吧。

流雲還當林依是默許，喜孜孜地去了楊氏房裡，不料才把事情講完，就讓楊氏狠狠訓斥了一通，接著又被逼問主使者是誰。

流雲心想，罵都罵了，供出流霞也是枉然，不如替她瞞著，藉機向她討好處。於是一口咬定討丫頭是自己的主意，並沒有第二人參與。

楊氏同林依一樣，料定此事還有流霞的份，但流雲不肯承認，她也無法，只能另找機會敲打流霞。

流雲挨完罵，灰頭灰腦地出去，在屋後樹下尋著流霞，抱怨道：「妳出的餿主意，叫我去討丫頭，結果丫頭沒討成，倒害我被大夫人訓斥。」

流霞瞧著她那模樣，心裡偷著樂，嘴上卻委屈道：「大我也沒料到夫人不同意，這只能怪我們運氣不好。」

流雲斜眼瞥著她道：「我念著姊妹情誼，可咬緊牙關沒把妳給供出來。」

流霞暗道，誰叫妳不供，供了我也能撇清，這下倒好，變作我欠妳人情了。流雲不知她心中所想，只不住地提醒她、暗示她，要她拿出些好處來，感謝自己的守口如瓶。

流霞攤手道：「拜妳所賜，咱們沒了屋住，現在那點子細軟都在大夫人房裡，妳叫我如何去取？」

流雲哼了一聲，道：「妳去取自己的物事，莫非大夫人還能攔著？」

流霞無法，只好進到楊氏房裡去開自己的小箱子，期間楊氏的目光一直停留在她的後背，嚇得她不敢呼氣，等到出來時才發現後面的衣衫濕了一片。她將根銀簪丟到流雲懷裡，道：「還妳人情，咱們兩訖。」

流雲接了銀簪，不住地摸著，笑道：「這是哪裡話，往後還有要幫忙的，只管說一聲兒。」

「有什麼要幫忙的，不妨講來，讓我也聽一聽。」楊氏自牆那邊繞了過來，冷冷問道。

流雲被唬了一跳，銀簪子啪的一聲落到了地上。流霞在屋裡時就被嚇了一道，這時再一驚，腿就直發軟，噗通跪了下去。流雲心道一聲完了，也跟著跪了下去。

楊氏掃了她們一眼，什麼也沒再講就轉身回房，但直到天黑流霞和流雲也沒敢站起來，直到晚飯後楊氏記起第二日便是吉日，要遣她二人去與小墜子送嫁妝，這才法外開恩，叫她們回屋，不過不許吃晚飯。

到了第二天，因是吉日，許多人家辦喜事，歐陽參政家的衡娘子也是這天出嫁，楊氏將小墜子的嫁妝交與流霞與流雲，便攜張仲微夫妻上門恭賀去了。

主人不在，後院便沒開伙，流霞與流雲二人飢腸轆轆，到酒樓廚房去討吃的，又被青苗給罵了出來，只好拿出各自的私房錢，在路上買了兩個炊餅充飢。

兩名家丁跟在她們後面，挑著箱子，一行人走得慢，將近正午時，日頭太大，有些曬人，流霞便取出隨身帶的傘，叫流雲幫她打著。

流雲不服氣，罵道：「我看妳就是想使喚我，不然好端端地為何帶把傘出門？」

流霞理直氣壯道：「誰讓妳沒本事，討不來丫頭，那我就只好使喚妳了。不過妳本來就是丫頭，叫妳撐傘並不委屈妳。」

流雲沒想到她這樣翻臉不認人，氣道：「小人，虧我昨日還替妳瞞著。」

流霞指了指她頭上的銀簪子，道：「妳的情我已經還了，再說我也沒因此討到好，還不是跪了半天。早知道這樣，就不送妳簪子了，白虧我幾多錢。」

流雲還欲還嘴，後面的家丁催道：「趕緊走，不然遲了。妳是個丫頭，就與姨娘撐撐傘又能怎地？」

流雲在衢州時有張棟護著，何曾受過這等氣，她朝後狠瞪了一眼，卻又無可奈何，只好接過流霞手裡的傘，朝地上重重敲了兩下，撐開舉起。

流霞有了流雲撐傘，才覺得自己真是半個主子，心中得意，也就不計較敲傘的事兒，而是拿出主人派頭，催大家快走，別耽誤了功夫。

流雲不服氣，一路上不停地嘀咕：「昨日罰跪還不是因為妳，大夫人明明沒聽到什麼，妳隨便扯個謊也就過去了。」

流霞剜了她一眼，道：「妳懂什麼，咱們前面講的話大夫人肯定也聽見了，不然不會我進屋時就盯著我看，只怪我不夠警覺，仍取了簪子出來。妳還不曉得她的脾氣，若當時有狡辯，只怕就不是跪半天這樣簡單了。」

流雲雖不如流霞那般瞭解楊氏，但多少曉得些，因此不得不承認她講得很有道理，閉口不再提。

一行人到了祥符縣，打聽著尋到二房家，方氏一聽說大房的人上門，還帶著兩名家丁，以為是來討債的，不等流霞和流雲進門，就朝裡間躲。等到兩人進來，她自門縫朝外一看，見她倆身後還有只大箱子，又聽說她們是來與小墜子的嫁妝，這才三步併作兩步跑出來，親親熱熱地請她們坐。

流霞率先坐下，流雲也要坐，被她瞪了一眼，只好仍舊站著。方氏盯著那只大箱子捨不得挪眼，心想小墜子不過一個妾，哪配有嫁妝，正好取來一用，把大房的債務還上。

流霞先恭喜方氏得了嫡孫，再欠了欠身，道：「稟二夫人，大夫人的意思是，趁著吉日，與小墜子擺兩桌酒，正式抬她做妾。」

方氏瞧在大箱子的分上，一句反駁的話都無，全應承下來，立時命任嬸去張羅。

流霞又道：「咱們家有人做著官，行事當與別家不同，還是到官府立個正式的納妾文書來。」

這會兒不管她講什麼，方氏都是點頭，道：「好辦，伯臨就在衙門呢，叫他們辦去。」

流霞瞧著方氏喚來小廝，吩咐他上衙門去了，遂道：「我們與小墜子好幾日不見，怪想念的，還望二夫人許我們去看看她。」

方氏巴不得她們趕緊離了這裡，好讓她有空開箱子，因此爽快點了頭：「出門左拐，最後一間便是她的屋子，妳們且去吧，開席時再喚妳們。」

流霞起身與她福了一福，到門邊喚進家丁，把那大箱子抬了，準備就走。方氏慌了，忙攔道：「小墜子屋小，擱不下，就放在我這裡吧。」

流霞笑道：「既是她的嫁妝，總該抬去讓她瞧瞧。」

方氏捨不得這箱子，馬上道：「我叫她來，就在這裡瞧。」說著親自走到門口，朝左邊喚了兩聲。

小墜子早聽說流霞與流雲送嫁妝來了，這都是事先商量過的事，因此她沒急著出去，只在房裡奉迎張梁，與他溫酒。張梁吃得舒心，拍了拍她，道：「妳嫁妝來了都不去瞧瞧？看二夫人都叫妳了。」

小墜子嘆了口氣，道：「說是我的嫁妝，可二夫人會交與我？」

以方氏的作派，確是不會放手，不過張梁也惦記著那九十貫的欠款，便替方氏講話道：「二夫人也只是替妳保管，慌什麼。」

小墜子將一盞酒餵到張梁嘴邊，笑道：「別以為我不曉得二夫人打的什麼主意，不就是想拿我的嫁妝去還債嗎？可我一個妾，大夫人能贈幾個錢，想想也換不來九十貫。」

張梁臉色一變，正要斥責她不替家裡著想，嘴裡就被灌進了酒。小墜子托著酒杯，笑道：「我的嫁妝通共也沒幾個錢，反正還不清二夫人的欠款，還不如交與我自己鎖著，好替二老爺多打幾壺酒。」

張梁看了看面前的酒水與下酒菜，都是他自己出錢置辦的，心想小墜子的話倒也不錯，她一個妾，嫁妝哪值九十貫，也就是幾斗酒的錢，若是交與她收著，往後吃酒就不用他自己掏錢，倒也是美事一樁。

小墜子見張梁意動，趁熱打鐵道：「二夫人的鋪子裡日日有進帳，卻捨不得拿幾文出來與二老爺打酒，二老爺何苦還替她想著欠債，我都替你不值。再說了，就算你替二夫人把債還清，她賺得的錢還是不會分你一文，實在划不來。」

明明是張梁買妾，經小墜子一講，卻變成了只有方氏欠錢，偏張梁還就愛聽這話，便拿定了主意，要去幫小墜子把嫁妝討過來。

小墜子見張梁起身，忙攔住他道：「二老爺，不可強取，不然就算討來嫁妝，我也沒好日子過。」

張梁問道：「那妳待如何？」

小墜子踮起腳，朝他耳邊低語幾句，再轉身先出了門。她來到方氏那屋，團團行禮，向流霞、流雲道了聲辛苦，接著當了方氏的面將箱子打開。方氏探頭一看，裡面有幾匹布料，卻不甚精緻，立時就灰了一半的心，撇嘴道：「大夫人也太小氣，特意與妳送嫁妝來，卻只有幾匹爛布。」

流霞笑道：「二夫人此言差矣，非是大夫人小氣，而是替二夫人著想，不能叫一個妾的穿戴越過了正室去。」

自從方氏上回說話要休李舒，李舒就再不肯拿嫁妝錢與她添東添西，因此她全身上下就沒幾件好衣裳，若小墜子穿了綾羅綢緞，還真是會越過她去。

可方氏起心就沒想把嫁妝還給小墜子，而是想據為己有，因此還是暗怪楊氏想得太多。

小墜子知道，若不給方氏點甜頭嘗嘗，這嫁妝恐怕是拿不回去的。她自箱子角落裡掏出個小包打開來，裡頭是一對琉璃簪、一對玉鐲、一對銀耳環，她將這些首飾托到方氏面前，請她挑選。

小墜子這般識趣，方氏還是歡喜的，但琉璃簪不值錢，玉鐲成色不佳，銀耳環太小，她看來看去，一樣都瞧不上，心想著銀子多少值錢些，就把銀耳環拿了起來，口中猶道，我不是要使妳的嫁妝，只是怕妳丟了，替妳保管。

小墜子也不反駁，順著她的話，謝她費心費神。

流霞站起身來，與小墜子道：「咱們好幾天不曾見，且回妳屋裡去講講話兒。」

小墜子問過方氏，得了允，便叫門外的家丁進來抬箱子。方氏這才明白過來，小墜子這是丟卒保車，拿一對銀耳環塞住她的嘴，好叫她不好意思開口留箱子。

但方氏何許人也，豈會為一對小小的銀耳環折腰，大喝一聲：「且慢，小墜子，妳年少玩性大，恐怕弄丟了物事還不自知，這箱子還是我替妳保管更為妥當。」

小墜子回頭，為難道：「我已與二老爺講好，把箱子交與他幫我保管的，二夫人，妳看這……」

方氏毫不猶豫將張梁貶低了一番，稱他只會花錢不會賺錢，又好杯中之物，若把箱子交與他，不出三天就進了當鋪。

張梁照著小墜子的囑咐就躲在門外，將這話聽了個清清楚楚，一時火氣竄起老高，衝進門去，理也不理方氏，叫那家丁抬起箱子就走。方氏心想那箱子嫁妝雖不大值錢，但多少能救救急，於是便斗膽去攔，張梁怒道：「我看在有客的分上不與妳計較，妳切莫蹬鼻子上臉。」

方氏瞧見他袖子裡若隱若現的大拳頭，不自覺就朝後退了一步，讓那兩名家丁趁機把箱子抬了出去。

張梁臨走前不忘警告方氏，若她膽敢打小墜子嫁妝的主意，他絕不輕饒。

流霞與流雲跟到小墜子房裡，幫她把箱子鎖好，推進床下。她倆打量著屋內，羨慕道：「同樣是妾，我們卻比不得妳，還有間單獨的屋子住。」

小墜子笑道：「這是大少夫人為了謝我，特意與我新租的。」

流霞與流雲都十分驚訝，小墜子來了才幾日就能讓李舒謝她？小墜子笑個不停，道：「自打我來了二房，二夫人就只圍著我轉，再想不起尋大少夫人的麻煩，大少夫人感激我，這才租屋與我住。」

流霞瞧那窗臺上好大一個海棠式樣的花盆，瓷質細膩，不是凡品，想來也是李舒所贈，她真是又羨慕又傷感，將如今自身的處境講與小墜子聽，又趁機把流雲數落了一番，稱她如今沒得屋住都是流雲多嘴所致。

所謂兔死狐悲，小墜子聽說她們如今連個歇腳的屋都沒得，也覺著難過，嘆著氣勸道：「且忍忍吧，我看二少夫人是個會賺錢的，想必過不了多久，連粗使丫頭都能有屋住。」

說話間外面就喧嘩起來，原來是酒席得了，裡外兩桌，張梁等在裡面那桌，院子裡是特意為小墜子幾人備的。她們妾室本沒有上桌的資格，但今日特殊，便在外面設了一桌，讓她們也坐個席。

小丫頭將小墜子請到桌上，她卻不敢就坐，先到裡面與張梁方氏磕過頭又敬過茶，這才回轉落座。

張梁想著小墜子許諾他的話，覺得這妮子真是知情識趣，比方氏懂事，便特意命下人們都去院子裡向新姨娘行禮。

因李舒房裡人多，一時間院子裡擠滿了人，俱躬身行禮，口稱見過新姨娘，讓小墜子臉上極有光彩，直覺得就算把嫁妝都把給張梁也是值得的。

流霞與流雲臉上的羨慕遮也遮不住，又不好意思讓二房家的人瞧見，只得藉著與小墜子敬酒來掩飾。

酒杯一伸出去，流霞才發現流雲不知什麼時候也上了桌，她眉頭一皺，輕聲斥道：「妳懂不懂規矩，一個丫頭也敢上桌，這不是讓人笑話咱們大房嗎？」

流雲倒也曉得體面，不願當著二房這許多人的面與她吵鬧，便眼巴巴地望著小墜子，盼她與自己講句話。

流霞趕在小墜子開口前，按著她賣身前的姓，喚了她一聲郭姨娘，道：「妳如今做了姨娘，往後得留神，莫要讓那些有心朝上爬的丫頭鑽了空子。」

二房院兒裡的丫頭還真不少，確實不能亂了規矩，小墜子雖有心替流雲求情，但如今她身分不同，也得為自己考慮，若今兒讓一個通房上了桌，那往後若張梁也有了通房丫頭，是否也該與姨娘平起平坐？

不過今日是她大喜的日子，不宜鬧將開來，於是笑道：「是我考慮不周，忘了另設一桌。」說著吩咐廚房，在她們的大桌旁邊再擺上一張小桌，請流雲過去坐。

流雲心中暗恨，黑著一張臉挪到小桌子前坐了，直到張伯臨的兩個通房丫頭來道賀，也坐到了小桌子，她見有人相陪才臉色稍霽。

流霞待小墜子吃過幾盞酒，悄聲與她道：「如今咱們都有了歸宿，八娘子卻還孤身一人，大夫人與二少夫人瞧著，實在不忍心，妳何不趁著今天的好日子，等晚間與二老爺獨處時向他提一提？」

小墜子問道：「這是大夫人的意思？」

流霞點了點頭，道：「八娘子有父有母，這事兒本不該我們大房操心，但她性子軟弱，若不尋個老實婆家，只怕再嫁日子也難過。妳千萬囑咐二老爺，與她挑個老實本分的人家，莫要由著二夫人胡來。」

這是小墜子到二房後楊氏交待給她的第一件事，她萬萬沒想到卻是為著二房的閨女，不禁深感楊氏與林依心善，往後指著她們做娘家，日子想來不會難過。

流霞還惦記著向楊氏回話，吃過酒便起身告辭，與流雲兩個，一個喜洋洋，一個氣鼓鼓，一路彆扭著回到家中。

楊氏聽說她們差事辦得好，小墜子也機靈，十分高興，特許她們去廳裡歇息兩個時辰。

林依也在一旁聽著，她實在沒想到小墜子竟能在二房過得如魚得水，愣是沒讓方氏討著好，不禁暗自佩服。

沒過幾日，楊氏與林依的衣裳做好，綢緞莊掌櫃命人送了來，兩人試穿一回都十分滿意，楊氏要付錢，被林依攔住，用轉買婢女的錢付了帳。

待得楊氏與林依訂做的金項圈送到，張八娘來瞧了一回，便邀林依陪她逛街，去與李舒的兒子買一枚長命鎖。

因帳房無人替代，林依只好與她商量等打烊後再去，張八娘爽快同意，林依卻琢磨起來，該是時候多請一位帳房了，不然張八娘被鎖住了腳，哪裡也不能去。

楊氏聽說林依要請帳房，建議她買一個來，穩妥可靠。林依卻覺得買一個能寫會算的人來，那得多少錢，還是雇人划算，再說帳房只管記帳並不收錢，想貪污挪用也沒路子。楊氏聽她講得有理，只好依了她。林依便請了牙儈帶人來，一番考校，最後挑出一位落魄秀才的閨女，請她在張八娘有事外出時前來頂班。

轉眼一個月過去，二房為嫡出的孫子大擺滿月酒，大房備了豐厚的賀禮，舉家前往祥符縣坐席。二房院子小，凡是男客都引往了酒樓，家中只招待女客，這讓講究規矩的楊氏很滿意。李舒娘家遠在雅州，只送了賀禮來，並未來人。楊氏見她屋內人少，見過侄孫子，便只自己出去，留下林依陪她講話兒。

李舒羨慕道：「還是妳婆母好心，不僅體諒自個兒媳婦，還能體諒侄媳婦。」

林依望著她笑道：「我婆母待妳比待我好，還特意送個人來與妳分憂。」

李舒知她指的是小墜子，忍不住捂嘴笑了，但又見張八娘在一旁，不敢打開來講，只得轉了話題，讚她們送的禮很吉利，她很喜歡。

張八娘見到襁褓中白白胖胖的小子，就想起了自己的兒子，抱著不肯撒手，李舒與林依見此情景都暗嘆一口氣。

幾人正說著話兒，張浚明邁著小腿兒衝了進來，看見桌上有糖，跳著就要抓，嘴裡喊著：「娘，糖，糖，娘……」

他的奶娘急匆匆趕進來，慌忙將他摟進懷裡，道：「小少爺，客人在呢，咱們出去。」

李舒嗔怪道：「不就是討個糖，這裡也沒有外人，看妳嚇著他。」說著招手叫張浚明過來，將他抱至膝上，拿了糖餵他吃。

林依見李舒待庶子有如己出，並不因有了嫡子就冷淡於他，很有幾分佩服，捫心自問，她肯定是做不到這點的。

吃酒時，方氏因欠著楊氏的錢，生怕她討，話都不敢多講一句，昔日的風采蕩然無存。林依沾光，落了清靜，愈發佩服楊氏有計謀，制服了方氏不說，還讓她兩口子覺得占了便宜，講不出二話。

張家根基不在北邊，親戚甚少，來客大多是張伯臨的同僚夫人，吃過酒，略坐了坐便散了去。廳內只剩下張家自己人，張梁便命人收拾了桌子，取出一疊媒人送來的帖子，遞與楊氏瞧，請她幫張八娘挑個好夫婿。

張八娘一聽說那是寫了男方生辰八字、家庭概況的帖子，羞得扭身就跑，叫也叫不住。

楊氏好笑道：「她是再嫁，自己作得主，卻害羞成這樣子。」

張梁拱手道：「那就只能勞煩大嫂幫侄女兒挑一挑，選出合適的，再拿去與她瞧。」

他們你一句我一句講得熱鬧，完全視方氏為無物，氣得她差點摔了茶盞。李舒也不願耽誤張八娘的終身大事，便領著自家房裡的兩名妾走到方氏面前，邀她去房裡瞧嫡孫。

錦書與青蓮都是調教過的人，極會看李舒的眼色行事，不等方氏開口，就一左一右將她扶起，笑嘻嘻道：「二夫人，快去我們大少夫人房裡瞧小少爺，小少爺想祖母呢。」又朝後喚小墜子：「郭姨娘，快些幫二夫人拿著帕子。」

幾人不容方氏插嘴，一陣風似的把她捲走了，看得眾人都樂。

且不理方氏在李舒房裡怎樣看嫡孫，廳內這幾人沒有她的干擾，很快挑出了兩名人選，一家住在東京城內，一家則就在這祥符縣。東京城裡的那位姓羅，是個落第書生，如今與張梁是同行，靠坐館為生，妻子早亡，留有一女，年方十四。祥符縣的這位姓時，家中做著大生意，頗有錢財，他也成過親，媳婦前年讓他給休了，留有一子，今年五歲。

林依湊在楊氏身邊看完，忍不住問道：「就沒那未成過親的？」

楊氏指了指剩下的那堆帖子，道：「自然有的，不過不是家貧如洗，就是身有殘疾。」

林依一想也是，就算開明如現代，離過婚的女人身價也就減了，更何況是千年前的大宋。不過等她將羅、時兩人的帖子又仔細看了一遍，就明白了楊氏的用意——這兩位都是父母雙亡，張八娘若嫁過去，便無須在婆母面前立規矩。

但林依有一擔憂，當時就講了出來：「沒有婆母固然不用立規矩，可這樣一來，男人也就沒了管束，八娘子又好性兒，豈不是讓他們能夠為所欲為。」

張梁與楊氏都覺著她講得有理，思索起來，過了一時，張梁揀起羅書生的帖子，道：「如此看來，還是選這書生妥當，到底是讀書人，做事不會太出格。」

林依暗道，那些出格的事只怕大都是讀書人做出來的，沒讀過書的還想不出來呢。張梁也是讀書人，這話她不敢當著面講出來，只好道：「還是把兩張帖子都拿去與八娘子瞧瞧，指不定她想離父母近些。」

張梁點頭道：「言之有理。」

林依便將羅、時二人的帖子袖了，出去尋張八娘。其實張八娘根本未走遠，就挨著牆邊站著，躲在個角落裡，生怕人瞧見，可眼睛又不時朝屋裡望。

林依忍著笑，走上前去將她碰了一碰，問道：「咱們是在這裡看，還是尋個屋子坐下再說？」

張八娘朝四周看了看，院子裡不時有下人經過，她臉上有些發紅，小聲道：「咱們到大嫂屋裡去。」

林依心想方氏在李舒屋裡呢，去那裡做什麼，但方氏畢竟是張八娘的親娘，怎好直接道明要避著她，只得尋了個藉口，道：「大嫂屋裡人多，又有個奶娃，不甚方便，不如到浚明的屋裡去。」

張浚明此時多半在李舒屋裡，再說就算不在，他也只是個虛歲三歲多的娃娃，不妨事。張八娘便點了頭，跟著林依到張浚明屋裡去。

張浚明房裡，奶娘正在收撿玩具，小浚明則舉著個風車從東跑到西。林依將出幾個錢，叫奶娘帶張浚明去外面買糖葫蘆吃，把他們支了出去。張八娘關上房門，也不坐下，含羞看林依。

林依朝她一笑，自袖子裡取出羅、時二人的帖子，遞與她道：「這是兩個冒尖的，叔叔與我婆母都道好。」

張八娘低頭看帖子，問道：「那妳覺得呢？」

林依挨著她坐下，推心置腹道：「是不是最好那是其次，關鍵是兩人要能過到一起去。」

張八娘連連點頭，一手托著帖子，另一手在上頭不住地摩挲。林依探頭一看，乃是羅書生那張，便知張八娘是中意他了，遂問了她一句。

張八娘到底與她熟，又是平輩，因此雖害羞，話倒不曾藏著，道：「三娘，妳是曉得我的，我自幼便愛讀幾本書，只因表哥自己不愛讀書，也不愛看著別人讀，這才忍了幾年。」

林依明白了，張八娘是瞧上了羅書生是個讀書人，嫁過去會有共同語言，笑道：「英雄所見略同，我也覺得這個強些。」

張八娘含羞一笑，把帖子遞還給她，又起身福了一福。林依仍把帖子藏進袖子，拉著張八娘的手，玩笑道：「這人雖好，但只憑紙上幾筆瞧不出詳細，待我們尋個機會偷偷去瞧兩眼，萬一是個麻子便罷了。」

張八娘笑推她一把，嗔道：「妳才麻子呢。」

林依詫異道：「還未謀面，這就護著了？」

地瞧。」

張八娘滿面通紅，道：「虧妳還是二嫂，哪有嫂子樣兒？就算要瞧，也得等他提相媳婦，正大光明地瞧。」

相媳婦林依是知道的，男女成婚之前，若男方想提前相看，便請媒人告知女方，約定時間，遣家人前往女方相看；或選個環境幽雅的酒樓，讓新人提前見個面。不過這相媳婦的主動權在男方，若他家相看滿意，便贈金釵一支，若不滿意，則送彩緞兩匹壓驚。自然也有那女家收了彩緞而不服氣，告上官府的，這是閒話。

林依問道：「若羅家相媳婦，只遣媒人和親戚到妳家來瞧，妳還是見不著羅官人。」

張八娘扭扭捏捏道：「請媒人美言幾句即可。」

林依樂了，原來張八娘只是表面害羞，其實內裡門兒清，這下她可放心了。她袖著帖子，重回廳上，欲將張八娘的決定告訴張梁與楊氏，卻發現那裡早已鬧作了一團。

李舒站在門外，瞧見林依過來，忙攔住她道：「二夫人正與二老爺爭執呢，妳先別進去。」

錦書看了青蓮一眼，責備道：「都怪青蓮沒看住二夫人，叫她溜了出來。」

青蓮回嘴道：「我沒看住？那妳作什麼去了？」

眼見兩個通房就要吵起來，李舒忙低聲喝止，命她們退至一旁。

林依問道：「二夫人為何與二老爺爭吵？」

李舒答道：「就為八娘子的婚事。二老爺與大夫人中意羅書生，二夫人卻稱時大官人才是佳婿。」

方氏準是瞧上了時家的錢財，不過身為母親，希望女兒過得更好也無可厚非。林依朝裡面瞧了瞧，擔心道：「那時大官人確是不錯，只不過八娘子自個兒挑的也是羅書生呢，這可怎辦？」

李舒一點兒也不擔心，輕鬆道：「怎辦？少不得鬧一場。不過咱們是晚輩，哪裡插得上話，且到我房裡吃盞茶再來。」

林依心想，反正張梁堅持的也是羅書生，就讓他與方氏理論去吧，於是便同李舒朝她房裡走，又問道：「我方才瞧了瞧，我婆母並不在廳裡，卻是去了何處？」

李舒掩嘴笑道：「大夫人精得跟什麼似的，二夫人一來，就躲出去了。」

兩人到了房裡才發現楊氏也在，正由甄嬸陪著，逗弄李舒的兒子，才取了大名的張浚海。楊氏見她們進來，向李舒笑道：「我來瞧瞧侄孫子。」

李舒忙請她坐下，命人換新茶。

楊氏問林依道：「見過八娘子了？」

林依將羅書生的帖子遞過去，楊氏便明白了，道：「咱們挑的都是羅書生，只有二夫人中意時大官人，可有一場好吵。」

雖然張八娘自己愛那羅書生，但畢竟都不曾見過，也不能說明時大官人就一定不合適。林依與楊氏和李舒商量，張八娘命運多舛，再嫁一定得慎重，不如她們先幫她相看相看，再拿主意。

李舒笑道：「不消妳說，二老爺將八娘心疼得緊呢，那些能到家裡來的帖子都是他老人家親自打聽，親眼見過了的，據說個個都是一表人才，家世清白。」

可憐天下父母心，林依沒想到一向只會吃酒的張梁，為了女兒，竟也能心細如此。

楊氏也覺得作為父親，張梁這次做得確實不錯，但方氏一向蠻橫，不知這回爭吵，誰能占上風。

李舒得知楊氏的擔憂，安慰她道：「二老爺時常在家抱怨，先前就不該聽二夫人的話，將八娘子嫁與了方家，這回她再嫁，定不會再聽二夫人的。」

正說著，張八娘衝了進來，正要開口，見楊氏也在，又把嘴閉上了。楊氏曉得她想講什麼，拉她坐下，道：「妳放心，妳爹會替妳作主，我們也會幫妳。」

張八娘羞得低下了頭，小聲道：「多謝伯母。」

也許方氏瞧上時大官人是看上了他家的錢財，不過林依並不覺得這有什麼不對，興許人家既會賺錢，又與張八娘有相同的愛好，喜歡讀書呢。若真是那樣，張八娘嫁到時家去倒也不錯。這樣想著，她便問李舒道：「帖子上的那些人既然二老爺都親自瞧過，那他有無打聽過，時大官人是否愛讀書？」

李舒道：「這個卻是不知。」說完，見林依有些失望，又笑道：「愛不愛讀書咱們不曉得，不過同住祥符縣，我倒是知道他大字不識。」

林依瞧著張八娘的目光黯淡下去，嗔怪李舒道：「大嫂，都什麼時候了，還有心思開玩笑。」

李舒也發現張八娘神色不對，忙止了笑，道：「二夫人一定爭不過二老爺，為何妳們都不信我？」她還真是沒料錯，話音未落，就見青蓮飛奔來報，稱二夫人被二老爺教訓了一番，敗下陣來，同意將張八娘的草帖送去羅書生家。

林依看著張八娘的臉色重回春光明媚，替她高興之餘，又止不住地感嘆，大宋女子的婚姻大事竟不到半日便定了下來，實在稱得上是神速。這素未謀面，只聽了旁人描述就要嫁了，倘若進了門才發現性子不和，品行不佳，該當如何？林依突然覺得自己能嫁給知根知底的張仲微，在父母之命媒妁之言的大宋，實屬幸事了。

張梁即時請來媒人，將草帖交付，覺得心情舒暢，直留大房一家吃過晚飯，才使人送他們回去。

臨行前，林依念著張八娘要成親了，問她是否就留在家中以應酬媒人。張八娘覺得好笑，就算她是再嫁之身，婚事自己能作主，但應酬媒人也輪不到她，自有父母操心，她唯一需要出面的地方，除了相媳婦，就是成親日。

這番說法讓骨子裡還殘留著自由戀愛觀念的林依又感嘆了一把。

回到家中，天已黑了，林依又累，洗了就睡，張仲微卻羨慕張伯臨年紀輕輕就有了兩個兒子，遂纏住林依不放，恨不得立時也生出一個來。

林依想起楊氏所贈的宜男百花裙，再看看賣力幹活兒的張仲微，突然開口道：「咱們成親也有大半年了，怎卻還無消息，明兒請個郎中來瞧瞧吧。」

張仲微正在興頭上，嫌她不專心，哼哈了兩句，低頭堵上了她的嘴。他不在意，林依卻放在了心上，第二日便背著楊氏將郎中請到了家裡來，隔著屏風伸出搭了帕子的手，請他號脈。

那郎中乃是京城名醫，達官貴人家的常客，林依花了大價錢才請到他出門。這位名醫年紀不小，白鬍子大把，皺著眉頭細細診了半日，卻忽地站起身，發起脾氣來：「夫人這是逗我老頭子玩呢？明明有了喜脈卻稱不孕，害我診了半日。」

林依不大相信，她月事較之上月確實遲了兩三天，不過她這幾個月一直為新酒樓勞心勞力，月事不規律乃是常事，而且這才推遲幾天，就能診出懷孕了？

她心中存疑，但不敢得罪名醫，只得任由那老頭子發了一通脾氣，再收下他開的保胎藥方，付了不菲的價錢。

青苗自後門悄悄送走郎中，回來恭喜林依，又要去告訴楊氏這個好消息。林依卻擔心是詐糊，攔住了她，命她重新請個郎中來瞧。青苗心想，方才請的是名醫，那這回就請個普通的，於是在街邊隨便拉了個遊醫領回家來。

這位遊醫診過脈，稱林依是體寒脾虛，操勞過度，才導致不孕，最後開出一張調養藥方，讓她按時服用。

青苗本覺得再請郎中是多此一舉，可這下也犯起糊塗來，林依到底是不孕還是有孕？

這人哪，要麼懷孕欣喜，要麼不孕失望，可這診斷結果截然相反，讓人怎麼辦？林依現在的心情很複雜，不知該哭還是該笑。

青苗覺得名醫的說法更可靠，畢竟口碑在那裡擺著，但林依認為再有名的郎中也有失手的時候，於是讓青苗陸續又請了幾名郎中來一一診過。

號過脈後，那幾位郎中的見解可謂是眾說紛紜，有說不孕症的，有說身體失調的，也有說有喜的，還有一位琢磨良久，稱，就算是有孕也時日尚早，怕是斷不準，建議林依先觀察一段時間再作診斷。

青苗送走最後一位郎中，關起門來問林依：「二少夫人，他們各說各的，咱們究竟聽誰的好？」

林依苦笑著撫上小腹，無奈道：「寧可信其有不可信其無，只能照有位郎中講的，等上一等再看了。」

青苗笑道：「這話有道理，若二少夫人是真有孕，再過幾個月，肚子該大了，一眼就能瞧出來。」

林依忍不住笑了，哪消等那樣久，若這個月過完月事還不來，那十有八九便是有了。笑著笑著，她的表情僵住了，月事不來，除了懷孕，也有月經不調的可能，哪能就肯定是前者呢？那位郎中讓她等一段時間再行診脈，倒是有幾分道理的。

青苗見林依表情怪異，關切問道：「二少夫人，妳可是身子不舒服？我去照著方子抓藥吧。」她取過方子，又開始犯糊塗，是抓安胎藥，還是抓調理身子的藥，又或是該抓治療不孕症的藥？

林依嘆了口氣，道：「收起來吧，等過段時間，重新請郎中來瞧過再說。」

青苗知道今日之事是瞞著楊氏的，便把藥方小心疊好，鎖進了箱子裡。

晚上，林依躺在床上發呆，張仲微逗了她好一時也不見個笑臉，他琢磨半晌，想起昨晚林依的話，忙問：「娘子，妳請郎中來家了？」

林依點了點頭，仍舊不作聲。張仲微瞧她這表情，心一沉，抓緊她的手道：「莫急，有病治病，總會有辦法的。」

林依翻了個身，悶聲道：「倒不如有病，該怎麼治就怎麼治，還暢快些。」

張仲微見她講得蹊蹺，忙問詳細。林依將那幾個郎中的診斷講了一遍，又翻身下床，取出一疊藥方，苦惱道：「仲微，你說我該聽誰的？」

張仲微哪懂得這個，撓了撓腦袋，安慰她道：「各執一詞，總比下了決斷好。咱們就先等上一等，過些日子再請那有名望的郎中來。」

他的想法與林依的打算是一樣的，就目前來說也只能這樣了。林依將藥方重新藏好，叮囑張仲微道：「先別告訴娘，免得讓她擔心，等郎中確診再說。」

張仲微點了點頭，又不住地安慰她，叫她放寬心，直到哄得林依一笑，才安心睡去。

這世上就沒有不漏風的牆，林依一天之內請了這許多郎中來家，想把所有人都瞞過去是不可能的。楊氏那裡首先得到了消息，但林依不講，她就不問，且禁止底下的人私自議論。

第二個得到消息的人，讓人怎麼也想不到，居然是遠在祥符縣的方氏。那位診斷林依體寒脾虛的遊醫，走街串巷，隔日到了祥符縣，正巧方氏因沒能招得時大官人做女婿，身子不適，將他請了去。她閒話中得知遊醫頭一日剛去過張家大房，便不住地打聽詢問。

參之章　孕事疑雲

那遊醫做人不道地，明明收過了林依的封口費，卻還是經不住方氏軟泡硬磨，一不留神，就把底兒抖露了出來。

那體寒脾虛、操勞過度等語聽在方氏耳裡就等同於不孕症，她心裡一急，因張八娘而起的小病症好了，身子也適了，待遊醫一走，便火急火燎地從床上爬起來，請張梁，喚李舒，稱張仲微恐怕要絕後，趕緊幫他尋個能生養的美妾送過去。

張梁和李舒冷不丁聽她講了一大篇，皆是丈二金剛摸不著頭腦，直到等她講出林依患有不孕症，這才明白過來。

張梁也十分關心張仲微的子嗣情況，急急忙忙問道：「郎中確診了？大房使人來送信了？」

方氏是自己作主把身體不調改成了不孕症，心裡還是有些虛，支支吾吾道：「我是聽方才那個遊醫講的，他昨日才去給仲微媳婦瞧過病。」

李舒不相信，前日她兒子滿月，大房不但送了金項圈，還把欠她的十貫錢還清了，既是過得這樣富裕，怎會請個遊醫去瞧病。張梁聽她這一說，也懷疑起來，問方氏道：「妳莫不是聽錯了？」

方氏大聲喚任嬸，立馬就準備換出門的衣裳，道：「錯不錯的，我走一趟便知。」

李舒欲攔，張梁卻覺得該去一趟，便准許方氏帶上任嬸，朝東京城去了。

自林依新酒樓落成，方氏和任嬸還是頭一遭來，打聽著才尋到地方，抬頭一看，重簷疊瓦，畫角飛梁，好個威風的酒樓。任嬸躊躇道：「二夫人，妳看大房這酒樓蓋的，哪像是請遊醫的人家，許是妳聽岔了，咱們還是回去吧。」

方氏瞪她一眼，道：「妳瞧著大房發達了，就替他們講話了？」

任嬸忙稱不敢，縮到方氏後面去。

方氏昂首挺胸走到酒樓門前，問那跑堂的道：「妳們東家在何處，叫她來見我。」

跑堂的瞧她兩眼，認定是鬧事之人，正要喚鎮場的媳婦子，卻聽得櫃檯後的張八娘喚了一聲娘，這才曉得是二房的夫人，忙恭敬將她迎了進來。

張八娘以為方氏是為了她的親事來的，待想上前，卻又不敢，便把楊嬸推到面前擋著。

楊嬸只好走出櫃檯，命酒保上酒，招待方氏。方氏卻把手一擺，道：「我不是來吃酒的，妳們二少夫人在哪裡？」

不是吃酒的，那就是來尋事的，楊嬸馬上朝跑堂的使了個眼色。跑堂的都是眼觀六路耳聽八方之人，立時會意，悄悄溜到後院去了。

楊嬸怕方氏在酒樓裡鬧將起來，便哄她道：「二夫人，二少夫人並不住這裡，妳且繞到酒樓後面，從那小門進去。」其實酒樓內有直通後院的門，楊嬸是為了給跑堂的留出報信的時間，才故意這樣講。

方氏朝酒樓內看了看，的確不是居家的地方，那後門又隱蔽，沒讓她發現，便信了楊嬸的話，站起身來，一面朝外走，一面問道：「楊嬸，我把妳送與大房，如今風光了？現在這酒樓任何職？」

楊嬸謙遜道：「不過幫二少夫人打打下手罷了，承蒙她看得起，叫我做個掌櫃的。」

「掌櫃的？」方氏腳步一滯，回頭看了一眼，驚訝問道，「原來掌櫃的不是我家八娘？」

楊嬸聽她語氣不善，忙道：「『掌櫃的』只是講出來好聽，其實就是打雜的。八娘子是主子，怎能做這樣的活計，自然是有更重要的職務在身。」

方氏不依不饒，非要弄個清楚，問道：「那八娘子現任何職？」

楊嬸道：「二少夫人最信任八娘子，叫她管著帳呢。」

張八娘也靠了過來，道：「娘，三娘說她信不過別個，只叫我管帳。」

方氏並不曉得林依這酒樓帳房只管記帳，並不管錢，她眼珠兒一轉，心道，帳房這職務確是重要，且又有油水可撈，不錯不錯。於是臉上笑開了花，抓住張八娘的手連拍兩下，轉身走了出去，直奔後院。

楊氏與林依早已接到跑堂的信兒，卻都猜不出方氏來做什麼，只疑惑，她還欠著大房的錢呢，就敢上門尋事？

流霞與流雲兩個奉命在院門口坐著嗑瓜子兒，小扣子則在院子裡掃地。方氏一來，見到的就是這副景象，她認得流霞兩個，便逕直走過去，叫她二人讓路。流霞與流雲兩個笑嘻嘻起身，拉方氏在板凳上坐下，遞過一把瓜子兒，指了塵土飛揚的院子道：「二夫人，得罪，家裡正大掃除，到處是灰，且委屈妳在這裡稍坐，待得屋裡收拾乾淨了再進去。」

方氏心道，只是叫她等一等，並不是將她拒之門外，便真坐了下來，接過瓜子兒來嗑。流霞與流雲嘴甜，又會引人說話兒，三言兩語就把方氏的來意套了出來。她們早就知道林依請遊醫的事，倒也不奇怪，仍舊神色自如地陪方氏閒話。

而院子裡掃地的小扣子則趁方氏不注意，悄悄丟了掃帚，奔進了屋裡去，急急地將方氏方才講的話轉述了一遍。

林依聽說方氏是為她的「不孕症」而來，大吃一驚，臉色刷的就白了。楊氏也是一驚，她只曉得林依請了許多郎中來家，卻不知是為這事兒。她朝旁邊一看，瞧見林依的臉色不對，忙按下旁的心思，道：「媳婦，二夫人的話哪裡作得了準，定是她道聽塗說，上門尋事。」

事到如今，林依想瞞也瞞不住了，只得將昨日瞧病的情形向楊氏講了一遍。她講完，心中忐忑，怕楊氏失望，又怕楊氏難過。

楊氏還道是郎中下了結論，原來還有希望，忙安慰林依道：「妳沒生養過，所以不知道，這胎若才懷上，是不大診得準，所以郎中們才各持其詞，咱們且等上一等，到了下個月再請郎中來瞧。」

楊氏講得有理有據，讓林依心裡好受不少，不過方氏還在外頭，想藉機生事，該如何打發才好？

林依擔心方氏找碴，楊氏卻毫不在意，因為她得知京城名醫診的是林依有喜，覺得此事八九不離十，方才只是怕有個萬一，讓林依空歡喜一場，所以才勸她等一等。

方氏在外等得不耐煩，催小扣子進來問。

楊氏心想，林依若有孕，可受不得氣，還是不要讓她與方氏見面的好。於是便勸林依回房，道：「這幾日妳得好生保養，且回去歇著吧，二夫人那裡我來打發。」

林依還記得方氏上回在楊氏面前吃癟，知道她對付方氏是綽綽有餘，於是便依了她，放心回房。

方氏在院門口候了半天，消磨掉不少火氣，進屋時就沒急著吵鬧，先朝四面看了看，問道：「仲微媳婦怎地不在？」

楊氏面露不悅，責道：「弟妹也是大家出身，見了長嫂竟不行禮？」不守禮數乃是大忌諱，講出去人人都會譴責，方氏只惦記著尋林依，居然忘了這樣重要的事，登時臉上紅作一片，忙不迭送地福下身去。

由於方氏的疏忽，第一回合楊氏占了上風，她臉上一派雲淡風輕，請方氏坐下，閒閒吃茶。

方氏見她如此，斷定她還不知情，於是故作神祕，問道：「大嫂，你們大房出了天大的事，妳還不曉得？」

楊氏面露疑惑，旋即恍然：「昨日我頭疼腦熱卻查不出病因，遂請了好些郎中來家裡瞧病，弟妹指的可是這事？不過京城名醫已幫我瞧過了，不是什麼大症，吃幾劑藥便好。」

不是林依瞧病，怎變作了楊氏？方氏糊塗了，不知該相信面前這位，還是相信那遊醫。她低頭琢磨一時，忽地明白過來，女人不孕是丟人的事，楊氏定是為了替林依隱瞞，才謊稱是她自己瞧病。

這一想通，方氏就又神氣起來，衝楊氏笑道：「大嫂，妳的心情我理解，但既得了病就得治，千萬別諱疾忌醫。」

楊氏裝作聽不懂她的話，奇道：「昨日我才照著方子抓了藥，這還叫『諱疾忌醫』？」

方氏盯著她道：「大嫂，別裝糊塗，妳明曉得我指的不是妳，而是仲微媳婦。」說著站起身來，叫道：「仲微媳婦呢，嬸娘到了也不出來拜見。」

楊氏皺眉道：「咱們張家如今出了三個朝廷官員，也算得是個官宦人家，弟妹如此大呼小叫成何體統？妳若再不守規矩，置張家臉面於不顧，就別怪長嫂代行母職，請出家法。」

方氏見楊氏這般嚴厲，唬了一跳，忙重新坐下，嘀咕道：「早已分了家了，妳大房的家法行不到我們二房來。」

楊氏冷聲道：「既然妳曉得分了家，就莫要管我們大房的事。仲微媳婦如今是我的兒媳，輪不到妳來問詢。」

方氏十二萬分的委屈，道：「我是一片好意，擔心大房子嗣。若是仲微媳婦不能生育，還是早些與仲微收房妾室。」

楊氏道：「弟妹聽哪個亂嚼的舌頭，什麼不能生育，沒影兒的事。」

方氏叫道：「真是誰人生的誰人疼，我看妳根本就沒把仲微的事放在心上，這樣的大事都敢捂著，想叫我家仲微無後？」

楊氏不怪張仲微在方氏面前行孝道，卻最恨方氏還把張仲微當兒子，處處越權，因此一聽此話，火冒三丈。她自重身分，不肯與方氏對罵，便高喊一聲：「流霞還不來換茶？」

流霞與流雲就在外頭候命，聽得一聲兒，齊齊跑進屋來，前者狠瞪了方氏一眼，罵道：「好端端的，二夫人咒我家二少爺作甚？明明無恙，生生被妳講作了無嗣。」

後者也想討楊氏歡心，不甘示弱，笑嘻嘻與方氏道：「既然二夫人這般操心二少爺的子嗣，何不買個妾與他送來？」

流霞在外人面前素來與流雲配合得好，這也是楊氏特意將她二人帶在身邊的原因之一，只見她裝模作樣斥道：「流雲，妳休要諢說，二夫人現欠著大夫人的債，妳還慫恿她花錢與二少爺買妾。」

楊氏對她二人的表現十分滿意，出聲道：「雖然分了家，一筆寫不出兩個張字，提那欠債作甚，還怕二夫人不還。」說完又安慰方氏：「她們兩個妾懂得什麼，弟妹切莫動氣，那錢我不急著要，妳慢慢還便是。」

方氏氣呼呼地已是準備動手了，經楊氏這一說，不好再發作，萬一楊氏翻臉不認人，當場叫她還債，怎辦？

流霞與流雲兩個也識趣，上前行禮、道歉，忙個不停，稱她們上不檯面、不懂事，惹了方氏生氣，請她原諒。

楊氏許方氏暫緩還債，兩個妾室也道了歉，方氏裡子面子都全了，又見楊氏咬定了林依無事，不肯鬆口，只得站起身來，告辭回家。

林依等方氏離去才從房裡出來，問楊氏道：「娘，嬸娘可曾為難妳？」

楊氏笑道：「我畢竟是她長嫂，她哪裡為難得了我？就是我斥責她幾句，她也不好出去說道。」

林依聽了這話，突然覺得大宋謹守禮教還是有宗好處，長嫂在弟媳面前始終占有優勢，不像她面對方氏，顧忌甚多。方氏也是不會做人，其實只要她不主動尋事，林依看在張仲微分上，凡有好處都少不了她的，可惜她處處與人為難，只知把林依朝死角裡逼，這才讓林依只惦記著防她，生不出敬愛之心來。

楊氏眼中滿是笑意，看了看林依毫無異狀的肚子，催她回去歇著，又叮囑看門的家丁與媳婦子，以後只要方氏再來，都直接領來見她，不許去煩林依。

四、五日後，張家二房將張八娘的草帖定帖換過，開始應羅家的要求，準備送張八娘去約定的酒樓相媳婦。張八娘事先塞給媒人的錢起了效，羅家選擇了「過眼」，即由羅書生親赴酒樓與張八娘相見。

林依很是替張八娘高興，一是高興她能提前見到未婚夫婿，二是高興她那份機靈勁，曉得買通媒人說服羅家。她幾乎能預見，這樣的張八娘到了羅家，即便性子依舊軟弱，但上無婆母彈壓，定能過得如意。

相媳婦這日，林依作為張八娘的二嫂、閨中的二嫂，極想陪她走一遭，但楊氏卻不許她去，稱時候差不多了，強留她在家，再請京城名醫為她診脈。

好巧不巧，楊氏這次請的名醫還是上回那位，老頭子號過脈，又發一通脾氣，大罵張家看不起他的醫術，不相信他的診斷結果，罵完，為了報復，開了一張貴之又貴的安胎藥方。

當時屋內的情景很是怪異，從楊氏到張仲微再到林依，明明挨著罵，臉上卻笑得十分燦爛，彷彿聽的不是怒罵，而是恭賀聲。

張仲微出去送名醫，也不管那張安胎藥方價錢幾何，照樣抓了來，即刻拿到小廚房去煎。

楊氏握著林依的手，笑道：「我就曉得是有喜了，先前沒有十分的肯定，才不敢告訴妳。」

林依也笑著，道：「還是娘有經驗，遇事不慌。」

楊氏馬上道：「多生幾個就有經驗了。」羞得林依這現代人也垂下頭去。

張仲微看著青苗煎好藥，親自端上來，要餵林依服用。楊氏還在一旁，林依不好意思，直拿眼瞪他，可惜張仲微歡天喜地，根本瞧不見她的眼神，一個勁地把湯匙朝她嘴邊餵。

楊氏心裡也高興，瞧他兩口子恩愛，抿嘴笑了，悄悄起身，把下人都帶了出去。

林依拍了張仲微一下兒，嗔道：「娘還在這裡呢，你就這樣，也不怕人笑話。」

張仲微理直氣壯道：「我怎樣了？我餵我自個兒媳婦服藥，怕什麼？」說著，盯了林依的肚子直樂呵：「還有我兒子。」

林依心裡一直有份憂慮，擔心自己是真的不孕，因此沒把方氏來過的事告訴張仲微，今日孕事確鑿，心頭湧上許多委屈，撲到張仲微懷裡，哽咽道：「前些日子，嬸娘不知從哪裡聽說了我不孕，找上門來，要與你納妾。」

張仲微忙把藥碗挪開，免得灑了，他聽林依講完，忍不住暗暗埋怨方氏，若林依真是不孕，又怎能在那時候提納妾，豈不是朝她傷口上撒鹽。身為人子，他再認為方氏做得不對，也不好在林依面前講她的壞話，只能再三表明自己的態度，不納妾，堅決不納妾。

林依最注重的還是張仲微的想法，只要他同自己一條心，任方氏再怎麼鬧也傷不了神。她見張仲微態度鮮明，抬起頭來時，嘴邊就啜了笑。張仲微見她展顏，方放下心來，又一時興起，含了一口藥，低頭嘴對著嘴，餵到她口中。

他舉動突然，林依先驚再喜後甜蜜，連過口的蜜餞也省了。

張八娘相媳婦回來，得知林依有孕，十分高興，張羅著要親自下廚，與她燉補湯。李舒陪張八娘去見過羅書生，也在林依這裡，笑著攔她道：「八娘子，妳還是與妳二嫂講講羅書生吧。」

李舒隱晦，張仲微卻口快，講了實話：「八娘，妳那手藝我都瞧不上，還敢燉湯與妳二嫂。」

張八娘頓腳氣道：「二哥，你快當爹的人了，還挖苦我。」

林依撫著小腹笑了，怪不得人人都盼子嗣，瞧這孩子還未出世，就已讓大家開懷了。

張八娘確實想與林依講一講羅書生，但礙著張仲微，不好意思開口。偏生張仲微關心她，也想聽一聽，賴著就是不肯走，最後還是林依再三保證如實轉述，才把他推了出去。

張八娘挽著林依的胳膊，將頭靠在她肩膀，含羞帶笑。林依見她這模樣，就全猜著了，問道：「如意了？」

張八娘將身扭了兩下，嗔道：「什麼呀，休要胡說。」

李舒有心逗她，接道：「既是胡說，那等我回去稟明二老爺與二夫人，退回定帖，另改戶人家。」她一本正經，張八娘就當了真，急道：「定帖已下，怎能再改。」

李舒與林依對視大笑，張八娘這才明白過來，羞得不敢抬頭。

李舒代張八娘發言，將羅家的情況講了講。那羅書生今年三十四歲，上無父母，旁無兄弟姊妹，家中只得他與女兒羅素雲。

林依暗道，家中人口越簡單，越適合單純的張八娘，這羅家確實不錯。

李舒又道：「羅書生書教得好，長年有人請他去坐館，日子過得還算殷實。他是東京本地人，家有幾間祖屋，院子隔了一半出租，另一半自住，說的是若娶親，就把那一半收回來，免得屋小，委屈了八娘子。」

張八娘滿臉通紅，道：「收什麼院子，仍租出去就好，東京物價貴，能賺一個是一個吧。」

李舒與林依齊齊打趣她道：「還沒嫁出去，就開始替人家著想了。」

張八娘愈發羞起來，捂著臉不敢看她們。林依瞭解張八娘，她羞歸羞，心裡一點兒不糊塗，遂道：「看叔叔嬸娘這樣子，很快便會定婚期，妳嫁妝可曾備得，講出來咱們合計合計。」

張八娘憂道：「我只得幾畝薄田，還遠在四川，奈何？」

林依介面道：「還有大嫂所贈的一匣子首飾全投在我這酒樓裡，不過咱們張家酒樓如今在京城也有些名氣，妳帶著股份出嫁倒也風光。」

李舒點頭稱是，以長嫂身分與林依商議，兩家湊個份子，幫張八娘備一份像樣的嫁妝。

照說父母在堂，這事兒輪不到兩個嫂子出力，但張梁與方氏境況如何大家都曉得，少不得要多擔一份。

張八娘萬分感激，卻又稱不敢讓兩位嫂子破費，堅辭不受，直到李舒稱此舉不但是為了她個人，還關乎張家臉面，她這才勉強同意，但只稱是借的，將來一定奉還。

李舒與林依商量後，又問過張八娘的意見，當時便將嫁妝單寫了下來，計算金額，李舒出了大頭，林依出小頭，又另有體己相贈。她們都深諳方氏的脾氣，雖決定要助張八娘，卻把嫁妝單藏起，也不許張八娘向其他人講，只等方氏主動來討時，再裝作不情不願的模樣拿出來，以防她藉機加碼。

李舒與林、張二人討論完嫁妝事宜，動身歸家，向公婆稟報過相媳婦的細節，又提了提林依有孕的事。

張梁一聽就責怪起方氏來：「那日我就說是妳聽錯了遊醫的話，妳偏不相信，還跑上門去問，生生得罪了大房一回。」

方氏嘀咕道：「我是好心，仲微是我生的，我能不替他著急嗎？我也就是沒錢，不然都買了妾送過去了。」她說著說著，突然眼一亮，拉了張梁道：「仲微媳婦才有了孕，怎好服侍仲微，不如咱們送個妾過去。」

張梁覺得這主意還不錯，但送妾就得先買妾，小墜子的身價錢尚未還清呢，哪裡來的閒錢。他撚著鬍子晃了晃腦袋，道：「這事兒不急，以後再說吧，先辦八娘的婚事。」

方氏道：「八娘的婚事有什麼難的，把你的束脩取幾貫出來，添些嫁妝便是。仲微那媳婦向來與我們不貼心，我得挑個與咱們親近的人兒，調教一番後送過去。」

東京地界買人可比不得眉州鄉下，動輒就是幾百貫，張梁覺得方氏是在癡人說夢，懶得理她。他走到小墜子房裡，問她道：「我前些日子叫妳替我收著的錢呢，拿出來數數。」

小墜子知道他是在攢錢，要與張八娘辦嫁妝，聞言忙開了箱子，取出個小匣兒，捧到他面前。張梁搬著匣子，橫著數豎著數，數來數去還是只有三貫錢，他仰天長嘆：「怎會窮到如此地步。」

小墜子朝外努了努嘴，道：「二夫人那裡還有兩貫呢，我早上才看見任嬸拿進去的。」

張梁一拍匣子，道：「八娘是她生的，那兩貫錢少不得要她拿出來，只是這樣錢也不夠，叫人好不苦惱。」

小墜子想了想，問道：「不知二老爺捨不捨得少吃兩盅酒？」

張梁道：「只要我閨女嫁得風光，就是從今往後不吃又何妨？」

小墜子便爬到床下，拖出自己的嫁妝箱子，打開來道：「我這裡還有幾匹料子，本是想留著與二老爺換酒吃的，若是二老爺不嫌棄就拿去使吧，雖說不是什麼好料子，但多少能換幾個錢。」

張梁沒想到小墜子這般有情意，竟捨得拿自個兒的嫁妝與張八娘作陪嫁，他著實有些感動，取了那布料，向小墜子保證：「妳放心，將來二老爺我不會虧待了妳。」

兩頭都在忙活，張八娘的嫁妝很快就備齊，方氏卻不知道，因此沒有辜負李舒和林依的「期望」，先後向張伯臨和張仲微提出要求，讓他們為妹子的嫁妝出份力。

李舒與林依按照事先商量好的套路，先是拒絕，後在方氏的反覆要求下，才裝作勉強答應，將早就準備好的嫁妝單子呈了上去。

這些小動作張伯臨與張仲微自然是蒙在鼓裡，按照李舒的說法，院內的家務事不是男人該插手的，問都不該問。

張八娘很快便風光嫁了出去，因羅家就在東京城，離得並不遠，而羅書生也不是迂腐之人，便仍舊到張家酒樓做帳房。婚後幾日，她過得極為愜意，忍不住悄悄與林依感嘆，沒有婆母折騰的日子就是好，想做什麼便做什麼。

林依聽了，愈發覺得自身苦惱，原來自她懷孕，楊氏便下了禁令，不許她與張仲微一個房裡睡，並讓她搬到了自己房裡，說要親自照顧她。楊氏乃是一番好心，林依十分理解，但她的作息規律，與楊氏不同步，更重要的是，她與張仲微年輕小夫妻兩個實在是不忍分離，就算頭三個月不能做那些個事體，也不妨礙他們想在同一張床上摟摟抱抱的念頭。

張八娘聽說楊氏不許林依與張仲微同房，很是贊同，認為子嗣為大，還是小心為上。林依見張八娘也認同楊氏的做法，愈發苦悶，一路耷拉著腦袋回房，長吁短嘆。

張仲微今日休沐，正在房裡等林依，一見她進來，便飛也似的衝過去，趴在門邊朝兩邊望了望，見四處無人，才趕忙把門關緊栓好。

林依看他小心翼翼，好笑道：「這是咱們自己的房間，我是你明媒正娶的娘子，怎麼鬧得跟做賊似的。」

張仲微扶她到床邊坐下，又是親嘴又是摸肚子，忙個不停，抽空答她一句：「都是自己的不假，可讓娘瞧見，又要嘮叨半天，咱們還是小心些。」

林依湊到他耳邊，將他耳垂咬了一下，問道：「怎麼，幾天獨臥空床，憋著了？」

張仲微老實承認，沒有她在身旁，夜裡孤枕難眠，只恨那邊有楊氏，不能過去把她搶了來。

林依安慰他道：「娘確實太過小心，但也是為了我們好，且先順著她吧，再慢慢想辦法。」

張仲微「嗯」了一聲，摟著她捨不得放。林依瞧他一副可憐模樣，悄聲問道：「要不我幫你解決解決？」

張仲微眼裡有渴望，但還是義正嚴詞地拒絕：「郎中講了，頭三個月不許同房。」

林依白了他一眼，道：「誰要與你同房。」

張仲微被勾起了興致，湊近她的臉，問道：「那怎麼幫我解決？」

林依伸出手，晃了晃，道：「五姑娘。」

張仲微還是成親前，由張梁拐彎抹角地教導了些床底之事，他沒逛過勾欄，更沒讀過春宮，哪聽得懂林依的話，只眼睜睜、呆愣愣，瞧著林依伸著小手，掀開了他的袍子，隨後聽到她感嘆了一句：「怪不得你們都要穿開襠褲，原來如此。」

你們穿開襠褲？難道她不是一樣穿著？張仲微聽著彆扭，正想問一句，林依的手卻在他身下動作起來，令他一時血湧上腦，就把什麼都忘了，只知攬緊林依的腰，接連喚了好幾聲娘子。

林依頭回上手，技術生澀，好在張仲微也是第一次見識，包涵不少，二人又是興奮又是怕關門的時間太長，引起楊氏懷疑，不時地支起耳朵聽門外的動靜。

剛完事，外面就有人敲門，林依忙抓起帕子擦手，張仲微奔到桌前翻書，慌亂一番，才想起去開門。門外站著的是楊嬸，而非楊氏房裡的人，這讓張仲微和林依大鬆一口氣。楊嬸是來找林依的，稟道：「二少夫人，有人要買會員卡。」

林依奇道：「要買會員卡妳賣與他便是，為何特意來告訴我？」

楊嬸滿面笑容地解釋道：「這位娘子同上回的呂夫人一樣，是個大主顧，一人就要買十來張，數量太多，我做不了主，這才來稟報二少夫人。」

林依問道：「她買這許多作甚？可曾問過？」

楊嬸答道：「問過了，她說買來送人。」又悄聲道：「那娘子的官人是城中富商，聽跟她來的丫頭講，買這些卡是為了到生意場上送禮。」

這同呂氏買卡的目的也差不多，林依了然，吩咐楊嬸道：「咱們做卡就是為了賣的，以後再有人來買，不管多大數量，妳都能作主，事後知會我一聲即可。」

楊嬸記下，又保證賣出會員卡一定做好詳細記錄。林依做了這筆會員卡生意，本沒放在心上，但卻沒想到，自此以後，沒出一個月，東京城竟流行起送會員卡來。原來購卡娘子的官人在商界頗有聲望，他家使卡作禮，引得許多人效仿。

張家酒樓無意中得了好處，才個把月的時間，就把開張時印製的會員卡全賣光了，由此籌到一筆不菲的流動資金。

全家人都沒想到會員卡會賣得如此之快，個個臉上喜氣洋洋，猶如過節一般。這日晚上，一家人齊聚楊氏房中，喜笑於色，商討這筆錢的用處。

楊氏先拉了林依到她身旁坐下，笑道：「妳懷的這孩兒乃是個福星，還未出世，已給咱們大房帶來了財氣。」

張仲微心想林依能懷上孩子乃是他的功勞，趁楊氏不注意，朝林依擠了擠眼。眾人都在還做小動作，林依紅了臉，裝作沒看見，只請教楊氏該如何處置這筆錢。其實她心裡早有了計較，或者說她早就想好了投資的管道，只愁沒有資金，如今錢從天降，自然要考慮一番，但楊氏畢竟是長輩，是婆母，須得事事以她為先。

楊氏的思想稍嫌保守，建議林依將那錢，除留下酒樓必須的流動資金外，其餘的全運回四川老家購置田地。她認為這樣安排最為穩妥，而且田氏就在鄉下守著，不用白不用。

林依能理解楊氏的想法，在大宋置辦田產的確是最保險的做法，但田地有個缺點，生錢緩慢，而林依卻想儘快讓這錢翻個倍。

楊氏見林依垂首不語，猜到她有不同見解，遂笑道：「妳在我面前還見外？有什麼想法不妨講出來，咱們議一議。」

林依遣走其他人，等屋內只剩下了她與楊氏、張仲微三人，方才開口道：「咱們現住的這塊地，買來可是占了大便宜的。」

張仲微對此記憶猶新，連連點頭，問道：「莫非娘子還想買地？」

林依肯定地點了點頭，道：「東京城這樣大的地方，一定還有別人都不要的荒棄之地，我們何不將其低價買來……」

楊氏不等她講完便搖頭道：「還買宅基地作甚，難道再蓋酒樓？咱們可不是生意人家，莫要搞混了。」

林依笑道：「買來自然要蓋樓，不過不是自用，而是賣掉或出租。」

楊氏皺眉道：「這還是做生意，有什麼分別？」

林依知道，在楊氏心中行商始終是低人一等，這觀念恐怕這輩子是改不了了。她不知如何勸服楊氏，只好朝張仲微打眼色，但張仲微卻彷彿沒看見，不僅不接話，還上前把她給攙了起來，嗔怪道：「妳現在懷著身孕，不宜勞心勞神，這些事體還是交與娘去辦，想必娘也急著抱孫子，不會怪妳不理家事。」

說完，不理會林依瞪大的眼，又向楊氏道：「娘，我看買田之事可行，只不過此去四川，路途遙遠，若託鏢局運送錢財不免多出些開銷，照我看，不如先等上一等，待得有同僚去四川赴任，請他幫咱們帶了去，豈不是既穩妥又省錢？」

楊氏覺得他言之有理，點頭稱善，又催他趕緊扶林依進去歇息。

小倆口進了裡間，將門關起，林依拎住張仲微耳朵，笑道：「張仲微，本事見長，竟敢糊弄娘親？」

楊氏就在廳裡呢，張仲微忙捂住她的嘴，小聲道：「這是緩兵之計，不是糊弄，休要瞎說。」

林依忍俊不禁，又不敢大聲笑出來，伏在桌上，雙肩聳動好一時，才抬頭道：「我看不是緩兵之計，而是瞞天過海吧？」

張仲微笑笑，道：「理他呢，好使就成。明兒我就去城裡逛逛，找找廢棄之地，晚上晚些回來，妳幫我到娘跟前講一聲，就說我陪同僚吃酒去了。」

有個價值觀一致的官人真乃幸事，林依依偎在張仲微懷裡，細細叮囑：「找到合適的地先別聲張，也別急著尋牙儈，不然有生人進進出出，娘一定會曉得。」

張仲微點頭道：「娘又不輕易出門，瞞住她再簡單不過，到時妳有什麼主意只與我講，我再去外面約見牙儈，如何？」

如此妙計，林依能有什麼意見，高高興興朝他臉上香了一口。

楊氏的咳嗽聲在門外響起，張仲微忙推開林依，站起身來，道：「我得出去了，不然連累妳又被娘嘮叨。」

說話間，楊氏已推門走了進來，稱天色已晚，就要歇息，讓張仲微且回房去，明日再來。

張仲微行過禮，朝門口走去，回身關門時朝林依做了個鬼臉。林依不禁暗笑，常住一起時，不見他這些逗樂的舉動，如今分睡兩房，倒懂得哄她開心了。

楊氏雖沒見到張仲微的鬼臉，卻瞧見了林依臉上的笑，遂語重心長道：「媳婦，我曉得你們年少小夫妻總愛在一處，不過妳這是頭一胎，仔細些沒有錯。妳放心，我不是要藉機與仲微納妾，就算二夫人再提這樣的事，我也會給她駁回去。」

這話聽在林依耳裡倒是貼心的，她真心真意點了點頭，道了聲：「我聽娘的。」

第二日，張仲微忙完翰林院的差事便雇了匹馬，滿東京城裡跑，盯著街道兩邊，搜尋那荒蕪的、長了草的、沒人要的地。他如此奔波了兩日，真找到一塊「好地」，一口散發臭氣的死水池塘。據池塘附近的居民稱，這池子已臭了大半年了，官府卻嫌費事，一直不肯派人來填，四周住戶苦不堪言。

張仲微心中竊喜，官府不管，他才有機可乘呢，就讓他代行官府職責，來把這臭池塘填上吧。他滿心歡喜，也不急著回家，先到京城修完所走了一趟，從那裡的官員處得知，那池塘正好就是無主之地，修完所有權出售。

這消息讓張仲微喜上加喜，從修完所出來，催馬飛馳回家，想把這個好消息告訴林依，也讓她高興高興。不料他才下馬，候在門口的小扣子就衝上來，急道：「二少爺，你怎麼才回來，大夫人與二少夫人已等你半天了。」

張仲微不知出了什麼事，連忙進屋，只見楊氏與林依坐在廳上，下面站著楊嬸、青苗等人，正在議論紛紛。

到底出了什麼事，讓店裡忙活的幾人都跑了來？張仲微心裡咯噔一下，一面與楊氏行禮，一面急問緣故。

楊氏緊攥著茶盞，面色鐵青，林依瞧了瞧她的臉色，代答道：「外祖母眼紅咱們酒樓生意好，慫恿王翰林在聖上面前進了些讒言，如今朝廷重禁官員經商，咱們家的酒樓怕是開不了了。」

牛夫人？張仲微早就把她恨之入骨了，一聽說她又設計張家，氣得牙癢癢，但礙著楊氏在跟前，他不好流露真實情感，刻意裝作滿不在乎，道：「不開就不開吧，咱們這塊地是低價買的，酒樓的生意又好，現在轉手賣掉，不知多少人爭搶著要，定能賣個好價錢。」

他講完，湊到林依身旁坐下，悄聲告訴她：「地找著了，修完所也肯賣。」林依莞爾，怪不得他能講出不在乎的話來，原來是把更賺錢的路子尋著了。買地蓋房，做個房地產商，比開酒樓賺錢許多，只要下一塊地能順利買著，就算沒有牛夫人這一齣，林依也打算將酒樓盤出去了。而且，在大宋，買地賣地，蓋房賣房，可算不得是生意之流，朝廷再怎麼下禁令也不怕。

因此，他夫妻倆雖氣憤牛夫人又做小人，但畢竟胸中有更賺錢的法子，因此並不著急。

楊氏不知他們心裡的小九九，但也不擔心家中進項，因為還有張棟在衢州，生計不愁。她只擔心，若沒了酒樓，該拿什麼把張家和歐陽參政綁在一起，張仲微的仕途可全寄望在他身上了。

楊氏的擔憂，林依也考慮過，他們一家之所以能在東京順風順水，全仗歐陽參政照拂，因此兩家間的紐帶斷不得，就算酒樓開不了，也得另想個門路，拉他們入股。方法倒是不難尋，她兩口子既然要倒騰房屋，少不得還要參政夫人暗中相助，不如就依葫蘆畫瓢，仍照當初的做法，送一張契紙去參政夫人那裡，凡賣房賣地賺了錢，就分她一成。

林依這番思忖過後，所有的問題都已不成問題，但倒騰地皮房屋一事，楊氏已明確表示過不同意，因此一切與此有關的事都得瞞著她。楊氏還在犯愁，林依在旁看著，於心不忍，但話幾次到嘴邊，又生吞下去了。

張仲微自然也曉得，只要有發財的門路在，就不用擔心與歐陽參政家的關係，他同林依一樣，只覺得瞞著楊氏好不辛苦，於是另轉了話題，來吸引她的注意力：「娘，我們家酒樓開不成，與外祖母家有什麼好處？為何她要步步緊逼？」

楊氏恨著牛夫人呢，果然一聽此話就忘了歐陽參政那節，道：「她好處多著呢，咱們開不了酒樓，自然就要盤出去，她便能趁機接手。」

張仲微氣道：「偏不盤給她。」

林依道：「就算她盤不到咱們的酒樓，也有好處——接手張家酒樓的人，沒有參政夫人撐場面，生意肯定不能與現在相比，而她有王翰林撐腰，再開一家娘子店，豈不是滿京城一家獨大？」

張仲微咬牙道：「原來她還記恨楊家娘子店倒閉的事，但那是她自作自受，怎怨得了我們？」他話一講完，發覺語氣重了點，生怕楊氏不高興，忙去瞧她臉色。

不料楊氏比他更氣上百倍，一是氣牛夫人步步緊逼，二是氣她行事全然不顧繼女。林依知道楊氏對牛夫人是沒一丁點好感的，遂悄悄握了握張仲微的手，勸他安心。

禁令是朝廷下的，他們再氣憤也不能拿牛夫人怎樣，卻又不願嚥下這口氣，便聚首商量，想要尋個法子報復。還沒等他們想出方法來，楊家的人就上門了，不過並非牛夫人，而是呂氏。

楊氏聽得小扣子通傳，冷哼一聲：「動作還真快。」

林依卻隱隱預料到，替他們報復牛夫人的人來了，笑道：「娘先別著急，這位舅娘向來與外祖母不對盤，她所來何事還不可得知呢。」

她還真沒料錯，過了會兒，呂氏腳步匆匆進門來，開門見山道：「我是偷溜出來的，長話短說——明日我婆母會來盤妳家酒樓，你們千萬別盤給她。」

就算呂氏不打招呼，林依也不會把酒樓盤給牛夫人，但想要套呂氏的話，故作不解道：「舅娘這是作什麼，咱們乃是親戚，若外祖母出的價錢合適，自然就盤了。」

呂氏掏出兩錠銀元寶，拍到桌上，道：「妳盤給誰不是盤，人家的價錢不一定就出的比我婆母低。這兩錠銀子值二十貫銅錢，當是謝禮。」

酒樓肯定是不會賣給牛夫人的，不過這謝禮該不該收？林依看了看楊氏，等她定奪。

楊氏卻斥責呂氏道：「妳把我當作什麼人了，我豈會因為二十貫就得罪母親？」

呂氏還要再說，楊氏已命小扣子送客。呂氏是偷溜出門，沒空糾纏，只好失望而歸。

楊氏教導林依道：「她們婆媳要怎麼鬧是她們的事，咱們別摻和進去。」

林依點頭受教：「娘所言極是，媳婦記住了。」

第二日，牛夫人果然遣了管家來，出了相當高的價錢要盤下林依的酒樓。林依猜得到，牛夫人之所以願意出高價，是看上了她家因發行會員卡，資金大半已回籠，買下這樣的店，怎麼算都不虧。

林依既已知道朝廷禁令是由牛夫人而起，怎會如了她的意，根本就不肯出來見管家，讓他撲了個空。

來買店的人絡繹不絕，出價一個比一個高，林依挑花了眼。這日她正在房裡瞧帖子，張八娘尋了來，稱她湊了些錢，想要盤下張家酒樓。林依暗暗責怪自己，既是要轉讓酒樓，怎忘了張八娘？忙道：「盤與妳可真是肥水不流外人田了。」又悄悄告訴她道：「我們店的會員卡全都賣了出去，錢在手裡捏著呢，若妳盤下酒樓，這些錢自然也就歸妳，並不需要妳另出半文。」

張八娘恍然大悟：「怪不得要盤酒樓的人把門檻都快踏平了。」

林依立即起身，去請示楊氏，楊氏自然也樂意把酒樓盤給自家人，於是折算店內物事器皿，約定租金，將張家酒樓盤給了張八娘，那些已買出的卡錢也交到她手裡。酒樓賣給自家人好處多多，張八娘另有房子住，並不需要那後院，暫時就還是讓林依一家住著，楊嬸與青苗也照舊在酒樓幫忙。

林依本是打算以會員卡籌措的資金去做房地產生意，如今雖沒了這筆錢，但盤掉酒樓所得的更多，本金更為充足了。她轉讓酒樓後的頭一件事，便是將收入的一成送到了參政夫人家。參政夫人也知道朝廷禁令，並未多問緣由，只感嘆張家酒樓這一轉，累得他們家也少了收入。

但還沒等參政夫人感嘆完，林依就將倒騰房子的事告訴了她，並主動提出，以後的收入比照先前的酒樓，分她一成。

參政夫人且驚且喜，又連連擺手，稱這份禮太貴重，她收不得。林依取了新契約與她瞧，笑道：「參政夫人是正經入股的，怎能算作是我送禮？不過這事兒還八字沒一撇，所以不敢讓參政夫人簽契約，等我將各項事宜辦理妥當，再來知會參政夫人。」

如此妥當的送禮方法，參政夫人怎會不受，她暗暗高興，連聲道：「若是有需要幫忙的，儘管使人來說。」

林依忙完這幾天，略感疲憊，剛道一個累字，就被楊氏和張仲微勒令在家臥床休息，日日補湯補藥侍候著。楊氏甚至親自餵她喝湯，道：「咱們家如今可是半點不缺錢，妳只管好生養著，除了生兒子，什麼都不用想。」

林依心想，享受歸享受，那些錢可不能擱著生黴，得趕緊買下地皮蓋房，轉手賺更多的錢。她如今臥床，什麼也做不得，還好外面有張仲微打理，不至於讓她的發財之路停滯下來。

經賣酒樓這一耽擱，張仲微再去京城修完所時，發現那臭水池塘竟還有個人也想要，正在那裡與相闗官員談條件談價錢。看來京城中獨具慧眼的人，不只他家娘子一個，又或許此人是參悟了張家地皮的祕密，想要跟風也不一定。

張仲微不動聲色，站到那人身旁，默默聽著。此人看起來是個生意老手，開價極低，修完所的官員不願意，正與他理論。一番唇槍舌戰，雙方沒能分出個高下，價格僵持在那裡。

那官員大概沒遇到過這樣的主兒，有些生氣，一抬眼瞧見張仲微，記起他也來問過臭池塘，忙歡喜問道：「張翰林也來買這塊地？」

張仲微毫不猶豫道：「不買。」他雖不懂生意經，但兩人爭搶同一塊地，價格勢必會被抬高的道理他還是懂得的。

生意人大概瞧出了什麼，朝那失望的官員一笑，加了一次價格。臭池塘從來無人問津，好不容易有人要買，是爽快賣了，還是再抬抬價？官員猶豫起來。生意人見他猶豫，自己卻不猶豫了，轉身就走。官員著急起來，忙叫道：「時大官人……」

姓時？莫非是張八娘挑過的那祥符縣時家？張仲微來不及細想，朝修完所官員打了個手勢，令他住了嘴，又拱手道：「那人再出價也只是個生意人，修完所與他結交有什麼好處？你我同朝為官，行個方便又如何？」

那官員張了張口，正要講話，卻被一同僚叫了過去。同僚與他附耳道：「你怎地犯了糊塗，張編修乃是歐陽參政的學生……」話未完，就被官員打斷：「歐陽參政官再大，也管不到修完所來。」

同僚氣道：「你糊塗了不成？張家幾個月前曾在我們修完所買過一塊爛果子地，那地本是八分，我們報了一畝，他家卻二話不說就付了錢，這般好糊弄的人家，不賣他賣誰去？照我看，往後只要他家看中的地，全給他留著，旁的人不消應付。」

官員連聲稱是，笑道：「是我糊塗了，怎忘了這碴？我也不理那時大官人了，這就將臭池塘賣與張編修去。」

修完所的場地總共就那麼大，兩名官員的對話讓張仲微聽了個一清二楚，雖說結果是讓人欣喜，但還是叫張仲微吃了一肚子的氣，原來他們肯把臭池塘賣給他，是看上了張家傻愣糊塗，好糊弄。

吃氣歸吃氣，買賣還是得做，怎麼也不能為了一時意氣，放著大筆的錢不賺。張仲微怕被楊氏知曉，不敢把契紙拿回家，便與修完所的官員做個了口頭約定，臭池塘與他留著，明日一早就帶錢來簽契約。

張仲微心情複雜，又是高興又是氣憤，回到家中便與林依嘟囔：「那修完所狗眼看人低。」

林依吃驚：「怎麼，他們不願把池塘賣與我們？」

張仲微搖頭道：「不是，這事兒已然談妥，就照著上回爛果子地的價錢，明日帶錢去簽契約。」

林依十分高興，卻又更為奇怪：「你去修完所不就是為了買地，既然買到了，為何還要拉著個臉？」

張仲微把修完所那兩名官員的對話複述給林依聽，憤慨不已：「打量誰是傻子呢，上回他們多報兩分地，咱們又不是沒看出來，只是不與他們計較罷了，沒想到如今到成了他們的把柄。」

原來是這麼回事，林依笑起來：「怎能叫把柄，這是我特意種的因，今日結的果，倒騰房屋的生意並非我們首創，肯定還有人想得出來，就算想不出來，看著我們賺了錢，也會跟風，將來地少人多，修完所憑什麼非要把地賣給咱們？就憑咱們裝糊塗。」

既是故意為之，張仲微的心情好了許多，再仔細想了想，復又高興起來，稱讚道：「還是娘子有遠見，我向修完所打聽過，那與咱們爭搶池塘的時大官人就是祥符縣那位，家中錢財無數，極出得起價的，若不是咱們裝過糊塗，單憑價錢，肯定爭不過他。」

林依道：「裝糊塗只是一方面，咱們背後還有參政夫人撐腰，那些官員精著呢，你還怕他們不知道？」

張仲微哈哈一笑：「這叫雙管齊下。」

夫妻倆想著，只要明日把地契一簽，就等於大把的錢財進了手，不免又是歡喜又是興奮，正在那裡商量家中就要添人口，等賺了錢得買個大房子住，突然就聽見院門口有吵嚷聲，喚來小扣子一問，原來是青苗來尋林依，卻在門口同一陌生男人吵了起來。

青苗雖潑辣，但向來知曉分寸，怎會在自家院門口與男子吵架，其中必有緣故。林依起身，欲出門去看，卻被張仲微以她懷有身孕，不宜操勞為由，將她攔下。

張仲微隻身到了院門口，果然看見青苗在與一男子吵架，那男子看著甚為眼熟，原來就是才在修完所見過的時大官人。他喝住青苗，斥道：「客人上門，妳不去通報，吵嚷作什麼？」

青苗忿忿不平：「二少爺，他是哪門子的客人，他是專程上門欺負人來的。」

時大官人朝張仲微一抱拳，道：「在下時昆，先前在修完所已與張編修有一面之緣。」

張仲微回禮，道：「家中地方小，又有女眷，不便請時大官人進去，有什麼事就在這裡說吧。」

他是個官，要在外面待客，時昆不敢有異議，忙將他來的目的講了一遍。原來時昆離開修完所乃是佯裝，指望著官員會叫住他呢，沒想到張仲微橫插一槓子，讓他抹不開臉，只好真走了出去。不過他沒買到池塘，哪裡肯甘心，待張仲微一走，就又回轉，再次加價，請修完所把池塘賣與他，但這回修完所態度很鮮明，稱池塘已許給了張仲微，哪怕他出再高的價也不肯出手。

時昆說服不了修完所，又打聽得張仲微為人寬厚，便找上門來，想求他把池塘讓與自己。

他若不講那「為人寬厚」，興許張仲微的態度還好些，這詞兒這會兒聽在張仲微耳裡就等同於「好糊弄」，令他猛然沉下臉來，道：「我家丫頭還真沒講錯，你確實上門欺負人來的。」說完看也不看時昆，拂袖就走。

時昆欲追，青苗卻把手一招，門邊鐵塔似的兩個家丁就撲過來，把他攔了個不透光。

青苗跟進屋去，道：「對付這種想占便宜的人就該強硬些，不然往後他還得上門。」

張仲微奇道：「妳怎地曉得我們家要買池塘？」

青苗道：「我不曉得，只曉得他要占我們家的便宜，就同他吵了起來。」

林依聽他們講了經過，嗔道：「買賣不成仁義在，趕他作什麼，叫家丁請他走便是。」說完又點著青苗的額頭道：「妳這個爆脾氣若再不改改，將來怎麼嫁得出去。」

青苗嘛了嘛嘴，道：「我不嫁。」說著掏出一包錢遞與林依，道：「二少夫人，八娘子與我發工錢了，我沒處藏，妳替我拿著吧。」

林依接過來，鎖進錢箱，在帳簿上做好記錄，笑道：「替妳收著，與妳辦嫁妝。」

青苗羞紅了臉，扭身跺腳，又懇求道：「二少夫人，妳如今懷了身孕，身邊卻沒個人侍候怎麼能行，還是讓我回來侍候妳吧。」

張仲微覺得青苗講的很有道理，連連點頭，道：「娘子，妳是該有個人貼身服侍，那小扣子太小，又要服侍娘，哪裡忙得過來？流霞流雲兩個又不老成，叫人不放心。再說酒樓如今是羅家的，我們是該把張家的人收回來，不然叫人說閒話。」

林依看著青苗，問道：「妳真想回來？」

青苗重重點了點頭，道：「不光是我，楊嬸也想回來。八娘子待我們雖好，但畢竟那是別人家的生意，我們卻是張家人。」

在哪裡不是一樣的做活兒？林依沒法理解她們這樣的想法，卻願意尊重，更何況她們心向著張家乃是大好事，遂道：「且先等一等，待我們買到大房子搬了家，就讓妳們回來。」

青苗高興地點了點頭，重新去酒樓做活。

張仲微是男人，最不愛寄人籬下，總覺得酒樓既然已租出去了，他們現在住的就是羅家的房，讓他渾身不自在。方才經青苗這一說，他搬家的願望就更強烈了，便與林依商量，能否不等買地皮，提前搬家。

林依拗不過他，只得打開帳本，仔細算帳，一通算盤撥下來，預留下買地皮和蓋房的錢還剩兩百貫可供支配。

照著張仲微的意思，家中有女眷，還是買個小院子的好，但只有兩百貫，要在東京好些的地段買一進庭院卻是不能。林依提議道：「還是先租房住？」

張仲微想了想，問道：「妳可曾聽說趙翰林要賣房？」

林依擺了擺手，道：「早就聽說過了，可這麼久也沒動靜，大概已賣掉了。」

張仲微將她的手一捏，道：「妳如今謹守娘的教導，大門不出二門不邁，外面的新聞都不曉得了。趙翰林的屋因有個鄰居刁難，脫不了手呢。」

林依聽得迷糊，趙翰林賣屋與他鄰居何干？

原來大宋有律，凡典賣、倚當物業，先問房親，房親不買，次問四鄰，四鄰不要，他人並得交易。因此趙翰林要賣房，不僅要得到家人和族人的首肯，還須得鄰居同意。

趙翰林運氣不好，曾與鄰居有過節，如今賣房時就受到了刁難，那鄰居以他賣房損害了自己的優先購買權為由，拒絕在小本子上簽字。

林依聽了張仲微的解釋，大略知道了趙翰林為何賣不了房，不過這與張家有何干係？難道張仲微想要繞個大圈子，先幫趙翰林說服鄰居，再接手他的房？她可不同意張仲微這樣做，得罪人不說，而且麻煩。

張仲微笑道：「妳說的對，趙翰林賣房與我什麼相干，他賣不出去，咱們才有機可乘呢。」

林依拍了他一把，道：「那趙翰林夫人雖不怎麼討人喜歡，可也沒害過咱們，你別幸災樂禍，落井下石。」

張仲微好笑道：「妳想到哪裡去了，我是這樣的人？我的意思是，他賣不了屋，咱們正好典過來住。」

典房？真是個好主意，趙翰林缺錢，張家缺房，兩廂得益。而且林依是見過趙家祖屋的，雖然不大，但夠住，坐北朝南，通風採光都是好的。林依越想越興奮，又不免懊惱，這樣妙的法子她怎麼沒想出來。

張仲微見林依也道好，當即就到隔壁請示楊氏。能有房住是好事，更何況趙翰林那進小院就在張家酒樓後頭，極近的所在，再好不過。楊氏聽張仲微講完，歡喜不已，二話不說就同意了。

當時天色已晚，張仲微本欲第二日再去尋趙翰林，轉念一想，明日大家都要去翰林院當差，那時再談這個反而不美，橫豎趙家就在後頭，不如馬上就過去，先探探趙翰林的意思。

他問過林依，林依也覺得早些行事為妥，於是便帶了個家丁，出門走了幾步，來到趙家敲門。趙翰林家還在吃晚飯，一穿著破爛的老嫗出來，將張仲微引了進去。他朝屋裡一看，座上趙翰林與夫人、五個娃娃，旁邊還有三名妾室侍立，好大一家子人。再看桌上碗碟，一盤老菜葉、一碟子黑乎乎的鹹菜，幾個娃娃就著一壺開水，一面吃，一面偷眼看他。

張仲微忍不住感嘆，還是娘子英明，不納妾，不然家中這許多人口哪裡養得活，瞧這趙翰林家，過得真夠寒酸。

趙翰林雖然就住在張家酒樓後頭，卻與張家鮮有來往，今夜見張仲微前來，不禁驚奇，起身迎他，請他上座吃飯。

張仲微忙擺了擺手，只在旁邊一張椅子上坐了，也不吃茶，直接道明來意。他們想典趙家的房子，這消息對於趙翰林夫妻來說簡直是喜從天降，連幾個妾室都是將笑堆上了臉。

趙翰林問道：「不知張編修要典多長時間，願意出多少錢？」

典屋居住只不過是權宜之計，張仲微不願長久住在別人家，便少說了一百貫，道：「我這裡有一百貫錢，每貫一千文足陌，不知趙翰林肯將屋子租與我幾天？」

趙翰林領了他到院子裡去瞧，一進的小院子，三間正房，東西各有三間偏屋，茅廁廚房具備，屋後還有個小園子。他親自舉著燈籠請張仲微看過，道：「張編修，不是我自誇，我這幾間祖屋雖不大，卻牢固又實用，你這一百貫少了些。」

張仲微笑道：「我也曉得一百貫不多，不過我們只是暫住，不消太長時間。」

趙翰林只是想要他加價，住的時間越長越好，他家正缺錢呢，可不願張家只住幾日便走，不然短短的時間他湊不齊一百貫來還。

張仲微見他垂首不語，道：「趙翰林，咱們同在翰林院，有什麼想法不妨直說，萬事好商量。」

趙翰林看了看屋內的妻小，與他講了實話：「張編修，不瞞你說，我們家正缺錢買米呢，這一百貫確是雪中送炭，但想讓我把這一百貫還上，只怕一時半會兒是沒這能耐。」

張仲微笑道：「這有何難，多典幾日罷了。」

趙翰林瞅了他一眼，沒吱聲。張仲微明白了，這是嫌一百貫太少，他照著先前租屋的價格，默默算了會兒，道：「一百五十貫，含你屋裡的家什，典兩個月，如何？我家也不寬裕，再要多的就拿不出了。」

趙翰林仍舊嫌少，望著張家酒樓方向，酸溜溜道：「你張家才盤出一棟樓，還缺錢使？」

張仲微叫了聲冤，道：「趙翰林，你也曉得，我家酒樓才開張沒幾個月，本錢都還沒收回來呢，就遇朝廷下禁令，真是有苦沒處說去。」

趙翰林知道禁令與王翰林有干係，他又素來與王翰林不合，便點頭附和道：「都怪有人多事，斷人財路。」

二人繼續商議，價錢卡在一百五十貫上，總也上不去，趙翰林正著急，一個妾在門口叫道：「老爺，夫人使我來講一聲兒，一百五十貫就一百五十貫吧，再多，你就又要朝家裡拉人了。」

趙翰林臊得滿面通紅，把那妾狠罵了幾句，但到底不敢違了夫人的意，便照著張仲微的提議，將時間價錢定下，約好第二日一起去辦手續。

張仲微事情辦妥，回到家中，稟報過楊氏，攜林依到他那邊坐下，將趙翰林家的情形當笑話講與她聽，道：「怪不得趙翰林家收入不少卻成日喊窮，原來要養活那許多人。」

林依看他一眼，道：「這下你知道了，不許你納妾是為你好。」

張仲微一笑：「娘子英明。」

夫妻倆正說笑，流霞奉了楊氏的命令，在外叩門：「天色已晚，請二少夫人回屋歇息，有話明日再說吧。」

張仲微立時收了笑容，磨蹭半天，才哭喪著臉去開門，把林依送了出去。流霞又是好笑又是羨慕，小心翼翼攙著林依回到楊氏屋裡，小聲道：「我不羨慕大夫人，只羨慕二少夫人。」

林依勾起嘴角一笑，沒有接話，上前與楊氏行過禮，一同進屋歇下。

第二日，張仲微先同趙翰林去辦妥了典房的手續，又託他去翰林院時幫自己請假，隨後帶著家丁去丈量臭池塘的面積，待得摸清情況，才朝京城修完所去。

修完所的官員等候已久，一見張仲微就笑道：「張編修怎麼才來，時大官人都來磨了好幾趟了，不過我們守信用，咬著牙關把池塘與你留著。」

時昆還不死心？不知是真是假，不過只要池塘還在就好。張仲微懶怠深問，接過契約仔細看起來。

果然不出他所料，契約上的面積又整整多出了兩分，他暗自好笑，還是同上回一樣，並沒有多加一厘，不知是不是看了歐陽參政的面子。

修完所的官員笑瞇瞇地看著張仲微二話不說，爽快在契約上簽了字，心想同僚講得果然不錯，還是與老實人打交道更便宜，往後只要有爛地，還是賣與他。

張仲微一趟出門，辦成了兩樁事，心情頗佳，順路又買了些酸梅子，拿回家與懷孕的林依吃。

林依揀了一粒送進口裡，酸得皺起眉頭，忙道：「我不愛吃這個，下回別買了。」

張仲微撓了撓腦袋，嘀咕道：「不是說懷了身子都愛吃酸的？」

林依心想，人人胃口有不同，這有什麼奇怪的。

張仲微自懷裡掏出兩份契約，一份是典房的，一份是買地皮的。林依接在手裡，滿心歡喜，老實表揚了他一通，將剩下的酸梅子都獎賞給了他。

張仲微瞅著梅子，愁眉苦臉，道：「趙翰林急著用錢，說半日功夫便能把院子騰出來，咱們下午就可以搬家。」

林依高興道：「這樣的快？那趕緊叫她們收拾包袱去。」

張仲微示意她朝窗外看，道：「還消妳吩咐，回來時，流霞、流雲兩個已在院門口候著呢，一聽說下午能搬家，早就去收拾了。」

林依順著他所指一看，果然她們正在收院子裡還是半乾的衣裳，笑道：「準是睡桌子睡厭煩了。」說著喚來小扣子，叫她去把張八娘請來。

張八娘就在前頭，須臾便至，問道：「三娘找我有什麼事？」

林依道：「我們典了一處房子，就在這後頭，下午便搬家。」

張八娘捨不得她走，待聽得就是趙翰林那院子，近得很，才笑道：「我下午來與妳幫忙。」

林依將收回楊嬸與青苗的事與她講了，道：「我身子日漸沉重，確實得有兩個人照料，八娘子另尋個掌櫃和廚子也不算太難。」

楊嬸要走，張八娘倒不覺得什麼，她橫豎沒事，自己就能充任掌櫃一職，只是青苗掌握著許多獨門菜譜，她這一走，那些菜誰來做？

林依見張八娘眼巴巴地看著自己，笑道：「那些菜，別個不曉得詳細，難道妳也不曉得？以前在眉州，我不知做過多少這樣的菜與妳吃。」

張八娘臉紅道：「我那手藝妳是曉得的，叫我講講方法尚可，若要親自掌勺卻是不能了。」

林依笑道：「要妳下廚作什麼，挑個信得過的人，將法子教她便得。」

張八娘重燃希望，抓住林依的手，問道：「三娘許我把那些法子教與別人？」

林依大方道：「又不是什麼獨門絕技，一些心得而已，既然妳需要，儘管去使，想必妳為了自家生意，也不會胡亂教人。」

張八娘點頭道：「事關生意，自然只教信得過的人。」又央林依道：「我只是半瓶子水，不頂用，青苗得閒時，還請她來幫幫我。」

林依笑道：「沒問題，只是記得與她開工錢。」

張八娘又坐了會子，見小扣子進來收拾包裹，便起身告辭，仍朝前面去了。青苗掌著私家菜，張八娘沒找著繼任者前，她還脫不了身。倒是楊嬸，沒過會子就回來了，一面幫著打包裹收箱子，一面大呼還是家裡好。

楊嬸與小扣子還沒忙完，流雲就偷偷摸摸地溜了進來，擦著林依的椅子邊兒跪下，抹著眼淚開始訴苦——桌子太硬，流霞太吵，等等等等。

林依看著好笑，好言安慰她道：「我知道，委屈妳睡了幾個月的桌子，實在過意不去。妳放心，待得搬到新典的院子，一定給妳安排一張軟軟和和的床。」

流雲露了笑容，但淚珠兒還掛在臉上，道：「二少夫人，流霞仗著自己是姨娘，總欺負我，不是我氣量小，只是怕被她打壞了，以後大老爺見了怪罪……」

此時，林依已瞧見流霞進了屋，便連連與流雲打眼色，叫她住口。但流雲好不容易醞釀出情緒，一時沒留意，仍自顧自說著。

流霞在後聽著，一口銀牙幾欲咬碎，幾步上前，揪起流雲，就給了她一下兒，罵道：「本來從沒打過妳，但既然妳說了，那我就打兩下，免得白背了這黑鍋。」

流雲是什麼想頭，林依再清楚不過，準是想搬到新屋後獨占一間房，她可不想給一個丫頭這樣的待遇，不然都按照這個標準，那幾間房哪裡夠分？但現在把這想法講出來，肯定要被流雲纏住，她不想懷著身孕還費這個神，於是將頭一扶，噯了聲「哎喲」，同時朝楊嬸遞了個眼色。

楊嬸見她們來煩林依，早就按捺不住了，一接到林依的暗示，便衝將上去，一手拎起一個，全掇了出去。

流霞與流雲還沒回過神來，房門就哐噹一聲關上了，楊嬸隔著門板教訓她們兩個道：「二少夫人懷著身孕，妳們卻來吵鬧，是何居心？若氣著了她，妳們擔待得起？妳們乃是大老爺的房裡人，有什麼冤屈自與大夫人講去。」

流雲委屈道：「我是大老爺房裡的人不假，可東京是二少夫人當家，不找她找誰？」

可惜隔了一道門板，也不知楊嬸聽沒聽見，反正候了半晌也不見動靜。流霞見流雲詭計落空，十分高興，得意洋洋地甩著手帕子，道：「等搬到新院子，一準兒給我分個單間，我得去把行李再收拾收拾。」

流雲手裡也攥著塊才拭過淚的手帕子，卻甩不起來，狠狠扯了兩下，衝進楊氏房裡，跪下道：「大夫人，搬家後怎麼分房我不在乎，但我寧願住馬棚，也不同流霞一個屋。」

楊氏問道：「分房的事二少夫人說了算，不過，妳為何不願與流霞一個屋？」

流雲正要開口，發現流霞已跟了進來，只好把嘴閉了。

流霞罵道：「妳說呀，怎麼不說了？」說著也跪了下來，向楊氏道：「大夫人，方才流雲在二少夫人跟前誣陷我打她，求大夫人明鑑。」

楊氏一拍椅子扶手，怒道：「誰許妳們去煩擾二少夫人的？累她動了胎氣，如何是好？」

流霞忙道：「我並沒有去煩二少夫人，是流雲惦記著分房跑了去，被我瞧見了。」

流雲駁道：「妳還沒煩？當著二少夫人的面就打了我幾下。」

楊氏不聽她們分說，喚來楊嬸問究竟，得知二人都有份，遂各罰月錢二十文。二十文，也就幾個包子錢，但兩人都癟了嘴，其中尤以流雲為最。原來她每個月的月錢，只有五十文，這一下去了一小半。流霞的月錢也不多，僅有一百文，因此心裡也不痛快。

張家上上下下就屬她們倆月錢最低，連小扣子每個月還能領到兩百文呢，不過這並非林依剋扣，而是楊氏發過話，稱妾室的職責是服侍男人，如今張棟不在東京，她們無事可做，便只能領一份低低的月錢。

流雲想著下個月的月錢只剩下了三十文，真傷心哭起來，一出房門就抱怨道：「我們雖沒能在大老爺跟前侍候，但也盡心服侍了大夫人，為何只能領這麼點月錢？」

流霞暗嘆，身為妾室，身不由己，再有錢又有何用，她只要身分地位足矣，遂道：「妳吃喝都是家裡的，四季衣裳也由大夫人分發，哪有地方要花錢？五十文足夠了。」

流雲瞪著淚眼，道：「總要買些胭脂水粉。」

流霞橫了她一眼，道：「大老爺又不在東京，妳塗脂抹粉是要給誰看？」

流雲張了張嘴，不知拿什麼回嘴，敗下陣來。流霞面露得色，連罰錢二十的沮喪都沒了，笑容滿臉的重回房中，幫楊氏收物事獻殷勤。

吃過午飯，林依先遣下人過去打掃房屋，再命家丁抬箱子，舉家搬遷。趙家離得沒幾步遠，下人們還在搬箱籠時，林依就讓張仲微帶著她和楊氏走了過去，把房分了。

正房三間，照著楊氏的意思，中間做廳，東邊她住，西邊是張仲微夫妻的。林依逛了一圈，把靠院門的東西兩間廂房，分給家丁居住。東邊剩下的兩間，中間住流雲和小扣子，靠近楊氏臥房的，住流霞。西邊中間住楊嬸，靠林依夫妻臥房的，住青苗。

林依分完房，特意問流雲：「沒讓妳和流霞一起住，這下滿意了？」流雲又是欲哭無淚，她與流霞住，好歹能讓人瞧出身分有別，這下與小扣子擠一處，個個都要拿她當普通丫頭了。

分完房，箱籠也正好歸置整齊，林依正要進房，卻有家丁問道：「幾位主人，我們舊屋隔間住的洗衣丫頭，可要喚她過來？」

林依這才記起家裡還有個王翰林送來的奸細，這可怎麼安排好？讓她住家裡，睡都睡不安生，放外面還要另租屋與她住，好不破費。楊氏顰眉，亦是苦惱。最後卻是一向不管家事的張仲微出了主意──一個洗衣的粗使丫頭哪有資格住瓦屋，就在院子外，靠著牆邊搭個棚子能遮雨即可。

楊氏與林依皆稱善，當即便命家丁去尋材料，將棚子搭好，叫那丫頭搬了進去，仍舊替張家下人洗衣裳。

全家人都安置妥當，林依回房歇了會子，自後窗朝外看時，發現後面還有個小園子，立時來了興致，拉著張仲微出去看。那園子收拾得倒整齊，種著好些花木，雖然不是名貴品種，卻也開得絢爛，叫人流連。林依踱著步，丈量一番，笑道：「地方不太小，可惜不是自家的，不然種幾顆菜，就不用上街去買了。」

話音剛落，就聽見楊氏房中傳來一聲低笑，但馬上就克制住了。林依聽出是楊氏的聲音，定是笑她不懂風雅，又怕傷著了她。她也覺得自己太過俗氣，好好一個花園竟想著種菜，不禁一時臉紅，撲到張仲微懷裡把臉藏起來。

張仲微同林依一樣，自小生在鄉間，不似楊氏一輩子都住在大城市，因此他覺得林依的想法才正常。種花雖好看，卻不頂用，還不如種菜呢。

夫妻倆賞了會兒花，想坐下吃酒，又怕風吹著了，只好回房。沒過會子，小扣子就來取林依的鋪蓋，帶來楊氏的吩咐，讓林依晚上仍去她房裡睡。

小扣子抱著鋪蓋走了，林依欲跟過去，卻被張仲微抓住，依依不捨道：「只是叫妳夜裡過去睡，這會兒還早著呢，吃過晚飯再說。」

林依依言坐下，閒話一陣，玩鬧一陣，張仲微就又想起了那日的「五姑娘」，非拘著林依動作一番才放過她。

一家人許久不曾住過寬敞的院子，個個興奮莫名，晚飯後仍舊談天說地擺龍門陣，夜深才睡。畢竟是典來的房子，期限只有兩個月，賺錢大計仍刻不容緩。如今歐陽參政風頭正勁，林依便讓張仲微仗勢多請了幾日假，在家謀劃謀劃那塊新買的地皮。

張仲微撫著蓋了官府印信的地契，笑道：「上回是清理爛果子，這回換作填池塘。」

林依瞧著他那歡喜勁，道：「肖嫂子一家辦事不錯，還是請他們來。」

張仲微點頭稱是，喜孜孜地將地契又看了好幾遍，才交由林依收起，自己則到楊氏跟前扯了個謊，稱同年辦詩會，要去吃酒，溜了出去。他到了肖大家，道明來意，肖大兩口子就是靠幫人做工賺家用的，有活兒做，焉有不應的理，何況他們曾清理過爛果子地，有經驗，曉得承包一說。

張仲微帶他們到臭池塘瞧過，道：「若有人問起，你們只說是官府造福於民，要填臭水池，切莫報我的名號，免得傳到我們家大夫人耳裡，責備我不務正業。」

肖大兩口子都應了，還是照上回的價，領了錢，自去雇人挑土幫忙。

張仲微沒花到一個時辰就將事情辦妥，高高興興回到家，得意洋洋向林依邀功。林依卻直把他朝外推，急道：「你與娘講的是赴詩會，哪有不到一個時辰就吟完詩的？趕緊出門再遛達遛達，最好吃罷午飯再回來。」

張仲微後悔不已，扯什麼謊不好，非要講赴詩會，路上還想著能節約點時間陪娘子呢。這下可好，半天光景都要在外度過。他無奈走出門來，無處可去，便重回池塘邊，準備親自監工。

肖大兩口子才雇了勞力來，正在分派任務，見到張仲微回來，忙一路小跑上前，道：「張編修，你來得正好，有位姓時的官人不停問東問西，我們打發不了，還是你去見一見吧。」

姓時的官人？莫非還是那爭著買池塘的時昆？張仲微跟著肖大走去一看，果真就是他。

時昆沖張仲微一笑，唱了個喏，問道：「不知張翰林填了池塘要蓋什麼？」

張仲微見他三番兩次糾纏，很不高興，面無表情道：「我只是為民做好事，填了這池塘。」

時昆微微一笑：「這池塘填好後，不比爛果子地差，空著豈不可惜？」

張仲微一愣，這才想起他家買地蓋酒樓的事早在京城傳為了佳話，時昆雖然住在祥符縣，卻是生意場上的人，哪有不知道的。他暗暗自嘲，扯謊的功夫真不到家，在家在外，兩下都失敗。

時昆見張仲微怔怔的不言語，竟把問題重提，再次問他填平池塘後打算蓋什麼房。

張仲微早已林依商量過，這地方周圍都是居民房，並不臨街，因此要蓋個兩進小宅院，一進自住，一進出租。但他討厭時昆糾纏，不想講與他聽，便道：「我張家蓋什麼房自有打算，不消時大官人操心。」

時昆瞧出他的不耐煩，卻未退縮，反而邁進一步，低聲道：「張編修，聽我一句話，待你把池塘填平，修一清雅的客棧，保准你賺大錢。」

張仲微暗道，簡直是一派胡言，東京城裡的客棧都開在車水馬龍之處，那些外鄉客怎會到這樣僻靜的地方來打尖住店。他認定時昆是沒能搶到池塘，故意來混淆視聽的，因此不想再與其交談，背著手繞到了池塘對岸去。

時昆見張仲微不理他，臉上現出失望之色。肖大一面偷眼瞧他，一面與肖嫂子竊竊私語：「你瞧那時大官人，這又不是他家的地，管張編修蓋什麼，真是狗拿耗子多管閒事，偏還一副痛心疾首的模樣，好不奇怪。」

肖嫂子嫌他才是狗拿耗子多管閒事，揀了塊土疙瘩砸過去，叫他住了嘴。

張仲微在池塘對岸站了會兒，不見時昆跟過來，回頭一看，不見了人影，這才露了笑容。他沒站多久，就被池塘裡的臭氣熏得受不了，心想自己真是進城時間長了，不如以前在鄉下那般吃得苦，一面感嘆，一面離了池塘，慢慢朝家裡走，準備路上磨蹭些時間，就當去了詩會，中午還是回家去吃飯。

晌午時分，張仲微進了家門，故意抱怨詩會不管飯，把楊氏糊弄了過去，惹得林依悶笑不已。飯罷，林依把他揪進房裡，問道：「去哪裡逛了會子？」

張仲微道：「還能去哪裡，只能到臭池塘邊轉了轉，碰到個難纏的人。」他把遇見時昆的事講與她聽，又道：「娘子，他居然叫我們蓋客棧，還說那裡蓋間精緻的客棧能賺大錢，你說可笑不可笑。」

林依覺得奇怪，僻靜的地方不好做生意人盡皆知，時昆出這樣的主意，若是為了騙人，手段未免太幼稚，難道他真有一番高見？

正琢磨，小扣子來報，稱那天被青苗罵走的那人又來了。張仲微一驚：「莫非還是時昆？」他出去一看，還真就是時昆，站在門口，笑容可掬地與他作揖，稱特來拜見張編修，想與張編修一敘。

張仲微想也沒想，就準備讓家丁趕人，小扣子卻跑過來，小聲告訴他，林依想見一見這位時大官人。

張仲微吃驚，進屋去問林依：「娘子，這人難纏得緊，妳見他作甚？」

林依道：「我婦道人家見他作什麼，只是想躲在屏風後，聽你問他幾句話。」

張仲微問道：「娘子想問什麼？是想叫我罵他幾句？」

林依輕輕搖頭，招手叫他過去，附耳幾句。張仲微聽了林依的意思，不以為然，但買地皮蓋房一事本就是她的主意，只得依了她，請進時昆來。

時昆幾次碰壁，今日終於得以進屋交談，十分珍惜機會，一坐下就挑開了話題，仍提蓋客棧一事。

張仲微坐在屏風旁，照著林依的意思，問道：「人跡罕至的地方蓋了客棧，誰人來住？再說朝廷才下了禁令，官宦人家不許經商。」

時昆笑道：「不是修一般的客棧，而是蓋一座大院子，分成若干獨立的小院，精緻陳設，各取雅名，專門租與進京趕考的學子，同攜眷進京候職的官員……」

張仲微坐的位置，朝前能看見時昆，朝後能看見林依，他耳裡聽著時昆的話，眼睛朝後一瞟，正好瞧見林依凝神細聽，眼神亮晶晶，想是覺得時昆的建議大有可取之處。

娘子看我時，眼神好像從沒這樣亮過。張仲微心頭隱隱泛酸，毫不客氣打斷時昆的話，質疑道：「瞧你講得天花亂墜，何不自己蓋去？不怕講與我們得知，搶在了你前頭？」

時昆起身一揖，笑道：「張編修方才也說了，朝廷有禁令，你家為官宦，就算曉得修客棧能賺錢，也不好做這筆生意。」他進門時，就瞧見屋裡的厚屏風後躲著個人，雖看不清是男是女，但以他猜測，那才是能作主的人，遂朝著屏風也拱了拱手，道：「若張編修肯照我提供的圖紙蓋客棧，我願意現在就與你簽訂契約，預付定金，待房屋一蓋好便買下。」

池塘都還沒填平，就先有了買家，這對於想倒騰房屋的林依來說真是喜事一樁。她在屏風後，連連與張仲微使眼色，想叫他與時昆留個話，改日再來詳談。但張仲微瞧見時昆朝屏風作揖，氣得不輕，哪裡還看得到林依的眼色，呼地起身，鐵青著臉叫送客。

時昆莫名其妙，不知自己那句話得罪了張仲微，他欲問個究竟，但張仲微已背過了身去，無奈之下，只得告辭。

林依更是莫名其妙，幾步自屏風後轉出來，責問張仲微：「咱們買地蓋房不就是為了賺錢？眼見得錢送到了家門口，你卻朝外推，是何緣故？」

她講著講著，見流雲幾個在外探頭，遂大步走過去，帶著些氣性兒，砰的一聲關上了門，嚇得院子裡的幾人俱縮頭。

張仲微見她動作大，皺眉道：「妳也當心些，懷著身孕呢。」

林依怒道：「你既曉得我懷著身孕，就不該來氣我。講好叫你問話，你卻還沒談完便送客。你倒是說說，為什麼不就此讓時官人買下咱們的地和房？」

張仲微啞口無言，他能講，是因為時昆衝著屏風示好？那屏風厚厚實實，根本不透亮。他本已覺著理虧，正要落敗，卻想起林依那亮晶晶的眼神，心頭又是一陣酸溜溜，遂梗著脖子道：「不讓他買，就是不讓他買。」說完不等林依接話，氣呼呼地摔著門走了。

他們兩口子從來不曾紅過臉，偶爾一次吵架讓下人們都嚇著了，全縮在院子裡，不敢吱聲。張仲微雖衝了出來，到底還惦記著林依雙身子，便把小扣子一指，道：「進去看著二少夫人，莫叫她摔了物事。」

林依方才剽悍關門的模樣，小扣子是瞧見了的，她癟了癟嘴，這勸解的差事怎麼落到了她頭上，但二少爺的命令她不敢違抗，只得小心翼翼地朝林依房裡去了。

張仲微很生氣，但並非氣林依，而是氣他自己，為什麼沒有本事讓林依看向他的眼神也那般亮晶晶。他一時胸悶，便走向院門，想出去吃兩杯，一醉解千愁。但還沒挨著門檻就被流霞叫住了，稱楊氏有請。

張仲微只得回轉去見楊氏，楊氏也聽見了他們兩口子吵架，不問緣由，先把張仲微責備了一通，稱他不懂得心疼媳婦，讓林依置氣。張仲微聽著聽著，愈發覺得自己有愧又沒本事，待得聽完教誨，也不去吃酒了，乾脆到馬行雇了匹馬，直奔祥符縣，找張伯臨談心去了。

張仲微到祥符縣時，張伯臨還在衙門當差，聽說兄弟來找，連忙告了假，出衙門來迎他，奇怪問道：「你怎麼不到家裡去坐卻到這裡來了？莫非有事？」

張仲微聲音悶悶的，道：「無事，只是來找哥哥吃兩杯。」

張伯臨還道他是官場上遇見了麻煩，忙引他去了個酒樓，挑了間濟楚閣兒坐下，細細問緣由。

張仲微只不過是吃乾醋，外加恨自個兒沒本事哄得娘子芳心，這叫他如何講得？只好斟了滿滿兩大杯酒，一杯遞與張伯臨，一杯先乾為敬，道：「我只是來尋哥哥吃酒，並無他事。」

他滿臉的愁苦，張伯臨豈有看不出來的，忙問道：「是在翰林院不順心？」

張仲微搖了搖頭，道：「清閒之地，清閒差事，能有什麼不順心的。」

張伯臨略為放心，又安慰他道：「你有歐陽參政幫扶，升遷只是遲早的事，無須憂慮。」

張仲微無所謂地點了點頭，又與他碰了一杯。張伯臨瞧他這態度，的確不像是為官場的事，他酒杯挨著嘴唇，卻不就飲，琢磨一時，忽地靈光閃現，忙放下酒杯，伸出胳膊將張仲微脖子一勾，貼耳笑道：「好兄弟，告訴哥哥，是不是因著弟妹有孕，你空房寂寞，想找個人陪陪？」

這是哪兒跟哪兒？張仲微一時沒反應過來，怔住了。張伯臨瞧他木木的，還以為自己說中了他心事，遂將他肩膀一拍，笑道：「你放心，這事兒包在哥哥身上，絕不讓伯母與弟妹知曉。」

張仲微已回過神來，閃身一躲，道：「哥哥說笑，我不愛這個。」

尋歡作樂的事全憑自願，張伯臨倒也不強求，只是奇怪：「公事也不為，私事也不為，那你愁眉苦臉，是為哪般？」

張仲微繼續吃酒，不作聲。張伯臨又猜：「得罪了伯母？」

張仲微依舊沉默，只埋首吃悶酒，這讓張伯臨發起急來，將酒杯朝桌上一頓，道：「你既是只吃酒不講話，叫我來作陪做什麼，我這便去了，莫耽誤衙門的事。」

張仲微見他急了，忙拉了他一把，欲將實情相告，但話到嘴邊，還是嚥下——他不是不願講，而是不敢講，那番拈酸狎醋吃醋的話若講出來，讓張伯臨誤會了林依的名節，如何是好？於是起身，與張伯臨拱手唱個肥喏，連聲道歉，謊稱是才搬了家，心神未定所致。

張伯臨雖然不信這話，但大房搬家他還是頭一回聽說，遂關切問詢，就把先前的話題拋到了一邊。張仲微同他講了新住處，張伯臨當即表示，要帶全家人去與他暖房。張仲微稱：「哥哥不必如此客氣，那房是典來的，又不是自家的，暖屋作甚？」

張伯臨道：「就不許我們去瞧瞧你的新住處，認個門，好來往？」他都這樣講了，張仲微還能說什麼，吃完酒便隨他去見二房其餘幾人，講了搬家一事，邀請他們得閒時去耍。

因沒有定具體日期，張仲微就當是隨口一邀，並未當作大事，夜裡回家後也沒向楊氏稟報，逕直帶著一身酒氣去了自己房裡。他推開門，習慣性地喚了聲娘子，不見有人應答，方才想起，林依如今夜夜都在楊氏那裡睡，這間房裡只有他一個人。

他摸了摸茶壺，是冷的，被窩也是冷的，雖說這些並非因今日爭吵而起，但他還是坐在床沿，發了好半天的呆。他頭天夜裡飲了酒，又沒睡踏實，第二日就起了遲了，日上三竿才去楊氏房裡請安。

楊氏見他遲到，以為是不滿頭日自己的責備，於是有些不悅，與林依道：「我還以為他宿在了祥符縣呢，原來竟回來了。」

張仲微臉一紅，慌忙跪下，請罪道：「昨日與哥哥吃了幾杯酒，醉了，睡得忘了時辰，這才請安來遲。」

楊氏聽說是醉了，哪還記得怪他，一疊聲地喚人，叫楊嬸去熬醒酒湯，叫小扣子去倒茶。張仲微忙道酒已醒了，讓楊氏不必忙碌，楊氏卻不肯聽，仍舊張羅不停。

張仲微偷偷瞅了一眼林依，見她臉上有些泛白，似是也沒睡好，待要詢問，卻怕她還在生氣，便摸到她旁邊坐下，沒話找話：「我在祥符縣見著了哥哥，他說不日便要帶全家人來替我們暖屋。」

林依聽了沒有反應，楊氏卻在旁嘀咕了一句：「又不是自家的屋，暖什麼？」接著問張仲微：「你叔叔與嬸娘都來？」

這話問的是張梁和方氏，重音卻落在後頭，張仲微心裡咯噔一下，大悔。方氏來了，林依只有吃氣的，好端端講這個作甚，真是昏了頭，哪壺不開提哪壺。他怪自己口拙，酒醒也要裝作沒醒，接過小扣子遞來的茶吃了滿滿一盞，又把楊嬸新熬的醒酒湯喝了一碗下去。

那醒酒湯的滋味真不怎樣，張仲微喝完才後悔，皺著個眉頭，正好與林依搭話：「娘子，有無過口的蜜餞？」

「你又不肯蓋客棧來賣，哪來的錢買蜜餞？」有生意不做，夜歸不報，林依這會兒對他兩重氣，聞言脫口而出。

張仲微一愣，忙看向楊氏。

楊氏果然已聽見了，問道：「你們要蓋客棧？」

肆之章　夫君吃醋

林依自知失言，忙掩飾道：「我們昨日畫圖耍子，輸了的拿硬紙蓋客，客棧……」

林依倉皇圓謊卻圓不下去，急得滿臉通紅，楊氏見她這副模樣，卻理解成了那是他們的閨房之樂，也臉紅起來，擺著手道：「二郎才喝了醒酒湯，妳扶他過去歇著吧。」

此話有如大赦，林依顧不得還在與張仲微生氣，扶了他就走，一氣回到臥房，才撫著胸口叫「好險」。

張仲微曉得林依不會輕易放過他，故意裝可憐，朝床上軟軟一歪，一面偷眼看她，一面有氣無力地道：「才吃了醒酒湯，胃裡鬧得慌。」

林依看他一眼，道：「既然胃不舒服，為何扶的是頭？」

張仲微大窘，慌忙把遮眼的手挪到肚子上，繼續叫哎喲。林依實在撐不住，笑了，走到床邊拎他的耳朵，問道：「昨日買賣的帳我待會兒再與你算，先問你一問，昨夜為何不歸家。」

張仲微忙辯解道：「回來了的，不信問守院子的家丁。只是回得有些晚，擔心吵醒了妳們，才沒敢過去告訴。」

林依仍舊揪著他耳朵不放，氣道：「你不過去講一聲，我就以為你沒回來，擔驚受怕了一整夜。」

張仲微理虧，不敢求饒，只可憐巴巴地望著她，道了聲歉。夫妻吵架，要想歇火，最靈的就是一方服軟，張仲微這聲歉一道，林依的態度便軟了下來，鬆開他耳朵，道：「下不為例。」

張仲微殷勤拉她坐下，問她早飯吃的是什麼，又問午飯想吃啥。林依卻不買帳，推開他的手，道：「還有個歉沒道。」

張仲微裝傻充愣：「還有什麼，我不記得。」

林依也不逼他，道：「不記得就算了，照我說的做便是。昨晚你離家出走後，我已派人去打探過了，那臭池塘離禮部貢院只隔著一條街，難得離考場近，地方又清幽，適合讀書。時大官人講的不錯，在那裡蓋個專供趕考學子租住的院子，再合適不過。你今日就去尋時大官人，與他商定蓋客棧的事，態度要和緩，但價錢不能讓。」

她只顧講，卻沒發現那醋勁兒上來的張仲微已在磨牙。

「我昨日就講過了，咱們不與他做生意。」張仲微斬釘截鐵地回絕了林依的提議。

「為什麼？」張仲微態度如此堅決，讓林依氣惱變少，多了幾分奇怪。

為什麼？因為林依那亮晶晶的眼神，還是時昆作的那個揖？這理由張仲微一個都不好拿出來講，只好退了一步，道：「妳想修客棧，咱們蓋便是，難道就非要賣給時昆？」

這筆生意的確不是非時昆不可，但主意是他出的，蓋了客棧卻撇開他，是否有些不道義？再說他願意出圖紙，先簽契約付定金，多好的事，為何不答應？林依想不通。

張仲微能感覺到林依帶著狐疑的眼光，在他全身上下來回掃視，讓他倍感不自在。

林依盯了他許久，見他仍不肯鬆口，只好道：「依你也行，但你得如實告訴我，為什麼不願同時大官人做生意。」

「他……他……」張仲微「他」了好幾次，終於想出個能講的理由來，「他與咱們搶過池塘，此番出主意定沒安好心。」

林依知道，張仲微的倔脾氣上來，幾頭牛也拉不回來，她不願因為糾纏此事而耽誤了正經活兒，遂朝桌邊坐了，自取筆墨塗塗畫畫，研究蓋個怎樣的客棧。

張仲微端茶倒水，殷勤服侍了一會兒，但林依始終不理他，最後自個兒覺著無趣，換了新離酒樓的青苗來伺候，自己則踱出院門，準備去臭池塘邊上監工。他順著大路走了沒幾步，竟遇到了二房一家。

張伯臨手裡牽著張浚明，懷裡抱著張浚海，笑道：「正準備到八娘的酒樓問一問你的新住處，沒曾想遇著了。」

張梁也笑：「看來今兒暖屋的日子挑得好，合該樂一樂。」

張仲微連忙向李舒借了個家丁，使他先去與楊氏和林依報信，再陪著二房幾人慢慢朝回走。

他們到家時，林依已領著幾個下人在門口候著了，上前一番見禮，引進廳裡見楊氏，又打發人去請張八娘。

二房因為聽說大房換了大房子住，人來得格外齊整，張梁夫妻帶著小墜子，張伯臨夫妻帶著兩個通房、兩個兒子，擠滿了一廳。幾人剛寒暄完，前面羅家酒樓送了幾碟果子來，還帶來張八娘的口信，稱她生意忙，走不開，先送幾樣果子來道賀，到了中午，少不得還有一桌酒席奉上。

林依笑道：「忙才有錢賺，這是好事，不過再忙午飯還是要吃，中午叫她一定過來。」報信的人接了賞，應著去了。

方氏今日來，先見了林依略略現形的肚子，已有三分歡喜，這會兒又聽說張八娘開著酒樓很出息，愈發高興起來，那往常總要講幾遍的尖酸刻薄話全然未提起，讓眾人又是詫異，又是暗喜。

李舒將襁褓中的張浚海塞到林依懷裡，叫她抱一抱自己的兒子，沾點運氣。張浚明三歲的小人兒愛跑愛跳，不時撲到大人懷裡，嘻嘻笑著，讓廳裡氣氛融洽不少。

中午，張八娘果真親自送了一桌酒席來，魚肉雞鴨滿滿當當十幾個盤子，眾人團坐，和和樂樂吃了一頓飯。

直到大房一家回去，林依仍舊恍神，不敢相信方氏已來過。

且說那填土臭池塘，比當初清理爛果子地容易許多，沒過幾天就差不多填平了。完工那日，青苗圖新鮮，也跟去看熱鬧，不想在池塘邊上又遇著了時昆。

時昆領著個長隨，正在池塘邊踱步，指指點點，高興道：「填池塘已將完工，近來天氣又好，想必客棧很快便能竣工，到時咱們將其買下，家裡又多一進項。」

長隨拍馬而上：「這全因老爺出得好主意，說起來張家也該感謝你。」

青苗見了，氣不打一處來，衝上去趕他道：「我家池塘不消你操心，且回家去吧。」

時昆從未遇過這般潑辣的丫頭，唬得退後兩步，但待得看清她是一個人，並非張仲微領著，就笑了，道：「來得正好，我這裡有一樣物事，煩勞帶給妳家能替這池塘作主的人。」說著，自袖子裡掏出一卷紙張遞與青苗。

青苗不接，先問是何物件。

時昆料想她一個丫頭，打開也看不懂，便道：「妳只管帶回去，妳家主人一看便知。」

青苗聽出他口氣裡的輕蔑，一時不服氣，劈手就將那卷紙奪過來，當著他的面展開，低頭一看，原來是一份房屋圖紙，角上標著尺寸，頂上寫著客棧二字。她幾眼掃完，不屑道：「不過是張客棧圖，我當什麼稀罕物。」

她輕飄飄一句話，卻讓時昆大吃一驚：「妳竟認得字？」

青苗把下巴一抬，哼了一聲：「狗眼看人低，我不但認得字，還撥得算盤算得帳，別以為你能做幾筆生意就自認為了不起。」說完把圖紙朝袖子裡一塞，轉身就走，道：「我雖不耐煩你，但事關主人，還是替你跑一趟，便宜你了。」

時昆仍在驚訝中，與長隨感嘆道：「多少正經小娘子都大字不識，張家一個丫頭竟能寫能算，真叫人難以置信。」

他正感慨，青苗卻又回轉，指著他道：「你，我都答應替你傳遞消息了，怎地還不走，難道非要我喚人來硬趕？」

長隨欲回罵，但想起他們是有求於人，只好忍住了。時昆朝青苗一拱手，道了聲謝，離開池塘。

青苗親眼看著他們遠離，又叮囑了肖大幾句，方才歸家。此時張仲微與林依都在房裡，但一個靠窗，一個靠門，她站在臺階上琢磨起來，時昆讓她把圖紙交給能替池塘作主的人，那該交與張仲微，還是交與林依？

時昆是見過張仲微的，若想交與他，直說便是，沒必要轉個彎子。青苗輕輕一點頭，參出了其中道理，逕直向坐在窗邊的林依走去，也不稟告，只把圖紙遞過去。

林依接過圖紙，展開一看，面露驚訝，先瞧了張仲微一眼，見他正埋頭讀書，沒注意這邊，便仍舊把圖紙卷好，塞進袖子裡，再扶著青苗的手站起來，稱坐累了，要去院子裡轉一轉。

張仲微忙丟了書上前，道：「我陪娘子去逛。」

林依笑著婉拒：「聽說下回排差遣得先考試，你還不趕緊背書去，我等著沾光封誥命呢。」

張仲微確是有心升官，掙個誥命回來，好讓林依看向他的眼神也放放光，於是依言重回桌邊看書，叮囑青苗小心服侍。

林依扶著青苗，慢慢繞到屋後，見四周無人，才把圖紙拿出來細看，一面看，一面問：「是時大官人託妳送來的？」

青苗點了點頭，道：「二少夫人真是神機妙算。」

林依心道，蓋房的事要瞞楊氏，而張仲微有公差在身，不好天天去盯著，往後少不得還要青苗相助，不如將此事告訴她，多個臂膀相助。她拿定了主意，便將時昆獻策但張仲微不允講了出來，苦笑道：「這事兒本來只瞞著大夫人，現在卻還要瞞二少爺，真是……」

在青苗心裡，林依才是唯一的主人，讓她瞞著楊氏也好，瞞著張仲微也好，絲毫沒有心理障礙，甚至連張仲微為何不願採納時昆的建議都不問，只道：「二少夫人要用時大官人的圖紙還需謹慎些，我看他居心叵測，得防他害人。」

林依道：「這是自然，妳拿著這個出去，多尋幾個牙儈，讓他們找些懂行的人幫忙看看。」

青苗應了，接過圖紙，藏進袖子裡。林依領著她回房，謊稱要吃新出的棗兒，塞給她一把錢，叫她出門去了。

張仲微潛心讀書，絲毫沒留意到這邊的動靜，讓林依放下心來。

隨後幾日，林依尋出不少藉口，讓青苗一趟一趟地跑，好在她現在是孕婦，脾氣古怪些也無人質疑，便將這事兒混了過去。這日，青苗事情辦妥，悄悄回稟林依，那張圖紙乃是用心設計，大院中套著小院，各自獨立，互不干擾，實為佳作。

林依定了心，決定就用這張圖紙，暗道，時昆送上這份大禮，定然是有所求，這客棧蓋好後，若他來買，少不得還要繼續瞞張仲微，優先賣與他。不過所謂買賣，當然是價高者得，到時若時昆出價高，想必張仲微也講不出二話來。

林依將圖紙拿與張仲微看過，謊稱是拿錢請人設計的。張仲微也不懂這個，她說好便好，只是決定蓋客棧，到底是採納了時昆的意見，讓他心裡悶得慌，於是愈發發奮讀書，誓要在差遣考試中取得好成績。

三日後，肖大將蓋房的工匠集齊，客棧破土動工。青苗曉得了這事體，便有空就溜出去，代主巡視，監督工程。她時常朝工地跑，時昆也去得勤了，有時找她搭訕，有時送些果子，還有一次竟帶了個算盤來，激著她撥了一回。

如此次數多了，饒是青苗在某些方面有些遲鈍，也覺出不對勁來，但時昆獻了圖紙，就不好同以前一樣趕他，只得耐了性子同他周旋。

時昆的舉動、青苗的態度，肖嫂子都看在眼裡，一日終於忍不住，拉了青苗問道：「青苗，時大官人家裡做著大生意，米糧滿倉，錢財萬貫，多好的人家，妳怎地卻總敷衍他？」

青苗臉一紅，啐道：「肖嫂子講什麼胡話，他家再有錢，與我何干，難道要我上趕著奉承？」

肖嫂子急道：「唷，咱們又不是深宅大院裡的小娘子，害什麼臊？時大官人對妳有意，瞎子都看出來了，妳就算要拿身價不願上趕著，也該時不時露個笑臉與他。」

青苗一聽這話，蹭地就火了，跳起來道：「肖嫂子，什麼叫要拿身價？我又作什麼要給他笑臉？我告訴妳，我雖然是個奴婢，卻也有些志氣，斷不肯與人做小的。」

青苗聲量大了些，肖嫂子望見時昆再朝這邊張望，也不知是不是聽見了。她慌忙打手勢，叫青苗噤聲，道：「別說妳是丫頭，就是我這樣的自由身，遇見時大官人，也只有把閨女送與他做小的份，哪敢覬覦主母的位置，妳這妮子真是……」

青苗見她誤會自己想做時家正室，臉愈發漲得紅了，發誓賭咒道：「我什麼身分自己知道，絕無癡心妄想，富貴人家的門檻我不稀罕。」說完氣呼呼地，起身就走。

肖嫂子生怕她生氣，到林依面前告一狀，忙拉住她解釋道：「是我糊塗心思，誤會了妳。既然妳有志氣，我便助妳如何？往後但見時大官人，我先將他攔了，免得近妳的身，叫別個嚼舌。」

青苗歡喜起來，道：「甚好，如此多謝肖嫂子。」

肖嫂子終於重討了青苗歡心，如釋重負，仍去幹活。青苗則撿了塊空地坐下來，一面以掌扇風，一面盯著工匠幹活。時昆在離她十來步遠的一塊大石後，手攥一把團扇，走來走去。長隨見他躊躇，奇道：「老爺，你特意使我買了扇子來，卻又為何不與她送去？」

時昆很不耐煩，道：「你沒聽見她方才的話？不與人做小哩。」

長隨的心情向來是隨著主人而變，見時昆煩躁，他也煩起來，氣道：「那妮子真是不識抬舉，多少人排著隊想進咱們時家的門，她卻還拿喬。」

時昆狠瞪了他一眼，道：「多少人還比不上她呢，拿得筆，算得帳，我看那些所謂名門閨秀，一個也不如她。」

長隨馬屁拍到了馬蹄子上，再不敢擅自講話，蔫蔫退到了後面去。時昆又猶豫了一時，到底還是沒忍住，轉過大石，將扇子遞到青苗面前。

青苗正熱呢，低頭一看，好一把做工精良的團扇，兩面素絹，湘妃竹柄，上繡仕女納涼圖。她見了扇子，滿心歡喜，再抬頭一看，卻是時昆站在面前，登時就變了臉，喚肖嫂子道：「肖嫂子，妳方才答應我什麼？」

肖嫂子一面暗自可惜這段姻緣，一面爬上土坡，替壺倒涼茶，不分由說，把時昆攆到了旁邊去，又站到他面前，擋住他看向青苗的視線。時昆也不是傻子，此情此景，拿腳後跟也能猜見青苗的意思。所謂強扭的瓜不甜，既是她無意，再癡纏也無用，時昆推開肖嫂子的茶，嘆著氣將團扇又帶了回去。

青苗監工到傍晚，見時昆早已離開，輕鬆之餘，又生出些悵惘，不禁暗罵了自己幾句不爭氣，收拾物事回家。

廳上，楊氏與張仲微夫妻正在聽一名家丁傳楊家的消息，呂氏為了架空牛夫人，竟出狠招，搭出嫁妝，又向娘家借了一筆錢，給楊升買了個進納官。買官本屬平常事，但如今有朝廷禁令，楊升一旦為官，楊家兩棟酒樓就得關門，聽說牛夫人為了此事與呂氏鬧得不可開交。

朝廷禁令為何而下，還不是因為牛夫人心術不正，要害張家，而今卻搬起石頭砸了自己的腳，讓楊氏合掌稱頌不已。

青苗邁腿欲進廳裡去，卻被個家丁叫住，遞過一封信，說是四川來的，讓她帶進去呈與楊氏。青苗接了，進屋見楊氏，呈上信件，再退至林依身後侍立。

楊氏拆開，瞧了幾頁，竟連封筒丟與林依，帶著氣道：「妳瞧瞧妳弟媳，當初還道要與三郎守靈，裝得情真意切，這才過了幾年就守不住了。」

林依莫名其妙，拿起封筒一看，原來是遠在眉州老家的田氏寄來的。田氏在信中稱，她三年孝期已滿，鄉下又困苦，因此想進城來侍奉公婆，與家人團聚。

這要求在林依看來既合情又合理，不知楊氏為何大動肝火。殊不知，她是個局外人，才得以客觀看待，而楊氏自然而然地是維護她的親子張三郎，故對田氏有此態度也不奇怪了。

田氏雖然成親早，其實比林依也大不了幾歲，年輕輕就守寡，林依很有些憐憫她，因此勸楊氏道：「娘是在鄉下待過的，曉得那裡的確不如城裡安逸，再說咱們一家人住在一起多好。」

楊氏的聲音帶了哭腔，道：「一家人？叫她進城享福，讓我兒子獨自一人孤零零待在鄉下？」

林依見楊氏憶起傷心事，連忙垂下頭去，不敢再作聲。良久，就在她以為田氏進城無望之時，楊氏卻又點了頭，道：「還是讓她來吧，瞧她心思已活動，再在鄉下待下去，怕是要出事。」

這是擔心田氏守不住，要出牆？林依不敢朝下猜，站起身來，應了個「是」字，又道：「咱們有一季的田租是三少夫人收著呢，那些錢雖然又置辦了些田地，但卻還有剩的，此次她進城，正好讓她帶來。還有，鄉下現有的那些田託楊嬸的兒子照管，娘意下如何？」

楊氏疑道：「讓楊嬸的兒子管田很是妥當，但田氏手裡的錢何不就留在四川，繼續置田地？」

林依是想把田租運來，多幾個本錢買地皮，但楊氏既已質疑，而剩下的田租也沒幾個錢，就只好把此想法打消，道：「是我糊塗了，咱們現在又不缺錢使，就依娘的意思，把錢留在四川繼續置地。」說完，回房寫信，傳達楊氏的意思，許田氏進城，並與李舒去信，請她派遣留守眉州的家丁護送。

田氏一介女流，獨身進京，路上想必要花不少時日，因此林依不必急著為她安排房屋等事，一切只等她回信。

半個月後，有喜訊傳來，聖上賞識歐陽參政，特賜他宅第一幢。張仲微一家受邀，到參政新居赴宴。參政夫人見他們來，很是高興，尤其待林依與其他人不同，親自領了她，參觀自家新宅。

皇上欽賜的宅第果然氣象非凡，前後五間五進，寬敞明亮，一個園子，亭臺樓閣，花團錦簇，與之前租住的房屋相比，簡直一個天上，一個地下。林依看了，羨慕讚嘆不已，隨參政夫人同到水中涼亭坐下。

參政夫人先將修客棧的進度關心了一番，再提正事，道：「如今銓司有幾個缺，我們家老爺想讓張編修去外省縣城做個知縣，被我攔住了，林夫人不會因此怪我吧？」

張仲微做知縣乃是高升，這是好事，參政夫人為何阻攔，原因林依一猜便著，定是她捨不得地皮房產的股份，不願張家離京。且不論參政夫人私心對錯，既然她開口講了，林依還能如何，只能慌忙欠身，道：「參政夫人言重，我哪裡懂得這些，只知我家官人能有今天，全靠歐陽參政賞識。」

參政夫人對她的回答很滿意，點頭微笑道：「妳放心，邊遠小縣不去，自有更好的等著他，我們家老爺對張翰林是極為看重的。」

林依起身道謝，待得重新坐下，突然想起一事來，問道：「我聽官人講，他們升遷是要考試的？如今還未開考，為何就有缺了？」

參政夫人道：「又不是初次參選，考什麼試，再說張編修當年乃是頭甲人選，就算初選，也不必考試。」

林依疑惑了：「那……」

參政夫人眼望水池對岸，面露不屑，嗤道：「那都是王翰林想出的把戲……」

林依順著參政夫人的視線看去，原來是王翰林夫人由一群夫人簇擁著，正在那裡賞花。她聽過參政夫人的一番解釋，方才明白，翰林院現有一微末小職空缺，皇上恩寵王翰林，許他自挑人選，王翰林就想出了考試選人的方法來，命翰林院的下級官員讀書備考。

參政夫人收回目光，道：「能讓王翰林自選的職位能是什麼好差事，不過是想藉此拉攏人罷了。」說完，深深看了林依一眼。

林依被看得膽顫心驚，忙替張仲微表忠心，道：「我家官人不想考哩，只是無奈。」

參政夫人一笑，不置可否，微微側身，指了池子裡的錦鯉與她瞧。林依瞧著那水中的魚兒游來游去，忽地明白過來，張仲微到翰林院才多少時日，怎會突然升遷，定是歐陽參政以為王翰林要拉攏張仲微，著急了。如此說來，還得感謝王翰林了，只不知歐陽參政會與張仲微安排個什麼職位，聽參政夫人的意思，是不願張家離京，那多半不是京城，就是京畿。

晚宴過後，楊氏率全家辭別，與林依同坐一乘轎子回家，一路上握著她的手，笑顏逐開，稱她得參政夫人賞識，讓自己臉上有光，又道：「妳是天生的旺夫相，二郎得妳為妻，日後必能官運亨通，仕途坦蕩，不似我那苦命三郎的媳婦，說是來沖喜，卻……」

楊氏講著講著，傷起心來，慌得林依安慰了她一路。

回到家中，楊氏稱頭痛，林依扶她躺下，欲貼身服侍，卻見張仲微站在窗外與她打手勢，便換了流霞與流雲進來，命她們小心伺候。

林依走出門去，正想問張仲微有什麼事，就被他拉進了自己的臥房，將門鎖起。林依還道他是想做那事兒，不悅道：「百事孝為先，娘身子不爽利呢，我得過去伺候著，你自己解決吧。」

張仲微按她坐下，道：「這樣的大事，我怎麼解決得了。」

林依將他的手一拍，道：「就用他，怎麼不能解決？」

張仲微這才明白她的意思，哭笑不得：「娘子，妳想哪裡去了，我是指我升遷一事。」

林依有些臉紅，道：「我也聽說了，參政夫人透露你要升遷，且不願咱們離開東京。」說完又笑了：「這是喜事，我去講與娘聽，興許她的頭就不疼了。」

張仲微將她一拉，道：「我升遷乃是小事，但妳可曉得，歐陽參政替我挑的是哪個缺？」

林依頗感興趣，忙問詳細。

張仲微的表情十分複雜，道：「妳肯定猜不到……竟是祥符縣知縣一職。」

林依大喜過望，這可是越級升遷，歐陽參政還真有本事。她正高興，突然想起，親屬同地為官，理應回避，那張伯臨還在祥符縣做縣丞呢，怎麼張仲微又要去？

張仲微見她面露疑惑，便知她也想到了問題所在，苦笑起來。林依猶豫問道：「大哥也要升官了？或是平調別處？」

張仲微低聲道：「前不久才見過大哥大嫂，妳可曾聽他們提起？」

林依凡事都朝好的方向想，道：「興許調令已在路上。」

張仲微慘然道：「大哥並非朝中無人，若有調令，哪能不知，只怕是朝中風向要變了……」

林依細細一思量，張仲微要調往祥符縣，張伯臨就得走，既然後者不是要升官，難道是要撤職？她越想越心驚，這果然是件天大的事，連忙推了張仲微一把，催他去祥符縣報信。

張仲微緩緩搖頭，跌坐到椅子上，道：「來不及了，歐陽參政既然敢將此事告訴我，就一定早有部署。我這時候去報信，除了會讓他疑心，別無他用。」

林依驚道：「怪不得參政夫人拿王翰林拉攏人的事來試探我，原來大有深意。」

張仲微也是一驚，忙問：「那妳是如何作答的？」

林依道：「我也算是混跡官場夫人群多時的人了，怎會讓她起疑，自然是表了一番忠心。」

張仲微安下心來，道：「他們試探人是常有的事，妳只小心應付，別往心裡去。」

林依點了點頭，道：「省得，既然得了好處，自然就得付出代價，何況只是費點神，並無妨礙。」

張仲微沒有料錯，歐陽參政果然早有部署，說起來，這回算是他與王翰林的暗中合作，同力扳倒李簡夫一派，沒出幾日，那派許多官員撤的撤，貶的貶，而張伯臨因是李簡夫的女婿，牽連更甚，被安了個莫須有的罪名，鋃鐺下獄。

與此同時，張仲微提交文狀，順利通過了銓司差注及過門下等一系列勘驗手續，得到了祥符縣知縣的差遣。

一時間，張家是喜憂參半，喜的是張仲微高升，憂的是張伯臨入獄，雖說倒楣的是二房，但同為張姓，哪有不憂心的。遠在衢州的張棟著急上火，特意派遣親信回京捎信，讓張仲微去向歐陽參政打探消息，謀取營救張伯臨的辦法。

其實就算張棟不講，張仲微也是準備去的，這日他特意在酒樓訂了個濟楚閣兒，備了一桌酒，只道是要謝師恩，將歐陽參政請了來。待得酒過三巡，先大禮謝了歐陽參政提拔之恩，再懇求他拉張伯臨一把，稱張伯臨本性純良，雖然投靠李簡夫，但並未做過有損歐陽參政之事，並暗暗提醒歐陽參政，張伯臨曾參過王翰林一本，算得上是王翰林一派的政敵。

歐陽參政聽著聽著，笑了，張伯臨與張仲微雖分兩房，卻是一家人，一榮俱榮，一損俱損的道理，他自然懂得，斷沒有提拔了張仲微，卻任由張伯臨在牢裡的道理。

他飲下一杯酒，暗示張仲微，只要張伯臨與李簡夫脫離關係，不但能免除牢獄之苦，且能步步高升。

怎樣才能算是和李簡夫脫離了關係？張仲微陪歐陽參政吃完酒，回到家中，暗自琢磨。

此時張梁夫妻與李舒已入京，擠在大房的小院子裡居住，一起商量救張伯臨的辦法。張仲微回家時，見李舒抹著淚從西邊正房出來，突然明白了歐陽參政的意思。他走進房去，見只有林依一人在裡面，便將門關上，複述了歐陽參政的話，道：「歐陽參政竟是想讓哥哥休掉嫂子？」

他沒想到林依聽了這話絲毫不吃驚，道：「別提了，大哥是受李太守牽連，大家都知道，叔叔和嬸娘正逼大嫂自請下堂呢。」

張仲微恍然，怪不得李舒方才是抹著淚出去的，原來是張梁和方氏逼她離開張家。

林依頗有些兔死狐悲，道：「他日沾大嫂的光時，吃她的喝她的，叔叔還拿她當個寶，如今怕受牽連就要趕她。若哪日我生意失敗欠了錢，是不是也要趕我出門，再把債務推到我身上？」

張仲微也認為張梁和方氏此舉不妥，做人不能忘恩負義，但要救張伯臨，這又是最為便捷的方法，他覺得自己陷入了兩難境地，長吁短嘆一時，突然起身道：「我真是糊塗了，這樣的事自然需要大哥自己拿主意，光我在這裡發愁有什麼用？」

林依道：「極是。」說著取了幾塊散碎銀子出來，遞與他道：「銅錢笨重，太顯眼，拿這個去買通牢役，見到大哥再說。」

張仲微感激地握了握她的手，袖著銀子出門，待賄賂過牢役，到牢中見到了張伯臨，將歐陽參政的暗示和張梁夫妻的決定告訴了他。

張伯臨聽後，急道：「胡鬧，於情於理，都不能休了你大嫂。」他將如玉孝中產子一事告訴張仲微，道：「這事兒李家是知道的，若休了你大嫂，惹得他們將我告發，如何是好？我如今雖然下獄，卻還有東山再起的時候，若聲名受汙，這輩子就完了。」

張仲微驚呆了，良久方道：「哥哥，你好糊塗。」

張伯臨苦笑道：「年少風流，如今知道錯已晚了，好在咱們大宋不殺朝臣，頂多流放罷了。」

張仲微跪坐在破爛的草褥子上，抬頭四望，牢中除了家裡送來的一床被子，別無他物，牆上發著黴，散發出一股子怪味，角落裡有個破碗，盛著半碗渾濁不堪的水。他越看越難過，抓著張伯臨的胳膊，講不出話來。

張伯臨反安慰他道：「當初娶你大嫂也是看中了她家的權勢，因此如今一切都是該受的。」又催他道：「你還有大好的前程，別因著我被牽連進來，早些回去吧。」

張仲微含著淚，三步一回頭，離開牢房回家，痛哭了一場。林依在旁坐著，不知他是因為救不出張伯臨而難過，還是因為明明有辦法卻不能使而傷心。沒過會子，院子裡鬧起來，林依向外問了一聲，青苗進來回道：「大少夫人要走呢，兩位小少爺啼哭不止。」

張仲微以為是張梁和方氏要休掉李舒，大驚失色，慌忙跑到廳裡去，尋到他們，道：「叔叔、嬸娘，大哥孝中做的那點子事，想必你們是曉得的，怎能這時候休了大嫂。」

方氏卻道：「無憑無據的，休了她又怎樣？隨她告去。再說如今浚明大了，差的那幾個月，根本看不出來。」

張仲微急道：「即便如此，咱們也不能做那忘恩負義之輩。」

方氏從未聽過張仲微講重話，偶一聽之，就覺得受不了，正要跳起來訓斥，被張梁攔住了。張梁心平氣和道：「仲微誤會了，你大嫂是自請下堂，與我們無關，不信你去問她。」

張仲微頓了頓足，轉身出去，卻不好親自去問，便將林依扶出房，叫她代勞。李舒此時正抱著張浚海朝門口走，見林依出來，連連朝她使眼色。林依心知有緣故，便叫張仲微去陪著張梁與方氏，待他進屋，才朝李舒走去，低聲問道：「大嫂，妳真要走？」

李舒點了點頭，小聲道：「趁他們都在房裡，我把兒子抱走了。望妳念在我們妯娌一場，莫要聲張。」

林依朝院子裡看了看，除了李舒的陪嫁，別無他人，想來流霞流雲之類都已塞過錢買通了。她勸李舒道：「大嫂，浚海還小，妳要帶他到哪裡去？今日仲微才去看過大哥，大哥不願休妳呢。」

李舒苦笑道：「伯臨是怎樣的人我很清楚，看看當年的如玉就知道了。他娶我，本就不是愛慕我的人才，平日裡雖如膠似漆，大難來時一樣要各自飛，此時還不肯休我，不是不願意，而是有擔憂，不過……」她將一封書信塞進林依手裡，道：「他畢竟是我兒子的爹，你叫他放心，那事兒我不會講出去的，我爹娘那裡，我自會打點。」

林依將信藏進袖子裡，握住李舒的手淚流不止：「別無他法了嗎？妳如今娘家也去不得，帶著個奶娃娃能到哪裡去？」

李舒噗哧笑了，道：「妳以為我要到哪裡去？只不過是官場風雲，又不是株連九族的大罪。我仍回祥符縣住著，難不成官府要來抓我？」

她這樣一講，林依也笑了，李舒有兒子有錢有家僕，哪裡不好過生活，將來只怕還有二房上趕著她的時候，倒是她自己太過憂慮了。

張梁和方氏很快就發現張浚明不見了，兩口子一琢磨，肯定是李舒偷偷帶走了，登時大動肝火，方氏站在院裡罵娘，張梁要派人去追。

林依很看不慣他們的言行，仗著有楊氏撐腰，涼涼地應道：「叔叔與嬸娘要追也成，只是我們家沒有人手，你們家的又被大嫂帶走了。」

方氏抬頭，到處張望，卻發現門口的家丁不知影蹤，其他下人也是一個不見，她料定是林依與李舒串通，大罵：「妳這黑心腸的，要害我孫子。」罵完林依，又罵張仲微：「瞧你娶的好媳婦，不幫自家大哥，卻幫著外人。」

張仲微辯駁道：「嬸娘，浚海是跟著他親娘走了，還會有事？」他怕林依動了胎氣，說完就把她扶了進去，帶上房門才重新出來。方氏見他不但回嘴，還護著媳婦，登時火冒三丈，要照著小時候罰他的跪。

楊氏一聽也火了，怒道：「妳要罰兒子，到牢裡把他救出來，愛怎麼罰就怎麼罰，莫要到我家耍威風。」

張梁心想，張伯臨就算救出來，官運只怕也比不上張仲微了，何況張棟還在衢州風光，以後二房求著大房的時候多著呢，怎好此時得罪了他們？他想到這裡，嘴裡訓斥著「妳竟敢對大嫂不敬」，劈手就給了方氏一巴掌。落手後，他感覺不對勁，且四周便得靜悄悄，抬眼一看，原來張仲微不知何時擋到了方氏前面，替她挨了這一掌。

張梁望著張仲微臉上的紅掌印，想到他如今只是侄子，且是做了官的侄子，就有些不知所措，舉著的手也忘了放下去。

方氏亦怔住了，沒想到護著媳婦的兒子也會護著娘。

楊氏心裡酸酸的，到底是親母子，曉得護著，若換作是她，不知張仲微有無這份孝心。

林依站在窗前瞧見這一幕，先驚愕後心疼，接著理智上來，生怕楊氏從此與張仲微生分，忙扶著青苗的手出去，道：「大嫂既已自請下堂，還不想辦法把大哥接回來？聽說那牢裡又黑又潮，再不著急，得了病可不得了。」

此話如同投湖小石，激起千層浪，讓各懷心思的幾人回過神來，紛紛行動，張仲微去尋歐陽參政，張梁去準備張伯臨的乾淨衣裳，方氏則帶人去備飯備酒。

張仲微去過歐陽參政處，打理好一切，便去牢裡接了張伯臨回來。方氏接著，見他面容消瘦，狠哭了一場。張伯臨拜過長輩，謝過張仲微兩口兒，先去沐浴更衣，收拾清爽了才來入席，舉杯敬酒。

方氏不停地與張伯臨夾菜，嘮嘮叨叨：「我兒，趕緊吃，吃飽了好去把我孫子尋回來。」

張伯臨這次能出獄，就猜到了李舒已休，但他不知兒子被帶走，抬頭四周一看，果然只有張浚明，沒了張浚海。不過他同其他人是一個心思，兒子跟著親娘吃不了虧，再說張浚海還只有幾個月大，跟著李舒才是最妥當的，於是勸方氏道：「娘急什麼，我這次能出來，多虧歐陽參政相助，待我拜謝過他，再謀一個缺，等到重新做了官，還怕妳孫子不回來？」

張伯臨向來最會哄人，方氏一聽就止了哭，飯也不吃了，回房翻箱倒櫃，將私房錢兩貫拿了出來，交與張伯臨去謀缺。

酒畢，張伯臨請張仲微作陪，去拜見歐陽參政，路上問他道：「你大嫂帶著你侄子去了哪裡？」

張仲微這回有些瞧不慣張伯臨等人的行為，道：「你都把她休了，還問這個作甚？」

張伯臨辯駁道：「我哪裡肯休她，爹娘講了，是她自請下堂。」

張仲微看他一眼，道：「若你們不逼她，她會肯走？夫妻本該共患難，怎能大難來時各自飛？」

張伯臨被兄弟一席話講到羞慚，沉默不語。二人走著，直到參政府第門首，張仲微才告訴他：「大嫂有一封信留在我娘子那裡，你去取來一看便知。」

張伯臨拱手謝了，同他一起進去，遞上帖子，等候歐陽參政接見。

此時，歐陽參政正在與夫人閒話，講的就是張伯臨兄弟。歐陽參政自認為又多一助力，很是歡喜，參政夫人卻潑冷水道：「別看張伯臨是張編修兄長，德行差遠了，比不上張編修忠厚老實，為人可靠。」

歐陽參政奇道：「何以見得？我只聽說張家大郎天資聰穎，更勝張編修百倍。」

參政夫人不屑道：「再聰穎，也得忠心可靠才行。你看他當日為了飛黃騰達，便娶李家女，如今為了重回官場，二話不說就將她休了，一點情分都不顧的人，能指望他忠於你？」

歐陽參政覺得夫人言之有理，張伯臨理智冷靜，凡事只選對自己有利的，乾脆俐落，毫不心軟。從這些看來，他比張仲微更適合官場，但歐陽參政卻不需要這樣的人，他寧肯栽培老實聽話的張仲微，更讓人安心。

一番計較，歐陽參政心裡已有定論，待得接見張伯臨時，便只叫他去吏部提交文狀，等候差注，其他的隻字未提。

以張伯臨之精明，自然覺出了歐陽參政的疏遠，但張仲微卻安慰他道：「先前我也是這般照章程辦事，結果沒過幾天就得了知縣的缺。哥哥且耐心等待，一定能得到個好缺。」

張伯臨如今失去了李簡夫這座靠山，除了等待又能怎樣，只得點了點頭，心事重重地隨張仲微回家。

大房住處，方氏已在指揮小墜子和錦書、青蓮等人收拾行李，準備離開。張伯臨很奇怪，以前方氏想法設法要到大房來住，如今住著了，怎麼卻又要急著搬？青蓮見他疑惑，悄悄告訴他道：「大夫人好生厲害，雖然面兒上和和氣氣，卻一絲便宜也不給二夫人占，二夫人自己受不了，這才想搬回祥符縣。」

張伯臨見李舒把李家帶來的兩個通房丫頭都留給了他，又是感激又是愧疚，遂急急走去尋林依，討來李舒的信件，躲到屋後拆看。

他以為李舒信中是些悲切的句子，捨不得的言語，沒想到完完全全猜錯了。李舒信中講了這樣幾條：

一、祥符縣的房子是她出錢租的，如今她已不是張家人，因此警告張伯臨等，別打房子的主意，要想安頓，自尋住處。

二、帶走張浚海，非是要奪張家嫡子，而是替張家考慮，怕他們養不活，好心幫他們減輕負擔，等到張浚海長大，還是讓他認祖歸宗。

三、一日夫妻百日恩，張伯臨如何待她，自己心裡有數，但她卻做不出無情無義的事來，因此將兩個通房留給他，但賣身契還在她手裡，若張伯臨哪日不想要了，只能送還與她，不可私自變賣。

四、眉州老家有兩處房屋，一處是祖屋，二房有一半，那一半她不管，但那棟新屋乃是她出錢蓋的，如今休離，便要收回。

五、二房鄉下的幾畝薄田一直是她陪嫁的下人在照管，如今這些人也要收回，請張伯臨儘快另覓人選，否則田地荒蕪，她概不負責。

張伯臨讀完，心口一陣發疼，忍不住叫了聲「哎喲」。方氏聞聲趕來，與錦書兩個把他扶進房去，又是揉胸口，又是餵熱茶。

張伯臨滿臉通紅，不知是疼的還是羞的，他推開錦書遞來的茶，與方氏道：「娘，祥符縣的房子是李氏租的，咱們是去不得了。如今我要在京城候選，不如就在附近租個房屋，待得獲了差遣再另做打算。」

方氏臉皮再厚，也不好意思去住已休兒媳的屋子，聞言臉也紅了，吭哧了兩聲，道：「我一個婦道人家，哪懂得那許多，你與你爹商量去吧。」

張伯臨捂著心口，讓錦書扶了，到廳中見張梁，父子倆商量一氣，決定將張八娘酒樓後院的三間房租下來，搬過去暫住。這番打算好是好，張八娘是張家的親閨女，哪好意思多收錢，但那院子只得三間房，而二房上下一共有七個大人、一個孩子，哪裡住得下？

張梁嘆了口氣，道：「如今落魄，也只能擠一擠了。我與你娘帶著浚明住一間，那雇來的奶娘辭了吧，省些錢好買菜。另外兩間，一間住郭姨娘、任嬸和冬麥，一間住你的兩個通房丫頭，如此正好。」

張伯臨贊同道：「還是爹會安排，我這就去問羅妹夫和八娘子。」

張八娘早就聽說張伯臨落難，急得跟熱鍋上的螞蟻似的，卻又幫不上忙，如今見兄長安然無恙歸來，高興得又是哭又是笑，再一聽說他們要租自家的屋，哪裡肯收錢，忙忙地親自帶人去打掃，讓張伯臨他們趕緊搬過來。

張伯臨起初怕羅書生不願意，推辭著要付錢，張八娘笑道：「他才不理會家務事，大哥且放心大膽地來住。」張伯臨這才受了，回去通知父母，辭別大房一家，又央林依派個家丁去祥符縣向李舒報平安。

林依應了，使人去祥符縣，又把青苗做的點心包了幾包，一併送去。張仲微送過二房一家回來，與林依道：「大哥對大嫂雖然有些無情，但到底還記得與她捎個信兒去，不算全忘了昔日恩愛。」

林依磨牙道：「若換作我，從此你走你的陽關道，我走我的獨木橋，老死不相往來。」

張仲微自倒一盞茶水吃了，不慌不忙道：「我看大嫂此舉只是權宜之計，她還是要回來的，不然為何把兩個李家丫頭留在了張家？」

林依一想，還真有這可能，不然李舒為何就留在了祥符縣，卻不回老家去？她替李舒不值，但各人自有各人的想法，旁人不盡得知，唯有感嘆兩句罷了。

張仲微走去摸了摸林依的肚子，道：「大哥是聰敏人，既已脫險，就不再需要我們替他操心，萬事他自會處理。」又道：「我今日替嬸娘挨了一巴掌，娘心裡一定不好受，娘子，妳且去替我斡旋斡旋，美言幾句。」

今日事多，張仲微又一直在外面跑，以至於林依這會兒經他提醒，才想起他替方氏受過的事，忙捧了他的臉，細細看了一回，心疼道：「叔叔下手也太狠。」

張仲微暗嘆一聲，催她去楊氏跟前。林依瞪他一眼，道：「這會兒曉得著急了？當時挨打時怎沒想起來？」

張仲微賠著笑臉，道：「一時心急，哪想得起這許多。」

林依教他道：「叔叔老打嬸娘的確不好，下回再遇見，攔住他的手便是，何苦巴巴地把自己的臉湊過去，又吃了痛，又惹了娘不開心。」

張仲微一愣，悔道：「是我愚笨，下回聽娘子的。」

林依將他的臉又摸了一把，走出門去尋楊氏。此時楊氏正躺在榻上，流雲打扇子，流霞站在榻後替她揉著太陽穴。林依見了，忙問：「娘又頭疼了？我去請個郎中來？」

楊氏擺了擺手，道：「沒什麼大礙，被二房一家吵鬧了幾日，這才頭疼。」

林依嘆了口氣，在榻邊坐下，接過流雲手裡的扇子，幫楊氏慢慢扇著，道：「他們也是心急。好在大哥已出獄，想必日子又好過了。」

楊氏哼了一聲，道：「即便是官場，也見不得無情無義之人。妳以為大郎休了妻就有好日子過？只怕往後人人都要看不起他。」

林依雖答應了張仲微的請求，但真到了楊氏面前卻又不知如何開口，猶豫半晌，方道：「娘，仲微這人，妳是知道的……」

話才起頭，就被楊氏打斷：「我知道妳要講什麼，娘不是那般小氣的人，妳叫二郎莫多慮。」

林依感激一笑：「娘——」

楊氏伸手取下她手中的扇子，溫和道：「妳身子重，別累著，過去歇著吧。」

林依如今與楊氏一個房，楊氏不讓林依在這裡歇著，卻叫她過去，分明是想讓她去定一定張仲微的心。林依會意，起身去了西邊正房，將楊氏的意思傳達。

張仲微聽過，舒了一口氣，道：「幸虧娘大度，我去買些新鮮果子與她送去，順便到工地上瞧瞧。」

林依瞥他一眼，笑道：「討好娘，也不用這般趕著，叫他們去買吧。」說著喚了青苗進來，叫她拿錢讓家丁買去，又問張仲微道：「你打算什麼時候去祥符縣上任？」

張仲微道：「雖然得了缺，但現任知縣還有一個月才任滿，祥符縣離東京就幾步路，不著急，咱們下個月再作打算。」

林依歡喜道：「咱們典的這房子正好還能住一個月，等到你上任，就搬到祥符縣後衙去，不必再費神找房子。」

張仲微點頭稱是，想到即將升任知縣，喜不自禁，終於將連日來的陰霾一掃而光。

一晃又是半個月過去，張伯臨仍未候到差注，眼看著任上攢下的幾個積蓄越來越少，家中卻無進項，心急如焚，而兩個通房畢竟是李家人，心偏著李舒，日子一久，就對他有些愛理不理，張伯臨是有苦說不出，煩悶非常，於是走到斜對門去，尋張仲微說話。

張仲微這半個月正好相反，家裡有錢，人又清閒，且還有個知縣的盼頭，天天侍奉母親，陪伴娘子並未出世的孩子，好不快活。張伯臨將他一家子一看，隱隱後悔，道：「我還不如被流放，至少家裡人口是齊全的，不似現在，妻離子散。」

張仲微嫌他講得太嚴重，道：「大嫂就在祥符縣，又不遠，你何不看她去，順便瞧瞧兒子。」

張伯臨苦澀一笑：「我哪還有顏面見她。」

張仲微沉默下來，不知怎樣安慰他才好，過了一時，想到酒能消百愁，遂請他去了酒樓，準備陪他一醉方休。

二人到附近酒樓，挑了個濟楚閣兒坐定，叫上兩壺酒，先飲了個三、四分醉。張伯臨拿筷子敲著酒壺，淒然道：「兄弟，哥哥這半個月過得好不辛苦，差遣遲遲沒有消息，家裡的錢一日少過一日，再這般下去，只怕無米下炊。」

張仲微忙道：「我家裡還有幾個錢，哥哥若要，待我稟明娘親，取來與你。」

張伯臨睜著半醉的眼看他，道：「你做了幾日官，也學會打馬虎眼了，明明曉得我講的不是這個。」

張仲微垂下頭去，囁嚅道：「哥哥，我哪一日不朝歐陽參政家跑幾趟，無奈他只是推諉，我也無法。」

張伯臨問道：「歐陽參政到底是哪裡對我不滿？」

張仲微茫然搖頭，稱自己已問過，但歐陽參政卻不講。

張伯臨灰了半邊的心，只覺得那酒都是苦的，大宋的差注歷來員多闕少，往往是三員共一闕，即一個差遣至少有三人競爭，至於花落誰家就得各憑手段了。他如今要靠山沒靠山，要錢沒錢，政績就更不用說了，好不容易自歐陽參政那裡看到點希望，又給掐滅了，這往後的日子該怎麼過？

張仲微見張伯臨一杯接一杯的吃酒，曉得他處境艱難卻又幫不上忙，心裡好不難過。突然，張伯臨將酒杯一頓，道：「我再活動一個月，若仍無希望，就回家種地。」張仲微嚇了一跳，十年苦讀，好不容易掙來功名，豈能說丟就丟。他忙著勸慰張伯臨，寬他的心，張伯臨卻道：「我又不是立時就走，說不定事有轉機呢？」

張仲微見他還是樂觀的，略略放心，便不再勸，只舉杯同飲。

兩三個時辰後，張伯臨醉成了一攤泥，張仲微略為清醒，強撐著將他送回家中。方氏領著錦書與青蓮接著，把他們都扶了進去，一個躺床上，一個躺榻上，分別灌下滿盞的茶。

方氏見張伯臨醉得人事不省，責怪張仲微道：「你也不勸著些，怎能由著他吃？」

張仲微歪在榻上，苦笑道：「哥哥心中煩悶，就讓他醉一回吧。」

方氏道：「我聽說你深受歐陽參政賞識，你媳婦又與參政夫人交好，何不前去，替你哥哥美言幾句，哪怕謀個微末小官也好。」

張仲微閉上眼，緩緩搖頭，道：「早已去過了，若是有法子，也不至於去吃悶酒。」

方氏坐在榻角，垂淚不已，道：「當初我就反對娶李家女，是你爹和叔叔非要搭攀高門大戶，這才惹來一場禍事。」

張仲微道：「嬸娘，話不能這樣講。李家照拂哥哥不少，大嫂賢慧又孝順，還與張家添了血脈……」

方氏一拍榻板，打斷他的話，怒道：「誰是你大嫂？事到如今，你還替她講好話，還嫌她把你哥哥害得不夠？」

張仲微見方氏生氣，慌忙起身，解釋不停。方氏卻認為他是強詞奪理，竟將他趕了出去。張仲微踉踉蹌蹌，跌出門來，好在自家就在斜對面，門口又有家丁，見此情景，忙趕過來將他扶了進去。

林依聞訊，在內接著，將他安頓到房裡，又命楊嬸去煮醒酒湯，自己則拿了個帕子，替他擦汗，嗔怪道：「既是醉得狠了，就在嬸娘家歇好了再回來，難不成她還會趕你？」

張仲微可不就是被方氏趕出來的，聞言苦笑：「嬸娘怪我替大嫂講話，不喜我哩。」

林依不悅道：「都這時候了還犯糊塗，歐陽參政為何不待見大哥，你們不曉得，我卻是知道的。」

張仲微吃驚道：「妳怎麼知道的？參政夫人講與妳聽的？歐陽參政為何不喜歡大哥，快快講來。」

林依將參政夫人對張伯臨「無情無義」的評價講與他聽，又道：「我看大哥從此以後的仕途不會太順了，不過這是他自討的，怨不得別個。」

張仲微嘆道：「大哥心裡還是有大嫂的，當時他並未講出休離的話來，還讓我勸一勸叔嬸呢。」

林依道：「大嫂說他是為了如玉的事才不敢休她。」

張仲微偏著張伯臨，道：「誰曉得是不是，或許大哥是真捨不得大嫂。」

張伯臨心裡究竟是怎麼想的，大概只有他自己知道了，林依不再強辯，接過剛煮好的醒酒湯，餵張仲微喝了下去。

這一個月裡，因張伯臨不敢去見李舒，二房幾乎與李舒斷了聯繫，但大房卻時常遣人去祥符縣看望李舒母子，交往一如先前。

轉眼又是數十天過去，典房之期臨近，趙翰林卻拿不出贖回房子的錢來，只得攜妻登門拜訪，央求張仲微與林依再寬限一個月。

張仲微是寬厚之人，見昔日同僚有難處，自然不會步步緊逼，但他馬上就要去祥符縣，東京的房子再典一個月有什麼用？

林依也是落過難的人，很願意幫趙家一把，但他們的錢全投進了地皮和客棧裡，若拿不回這一百五十貫，資金將會周轉不靈。

趙翰林夫妻見他們倆始終不肯答應，只得失望而歸。

林依以為趙家要拖欠幾日，沒想到，沒出兩天他們就把錢還了來。原來那日趙翰林夫妻倆回家，為錢吵架，惹惱了趙翰林夫人，提腳就把個妾給賣了，不但還清了張家的錢，還讓生活脫離了困境。

張家收回錢，開始拾掇行李，準備搬去祥符縣。此時田氏已在進京的路上，林依擔心她到後尋不到人，便拜託斜對門的張八娘時常盯著些，到時告訴她。

張仲微赴任前，張八娘設宴，請張家兩房吃了頓酒，與大房一家辭別。三日後，大房舉家搬往祥符縣，住進了縣衙後宅。

行李剛搬到，張仲微便去與前任知縣交接。楊氏今日頗為高興，讓林依別急著分配房屋，先來逛後衙。林依見天色尚早，便依了她，帶著一眾下人慢慢逛去。這後衙不算太大，但比他們先前住的地方寬敞多了，兩進小院，前後分別七間房，北面三間正房，東西各兩間廂房。雖然沒有小花園，但第一進院子的天井裡，種著好些花木，生得極繁茂。

楊氏領著林依逛了一遍，怕她累著，便讓流雲搬來凳子，同她在那些花花草草前坐了，歡喜瞧個不停。

流霞捧上香茶，擱到她們手邊，湊趣講了好些討喜的話，引得楊氏大悅。流雲有心要爭一間單獨的屋子住，不甘落後，道：「大夫人、二少夫人，我帶她們打掃屋子去？」

流霞嗤笑道：「前任知縣搬走時，早就讓人打掃過了，妳沒瞧見這間間房屋都是乾乾淨淨？」

流雲討好主人不成，反被流霞奚落，很是生氣，但當著楊氏和林依的面又不好發作，只好強忍著道：「大夫人、大少夫人，我一心想多為家裡做點事，卻沒留意房屋已打掃過了。」

楊氏今日心情好，笑道：「知道妳勤快，中午多賞妳一道菜。」

流雲福身謝賞，覺得顏面挽回了幾分，臉上又有了笑意，但她要的可不僅僅是一道菜，而是一間單獨的屋子。她的眼神不住地朝林依那邊瞟，心道，以前是院子狹窄，沒有空的房屋，如今前後十數間屋，總該輪到她了吧？

林依何嘗不知她的心思，暗暗好笑。每次搬家都要上演一齣爭房的戲碼，她倒也不嫌累。如今兩進院子，正好楊氏與林依夫妻各占一進，房間是足夠的，不存在分配的難題，因此林依不想代楊氏作主，出聲道：「娘，妳帶著流霞她們住第一進院子，我們住第二進，可好？」

楊氏聽明白了她的意思，輕輕一點頭，指向西邊的廂房，道：「流霞住第一間，流雲與小扣子住第二間吧。」

流雲聽她如此安排，雖不敢當面質疑，卻委屈得直掉眼淚。

楊氏見狀，不悅道：「咱們家今非昔比，凡事都得講規矩，沒聽說過哪家的通房丫頭還能獨占一間房的。」

這規矩流雲懂得，但她心想，若是自己留在衢州，早就掙上個姨娘了，千不該萬不該跟著楊氏到東京來。她越想越難過，竟飛奔去剛分到的屋子，伏在床板上哭起來。

楊氏大怒，道：「二少爺才上任，咱們又搬新家，喜慶不過的日子，她卻來觸霉頭。」

流霞聽得一聲，忙追進房去，不知使了些什麼法子，止住了流雲的哭聲。

林依暗呼一聲阿彌陀佛，幸虧他們屋裡沒得妾，不然多生許多事端。楊氏被流雲這一鬧，覺著累了，便叫林依去第二進院子料理家務，自己則扶了小扣子的手，走進房去。

林依到了後面，見寬寬敞敞幾間大屋，院子裡又整齊，開心不已，帶了楊嬸、青苗又裡外逛了一遍才進正廳。楊嬸與青苗都是手腳勤快的人，讓林依坐著吃茶，自去收拾行李，不到半個時辰，就將張仲微夫妻的箱籠歸置妥當，重回廳內服侍。

楊嬸指了院內剩下的一只箱子，問林依道：「二少夫人，我與青苗住西廂頭一間，離妳近些，好服侍妳？」

林依擺了擺手，道：「罷了，我們房裡人少屋多，將來又不會有妾，妳們一人住一間吧。」

楊嬸與青苗歡喜謝恩，各去收拾房間。過了會子，小扣子來稟，稱後衙與前衙相接處有兩間耳房，楊氏把家丁安置到了那裡，又問林依想如何安排那名洗衣女。

林依暗道，當初留下王翰林送來的婢女，全因礙著他翰林院元老的面子，如今張仲微已不在翰林院當差，沒了顧忌，不如將她打發了去。她向小扣子道：「我欲將那婢女賣掉或送人，不知大夫人意下如何？」

小扣子笑道：「大夫人正有此意，請二少夫人與二少爺商量過後再行事。」

林依點頭，叫她回去覆命。

中午，衙門一干僚屬宴請張仲微，使他臨近傍晚才帶著一身酒氣歸家。林依指揮著楊嬸、青苗忙碌了一通，將他安頓好。張仲微仗著酒勁，抓住林依的手不肯放，楊嬸忙拉著青苗出去了，還幫他們把門帶上。

林依一陣臉紅，但與個酒醉的人又講不通道理，只得任由他抓著。張仲微靠在榻上，將林依抱在懷裡坐著，笑問：「娘子，這後衙妳可還滿意？」

林依拍了拍他的腿，笑道：「怪不得人人都想當官，只房子一項，省下多少錢來？」

張仲微笑道：「這算什麼，妳瞧歐陽參政家的大宅，那才叫氣派。」

林依捏上他的臉，道：「你野心倒不小，但給我記著，平平安安才最重要，你看大哥……」

提及張伯臨，張仲微神色黯淡下來，道：「祥符縣縣丞一職還空著呢，我瞅著心裡難受。」又道：「大嫂和侄子就在祥符縣住著呢，你哪日得閒，請他們來家裡坐坐。」

林依幫他調了調靠枕，道：「我早想見見她了，不如就明日？」

張仲微搖了搖頭，道：「最近幾日有妳忙的，肯定抽不出空閒。」

林依聽不懂這話的意思，茫然看他，可等到第二日就全明白了——衙門各僚屬家的娘子們攜禮來訪，主簿夫人、縣尉夫人，乃至捕頭娘子，跟走馬燈似的，一個接一個地登門，兩三日後方休。

林依不曾見識過這場面，雖會應酬，卻不知那禮當不當收，也不知該如何回禮，幸虧有楊氏從旁指點，才得以應對從容。

第四日頭上，終於得了些空閒，林依揉著腰，坐在廳裡看她們清點賀禮，叫青苗登記入帳。張仲微自前堂踱進來，見林依辛勞，心疼道：「妳若是累，就把這些家務事交與娘打理。」

林依笑道：「我只是盯著又不用動手，哪裡就累了？若是沒事做，閒得慌，才難受呢。」

張仲微不信，小聲道：「妳若不累，揉腰作甚？」

林依看了下人們一眼，低聲笑道：「那只能怪肚子裡的這個愛鬧騰。」

張仲微笑顏逐開，伸手欲摸，卻被林依打開，嗔道：「你不去前面料理公務，卻回後堂來廝混。」

張仲微笑道：「我只是惦記妳，抽空上後頭來瞧瞧，這便去了，還有些公文要與主簿商議。」

林依欲起身送他，被他按住，只得目送他到門口，再接著看下人們清點賀禮。待得這攤子事忙碌完，終於清閒下來。隔了兩日，便使人去請李舒來家賞花。

李舒自從離了張家，只帶著兒子在祥符縣度日，不輕易出院門，連個說話的人也無，正是寂寞時，聽聞林依來請，歡喜非常，忙忙的備了厚禮，坐轎子來看她。

林依在院門口接著，見她仍舊是奴僕成群，前呼後擁，料想日子過得不差，放下心來。李舒進得院門，與林依相互見禮，又哄奶娘抱著的張浚海叫嬸娘。她帶來的下人一溜兒進來，趴下與林依磕頭，口稱拜見知縣夫人。李舒笑道：「休要怪我擺譜，我如今孤兒寡母，不多帶幾個人，根本不敢出門，生怕讓人劫了去。」

林依聽著有些心酸，勉強笑了笑，命人拿封兒打賞。她領著李舒進去見楊氏，坐下閒話，互問近況。楊氏知道李舒與林依妯娌相得，定有許多知心話講，便許她們去第二進院子耍，吃飯時再過來。

林依便與李舒到後面去，先繞著院子參觀一番，再進廳分賓主坐下。李舒因見東面有兩間廂房空著，便笑道：「妳家該添兩個人了。」

林依敷衍道：「急什麼。」

李舒掩嘴笑道：「還不急，妳肚子都挺起來了，還能伺候二郎？」

林依瞪她一眼，笑了，道：「沒得我辛苦懷兒，他卻逍遙快活的理，且讓他煎熬幾天。」

李舒笑個不停，道：「妳與東京的王翰林夫人有得一拚，聽說她家也是連個通房也無。」

林依不以為然，道：「不納妾的人多了去了，值個什麼。」

李舒卻搖頭，道：「糊口都難的平頭百姓自然不納妾，二郎如今堂堂知縣，妳不納，自有人送了來。」

林依故作兇神惡煞狀，道：「來一個，趕一個。」

李舒愈發笑得厲害，笑著笑著，眼裡卻淌下淚來，道：「妳是有能耐的，拿得住自家男人，才敢講有底氣的話。不像我，半點自信也無，生怕休妻的話自大郎嘴裡講出來，急急忙忙就先走了。」

張伯臨到底想不想休妻，林依猜不著，不好妄言，只得勸李舒莫要太難過。

李舒抹了淚，問道：「聽說他這個把月過得艱難？」

林依點了點頭，把二房一家的近況告訴她——全家人借了張八娘酒樓後的三間擠著。張浚明沒了奶娘，由冬麥帶著，日夜哭鬧。錦書和青蓮擔心張伯臨娶繼室，惶恐不安。張梁在街上擺了個攤兒，替人代寫書信，賺幾個菜錢。方氏帶著任嬸和小墜子，親自照料全家人生活，倒安靜了不少。

李舒用心聽著，卻不見林依提張伯臨，忙問道：「妳大哥還在為差遣奔波？」

林依看了她一眼，道：「歐陽參政認為大哥休妻是無情無義，不肯用他呢。如今員多闕少，他又沒錢打點銓司，只能排隊等著。」

李舒怔道：「這……若他心裡曾想著要休我，這便是自作自受。若沒想過……那我自請下堂，豈不是害了他了？」

林依看著她，微微嘆息，這人世間最難猜的，最猜不透的，就是人心。張伯臨當初到底是怎麼想的，旁人哪能得知，只有去問他自己了。不過事已至此，就算問明白了又如何？

李舒大概也明白，事情已無斡旋的餘地，何況張梁和方氏認定是她連累了張伯臨，就算不離開張家，她也沒好日子過。

林依見李舒黯然神傷，正欲安慰她幾句，卻見青苗拿了封信進來，忙問：「是三少夫人來信了？」

青苗笑道：「二少夫人神機妙算。」

李舒見她有事要料理，起身告辭。林依留道：「好不容易來一趟，大嫂吃了飯再走。咱們一起來看弟妹的信，想必是她快到東京了。」

李舒笑道：「都住在祥符縣，來往倒也方便，改日再來叨擾吧。」又苦澀一笑：「我如今已不是張家人，哪能與妳同看家信，這聲『大嫂』也切莫再叫了，免得讓人誤會。」

林依聽她這樣講，愈發傷感，親自送她出了院門，又去講與楊氏得知。楊氏雖也嘆息，卻沒放心上，畢竟是二房的事，與她沒什麼相干。

林依拿出田氏來信，奉與楊氏，楊氏卻道：「我已瞧過了，妳自看吧。」林依點頭，當場抽信出來看，裡面果然是講田氏已近京都，兩日內必到。

楊氏道：「我們離鄉時與她買的丫頭已經嫁人，她只一人進京，很好安排，就住我這進院子的東廂房，叫流霞與流雲去收拾。」

流霞和流雲領命，尋了鋪蓋器皿，到東廂去了。

楊氏又問起王翰林所送婢女的事，林依卻已忘了，忍不住一陣臉紅，忙回到第二進院子，使人去前面請張仲微。張仲微正與幾位幕僚議事，聽得林依喚她，匆忙趕回後衙，問道：「娘子何事尋我？」

林依道：「我只問你一句話，耽誤不了你的事——王翰林送來的婢女，我尋牙儈來賣了，可使得？」

張仲微道：「如今我與王翰林無甚關聯，賣就賣吧，不過，怎麼突然想起這事兒來？」

林依臉紅道：「剛搬來時娘就提過，被我給混忘了。」

張仲微笑道：「妳懷著身子難免疲憊，忘記一兩件事也沒什麼。」說著低下頭，朝她臉上香了一口，重回前衙去了。

林依想著田氏隻身一人來京，無人服侍，正好把洗衣女賣掉，換個小丫頭來。她使人請來牙儈，道明意圖。牙儈聽說知縣夫人要照顧生意，只覺得滿臉生光，忙忙地拿一個極俊俏伶俐的小丫頭來換林依的洗衣女。

林依是買賣過人口的，一眼就瞧出這筆生意是牙儈虧了，於是堅持要加錢。牙儈卻不肯收，道：「林夫人到我這裡換人是小人的榮耀，就是貼本也心甘情願。」

林依這知縣夫人乃是嶄新，生怕行為舉止不當，給張仲微臉上抹黑，因而堅辭不受，非要加錢。楊氏得知後面的情形，使小扣子來把林依喚了去，教她道：「妳在她這裡換人，就是給她撐場面，能與她招攬來無數生意，這同參政夫人總上張家酒樓吃酒是一個道理。那小丫頭妳只管收著，值不了什麼。」

林依覺得楊氏所言有些道理，遂聽從了她的意見，同牙儈做成了這筆生意。

新換來的小丫頭進張家門前，經人調教過，禮儀舉止都是大戶人家婢女的作派，再見林依時，自動自覺跪下磕頭，請她賞名字。

林依道：「我不是妳正經主人，妳是要服侍我家三少夫人的，等她來了，請她賞名兒吧。」

那丫頭聞言，依舊磕頭謝了。林依見她知禮，有幾分歡喜，命楊嬸教她規矩，晚上送到楊氏那邊，與流雲和小扣子同住。

張家大房雖然搬到了祥符縣，新蓋的客棧卻還未竣工，因此青苗時常奉命找藉口，前往東京查視。這日家中無事，她便照例尋了個由頭前往東京城，先到工地轉了一圈，再去羅家酒樓，代張仲微夫妻探望張八娘。

不料，張八娘卻不在酒樓內，跑堂的拉住青苗道：「你們家少夫人出了事，被我們掌櫃的扶回家去了，妳趕緊瞧瞧去吧。」

青苗心裡的少夫人只有林依一個，聞言啐道：「亂嚼舌頭，我們三少夫人在家安穩坐著呢。」講完忽地警醒，莫非是三少夫人田氏？她一路飛奔，趕到羅家，進門一看，那坐在偏廳痛哭的，不是田氏是哪個。再細一瞧，只見田氏頭髮散了，釵環不見了，抹胸被撕破老大一塊，露著雪白的胸脯，卻使一把團扇勉強遮著。

那把團扇，雙面素絹，湘妃竹柄，上繡仕女納涼圖，青苗瞧著眼熟，正待細想，卻聽見張八娘喚她，忙走上前去行禮，詢問究竟。

張八娘滿臉焦急，道：「三少夫人剛到東京，還未進城便遭人打劫，多虧一位姓時的官人路見不平拔刀相助，這才得以脫身。」

青苗一怔，終於想起這把團扇在何處見過，再看田氏胸前時，就有些說不清道不明的滋味在裡頭。

張八娘未曾留意青苗的異狀，繼續道：「我家官人已同時大官人上官府報案去了，想必不久便有回音。妳這會兒來得正好，趕緊回祥符縣報信，請二少爺同二少夫人使人來接三少夫人。」

青苗應了一聲，轉身就走，卻終究忍不住，回頭多了句嘴：「八娘子若有多的衣裳，就拿一件與三少夫人換上吧，總拿把團扇遮著，也不是個事。」

張八娘道：「剛才就要與她換，她卻只是哭。」

田氏的手正緊緊攥著那湘妃竹柄，聞言臉上潮紅一片，忙隨張八娘進屋換衣裳去了。

田氏被打劫，還走了光，乃是一件大事，青苗不敢耽擱，一路飛奔回祥符縣後衙，稟報與楊氏等人。

眾人聽說了消息都是大吃一驚，林依急急忙忙地叫小扣子到前面說了一聲，派衙門的轎子去接田氏。

楊氏眉頭緊鎖，奇道：「田氏有李氏家丁護送，怎會被打劫？」

此話一出，眾人的目光全投向青苗，等她的回答。青苗一愣，仔細回想一時，答道：「我沒見到什麼家丁，八娘子也不曾提起。」

楊氏滿腹狐疑，焦急等待田氏到來，又怕累著林依，便叫她回去歇著，等人到了再叫她。

林依也心急，待要留下，卻見青苗與她打眼色，便依了楊氏，回到第二進院子。

青苗扶了林依坐下，稟道：「方才人多，事關三少夫人名譽，我沒敢開口——她不光被劫了錢財首飾，胸前的衣裳也被扯破了，白花花的肉露著。」

林依大吃一驚，急問：「此事還有誰知道？」

青苗想起那把團扇，道：「是時大官人救她回來的。」

「時昆？」林依追問。

青苗點頭，答了個「是」字。

林依略微放心，時昆還惦記著張家新修的客棧，想必不會將此事外傳。

張仲微自前面匆匆趕回，先見過楊氏，又來尋林依，焦急問道：「到底怎麼回事？」

林依示意青苗，讓她將田氏的情形又講了一遍。張仲微聽得是時昆救了田氏，不但不感激，反而生氣道：「我就曉得姓時的不是好人，那些什麼劫匪多半是他找來的，想藉此要脅我們把客棧賣他。」

林依不知他為何如此恨時昆，好笑道：「時昆能認得我們家三少夫人？真是稀奇了。」

青苗也奇怪張仲微的態度，道：「二少爺，三少夫人進京的事連二房都不知道，時大官人怎會曉得？」

張仲微理虧，忿忿坐下，不再言語。林依只當他是著急，忙命青苗倒上涼茶，又安慰了他幾句。張仲微坐不住，拿了自己的帖子，稱要打點這次的意外，匆匆出去了一趟才回轉。

半個多時辰後，田氏乘坐的小轎到了門口，流霞帶著流雲等人將她接進廳裡見楊氏，小扣子則來請張仲微與林依。

張仲微兩口子到時，田氏正在廳上跪著，哭作一團。林依不禁奇怪，她才受了劫難，又是新到，要哭也是坐著哭，怎麼跪著？流雲要討好當家人，悄悄告訴林依道：「李氏家丁本要護送，三少夫人卻為了節省路上的開銷，拒絕了。她搭乘一條商船進京，路上倒還無事，進京前卻在荒郊野外讓人給打劫了。大夫人氣她行事糊塗，這才罰她的跪，不許她起來。」

林依聽了也生出一肚子的火，田氏真是條糊塗蟲，怨不得楊氏一直不喜她。她這趟若失了清白，就是害人害己，即便不替自己打算，也該想想張家的名聲。

林依側頭一看，張仲微面色冷峻，想必也是氣著了。他兩口子都不出聲解圍，田氏就只能一直跪著，啼哭不止。

楊氏被她鬧到頭疼，叫流霞來揉太陽穴，又遣開閒雜人等，問張仲微道：「你與開封府尹關係如何？」

張仲微卻答非所問：「兒子已遣人送帖子去了，抓住劫匪，一定治以重罪。」

楊氏欣慰點頭，道：「你到底做了知縣，行事機靈許多。」

林依聽得雲裡霧裡，覺得他們是在打啞謎，便悄悄一拉張仲微的袖子，小聲問究竟。張仲微低聲道：「也沒什麼，就是知會府尹，抓住那幾個賊人，不要客氣，朝死裡打——此事到底與田氏名聲有礙，不能傳出去。」

林依明白了，那幾個劫匪多半是不能活著走出府衙大門了。

楊氏還有話要問田氏，卻礙著有張仲微這大男人在，遂以林依身重體乏為由，讓張仲微扶她回房休息。待得廳中只剩了她與田氏，方開口問道：「妳衣裳被撕破，還有誰看見了？」

田氏捂著胸口，雙頰飛霞，蚊蚋般答道：「時恩人救我時，瞧見了。」

楊氏又急又怒，朝小幾上猛拍一掌，一個茶盞蓋子跌到地上，摔得粉碎，嚇得田氏花容失色。

楊氏狠狠盯著田氏，悔道：「早知妳行事如此輕率，當初就不該娶妳進門。沖喜沒沖成，倒要變作張家的笑話。」

田氏心裡藏著把扇子，待要辯駁，楊氏卻已出聲喚流霞，命她將田氏送進東廂第一間，從今往後不許踏出房門半步，一日三餐全送到房裡去吃。

田氏被軟禁，嚇得渾身發軟，哪還敢提團扇，忙把嘴緊緊閉了。流霞一人拉不動她，又喚了流雲與小扣子進來，三人同心協力，將她攙進東廂，勸道：「三少夫人，妳是守節的人，出不出房門都一樣。妳瞧這屋子，二少夫人親自帶人收拾的，色色都齊全，妳就安心在這裡吃齋念佛吧。」

這番勸慰聽在田氏耳裡，怎麼都不是滋味，一時覺得是奚落，一時覺得是挖苦，忍不住伏在桌子嚎啕大哭。

流霞幾人退出房門來上鎖，提醒道：「三少夫人，要哭也小聲些，不然被大夫人聽到，將妳送回鄉下去。」

田氏心想，早知進城來是這番光景，還不如獨自在鄉下逍遙快落呢。她這般想著，那哭聲就愈發大了起來。

流霞聽得直皺眉，又怕楊氏怪罪，忙走進廳裡去，道：「大夫人，我去勸勸三少夫人？」

流雲嘀咕道：「有什麼好勸的，直接塞塊帕子了事。」

流霞一掌摑去，罵道：「三少夫人是主人，豈容妳這奴婢多嘴？」

流雲委屈，欲申辯，楊氏冷冷看她一眼，道：「不懂尊卑的妮子，打得好。」

流雲嚇得冷汗淋漓，縮了頭，不敢再吱聲。

流霞又請示楊氏，如何待田氏。

楊氏還帶著氣惱，道：「不必管她，哭累了自然就歇了，若旁人問起，就說她思念亡夫，這才哀切不止。」

流霞應了，退至一旁。

楊氏想起田氏被撕開的抹胸就心神不定，於是命流霞請來張仲微，道：「田氏承蒙時大官人相救，該備個酒謝他。」

這話在理，縱然張仲微對時昆沒好印象，也不得不答應下來，回去轉告林依，讓她做準備。

隔日，時昆接到帖子，笑一聲「張編修做了祥符縣父母，倒離我近了些」，吩咐長隨備厚禮，動身赴宴。

張仲微到外面待客，林依在裡面清點禮物，大小盒子擺了滿桌。這時昆竟是上到楊氏，下至張家新來的小丫頭，一個沒落下，人人都有份，讓人不得不感慨，如此八面玲瓏的人，怨不得生意做得好，發大財。

林依注意到，除卻三位主人，就屬送與青苗的禮最厚，錦盒裡盛的竟是兩支鑲珍珠的金釵，光彩奪目，把流霞這姨娘的禮都壓了下去。

林依心知有緣故，沒有聲張，待其他人的禮物都分發了下去，才獨留下青苗，將那錦盒遞與。

青苗打開盒子，見是一對價值不菲的金釵，嚇了一跳，忙丟回林依手裡，道：「這禮太重，我收不起。」

林依道：「收不收得起，由我說了算，但其中有什麼緣故，卻得妳告訴我。」

青苗不是扭捏之人，大大方方把在工地上的一些事講了，道：「二少夫人，妳是曉得我的，不願與人做小，時大官人把我想差了。」

林依蓋上盒子，道：「那這份禮還真是收不得，待會兒叫二少爺還與他。」

青苗笑道：「還是二少夫人懂我。」

林依見她臉上帶笑，眼裡卻是惆悵，不免暗嘆一口氣，起身開了自己的首飾匣子，取了一支珍珠簪，遞與她道：「這是大夫人自衢州帶來與我的，雖比不上時大官人的那兩支，但也算好的了，妳且拿去戴吧。」

青苗搖頭，不肯接。

林依也知道，青苗的惆悵不是為金釵，但還是把珍珠簪插到了她頭上，道：「這是獎勵妳有骨氣。」

青苗謝了賞，告退出來，順著天井新移的一排海棠，漫無目的地走著，不知不覺竟走到了外面去。合該她與時昆有緣，才出門，就遇著了。時昆見了她，又驚又喜，道：「我這幾日生意忙，不能在工地待著，匆忙去了兩次，卻又沒見著妳。」

青苗沒好氣道：「那又不是你的地，不消勞煩時大官人每日去盯著。」

時昆笑道：「妳還是這脾氣，不曾改。」

青苗見他擺出十分熟絡的樣子來，更加生氣，扭身就走，時昆卻叫住她道：「妳頭上多了珍珠簪，卻不是我送的。」

青苗猛退兩步，恨道：「我雖是個奴婢，也容不得你這般輕薄。若再叫我聽見這樣的話，休怪我不客氣。」

時昆覺得是她誤會了，上前兩步，想要解釋，青苗卻以為他要耍混，撿起一塊石子就丟了過去，沒想到，那石子雖小卻有個尖角，正中時昆額頭，立時流下血來。時昆捂著腦袋，傻了。青苗見他頭破血流，一時心虛，轉過身，一溜煙地跑了。

伍之章　青苗出嫁

張仲微聽到動靜，擱了酒杯走出來，見時昆滿頭是血，嚇了一跳，忙問出了什麼事。

時昆已回過神來，滿不在意地擺了擺手，道：「走路不當心，磕了。」

張仲微連忙叫人端水來，與時昆清洗傷口，又上了些藥，將他送了回去。張仲微是個實誠的，時昆自稱是磕傷，他就當作是磕傷，並不深究。待人走後，便進到內院，向楊氏回稟待客的情況，稱時昆在桌上只是謙遜，不敢居功。

楊氏隱晦問道：「他可曾提起當時的事？」

張仲微愣了一愣，才明白楊氏問的是田氏被劫一事，搖頭道：「只罵了一通劫匪可惡，並不曾多講。」

楊氏聞言，猜想時昆算是個嘴嚴的人，稍稍放心，揮手叫張仲微下去了。

流霞與流雲送飯到東廂房，擱下食盤就走，卻被田氏叫住問道：「怎地這時候才送來？」

流霞耐著性子解釋道：「三少夫人莫怪我們送飯來遲，這全是為了妳──時大官人救妳一場，總要請人吃個便飯。方才廚房趕著做席面，所以沒顧得上妳。」

田氏正扇著團扇，聞言停了下來，驚喜問道：「時大官人來了？我這次脫險多虧了他，得去謝他一謝。」

流霞欲答話，流雲卻拉了她就走，道：「三少夫人出不得房門，怎麼謝？咱們趕緊去吃飯是正經，餓得慌。」

流霞被她拽出房來，只好帶上門，埋怨道：「三少夫人到底是主人，妳怎能如此怠慢，還嫌上回那巴掌打得不夠？」

流雲就是記恨著那巴掌呢，全算到了田氏頭上去，聞言不屑道：「她一個寡婦，又沒一兒半女，也值得我們奉承？」

流霞道：「妳怎知她就沒飛黃騰達的時候？」

流雲笑道：「就算有這命，也是到別人家。在我們家，是不會有這機會了。」

流霞略一想，明白了這話的意思，笑道：「休要胡說，三少夫人立志守節的。」

她們隔著門板講話，哪裡消得了音，全一字不漏地落在了田氏耳裡，讓她又是臊，又是不甘心，飯也吃不下，委委屈屈伏在桌上哭了半天。眼看著飯菜都涼了，她還沒動筷子，正想叫小丫頭來收下去，忽聞窗外有人交談，悄悄推窗一看，原來是林依派給她的小丫頭桂花，正在問青苗：「姊姊，時大官人不是剛走，怎地又來了？」

青苗神情有些慌張，匆匆答道：「沒有親自來，只是遣了個人。」

桂花又問：「遣人來作甚？」

青苗似是急著走，不耐煩道：「我怎麼曉得，自己打聽去。」說完就朝第二進院子去了。

田氏聽得是時家來人，滿心歡喜，招手叫桂花進來，拔下髮間的一根琉璃簪，塞到她手裡，使她去打探消息。

桂花接了簪，藏進袖子，跑到耳房裡，向家丁問了兩句，回來告訴田氏道：「三少夫人，時家來的是個媒人。」

田氏不敢相信自己的耳朵，連問了三遍方才肯定，緊緊將那把團扇抓了，欲去見楊氏，又有些害羞，只得耐著性子在屋內等候。

且說青苗到了第二進院子，急急忙忙尋到林依，噗通跪下，叫道：「二少夫人救我。」

林依吃了一驚，忙問出了什麼事。

青苗哭道：「我失手砸傷了時大官人，躲了出去，方才回家時，聽門上說，時家派人來了，想必是來找我算帳的。」

張仲微從前面進來，恰好聽見這話，驚訝道：「原來時昆頭上的傷不是跌的，而是妳砸的，妳好大的膽子。」

青苗得他責怪，愈發哭得厲害，卻不忘解釋道：「他言語輕薄，又欲圖謀不軌，我是為了自保……」

張仲微急道：「妳要整治他我半分意見沒有，還要與妳道個『好』字，但他今日乃是我們家的客人，妳要砸，也得等他離了張家，不然他平平安安來的，到了趟知縣府就帶傷回去，這叫什麼說法？」

林依勸道：「青苗一向是火爆脾氣，說也說不好了，你還是到前面去探探消息，看看時家來的是什麼人。」

張仲微應著朝前面去，但還沒踏出廳門，就見流霞領著個媒人打扮的人，撐著清涼傘，往這邊來了。他退回廳內，指了讓林依看，林依忙叫青苗起來，躲進西廂去，莫讓別個瞧見了淚痕。

未幾，清涼傘兒隨了流霞進來磕頭，只見她黃背子，一窩絲，果真是個媒人，再一問，時家遣來的人正是她。

林依同張仲微想起剛才青苗嚇的那樣兒，都忍不住地笑。

媒人上前，道明來意，一是要為青苗贖身，二是要替時家提親，求娶青苗。又要贖身，又特意遣了媒人來，是納是娶，一目了然。林依且驚且喜，與那媒人道：「青苗自幼服侍我，我也願她有個好歸宿，不過她肯不肯走，還得問她自己的意思。妳且先回去，待我問過了她再回信兒。」她欲打賞，青苗卻在西廂，楊嬸在廚房，雖有流霞在跟前，卻不好讓她見著錢，於是只好親自進裡間，取來上等封兒遞與媒人。

媒人接了豐厚賞錢，覺得此事有望，歡天喜地，又見林依挺著肚子還要親力親為，自認為發掘了另一條生財之道，眼珠子骨碌碌轉了幾轉，告辭離去，直奔縣城牙儈家。

林依送走媒人，喚了青苗來，將方才的事講了，笑著看她。青苗紅著臉，扭捏起來，半晌方道：「不是來找我算帳的就好。」

林依噗哧笑道：「妳就這點兒出息？就算時家上門尋理，還有二少爺護著呢。別忘了，他如今可是堂堂知縣。」她一邊說著，一邊扭頭去看張仲微，這才發現，後者正唬著一張臉，黑似鍋底，忙驚訝問道：「時家提親乃是喜事，你沉著臉給誰看呢？」

張仲微不做聲，待青苗躲了下去，才道：「娘子，妳也不想想，青苗再能幹，也只是個婢女，他時昆家大業大，作什麼要娶她？」

林依不以為然，道：「時昆有錢不假，但只是個商人，娶個婢女又何妨？」

張仲微搖頭道：「他家是商籍不假，可時姓在祥符乃是大族，枝繁葉茂，豈會容他娶個婢女回家？收作偏房倒還罷了。」

林依道：「媒人都來過了，你還質疑這個？」

張仲微道：「定是他覬覦客棧，且想與我張家拉上關係，這才說服了族中諸人，要娶青苗。」

聽了這番話，林依也遲疑起來，若時昆真如張仲微所想，那這樁親事還真得再斟酌斟酌。

張仲微重回前衙辦事，臨走前再一次表明自己的立場，不許將青苗嫁去時家，免得誤了她終身。

青苗躲在西廂，見張仲微出了院門，忙跑進廳裡，眼巴巴看著林依。林依嘆了口氣，道：「妳放心，就算沒人來贖妳，等妳出嫁時，我也會將賣身契還妳。」

青苗的臉又紅了，垂頭望著腳尖，聲音低低的：「二少夫人，妳曉得我要問的不是這個。」

林依知道她是個清醒人，也不瞞她，將張仲微的分析和態度，原原本本講與她聽，又道：「二少爺是為了妳好，怕妳遇人不淑，妳切莫怪他。」

青苗心中五味雜陳，勉力笑道：「二少爺是一語點醒夢中人，我一個丫頭，何德何能會讓時大官人瞧上？是我自己癡人做夢，當了真了。」

林依見她難過，也不好受，想了想，道：「管他是真心還是假意，反正有三媒六聘，正室的位置假不了，何況還有我們與妳撐腰，嫁過去也不妨。只要妳點頭，我這就去回覆媒人。」

青苗堅決地搖了搖頭，道：「娶我的人可以對我無意，但怎能有所企圖？若因我嫁人，與張家添了麻煩，我這輩子都過意不去。」

這若換作別的丫頭，聽說能嫁進富家作正室，只怕飛奔著就去了，哪還理主人家怎樣。林依感動非常，勸慰勉勵了青苗幾句，叫她下去歇著，今日不必再上來侍候。

時家媒人上門的事，很快就傳遍了整個後衙，成為眾人口中最大的新聞。楊氏待下人一貫不太上心，更何況是林依的丫頭，因此對此事持無所謂的態度。楊嬸歷來與青苗親厚，又同是四川出來的，自然只有替她高興的。小扣子和桂花，除了豔羨，還是豔羨。

流霞與流雲都是嫉妒心滿脹，趁著與田氏送飯的機會，躲在東廂大發牢騷。流霞故意道：「青苗是二少夫人跟前的人，與妳又沒利害關係，她再好運也礙不了妳的事。」

流雲笑道：「我倒還罷了，反正是個丫頭，見了誰都得行禮，妳可就不一樣了。如今是青苗與妳行禮，以後見了她，就該換作妳行禮了，還得口稱夫人。」

此話恰中流霞痛處，她與青苗是差不多的身分，後來她飛上枝頭做了姨娘，高出青苗半頭，卻不受青苗尊重，這已夠讓人窩火了，豈料，如今青苗竟走了大運，要做正經夫人，這以後兩人身分天壤之別，讓她嫉妒到氣悶。

田氏被她們視作無物，在旁聽了半晌，疑惑問道：「妳們究竟在講什麼？青苗交了什麼好運？」

流霞正窩火，沒好氣道：「她要嫁與時家做夫人了，往後別說我們要與她行禮，就是三少夫人，也要同她平起平坐。」

田氏一聽此話，心裡有了不好的預兆，怪不得前些日家裡有媒人來提親，楊氏卻不曾來通知她，原來是朝青苗那裡去了。她強撐著問道：「是哪個時家？」

流雲答道：「還有哪個時家，就是救過三少夫人的時家。」

田氏一聽，渾身發冷，一雙筷子捏不住，啪的落到湯碗裡，濺了一身的湯水。流霞就坐在她旁邊的小凳子上，慌忙避開，不悅道：「三少夫人當心些。」

流雲立在後面，笑道：「不怪三少夫人，三少夫人是什麼身分，往後要與一個丫頭平起平坐，心裡怎會舒服。」

田氏勉強笑道：「我怎會如此小氣，青苗能嫁入時家是她的福氣。」

這話太假，流霞與流雲都是暗哼一聲，出去了。

田氏獨坐房中，取來團扇，豆大的淚珠脫線似的落到扇面上，打濕了好大一片。許久，桂花來收盤盞，見到如此景象，嚇了一跳，忙問：「三少夫人，是飯菜不合口味？」

田氏依舊落淚，道：「我一個寡婦，又有誰在意我愛吃什麼不愛吃什麼？」

桂花琢磨，這是在抱怨下人服侍不周，還是在抱怨林依不關心她？

田氏卻沉浸在自己的情緒裡，自顧自地講起往事來：「三郎還在時，大夫人就不待見我，嫌我性子軟，可她不想想，我貧苦出身，沖喜的身分，連下人都瞧不起我，如何硬氣得起來？等到三郎過世，大夫人怪我沖喜不力，處境就更加地難了，我想著跟到城裡也是受人白眼，還不如就留在鄉下守孝，這一待就是三年多。三年裡只有我一人孤零零住著，丫頭蠢笨，手裡又無錢，雖有田租收上來，可那是大夫人的、二少夫人的，我生怕多用了一文，將來就不受她們待見。」

她講著講著，淚如雨下，聽得桂花都心酸起來，抹著眼淚遞帕子，同情道：「三少夫人若過得不順心，不如改嫁去。」

田氏之所以要進京，就是存了改嫁的心，此時被桂花無意點出來，嚇了一跳，忙道：「休要胡說，當心被大夫人聽見。」

桂花不以為然道：「咱們大宋改嫁的人多了去了，值不得什麼，三少夫人何需小心翼翼？」

田氏看了她一眼，故意道：「說得輕巧，咱們這深宅大院住著，哪來的改嫁機會？」

桂花深以為然，點頭道：「這倒也是，若大夫人不放出話去，根本不會有媒人上門。」說完又勸田氏：「三少夫人何不向大夫人說去？若妳不好意思，我替三少夫人跑一趟。」

田氏想起楊氏那冷冷的眼神，止不住一顫，慌忙擺手道：「千萬不可。」

桂花見她又抱怨又不肯行事，不喜，遂收拾碗筷，不再開口。

田氏進城前，還在為改嫁的事煩惱，她不敢告訴楊氏，就沒了接觸媒人的機會，到哪裡尋合適的人家去？可是老天憐她，叫她進城前遇見了時昆，又得他贈扇，遂將一顆芳心暗許，只當他會來提親，就算沒有正室的位置，偏房的名分總會有一個。

誰知媒人來是來了，看中的卻是青苗，這讓田氏肝腸寸斷，痛不欲生——她痛的不是失了良人，更非嫉妒青苗，而是她一個寡婦，婆母又厲害，若不攀上時家，便是過了這村就沒這店了。

倘若不能嫁到時家，她上哪裡再尋個人家去，這是唯一的路了。田氏哭著哭著，眼神卻明亮起來，心裡有了計較。

桂花收拾好碗碟，準備離去，田氏叫住她問道：「方才我與妳講的話，妳不會轉頭就去告訴大夫人吧？」

桂花停住腳，道：「三少夫人把我看作什麼人了，我既跟了妳，就是妳的人，又怎會去大夫人面前搬弄是非。」

田氏聞言暗暗高興，開了衣箱，取出珍藏多年的一對銀鐲子，套上桂花的手腕。桂花吃驚道：「三少夫人，我不會亂講的，妳這是作甚？」

田氏緊握住她的手，央道：「我不想再過這黃連似的日子了，求妳幫我一把。」

桂花心生憐憫，道：「三少夫人，我是妳的丫頭，幫妳做事是該的，妳有什麼吩咐講來便是。」

田氏大喜，忙附耳過去講了幾句。桂花雖然只有十三、四歲，但到底學過幾天規矩，懂得厲害，聽了田氏的計策，遲疑道：「三少夫人，妳想改嫁，直接告訴大夫人便是，怎能私下與男子相會？」

田氏連連擺手，道：「千萬不能讓大夫人以為改嫁是我的主意，得讓男方主動來提，我再假意推辭一番，這事兒就萬全了。」

桂花雖然覺得田氏可憐，但聽了這話，不知怎地，腦子裡竟冒出一句當了什麼還要立什麼的話來，她連忙甩甩頭，把這奇怪的想法甩乾淨。

田氏見桂花搖腦袋，還以為她不肯，忙許諾道：「待我成事，要什麼沒有，斷不會忘了妳的好處。」

桂花認為此事重大，不肯答應，但又捨不得已套上手腕的一對銀鐲子，便假意敷衍田氏道：「我連時大官人住在哪裡都不知道，得慢慢去尋訪，三少夫人別著急。」

田氏心急如焚，又怕催急了桂花，讓她說漏了嘴，只得耐著性子道：「遲些不要緊，只千萬別傳出去，不然妳我二人的性命堪憂。」

桂花摸了摸手上的銀鐲子，滿口應了，關門出去。她不過是貪圖錢財才胡亂應付田氏，其實根本沒想去找時昆，才出房門，就把這事兒忘到了爪哇國去。

誰料沒過三天，時昆竟真的到張家來了，桂花外出提水時瞧見，心想，莫非是老天要助田氏，又或是自己當有這發財的命？她雖然不願主動去時家尋時昆，但也不想拒絕送上門來的機會，於是飛也似的跑去東廂通知田氏去了。

時昆帶著長隨，剛遞過帖子，正在門口等候，忽見一個丫頭見了他就跑，水桶都不要了，驚得愣了半晌，摸著臉道：「莫非我生得這樣兇神惡煞？」

長隨也是吃驚，道：「哪裡話，老爺乃祥符有名的美男子，那丫頭定是見了害臊才跑了。」

主僕二人在門口議論一時，還不見有人來接，等得好不心焦。長隨抱怨道：「老爺既已使了媒人，就當在家等候，何苦親自來一趟。」

時昆將把摺扇收攏，敲了他一記，道：「這都好幾天了，張家還沒個信兒，定是媒人辦事不力，或者傳錯了話，讓張家誤會了，我一定要親自來問問才能安心。」

此時張仲微正在房裡磨蹭，一件見客的衣裳總也換不好，林依急道：「見時昆一面會要了你的命？」

張仲微雖然做了知縣，在林依面前還是當初的少年模樣，一面扯衣帶，一面嘟囔：「我家的丫頭不給就是不給，有什麼好問的。」

林依哭笑不得，道：「那你就出去當面拒絕他，好叫他死了這條心。」

張仲微手一頓，接著飛快穿衣，道：「這話在理，我這就出去會會他，叫他死了這條心。」

林依瞧著他出門，忙招手叫來青苗，道：「快，咱們也上前頭去。」

青苗不明白，伸手扶了她，疑惑道：「我們去前頭作甚？二少夫人若要去，怎麼不同二少爺一起走？」

林依拍了拍她的腦袋，道：「傻妮子，咱們是去聽牆根，怎能正大光明。」

青苗見她要偷聽還講得理直氣壯，笑個不停，待扶著她到了外書房，貼著牆根站定，再朝窗內偷瞄了一眼，才發現裡面坐的是時昆，一張臉立時就紅了，扭身要走。

時昆為什麼要娶青苗，到目前為止都是張家人自己猜測，林依不願青苗留下遺憾，這才特意帶她來聽牆根，此時見她要走，忙一手拉住她，一手伸出食指，放在嘴邊晃了晃，叫她稍安勿躁。

書房內，時昆的聲音先傳了出來：「張知縣，前幾日我遣媒人上門，不知……」

張仲微沒等他講話就出聲打斷：「不必再講，我家的丫頭，你不用再打主意。」

時昆道：「張知縣是否對我有誤會？我是真心實意想求娶青苗。」

張仲微哼道：「真心實意？你是對我家的客棧真心實意吧？」

時昆笑道：「張知縣也太小看我時某，那間客棧張知縣不願賣我就算了，同我娶青苗有什麼干係？」

張仲微語氣裡滿是不相信和不屑：「你敢說你別無目的？」

時昆道：「自然是有目的的。」

此話一出，窗外兩人的心都提了起來，尤其是青苗，小臉慘白一片。

時昆問張仲微道：「其實我前面還有個娘子，被我休了，張知縣可知我為什麼要休她？」

張仲微道：「想必是不賢。」

時昆道：「非也，我先前那位娘子出身書香門第，父兄都是有功名在身上的，她為人賢慧又孝順，還給我添了個兒子。」

張仲微掩不住驚訝：「那是你高攀了，這你都敢休？」

時昆道：「世人都道商戶下賤，那位娘子也不例外，她萬般都好，就是不許我經商，成天在我耳邊嘮叨，勸我棄商從農，最好還買個官做。」

張仲微道：「那也是為了你好。」

時昆卻道：「所謂人各有志，我經商也不全是為了錢，只因從小就愛這門行當，哪日不翻帳本不撥算盤心裡就發慌。她不許我從商，這叫我怎麼活，還不如送她回娘家另覓良人。」

張仲微遲疑道：「這與你要娶青苗有什麼關係？」

時昆的語氣裡，滿是嚮往：「我若早曉得張知縣家的青苗能寫會算，還撥得一手算盤，先前那個娘子就不娶了，直接把青苗抬回家去，從此我在外跑生意，她在內算帳，真真是天作之合。若她不願安於室內也無妨，我們商人家，沒那許多臭規矩，就隨我東西南北地跑去，與我作個好助力。」說完又道：「張知縣懷疑我求娶青苗的目的乃人之常情，但就算我娶了她，得不得好處，也是張知縣說了算，又何須擔心？」

裡頭的張仲微不知是什麼態度，許久不曾出聲，直到窗外的林依等到心焦，才聽得一句：「青苗是我夫人的陪嫁，此事須得問她去。」

這便是准了，裡外的人都聽了出來，林依看不到時昆什麼反應，反正她自己是一陣狂喜，不是為張仲微點了頭，而是為時昆待青苗的一番情義。

青苗抹著淚，雙膝跪下，欲感謝林依，又怕裡頭的人聽見，只好磕了兩個頭，爬起來攙了林依回內院去了。

裡面的時昆欣喜若狂，拜倒謝過張仲微，準備回家備聘禮，但還沒走出院門就被一名小丫頭攔住了，定睛一看，原來就是先前見了他就跑的那個。

那丫頭正是桂花，奉了田氏的命令來請時昆入內一敘。時昆直覺得荒唐，他一名男子哪能隨便去見個寡婦，忙謊稱有事務在身，轉身就走。其實田氏就躲在牆角裡站著，見他要走，忙出聲喚道：「時大官人。」

時昆吃了一驚，忙舉目四望。田氏有桂花放風，大膽出言：「上次多虧時大官人相救，一直沒機會去謝你，我這裡有一個荷包，權當謝禮，還望時大官人莫要嫌棄。」

時昆不是未經人事的毛頭小子，一聽這話，就知田氏什麼心意，不禁皺眉道：「時某不缺荷包，田夫人自用吧。」

時昆喜歡的是青苗那樣的堅貞自愛，他看不上倒貼過來的女人，言語裡未免就帶上了些鄙夷。田氏聽了出來，大惑不解，若是時昆對她無意，又緣何贈扇與她？她本是膽小怕事之人，但因有了改嫁執念就難免孤軍一擲，遂將心中疑惑拿出來問時昆。

時昆早把那扇子給忘了，聽她提及，突然想起，那把團扇本是準備送與青苗的，因此扇柄隱祕處刻了個時字。他想到這裡，大駭，那刻字若被人發現，誤會他與田氏私通，如何是好？看田氏這樣子巴不得與他沾上關係，因而團扇不能硬討，須得想個法子，將它騙回來的好。

時昆有了這層顧忌，不敢照原意拒絕田氏，更不敢在此處久留，遂匆忙換上三分笑臉，安撫了田氏幾句，稱此處不好說話，待來日得閒再來瞧她。

田氏也怕被人瞧見，只得眼淚汪汪，極為不捨地看著時昆去了。

時昆回到家中，長吁短嘆，長隨問道：「張知縣不肯放人？」

時昆搖頭道：「張知縣只說要問過夫人，這事多半是准了。」

長隨奇道：「既是准了，那老爺不急著去備聘禮，在這裡發什麼愁？」

那日救田氏時，長隨也是在場的，因此時昆不瞞他，將田氏有意、扇子藏字一事和盤托出，然後繼續傷腦筋，琢磨那偷扇子的方法，問道：「我買通田夫人跟前的丫頭把團扇偷出來，你看如何？」

長隨更為奇怪了，道：「那扇子乃是老爺好心借與田夫人遮羞的，既然借出時是正大光明，為何討還卻要偷偷摸摸？」

這可真是當局者迷，時昆猛一拍大腿，叫道：「是這個理，老爺我沒白養你。」他馬上命長隨磨墨，鋪紙寫信，提筆時，覺得田氏春光洩露一事不能提，不然壞了她名節，又是自己的干係，於是小小扯了個謊，稱前些日解救田氏時，因見她是要中暑的樣子，便將一把團扇借與，扇子本是小物件，不當討還，但此扇乃是時家長隨時三新買，準備送與媳婦的，且扇子柄末刻了個時字，為了不讓人誤會，他才特意寫信，望張家將團扇歸還。

時昆寫完信，向長隨笑道：「時三，拿你做個幌子，莫怪莫怪。」

長隨也識得幾個字，看了笑道：「我怪什麼，說不準張家見了信要感恩，賞我一筆也不定。」

時昆將信裝進封筒封好，交與長隨送去，自己則輕輕鬆鬆、高高興興地辦聘禮去了。

兩家同在祥符縣，距離不遠，不到一個時辰，信件就到了楊氏手上，她看過之後，命人將田氏叫來，問道：「妳進京那日，手裡有把團扇，如今在哪裡？」

田氏不知楊氏要發難，乃是帶著那把不離身的團扇來的，聞言只好把手一伸，道：「就是這把，大夫人怎麼想起問這個？」

流霞接過團扇遞與楊氏，楊氏接過來，將扇子倒轉，果見扇柄末端刻著個小小的「時」字，她心頭火起，按捺著問道：「此扇從何而來？」

田氏日夜摩挲這把扇子，自然知道扇柄處有什麼，此刻見楊氏一拿到扇子就去看柄頭，不由得驚出一身冷汗。她腦筋慢，一時編不出理由來，又想到時昆方才離去時待她親熱又和善，想必一定會給她個名分，於是將心一橫，講了實話：「這扇子是時大官人送與我的，那日我抹胸被毀……」

楊氏兩個太陽穴突突地直跳，厲聲問道：「送還是借？」

田氏嚇得渾身發軟，不敢再照著心意講，忙道：「借的，是借的。」

楊氏道：「既是借的，為何不及時歸還？」

田氏囁嚅著講不出話來，突然俯下身子，朝著青磚地，重重地磕頭，口稱：「我的身子已是叫時大官人看去了，他又肯擔責，大夫人，妳就發發慈悲，放我去吧。」

血水自田氏額上淌了下來，楊氏嫌汙了青磚地，皺眉道：「既然妳清白已失，怎還有顏面存活於世？」

田氏驚得目瞪口呆，直覺得身子僵硬，舌不能動，口不能言。楊氏將時家來信丟與流霞，道：「妳也識得幾個字，且念給她聽。」

流霞領命，將信念來，田氏越聽越覺得眼前發黑，未等聽完，已是暈厥過去。楊氏厭惡地看她一眼，命流霞將她拖進東廂，鎖了起來。

流霞安置好田氏，命桂花守著門，再重回廳內撿起團扇，問楊氏道：「大夫人，這扇子？」

楊氏定了定神，道：「將時家的信交與二少夫人，請她備謝禮，歸還扇子。」

流霞應著去了，到得林依處，卻是青苗接著，原來林依聽牆根累著了，還在歇息。

流霞想了想，就將團扇和信遞與青苗，請她轉交，自己則回去覆命。那封書信雖已拆了，但青苗是不會私自看的，不過那把團扇她可是再熟悉不過，拿在手裡轉了轉，百思不得其解，不知楊氏將扇子送到林依這裡來作什麼。

待林依歇好出房，青苗將信與團扇呈上，稱是楊氏那邊送過來的。林依展信看了，又遞與青苗，道：「妳未來夫君的信，妳也瞧瞧吧。」

青苗紅著臉看了一遍，怔住了。林依問緣故，她不敢隱瞞，道：「時大官人扯謊，那扇子……是他的。」

林依問道：「妳怎麼知道？」

青苗的臉更紅了：「他曾將此扇贈我，我沒要。」

林依笑了，收回書信，道：「傻妮子，有福氣，這是寬妳的心呢。」

青苗有些明白，又有些糊塗，懵懵懂懂看林依。林依笑道：「自己想去吧，若想不通，待得嫁過去，叫時大官人教妳。」

青苗心裡又是甜又是羞，竟忘了反駁，扭身就跑。林依忙叫住她道：「還沒嫁人就不想替我做事了？趕緊幫忙備謝禮，連著扇子送去時家。」

青苗忙垂著頭又跑回來，取了鑰匙開箱子挑禮物，待得忙完，向林依道：「二少夫人，我情願一輩子服侍妳。」

林依故意道：「那好，過兩天時家送聘禮來，我不收。」

青苗叫道：「二少夫人！」

林依大笑，窘得青苗真躲了出去。

張仲微審完一宗案子回來，正好瞧見這一幕，道：「妳只曉得逗她，趕緊尋牙儈來再挑個丫頭。」

林依應了，又將時家來信遞與他瞧，道：「看看，三少夫人借扇不還，不知娘怎麼生氣呢。」

楊嬸端著幾碟子剛做的點心進來，道：「早就生過氣了，現今把三少夫人鎖在東廂呢。」

林依並不知楊氏責備了田氏什麼，便道：「先前就不許她出房門，如今也只是鎖著，反正她守節的人，足不出戶倒沒什麼。」

楊嬸把點心碟子擺開，退了出去，兩口子來吃點心，你餵我，我餵你，倒也有樂趣。

時昆是生意人，辦事有效率，一收到張家歸還的扇子，覺得危機解除，當天就把成箱的錢抬去送林依，要贖回青苗的賣身契。林依不肯要那錢，送錢的媳婦子卻道這是與青苗抬身價掙臉面，方才收了。

青苗恢復自由身，林依擺酒與她慶了一回，不料第二日酒還沒醒，時家的媒人又上門了，自抹胸裡抽出草帖，請她填寫，說要商議婚事。青苗被林依等人取笑了一回，央張仲微填了，交與媒人帶回。

時家族大人多，林依擔心青苗去了他家受欺負，遂稟明楊氏，認青苗做了娘家妹子，與她抬個身分，從此姓林。

這邊張家忙碌，媒人忙碌，時昆也沒閒著，他家本有幾個通房，因要迎娶青苗，為顯慎重，全都打發了，又細細教導小兒子，待青苗進了門要口稱娘親，晨昏定省不得有誤。

如此忙亂了半個月，該換的帖子都換了，而時昆在外省有一筆大帳要趕去收錢，因此與張家商議過後，就近挑吉日，擺酒席，辦喜事，熱熱鬧鬧、風風光光把青苗迎進了門。

青苗到得時家，奴僕都來拜見，口稱夫人，未敢有怠慢。外人都道她是知縣夫人的娘家妹子，以林夫人呼之，處處高看她一眼。就是時昆那小兒子，都因繼母有身分，格外以她為傲，而青苗心善，待他視如己出，沒幾日功夫就把他哄得娘親娘親叫個不停。

時昆娶個了稱心如意的娘子，門都不想出，不到三天就主動將家中帳本奉上，以瞧著青苗撥算盤為樂。眼看著出門的日子臨近，他捨不得青苗，想著反正娘子能幹，竟攜了她一起登舟，遊著山玩著水，夫妻一道出門收帳去了。

這效率太過驚人，以至於林依回不過神來，心裡有些空落落，但一想到青苗竟有度蜜月的福分，又是替她高興，又是羨慕不已。

張仲微想不明白，不就是出門玩一趟，有什麼好羨慕的，遂道：「咱們進京時，一路上走了幾個月，有山又有水，不是一樣？」

林依恨他不懂風情，攥了拳頭就朝他身上招呼，恨道：「你這榆木腦袋，那是趕路，怎能同蜜月相提並論。」

張仲微只曉得日月，哪裡懂得蜜月，被打得好不冤枉，又礙著娘子的大肚子，不好躲閃，委委屈屈求饒道：「妳要吃蜜月，我與妳做去。」

這也能做？林依驚訝，竟放他去了。張仲微到了廚房，指揮楊嬸，朝白麵裡加蜜糖，以大宋的樣式，做了一盤菱形的月餅，與林依端了上來。

林依見了，捧著肚子忍俊不禁，笑道：「好個蜜……月。」

張仲微得意道：「娘子，我這蜜月如何，比時昆的強不強些？」

林依笑到直喚「哎喲」，連聲道：「強些強些，你這盤蜜月簡直前無古人後無來者。」

張仲微得了誇讚，自認為勝過了時昆，遂一手抓了個月餅，在林依面前手舞足蹈地耍寶，逗她開懷一笑。

夫妻兩正樂著，忽聞前院的桂花扯著嗓子在喊：「不好了，三少夫人上吊了！」

林依兩口子吃了一驚，雙雙站起身來趕往前院。他們到時，楊氏已出面喝住了桂花，叫她與小扣子、流雲等人把田氏放下來，抬到床上，又使人去請郎中，待得一切有條不紊地辦完，才回身與林依兩口子道：「你們的弟妹大概是思念亡夫心切，想隨了去。」

林依並不知田氏的心思，也不知她做的那些事體，因此有些同情她，暗嘆一聲，就要進去看她，但卻被楊氏和張仲微雙雙拉住，道：「妳懷著身子，別衝撞了。」

林依只得住了腳步，扶著張仲微的手回房。田氏生死未卜，她無心再吃糕點，便命楊嬸把碟子收了下去。

張仲微站在門口，朝前面張望，道：「好端端的，怎麼就上吊了呢？」

林依也奇怪，這半個多月大家都在忙青苗的親事，不曾有人去理會過田氏，她能有什麼想不開要自縊的？

兩口子正猜測，桂花竟來了，上前磕頭。

林依奇道：「妳不去照料三少夫人，到後面來作甚？」

桂花朝外張望一時，見四下無人，便道：「二少夫人，婢子有事稟報。」

林依見她神神祕祕，索性叫張仲微把廳門關了，讓她仔細講來。桂花沒有辜負林依的「期望」，從田氏思嫁，一直講到私會時昆，還道：「我看那把團扇著實可疑，自從被大夫人收去，三少夫人就魂不守舍。那日青苗姊姊出嫁，三少夫人哭了整整一宿，又接連好幾天沒進飲食，方才我正想去勸她吃些湯水，卻發現她尋了短見。」

私會時昆是半個多月前的事，桂花為何挨到現在才來告密？想必是今日見了田氏淒涼，想以此討好林依，改投明主。

林依微微笑著，叫張仲微進屋抓了一把錢賞給桂花，謝她實情相告。桂花攥著錢正高興，就聽見林依問道：「妳手上的鐲子哪裡來的？」

桂花拿了賞錢，自然當林依是喜歡她的，當下就不隱瞞，照實答道：「是三少夫人見我服侍得好，賞我的。」

張仲微眼裡似能冒出火來，插了一句：「是謝妳帶她去見時昆吧？」

桂花臉一紅，沒作聲，默認了，又辯解道：「二少夫人既然把我給了三少夫人，那她就是我的主人，主人有令，我豈敢不從？」

確實，雖然林依才是當家主母，但認真說起來，桂花乃田氏的丫頭，是該聽她的話。林依雖不齒田氏的行為，但少不得要替她掩蓋一二，遂責罵桂花道：「一派胡言，三少夫人向來貞潔安靜，立志守節，豈會做出這等事來？定是妳這妮子偷了她的鐲子，怕被責罰，為了拿住她的把柄，這才蒙蔽主人，誘她去與男子相會。」

桂花沒想到林依竟變了臉，望著手裡的賞錢，呆了。

田氏私會時昆的事雖不是桂花的主意，可也與她脫不了干係，這丫頭是學過規矩才來張家的，不可能不懂得寡婦幽會的厲害，定然是貪圖錢財，這才暗助田氏做出這等醜事來。

張仲微十分在意張家的顏面，對桂花怒目相視，無一絲一毫同情，疊聲喊人，要拖出去打死。

林依皺眉道：「家裡有病人，我又懷著孩子，怎好見血光？再說傳出去也不好聽。」

張仲微問道：「那怎麼辦，難道就輕饒了這婢子？」

林依先將楊嬸喚進來，叫她拿抹布塞住了桂花的嘴，免得她嚷嚷，再命楊嬸將其送往楊氏處，道：「雖然我當著家，但此事重大，又關聯著三少夫人，還是請娘親自定奪的好。」

張仲微贊同，扶了林依也朝前面去。

楊氏見了口塞抹布，反剪雙臂的桂花，再看後面跟著張仲微夫妻，心裡隱約明白了大概，當即遣散下人，關起廳門，只留下流霞侍候。

林依將方才桂花告密的事講與楊氏聽，又叫流霞取走抹布，來對口供。楊氏聽後，望著桂花冷笑道：「這妮子想賣主求榮攀高枝呢，當咱們個個都是傻子？」

林依道：「教唆主人的婢子留不得，但弟妹躺在床上，我不好私下處罰她的丫頭。」

楊氏道：「妳才是當家人，罰她都罰得，何況她的丫頭？」

林依聽出楊氏語氣裡帶著氣惱，不知是氣田氏私會時昆，還是氣她尋了短見，忙道：「那我尋牙儈來賣掉，丫頭也是錢呢。」

楊氏卻緩緩搖頭，盯了桂花好一陣，道：「妳去尋牙儈，這丫頭明兒再與妳送來。」

林依不解其意，但既然楊氏有吩咐，她便聽從，打發楊嬸去請牙儈做準備，明日來領人，順路另捎幾個小丫頭來瞧，補上青苗和桂花的缺。

晚上，前面院子傳來消息，稱田氏留了半口氣，楊氏卻不甚上心，還不知能不能挺過去。

第二日，楊氏將桂花送了來，卻已是啞了，林依這才明白，留的這一夜是去灌啞藥了。這手段雖毒辣了些，卻是桂花自找的，她當初引田氏去見時昆時，就該料到有這下場。

張仲微也認為楊氏處理得當，灌了啞藥，就免得桂花賣出門去還胡言亂語，敗壞張家的名聲，影響他的仕途。

牙儈到張家來領人，又另帶了幾個小丫頭，約莫十一、二歲大，林依嫌太小，便叫她改日另挑好的來。

家裡一下子少了兩個丫頭，使喚人手明顯不夠，林依只得先就近雇了兩名粗使媳婦子，一個負責灑掃，一個負責洗衣。

如此過了兩三日，田氏仍舊沒有好轉，楊氏便與林依商量，要把她轉到尼姑庵去養病，免得弄得家裡死氣沉沉。沒想到，這話傳出去不到三天，尼姑庵還沒尋妥，田氏卻慢慢好了起來。

楊氏見田氏好轉，氣得不輕，料定她是害怕尼姑庵清苦才好了起來，之前要死要活只是做給人看的。

田氏醒轉後，發現桂花不見了，忙向送飯的小扣子問緣由。小扣子回答她道：「三少夫人丟了銀鐲子都不曉得？那妮子私藏了妳的首飾，被二少夫人知曉，二少夫人稟過大夫人後，尋牙儈來賣掉了。」

銀鐲子？田氏慢慢想了一想，大驚失色，難道是她私會時昆的事被察覺了？可這事兒並無他人知曉，林依是怎麼查到桂花那裡去的？她哪裡曉得，這是桂花一心想換主人，自個兒捅出去的，也不知叫作聰明反被聰明誤，還是叫作面兒上聰敏內裡愚笨。

田氏越想越害怕，怪不得她躺在床上的這幾日，楊氏不聞不問，敢情是真的想讓她死。

小扣子見她遲遲不動筷子，不耐煩起來，催道：「三少夫人，妳如今又不招人喜歡，沒見著流雲她們都不肯來送飯了？也就我可憐妳，來一趟，妳還不趕緊吃，耽誤了我做工，我下回也不來了。」

田氏如今四面楚歌，不敢執拗，連忙抓起筷子扒了幾口，便稱自己吃飽了。小扣子收拾了碗筷要走，田氏卻攔住她問道：「二少夫人這會兒在哪裡？」

小扣子是楊氏調教過的，可不比桂花，道：「我一個丫頭哪裡曉得主人家的行蹤。」說完端著托盤就走了。

田氏茫然無助，呆呆坐了一會兒，決定主動去找林依，拐彎抹角問問桂花的事，探探口風，也好曉得楊氏想怎麼處置她。

她拿定了主意，習慣性地去枕頭邊取扇子，不料摸了個空，登時心碎，將那眼淚又流了兩行。

田氏抹了淚，推開窗戶，朝外張望一時，見楊氏不在廳裡，臥房的窗戶又關著，想必瞧不見她，便提著裙子溜了出去，直奔第二進院子。

此時，林依正在院子裡挑人，大小丫頭站了一地，楊嬸和牙儈都在她跟前侍候。田氏躡手躡腳地走過去，行禮，喚了聲：「二嫂。」

林依抬頭，忽地瞧見她脖子上的勒痕，嚇了一跳，待看清是田氏，奇道：「弟妹不在房裡養病，出來作什麼？小心吹了風，更添症候。」說著不等田氏接話，就命楊嬸把她送回去。

林依待田氏一向都客客氣氣，從未這樣不給面子，田氏一時愣住了，任由楊嬸扶了胳膊朝外走。她哪裡曉得，因她起過要害青苗姻緣的心，林依恨著她呢，言語上刻薄還算好的，只恨不能將她趕出門去。

田氏被硬扶著走了幾步，回過神來，使勁掙扎，回頭朝林依道：「二嫂，妳賣了我的丫頭，總得許我再挑一個。」

林依想斷然拒絕她的要求，但牙儈和那些丫頭都在跟前，她不想傳出妯娌不和的傳言，只好叫楊嬸扶田氏過來，抬了把椅子讓她坐。

田氏只是想尋林依私下講話，並非要挑什麼丫頭，因而還算安靜，不論林依問什麼都只點頭稱好。林依看著她就來氣，一時性子起來，她叫好的反而不留，如此任性一番，竟又沒挑著丫頭。還好牙儈見多了挑剔的主顧，不以為怪，帶著丫頭們退下，稱改日再來。

牙儈離去，田氏終於等到了與林依獨處的機會，忙道：「二嫂，妳且屏退左右，我與妳說話兒。」林依沒動，道：「弟妹有什麼話就趕緊說吧，我身子乏了，要進去歇息了。」

田氏無奈，只好壓低了聲兒，問道：「不知我先前那個小丫頭桂花去了哪裡？」

林依看她一眼，道：「賣掉了。弟妹若想知道詳細，且問娘去吧。」

田氏一聽楊氏，嚇得一抖，哪還敢再提，連忙閉了口。林依站起身來，扶了楊嬸的胳膊就要進去，不料，田氏竟挨著她的腿跪了下來，央道：「二嫂救我，我在這裡礙了許多人的眼，何不與我另尋一個去處？」

林依假裝聽不懂，道：「妳不管要去哪裡只管與娘說去，我管不了。」說完抬腿就走。

田氏欲追，卻被楊嬸輕輕一攔，連退幾步，落在了後頭，只得眼淚汪汪地回去了。

林依經過桂花告密，已曉得田氏一門心思要改嫁，她方才雖然拒絕了田氏，但晚間卻與張仲微商量，要遂了田氏的願，把她嫁出去。

張仲微不明白林依為何這般熱心，道：「她到底不是親弟媳，隔了一層，妳理會這些作甚，叫娘去處理。」

林依道：「她先前會勾引時昆，往後還不知要勾引誰呢。留她在家終歸不得安穩，還不如嫁出去，大家都落個清淨。」

大宋女子改嫁乃是常事，張仲微並未反駁，隨了林依的意思。

第二日，林依真到楊氏面前將改嫁田氏的事情提了。楊氏初聽還有些不喜，擔心走了田氏，三郎地下無人陪伴，等到林依提及田氏心思已活，恐怕守不住，就猶豫起來，道：「我也不是沒想過要嫁她，只是這嫁妝誰人來出？」

林依道：「她一個守寡的人，又沒硬實的娘家，還能嫁到高門大戶去？頂多嫁個平常百姓罷了。咱們就當做好事，隨便與她備幾個鍋碗瓢盆便混過去了。」

楊氏心裡不願意，但想了又想，還是答應，道：「心野了，留了人也無用，還不知往後鬧出什麼醜事來，不如早早打發出去。」

林依點頭道：「正是這個理，娘是明白人。」

楊氏道：「妳是她二嫂，這事兒就由妳去與她講吧。」

林依應了，領命而去，到了東廂，告訴田氏楊氏許她改嫁。田氏欣喜若狂，抓住林依的手叫再造恩人。林依見她是真想改嫁，並非一味癡纏時昆，對她的恨意就稍稍減了些，和顏悅色道：「妳想嫁個什麼樣的人家，且與我說說，明日就請媒人來，到時少不得與妳備幾個箱籠作陪嫁。」

田氏十分感激，起身福了一福，道：「我也沒什麼癡心妄想，只要同張家差不多便成。」

此話一出，林依噎住，楊嬸發笑。

田氏見她們這幅模樣，忙解釋道：「非是我貪圖富貴，只是小時窮怕了，不願再嫁入貧困人家，過那吃了上頓沒下頓的生活。」

楊嬸忍不住嗤笑道：「三少夫人，不是我說妳，妳娘家的境況還不如我這個奴婢呢，哪裡高攀得上富貴人家，妳也不想想，妳是以什麼身分進張家的。」

林依正要斥責楊嬸不分尊卑，田氏卻與她辯起來，道：「我自然知道自己是什麼身分，又不曾妄想正妻之位，難道做個偏房也不行？」

林依沒法理解她的思維，道：「大宋多的是一夫一婦的人家，妳為何偏偏要做妾？咱們又不是不與妳置嫁妝。」

田氏哽咽道：「二嫂，妳是沒過過苦日子，一天到晚只吃一餐粥，鹹菜都沒得一碟，只有野菜團子就著。」

林依想起自己在鄉下過的那些日子，冷笑道：「我也不是出身富貴，甚至還不如妳，但人不自立，哪能有好日子過，妳又不是個有依靠的。」

田氏身無長處，大字都不識一個，哪裡聽得進這些話，只道：「二嫂若真心幫我，就替我向媒人打聽打聽，若真無人願意收我做偏房，我就死了這條心，上姑子庵去。」

林依沒想到田氏膽小怕事這許多年，好不容易硬氣一回，卻是拚死拚活要做妾，真是讓人匪夷所思。不過，當事人是這意見她也沒辦法，只得原話回稟楊氏，請她拿主意。

楊氏聽後毫不在意，道：「她改嫁了，從此與張家就再無關係，我管她是去做妻還是做妾，只要嫁得遠遠兒的就好。」

既然楊氏無所謂，林依便照田氏的意思，請了媒人來問。這位媒人就是與時昆和青苗做過媒的那位，她聽過林依的意圖，不解道：「雖說田夫人是個寡婦，可貴府連個婢女都嫁得這樣好，為何不替她尋個一夫一婦的人家？」

連媒人都有這份見識，真不知田氏是怎麼想的，林依道：「她享福享慣了，不肯去窮人家受苦呢，若有富貴人家願意聘她作正妻，那就最好了。」

媒人一縮頭，道：「林夫人，妳別怨小人不會講話——田夫人是個剋夫命呢，稍微有些家底的人，誰肯娶她？」

林依道：「她到底是知縣家的弟媳。」

媒人笑道：「任誰家寡婦改嫁，從此就與前夫家沒干係，難道還有誰藉此與知縣家攀關係——沒這般厚的臉皮。」

林依先前之所以恨田氏，皆因她勾引時昆，如今見她只是要改嫁，就軟了心腸，想替她謀一門好親，遂問媒人道：「有沒有不是大富大貴，但衣食無憂的人家要娶正妻？填房也無妨。」

媒人笑道：「到底是知縣家，運氣好，還真有這樣一戶人家，就住在東京城，姓肖。他家有個三兒子，還未娶過親，年紀比田夫人小兩歲。」

林依仔細一問家中人口、家庭住址，發現就是肖嫂子家的兒子，笑道：「倒是個舊識，就勞煩媒人走一趟。」

媒人自然應允，領了賞封，往東京城走了一趟，當天就將消息帶回，稱，肖家得知田氏是林依的妯娌，認定她品行好，哪怕是個寡婦也願意娶她。

林依聽了肖家如此讚譽，竟有欺騙人的感覺，紅著臉將田氏請來，與她道喜。田氏含著羞，問那肖家境況。林依道：「肖家是我們家熟識，常替我們做工的……」

田氏才聽了這句就打斷她道：「二嫂，我現今是知縣家弟媳，轉眼就是知縣家短工？我不願意。」

林依好笑道：「憑自己的手吃飯，短工又有什麼干係？」

在田氏看來，干係大了去了，她低頭看了看自己白嫩白嫩的手，難道從今往後要去做力氣活？她認定是林依還恨著她，不給她挑好人家，登時淚如雨下。

林依瞧著田氏流淚，恍然間覺得不認識她，當初自願替她看守菜園的田氏哪裡去了？是對她瞭解不夠深刻，還是三年寂寞時光消磨了田氏自強自立的心？又或者，她在鄉下的三年是作威作福的三年，此番進城是要謀取更好的生活？只是與人為妾，生活能好到哪裡去，她在楊氏身邊多年，看也該看明白了。

林依琢磨不透田氏的心思，只得問媒人：「可有要納妾的人家？」

媒人看了田氏一眼，笑道：「多的是。」說著，將有納妾意圖的人家，由遠自近地報了一遍。

林依嘆道：「幫她挑個大婦和善的吧。」說完又向田氏道：「做妾苦哪，妳應是曉得。」

田氏卻道：「我只小意兒服侍，自然有好結局，妳看流霞便知。」

流霞好在哪裡？林依愣是沒看出來，乾脆叫媒人跟去田氏房裡，隨她願意給誰做妾。

田氏帶著媒人回到房中，一番詢問，一番挑揀，選定了一個來東京做生意，即將回陝北老家的外鄉人。媒人見她臉上滿是憧憬，疑惑不解，問她為何放著正妻不做，非要與人做小。田氏道：「誰不願意做正妻，那也得有人要我。」

媒人明白了，田氏在張家過慣了養尊處優的生活，不願再動手做活，因此挑選夫婿只在富貴人家裡找，她的原意還是想做正妻的，只是苦於沒人願意娶她，才委屈降級來做個偏房。

在媒人看來，只有那些家貧過不下去的才會將女兒送去做妾，又或者爹娘老子心硬，賣了女兒賺錢。而田氏既有婆家願意贈嫁，還要自甘墮落，這讓媒人很瞧不起她，報了那行商的名號就走了，自去尋林依商議。

田氏因為楊氏的不待見，從來就是受人歧視的，因而倒也不在意，隨媒人去了。

林依聽過媒人的回稟，什麼都沒說，逕直領著她去見楊氏。楊氏現今巴不得田氏快些出門，眼不見為淨，於是督促林依抓緊辦事。

林依嘆著氣，盡仁義，替田氏備了一只箱子，裝了兩身衣裳、幾根琉璃簪，挑了個黃昏，一乘小轎送她去了。

田氏改嫁，楊氏覺得很對不起兒子張三郎，因此起了拜佛的念頭，擇了個天氣晴朗的日子，到廟裡燒香去了。

林依接連請了好幾回牙儈，都沒挑到稱心如意的丫頭，不禁煩悶。張仲微得知，提議道：「何不到大嫂家去看看侄子，散散心？」

確實有些日子沒見李舒了，林依還真有些想她，又念及她與田氏也是妯娌一場，田氏改嫁該去知會一聲兒的，於是就備了幾樣禮去拜訪李舒。

李舒仍舊住在原來的院子裡，看門的家丁多了兩個，大門卻是緊閉的，待林依使人通傳過後門才打開。甄嬸出來，將轎子引至天井，再扶林依下轎，歉意道：「林夫人休怪迎接來遲，只因我們李娘子獨居，才時常將門關了。」

林依聽出她稱呼有變，想必是為了李舒的骨氣，不免心生敬佩。李舒迎到房門口，先與林依行禮，口稱知縣夫人。林依忙著回禮，嗔道：「妳也來打趣我？」

李舒笑道：「妳的性子我曉得，但禮不可廢，不然落人口實。」

林依與她攜手進房，道：「妳還叫我三娘，我喚妳舒姊姊，若不依我，我轉頭就走了。」

李舒依她，喚了聲三娘，命人上茶，又叫奶娘把張俊海抱來見嬸娘。林依抱著張俊海，見他小胳膊小腿粉嫩藕節似的，愛極，直誇李舒會養孩子。李舒嘆道：「不知浚明如今怎樣了，他雖然不是我親生，到底養了一場，怪想念的。」

林依道：「既然想他，何不去看看？祥符離東京又不遠，只當去散心了。」

李舒搖頭道：「說說罷了，若真見著，誰知是散心還是堵心。」

林依想起那兩扇緊閉的大門，擔心是有人欺負孤兒寡母，上門尋事，便將張俊海交還奶娘，向李舒問她們母子的近況。李舒把張俊海一指，笑道：「這是知縣的親侄子，誰人敢來欺負咱們？我關緊大門，不過是防著是非罷了。」

這倒是實情，林依也笑了，待吃過幾口茶，又將田氏改嫁的事告訴李舒，稱家裡人都不理解田氏的想法。李舒卻不以為然，道：「我家庶出的那幾個妹妹，哪個不是寧做富人妾，也不肯為窮人妻。妳想想，那田氏出身本就寒微，即便沒嫁過張家，也是做妾的命——她娘老子捨得送她來沖喜，難道捨不得把人送做小？」

果然是各人想法自有不同，林依嘆了口氣，按下這話題。李舒陪她默默坐了一會兒，終究還是放不下東京情形，拐彎抹角地向林依打聽張伯臨的近況，並掩飾道：「他過得如何如今不關我的事，我只掛念我那兩個丫頭，若他養不活，我就去討回來。」

林依笑道：「丫頭既然是妳的，何不去瞧瞧她們的近況？正大光明的事。若我不是身子重，就陪妳走一趟。」

李舒眼裡閃過一道光芒，終究還是垂下眼簾去，道：「我去瞧她們作甚，若過不下去，自然會回來。」

林依聽了這話，恍然大悟，李舒將兩個通房丫頭留在張家二房，果然是大有深意的。丫頭不回來，說明二房還過得下去，又或者還有通風報信的功效。

過了一時，廚房擺飯，李舒請林依同到廳裡吃了，又問了些張伯臨附近謀什麼差做什麼事之類的話，方才放她回去。

林依坐在轎子上，還在感慨，張仲微講的沒錯，李舒的確還想著回去，但這般的好娘子卻不見張伯臨來接，真不知他是怎麼想的。

轎子一路輕搖到家，進後衙，門口停住，林依扶了楊嬸的手，繞過照壁去。此時楊氏還在廟裡，第一進院子的廳裡卻坐了幾個人，小扣子跑過來，稟道：「二少夫人，主簿夫人和縣尉夫人來了。」

林依一面朝廳門口走，一面悄聲問道：「她們突然前來，所為何事？」

小扣子指了屋簷下的兩個丫頭叫她看，道：「說是聽聞二少夫人缺人使喚，特意送了兩個來。」說著告訴她，那瘦長臉而樣貌一般的，是主簿夫人帶來的；鵝蛋臉而面容姣好的，是縣尉夫人帶來的。

林依點了點頭，走進廳裡去，主簿夫人同縣尉夫人齊齊起身，與她行禮。林依行至主位坐下，笑道：「讓兩位久等了。」

主簿夫人正要坐下，聞言又站了起來，恭敬答道：「哪裡，是我們打擾了。」

林依抬手示意，請她坐下，又命小扣子換新茶。

縣尉夫人想趕緊辦完夫君交代的差事，而她又是個心直口快的，便道：「那日聽媒人講知縣夫人缺丫頭使喚，我就想與妳送一個來，卻被令妹的親事耽誤了。」

林依不明所以，聽她解釋了一通才明白，原來是替時家提親的媒人，頭一回上門就見林依要親自取賞錢，料想她家缺人使喚，於是暗地裡賣了人情與縣尉，這才有今日縣尉夫人送人這一節。

想必主簿夫人送人也是一樣的原因了，林依的目光投向縣尉夫人旁邊的位子。主簿夫人感應到，暗罵縣尉夫人是豬腦子，慌忙起身解釋道：「我可不敢暗地裡揣摩知縣夫人的心意，今日與縣尉夫人一起送丫頭來，只是碰巧。」

林依問道：「那妳是怎麼知道我家缺丫頭的？」

主簿夫人道：「我心想，知縣夫人搬來祥符縣不久，又即將生產，身邊定然是缺人手的，正巧家裡有個手腳勤快，為人又老實可靠的，便與知縣夫人送了來。」

縣尉夫人聽了她這一番話，十分不服氣，這不一樣是揣摩上位者的心意，與她有什麼不同？

林依與她們並不熟悉，平素也沒什麼來往，因此見了她們這會兒風格迥異的反應並沒什麼想法。只是她向來不愛使喚別個送來的人，不管揣著什麼心意都一樣，於是笑著婉拒：「多謝兩位費心，我家丫頭已經挑好了，牙儈過幾天就要送人來。」

縣尉夫人臨出門時，縣尉是千叮萬囑過的，她生怕辦砸了差事，忙道：「丫頭是用來使喚的，多一個又何妨？」

林依道：「我家官人甚是清廉，家中閒錢不多，能少養一個就少養一個吧。」

縣尉夫人還要再說，卻被主簿夫人暗中拉了一把，只好閉了嘴。主簿夫人笑道：「知縣夫人才回來，想必也乏了，我們便不多擾，就此告辭。」

林依暗道，這主簿夫人雖然送人卻不強求，是個擅於看人眼色的，看來官場真是臥虎藏龍之地，許多夫人都不簡單。

小扣子將二人送了出去，楊嬸扶著林依回房歇息。不多時，張仲微回來，問林依道：「那兩人打發了？」

林依看他一眼：「原來你曉得，怎麼不以我不在家為由叫她們回去？」

張仲微摸了摸烏紗帽的翅子，摘下擱到帽架上，道：「她們是女眷，勸了一遍又不聽，非要等著，我能如何？再說她們是送丫頭來的，乃是一番好意，我怎能強行趕人。」

林依瞅著他道：「這番好意已被我拒絕了。」

張仲微笑道：「別人送來的自然不能收，寧願費些功夫，也要挑個無牽無掛的，親自細心調教。」

林依也笑了，道：「你在官場混跡這些日子，倒有長進。」

張仲微故意唬了臉道：「這樣的，是對知縣不敬。」

林依毫不客氣白他一眼，道：「少擺知縣的臭架子，我還是知縣夫人呢。」

夫妻倆笑鬧一時，並肩坐下吃點心，主要是林依饞嘴，張仲微侍候。林依偎在張仲微懷裡，與他講起主簿夫人和縣尉夫人，道：「我看那主簿夫人甚是精明，不亞於東京城的那些，不過縣尉夫人真是個直腸子，雖說這樣的人更好相與，但以這樣的性子與其他官宦夫人打交道，豈不是要吃虧？」

張仲微不以為奇，認為這兩位夫人的性子都是隨了各自的夫君，這位祥符縣主簿乃是縣衙的祕書官，專門負責處理各類文書，為人最是圓滑世故，而縣尉是負責轄區治安，勇武有餘，智慧不足。

夫妻倆正閒話，楊嬸來報，楊氏歸家，遂出去迎接，詢問上香的情形。楊氏精神不錯，笑道：「我幫你們各求了一支籤，都是上上籤。」

林依雖然不信這個，不過上上籤誰人不喜，仔細一問，原來張仲微那支是升官的，她這支是添兒子的。

眾人聽過楊氏敘述，都為這樣的好兆頭歡喜起來，人人臉上都帶笑。

聊了會子，張仲微起身，去前頭辦理公務，楊氏則留了林依繼續閒話。不料張仲微才出門就又回轉，後頭還跟著張伯臨和方氏。林依連忙起身，將他們讓進廳裡坐下，笑道：「嬸娘與大哥今日得閒？」

方氏沒有答她的話，卻道：「我們才進祥符縣，就遇見了主簿夫人與縣尉夫人，她們給妳送丫頭，妳怎麼不收？」

林依先是奇怪，方氏怎會認識那兩位，待看到張伯臨才想起來，現任主簿和縣尉都是張伯臨昔日同僚，他們的夫人方氏自然是認得的。

楊氏聽了方氏的問話，才知道家裡出過這事兒，她認為林依處理得很好，別人家送來的丫頭都是眼睛和耳朵，自是不能留，遂替林依回答方氏道：「我們家有丫頭使喚，何須別人來送。」

方氏朝四面看了看，質疑道：「青苗嫁了，又沒添新人，妳們哪來的丫頭使喚？還不如我們家人多。」

楊氏不接她的話碴，直截了當問道：「已近傍晚，弟妹這時候來定是有事？」

方氏還有無數的話想要接著說，卻被這一句打蔫了，縮回椅子，只把張伯臨看了一眼。

張伯臨只好起身，道明來意，原來是二房一家進項少人口多，捉襟見肘，特來向大房借錢使用。

楊氏想起他們大房也曾窮到沒飯吃，是張梁接濟了幾碗粥，雖說當時冷言冷語也受了不少，但好歹也算得過恩惠，於是並不刁難，只問他們要借多少。

張伯臨沒想到楊氏答應得這般爽快，愣了一愣才回答：「厚顏向伯母借十貫，若沒有，五貫也成。」

方氏嘀咕道：「你弟弟如今做著知縣，十貫自然是有的。」

楊氏好心助她，卻不願聽這等言語，冷了臉道：「才買了丫頭，手頭緊，還真只有五貫。」

張伯臨見楊氏明明是要借十貫的樣子，經方氏一打岔就少了五貫，心裡真是又急又怨。他生怕方氏還要開口壞事，忙道：「五貫就五貫，等我謀得差事領了俸祿，一定奉還。」

楊氏只是不待見方氏，瞧他還是順眼的，便道：「一家人，不著急，慢慢還吧。」話音剛落，就見方氏面上有喜色，怕她賴帳，忙補上一句：「弟妹欠的九十貫都還沒還呢，這五貫是小事。」

方氏馬上變回了苦瓜臉，耷著嘴角不作聲。

張仲微與張伯臨兄弟情深，有心要助他，便悄悄一拉林依的袖子，小聲問道：「娘子，咱們家可還有閒錢？借哥哥幾個，好度過難關。」

林依也願意助張伯臨，卻不肯當著方氏的面，便自腰間荷包裡，摸出一把小鑰匙，偷偷塞進張仲微手裡，壓低了聲音道：「去錢箱取五貫——私下裡給。」

張仲微還道她是要瞞著楊氏，遂輕輕一點頭，攥了鑰匙在拳頭裡，起身道：「自我們搬到祥符縣，哥哥還是頭一遭來，且隨我去逛一逛，再吃幾盞酒。」

方氏不愛在楊氏面前久待，既已借到了錢就想走。張伯臨好說歹說，才使她耐下性子繼續坐著，自己則同張仲微去了後頭。

張仲微領著張伯臨，到第二進院子坐下，親自捧上茶水，又取來五貫錢，交到他手裡，道：「方才那五貫是我娘借的，這五貫是我和娘子的心意。」

張伯臨接了錢，又是感激又是羞慚，一時間竟不知講什麼才好。張仲微拍了拍他的肩膀，自去廚房取來酒菜，擺開桌子，與他對飲，笑道：「自從當了知縣，上酒樓吃酒總有人上來奉承，反而不美，就委屈哥哥在家裡吃兩口。」

張伯臨想到自己做縣丞時最愛上酒樓，享受那阿諛奉承之聲，不禁感嘆：「你是個好官，比我強些。」

張仲微執壺，與他斟滿，道：「哥哥何嘗不是好官，只是受人連累而已。我也不是沒經歷過官場變幻，沒什麼好說道，來，吃酒。」

張伯臨舉杯，與他相碰，再一口而盡，嗆得流出眼淚來：「哥哥這輩子只怕再也無緣仕途了。」

張仲微舉杯的手慢慢垂下來，問道：「差注的事還沒消息？」

張伯臨道：「前些日子，我把任上攢下的那些錢攏了攏，全提去打點了銓司，可那幫子小人見我如今失了靠山，竟收了我的錢卻不替我辦事，害我不僅沒等到差遣，還把幾個錢敗光了。」

張仲微聽了這個才明白過來，怪不得張伯臨賦閒沒幾日就來借錢，原來是積蓄拿去打了水漂。他為張伯臨鳴不平，氣憤填膺道：「是哪幾個不長眼的小人，哥哥告訴我，我找他們算帳去。」

張伯臨擺了擺手，頹然道：「罷了，他們之所以敢這樣，還不是看了某些人的臉色，別因為我影響了你的仕途。」

張仲微明白這話的意思，歐陽參政不待見張伯臨，任他們怎樣都是枉然。他默然舉杯，狠飲一口，道：「哥哥，你總不好成日坐在家裡，會憋出病來，要不到我這裡來散散心？正好你是做過祥符縣縣丞的，就過來指點指點我。」

張伯臨搖頭道：「新任縣丞恐怕已在路上了，我來湊什麼熱鬧，沒得妨礙了你。」他身為家中頂樑柱，想想生計，確是發愁，嘆道：「我是不當家不知柴米油鹽貴，以往有你大嫂在，我還以為錢是從天上掉下來的呢，如今自己管事才知樣樣都不容易。」

張仲微聽出他有悔意，又曉得李舒也留戀，大喜，忙道：「哥哥何不把大嫂接回去？」

張伯臨看他一眼，道：「因為我窮得過不下去就把她接回來？那我真是枉為男子。」

張仲微道：「話不能這樣講，夫妻同為一體，本就該相扶相持，你看我與娘子便是這樣。」

張伯臨執意不肯，道：「你是有前途的人，我如今丟了官，怎能同你相比。」

張仲微尋思，要想重新撮合張伯臨和李舒，還得先讓張伯臨尋個事做，把家養起來。他雖然仕途平坦，但在討生計的事情上比張伯臨還不如，因此絞盡腦汁想了半天，也沒尋出個門道來。

兄弟倆吃酒聊天，聊到最後變作了吃悶酒，這悶酒最易醉人，真是不假，等到前面的方氏不耐煩，逼著林依尋來時，這二人已是醉得人事不醒。

張伯臨這一醉，怎好歸家，方氏大為惱火，又捨不得怪同樣醉了的張仲微，就逮著林依一通好說，如今的林依比以前很滑頭了些，還沒等她罵完，就捧著肚子叫哎喲，嚇得方氏趕忙閉了嘴。

楊氏趕來時，醉酒的兩人已被安頓好，張仲微扶進了裡間，張伯臨被抬去了書房。她走進裡間，見張仲微正就著林依的手喝醒酒湯，看樣子還不是十分醉，這才放心下來，道：「你哥哥心情不好吃悶酒，你該勸著些，怎麼一起吃起來了？」

張仲微的腦袋隱隱作疼，抬手捶了捶，道：「我是因為想不出好主意，一時煩悶，才吃醉了，讓娘替我擔心，是我不孝。」

楊氏與林依都奇怪，齊齊問道：「你要想什麼主意？」

張仲微見房中只有他們三人，便嘆道：「聽哥哥的口氣，仕途是無望了，但日子還得過，總得想辦法替他尋個事做，養家糊口才好。」

楊氏道：「他若真有這個心，那便是出息了，你這做兄弟的是該替他謀算謀算。」

張仲微又捶腦袋，苦笑道：「論起賺錢，我一不如娘子，二不如青苗，哪裡想得出好主意，不然也不會吃醉了酒。」

林依見他一直捶腦袋，料想他是頭疼，忙扶他躺下，幫著揉太陽穴，道：「若只是想掙錢，現成的門路放著，何須費神？」

張仲微驚喜道：「門路在哪裡？」

林依道：「哥哥寒窗十年，那是實打實的，既有滿腹的學問，何不讓他跟著羅妹夫坐館教書去？」

楊氏大讚此計甚妙，既能讓張伯臨賺幾個束脩養家，又不至於丟了讀書人的面子。張仲微更是喜不自禁，立時頭也不疼了，酒醉也忘了，爬起來就朝外跑，說要去把這好消息告訴張伯臨。

林依忙拉住他道：「大哥這會兒醉得辨不出人，你急什麼。再說此事還得羅妹夫同意不是？畢竟那館是他的。」

張仲微經這一席話，冷靜下來，道：「你說的是，如今那個館也只得十來名學生，既然羅妹夫一人教得，憑什麼要分哥哥一杯羹？」

林依安慰他道：「那也不一定，有了兩個人，就能收更多的學生，兩人輪流執教，賺得多一倍不止。」

張仲微就又笑了起來，連聲讚她好頭腦，會賺錢。楊氏看著他兩口兒和睦，心裡也開心，三人說說笑笑，忘了煩惱。

過了一時，楊嬸挑簾子，稟道：「大夫人、二少爺、二少夫人，二夫人要走，叫二少夫人與他們備官轎。」

林依還未答，楊氏先皺眉道：「她連個誥命都不是，有什麼資格坐官轎，真是不懂事。」

林依怕張仲微臉上無光，忙道：「咱們家不是有兩頂新買的藍布小轎，與他們坐吧，不過大哥酒還未醒，怎麼不讓他多躺會子再走？」

正說著，方氏自己過來了，先瞧了瞧張仲微，問了他酒醉的情形，再叫林依備官轎。

方氏也是官宦人家出來的，說她不懂得規矩，林依不信，定是錢已借到手，膽氣又壯了，想找碴挑事。張仲微在這裡，林依看在他的分上，不願與方氏爭吵，便扯了個謊道：「嬸娘，那官轎做工不好，脫了線，我才叫他們抬去修理了，還未送回來，今日就委屈嬸娘坐一坐家常小轎，可好？」

她一面講，一面與楊嬸打眼色，楊嬸就攙了方氏的胳膊朝外走，道：「二夫人，我們那兩乘轎子，可是嶄嶄新的……」

方氏被楊嬸一陣風似的拽走，坐上轎子回家去了。張仲微惦記著二房的生計、張伯臨的差使，於是第二日親自跑了趟東京，將林依出的好主意告訴張伯臨。張伯臨也覺著這主意好，當時就將張仲微留下作陪，尋了個酒樓宴請羅書生，向他道明意圖。

羅書生聽說張伯臨想跟他一起坐館，為難道：「非是我不願幫大舅，只是我那裡總共不過十來個學生，就算分一半束脩與你也不濟事。」

羅書生這個態度，正如昨日張仲微兩口子所料，張仲微笑道：「有了我哥哥，妹夫多招幾個學生又何妨？」

羅書生仍舊猶猶豫豫，道：「若招得來多的，我早就招了，東京城吃這碗飯的人太多，僧多粥少呢。」他講完，見張伯臨與張仲微都沉默下來，心知他們是不相信，又想，若不讓張伯臨親身體會一番，他會當自己是扯謊，倒壞了親戚感情，便道：「也罷，大舅就隨我去教幾天書，咱們一起招學生。」

張仲微見他應了，十分高興，先舉杯替張伯臨謝了一道。張伯臨生計有望，也自歡喜，叫來酒保添酒添菜，謝羅書生照顧，又謝張仲微的好主意，直到半醉才歸。

張仲微帶著酒氣回家，一進房門就把林依攬了，笑道：「娘子出的好主意，哥哥有事情做了。」

林依推他道：「大白天的，當心人看見，雖是夫妻，也該注意些。」

張仲微朝四面一指，道：「哪裡有人，楊嬸肯定在廚房，沒空上來。」又笑：「這沒丫頭使喚，有沒丫頭的好處。」說著說著，就把林依半摟半抱地拖進房裡去了，過了大半個時辰才出來。

晚上楊氏聽說張伯臨跟著羅書生教書去了，也替他高興，還辦了個酒，與他賀了一回。從此張伯臨跟著羅書生教書去了，只是新收的學生多寡還不盡得知。

如此過了三五日，張仲微去看他，羅書生開的學館就在羅家的書房裡，兩間房打通，做的一個大教室，十來個學生坐在裡頭，地方倒還寬敞。張伯臨正在教學生們背書，搖頭晃腦的，很有幾分教書先生的意思。他見張仲微前來，忙隨手指了一篇文叫學生們誦讀，自己則走出門來招呼張仲微，笑道：「你怎麼來了？」

張仲微把手一舉，三個桑紙包隱隱透著油光，拿到屋裡，請張八娘打開裝盤，一個批切羊頭、一個辣腳子、一個野鴨肉，笑道：「今日得閒，特來瞧瞧哥哥。羅妹夫在哪裡，叫他來一起吃酒。」

張伯臨卻不落座，只站著苦笑。張八娘另收拾了幾樣小菜上來，順口答了一句：「他去城東招學生去了，晚上才能回來，你們哥倆吃吧。」說著替他們擺開桌子，再告一個罪，上酒樓忙碌去了。

張仲微再三邀請，張伯臨才朝凳子上坐了，接過他遞來的酒杯，道：「學生們還未散學呢，我只吃一杯，不然被羅妹夫知道了不好。」

張仲微抬頭看了看天，不解道：「我就是怕耽誤你教書，特意天快黑了才來，你去把學生們放了再來吃。」

張伯臨苦笑道：「學生不好招，為了多賺幾個錢分給我，羅妹夫只好加收了束脩，多收了錢，晚上就得多教一個時辰，不然學生的父母要挑理哩。」

張仲微今次來，一是想看看張伯臨過得好不好，二是想趁機勸他與李舒合好，此刻看了這光景，卻是一句話也講不出來，好好的探親又變作了一頓悶酒。

但事已至此，又暫時尋不到更好的行當，他只能勸張伯臨暫且忍耐，來日方長。

此事按下不表。

十來天後，林依終於從牙儈那裡挑來個小丫頭，取名青梅，年方十四，手腳勤快，容貌卻一般。流霞與流雲兩個背後議論，還是二少夫人厲害，為防二少爺收人，先把源頭就掐斷了。

林依如今篤定張仲微的心意，哪理會這些閒言碎語，只是抓住些錯處，小小罰了霞雲兩位，令她們安靜了些。

陸之章　喜獲麟兒

眼看著林依的月份大了，楊氏開始忙碌，準備生產要用的物事，又尋來好些個產婆，叫她們一起上陣，向林依灌輸生產的知識。林依兩世都未經歷過生產，又曉得不論古今，生孩子都是女人的鬼門關，因此很樂意聽聽這個，但也架不住三、四個產婆天天在耳邊嘮叨，真是苦不堪言。如此密集的授課，成果就是，張仲微也成了半個生產通，甚至在林依耳邊開玩笑，到時就算沒有產婆，他也能幫著接生。

一日傍晚，肖嫂子造訪，悄悄告訴林依，客棧竣工了。林依兩口子且喜且憂，喜的是家中又要多一進項，憂的是時昆和青苗都不在，無人可用。

送走肖嫂子，林依犯愁道：「如今那些產婆就住在東廂，有她們日夜守著，我想去新客棧瞧瞧都不成。」

張仲微叫道：「罷了，娘子，妳都快生了，還去看客棧，萬一在半路上發作，怎辦？」

林依笑道：「這不是有你嗎？你總誇耀自己勝過產婆，到時可就有你立功的機會了。」

張仲微摸著她圓滾滾的肚子，道：「我可捨不得我兒落生在路上。」摸了會子，又道：「我藉著拜訪歐陽參政，順路去瞧瞧吧。」

林依道：「也成，正好捎信給參政夫人，告訴她新客棧竣工了，各處該打點的可以動手了。」

張仲微奇道：「打點什麼？」

林依心想，你這個大宋本土人士倒還不如我了，道：「賣客棧不是容易的事，得族裡同意，鄰里首肯呢。」

張仲微道：「此等小事哪消勞動參政夫人，等時昆回來，叫他操心去。」

他這是肯賣給時昆了，林依暗喜，卻故意道：「時昆那人沒安好心，不賣給他。」

張仲微想起先前自己對待時昆的態度，尷尬咳了兩聲，道：「他的確不是好人，我是看在妳娘家妹子青苗的分上。」

林依曉得他愛臉面，也不駁他，只伏在椅子上笑個不停，直把張仲微笑紅了臉。

雖說兩口子決定了要賣給時昆，但張仲微還是抽空去客棧看了一回，只見那大院子套小院子，獨成戶卻又相互關聯，各院不但有風雅的名字，更有松竹掩映，綠水環繞，直看得張仲微都動了心，恨不得搬來住幾日。

院子建得好，其中有時昆的功勞，但張仲微至今還不知那張圖紙姓時，只曉得肖大一家建房有功，當即就寫了張條子，讓肖嫂子帶去找林依領賞。他瞧過好客棧，心滿意足，高高興興地去見歐陽參政，又伺機傳了個話進去，叫參政夫人曉得客棧的消息。

張仲微傍晚歸家，將客棧情形描述給林依聽，笑道：「真是好個所在，只不知是誰人設計，該好好謝他。」

林依正在疊楊氏送來的小兒衣裳，漫不經心答道：「這有何難，等他回來，你備禮謝他便是。」

張仲微一愣：「誰？」

林依抬頭笑道：「我妹夫。」

原來那客棧時昆早就下了手，張仲微又潑翻了心底的一罐兒醋，泛起酸來，揀了個牆角的椅子，遠遠兒地離林依坐著生悶氣。

林依走過去道：「你做了知縣，愈發小心眼了？不說要謝他，反生起氣來。」

張仲微問道：「妳也覺得他比我強？」

林依毫不猶豫答了個「是」字，讓張仲微黯然神傷。林依卻接著道：「挑男人過日子，是看誰最合適，看誰最知冷知熱，又不是看誰比誰強，若像這般比法，一輩子也別嫁了。我只曉得這世上最關心我、最在意我的人是你，任別人再有本事，也入不了我的眼。」

張仲微聽了，半晌沒言語，只緊緊握了林依的手，湊到嘴邊，重重親了下去。

他們這裡守著客棧，擔心閒置太久，耽誤了掙錢，不想還沒過三天，就聽說時昆回了祥符縣。那來報信的長隨時三笑道：「我們老爺掐著日子呢，算到客棧該是這兩日竣工，才不顧遊玩，匆忙趕了回來。」

林依笑道：「壞了你們家老爺夫人的興致，真是罪過。」

時三哈哈大笑：「我們老爺和夫人都是愛掙錢的主兒，聽說知縣夫人有客棧要脫手，只有增添興致，豈有敗壞的。」

正說得高興，產婆們進來，林依連忙轉了話題，問時昆和青苗可好，何時能來家耍。時三雖然不知林依為何要瞞著旁人，但他也算久經生意場的人，機靈非常，馬上介面道：「我們老爺和夫人都好，也問知縣與知縣夫人好。他們本來是要親自拜訪的，但因路上捎回的物事太多，一時歸置不清，所以耽擱了。」

林依道：「不急，等他們忙完，我再請他們來家裡坐。」

時三應了，磕了個頭離去。他一走，林依就被幾個產婆環繞，幸福而又痛苦地聽了半天嘮叨。

兩天後，時昆終於忙完手頭上的事，攜妻造訪知縣府，張仲微前後設宴款待。林依想念青苗，扶著青梅的手，站在第二進院子的門口張望，卻許久不見人影。過了一時，前院傳來嘈雜聲，隨後小扣子疾步走來，稟道：「二少夫人，時家的林夫人竟把我們家原先的三少夫人給帶回來了，大夫人吃了一驚，就把她們留在前面了。」

豈止楊氏大吃一驚，林依更是驚詫得無以復加。田氏不是跟陝北行商走了嗎，怎會回轉？即便回轉，又怎會和青苗在一起？難道那行商乃時昆冒名頂替，收了田氏為妾了？

她一面胡思亂想，一面急急走去廳裡，只見有個婦人跪在當中，頭梳仙人髻、身穿淺紅半袖，不是田氏又是誰？只是她為何打扮得既似婢女又似歌伎？林依滿腹疑惑，上前與楊氏問安，又與青苗相互見禮。

楊氏看上去面色不好，林依只好悄悄問青苗：「田氏怎地又回來了？」

青苗將緣由講了一遍，原來也不足為奇。那陝北行商原本是想把田氏帶回老家去，豈料走到半路上竟遇見了來接他的大婦，行商感動之餘，就想討大婦的歡心，於是就地尋了牙儈，要將田氏賣掉。但價錢一直談不攏，他又急著趕路，正為難，趕巧遇見了昔日生意夥伴時昆，乾脆託他將田氏帶去，歸還張家，討回彩禮，又約好，彩禮錢收回後就存在時昆這裡，等他來年再進京時來取。

看來得再為田氏操一回心了，不過改嫁一次也是嫁，改嫁兩次也是嫁，只不過費些功夫罷了，楊氏何至於黑著面？林依正疑惑，楊氏開口了，問的是田氏：「當日收了陝北行商的彩禮錢不假，但轉頭就贈了妳做資嫁，如今他要退人，那妳就把那錢拿出來，交與林夫人還給他吧。」

田氏垂著頭，不敢看她，囁嚅道：「臨行前，那錢被大婦強行奪走了。」

楊氏氣憤地轉向林依，道：「我見她進門時不曾攜帶行李，便知錢沒了，果然如此。」

原來楊氏是為彩禮錢生氣，沒了這錢，拿什麼還給陝北行商？就算楊氏再大方，讓她無緣無故出一筆冤枉錢，心裡也會不痛快。林依問田氏道：「彩禮錢足有六貫呢，全讓大婦奪走了？」

田氏仍舊深埋著頭，「嗯」了一聲。

楊氏勃然大怒，這陝北行商欺人太甚，簡直沒把祥符縣知縣放在眼裡，將個淨身出戶的人送回來不說，還倒要討回彩禮錢。她是有資本發怒的，她官人現任衢州知州，兒子現任祥符縣知縣，要捉拿一個欺財詐騙的行商簡直是小菜一碟。

青苗乃是受人之託，見楊氏發火，急了，忙道：「我和官人並不知田氏被奪去了錢財，不然也不會帶她回來，或許其間有誤會，楊夫人且容我們去問問那行商再作打算。」

楊氏看在林依的面子上，緩和了口氣，道：「妳告訴那陝北行商趕緊把錢送回來，不然吃官司是免不了的。」

青苗連忙起身應了，重新坐下吃茶。

楊氏尋思，若真要打官司，田氏還得作個見證，因此暫時不能嫁她，於是與林依商議，暫留田氏在家住幾日。

林依思忖，田氏雖然不大安分，但容許她改嫁，已遂了她的願，況且住在院子裡，有楊氏盯著，想來不會出什麼事，於是道：「任憑娘作主。」

楊氏便命流霞流雲兩個送田氏去東廂，仍住原先那間房，又叮囑她們牢牢鎖門，不許田氏邁出房門半步。

楊氏安置好田氏，沒了事情，便揮了揮手，許林依她們退下。

林依帶著青苗，來到第二進院子，淨手入席。青苗仍同從前一樣，幫林依擺碗佈菜，經林依說了好幾遍，方才在下首坐下。她看了看新進的丫頭青梅，道：「看著是個老實的，不知姊姊用得順不順手？」

林依抿著嘴笑了，原來青苗也是個愛吃醋的，忙道：「再順手也比不得妳貼心。」

青苗不好意思一笑，低頭飲酒，林依看她是有話要說的樣子，便命青梅退下，守在門口。

青苗嘆了口氣，道：「其實田氏是個可憐人，只是做的那些個事體實在叫人敬不起來。」

林依吃了一驚，忙問：「她又做什麼了？」

青苗咬牙恨道：「先前她妄想進時家的事，我們家老爺已經告訴我了。」

原來是前塵往事，林依鬆了口氣，安慰她道：「都是過去的事了，她也不是有意，只是太想嫁人。」

青苗的性子依舊火爆，將筷子啪的一擱，道：「若她變得安分守己，以前的事我也懶得同她計較，可在我們帶她回祥符的路上，她是變了方的朝我們老爺身邊湊，那滿腹的心思都寫在臉上，打量誰不知道呢？」

林依才平復的心一下子又提了起來，氣道：「胡鬧。她說要改嫁，大夫人同意了，她說寧做富人妾，不做貧民妻，大夫人也同意了，事事都遂了她的願，怎麼還胡鬧？」

林依生氣，青苗卻笑了，道：「這也是我們家老爺得人緣。」

林依詫異道：「妳才剛氣得跟什麼似的，轉眼又能笑出來？」

青苗不以為然道：「我只是氣田氏不自重，又不曾擔心什麼。我家老爺看不上她哩，不然這些事我哪能知道——都是我家老爺告訴我的。」

林依打趣她道：「瞧妳一口一個『我家老爺』，想必這一路上琴瑟和鳴，甚是相得？」

青苗害臊，紅了臉不理她，自顧自夾菜吃，過了會子，突然道：「姊姊還是勸大夫人趕緊把田氏嫁了吧，這麼個人放在家裡，實在叫人不放心。」

林依道：「可不是呢，只是彩禮錢的事確是叫人窩火，還是等解決了再說吧。」

青苗卻道：「我看此事有蹊蹺，那陝北行商家何其富有，怎會貪圖區區六貫錢，再說他每年都要來東京做生意，豈會自掘墳墓，得罪祥符縣知縣？」

林依聽著有理，可六貫錢沉甸甸的幾十斤，田氏還能把它藏到哪裡去？青苗也覺得此事蹊蹺，他們帶田氏回祥符，一路上並不曾見她攜有錢財，難不成真是陝北行商的大婦由妒生恨，奪去了？

她們怎麼猜測都是無用，一切還得等陝北行商的解釋。青苗是個急脾氣，匆匆吃了幾杯酒就告辭，到前面把時昆拖了回去，急問陝北行商的下落，稱，若此事不妥當解決，她往後再無顏面進張家。

時昆聽說了此事，很是懋悶，他今日去是想好好與張仲微夫妻商量客棧一事的，哪曉得橫生出枝節來。這六貫彩禮錢關乎陝北行商的信譽，同為商人，時昆明白這意味著什麼，因此雖然煩悶，還是抓緊時間寫了信，叫人快馬加鞭，去追趕陝北行商。

林依見田氏被鎖，鬧騰不出花樣來，遂將她的事擱置一旁，關起門來，與張仲微商量賣客棧的事。說起客棧，張仲微的心情很複雜，表情也因此變得怪異，道：「時昆真是條老狐狸，一直盯著咱們家的客棧呢，一聽說我們要賣，連按了鄰里手印的小本子都拿出來了。」

林依聽了也詫異，由衷佩服道：「同這般有經驗的人打交道，省卻多少力氣。」

張仲微雖然不同先前一樣嫉妒時昆，但聽見娘子誇他，還是難免生出酸意，潑涼水道：「光有鄰里的手印有什麼用，還得族裡的的簽名。」

林依如今已曉得他愛拈酸吃醋，懶得同他計較，道：「老家遠在四川，只有二房一家在京裡，就叫他們簽個名字吧。這事兒是不是得勞煩張知縣親自走一趟？」

張仲微又現了少年心性，臉一別，道：「叫時昆去呀。」

林依忍著笑，將他耳朵一拎，嘴裡講的卻是哄他的話：「叫他去，定要嚷嚷得世人皆知。你難道忘了，這事兒還要瞞著娘呢。」

張仲微還真把這事兒給忘了，聞言唬了一跳，再沒心思去同時昆較勁，撐著腦袋，心裡直敲鼓。讓二房簽字少不得要讓方氏知道，以她的性子豈有不宣揚的，就算不宣揚，也要逢人就炫耀幾句，那此事遲早都得傳到楊氏耳裡去……

張仲微越想越覺得可怕，若楊氏知曉他們小倆口挪用了錢財，肯定要生氣，進而生分起來。他可不願看到這種局面，忙與林依商量道：「娘子，妳一向腦子靈，趕緊想想辦法，族裡簽字的事怎樣才能不讓嬸娘曉得？」

林依故意裝作聽不懂，反問道：「為何不能讓嬸娘曉得？她可是你親娘。」

張仲微道：「這不是為了瞞著娘嗎？嬸娘她性子直，萬一講漏了嘴？」

林依豈會不知得瞞著方氏，只是她如今做人媳婦久了，學聰明了些，曉得有些話誰都能講，唯獨做兒媳的不能講，因此故意誘著張仲微自己想清楚，想明白。

既然張仲微已有了瞞著方氏的打算，林依便獻策道：「二房的家主是叔叔呢，大哥的嘴也嚴，你去酒樓包個濟楚閣兒，將他們請來吃酒，順路就請叔叔把姓名簽了，再塞他幾個錢作謝禮，央他瞞著嬸娘，他一準兒是肯的。」

張仲微覺得這主意不錯，遂朝她臉上香了一口，以表謝意，又道：「哥哥在羅妹夫那裡教書，卻收不到足夠的學生，累得羅妹夫要將自己的束脩分一半給他，兩人過得都不如意。」

林依問道：「那你想如何助他？」

張仲微將她攔腰一抱，放到腿上坐著，笑道：「知夫莫若妻，我想就在祥符縣開一個館，招幾個學生來讓哥哥教。」

林依笑道：「若你真有這想法，哪消自己操心，請叔叔吃酒時，一併央他辦了吧。」

張仲微初時不解，想了一時才明白過來，張梁可不就在祥符縣開過館，人脈都是現成的，讓他來招生，真是妙極，遂歡喜道：「就照娘子說的辦，咱們出錢，叔叔出力，把這個館辦起來。」他激動地講完，又擔心林依有想法，忙道：「開館的錢從我俸祿裡拿。」

張仲微如今的俸祿跟做翰林編修時相比，已是高出一大截，加上知縣乃是實缺，各項補貼也不少，所以他才敢講出這樣的話來。但林依卻瞪了他一眼，道：「平白無故，將我看作了小氣人。他是你大哥，難道就不是我大哥？開館的幾個錢我還是出得起的。」說著又拎起了張仲微的耳朵：「什麼叫你的俸祿？你有俸祿嗎？那都是我的，全都是我的。」

「是是是。」張仲微忙不迭送地表忠心，「人都是妳的，錢自然也是妳的，都是妳的。」

林依心滿意足地捧著肚子，朝榻上躺了，張仲微連忙跟過去，揉胳膊、捏腿，忙了個不停歇。

第二日，張仲微起了個大早，到東京尋了個頗為氣派的酒樓，上二樓選了個濟楚閣兒坐下，也不親自去二房，只叫個閒漢幫忙，去請張梁與張伯臨來。

一刻鐘後，張梁獨自前來，稱張伯臨教書去了，脫不開身。張仲微這次來主要是找張梁，因此缺了張伯臨倒也沒什麼。

張梁不用張仲微讓，自到上首坐下，一看桌上，肚肺、赤白腰子、奶房、肚肱、鶉兔、鳩鴿、野味、螃蟹、蛤蜊，滿滿擺了一桌，他見張仲微如此大方，滿心歡喜，卻又忍不住地嗟嘆：「還是做官好，我們在祥符縣住著時，平日也同這一般的吃，如今卻只有青菜蘿蔔下飯。」

張仲微聽了也傷感，忙道：「都是暫時的，待我與哥哥謀個好差事，還同以前一樣過。」

張梁把「差事」聽作了「差遣」，一張臉立時笑成了菊花，連聲道：「到底是親兄弟，自己當官，還不忘大哥。」又問：「是京官還是外任？」不待張仲微作答，自顧自地念叨：「京官清貧，還外任撈錢，瞧瞧你爹便知……」

張仲微見他誤會，忙打斷他的話道：「爹，不是當官，而是我想在祥符縣幫哥哥開一個館。」

張梁愣住了。

張仲微繼續道：「叔叔是在祥符縣教過書的，認得的學生不少，這層關係莫要浪費了。這回我來出錢，你來出力，一起將學館作興起來，如何？」

張梁的一顆心立時從雲端跌到了泥裡，他一向認為，跟張仲微比起來，張伯臨才是真正當官的料，他一直指望這個大兒子光宗耀祖呢，就是跟羅書生去坐館，也不過是生計所迫，權宜之計，怎能甘心讓他一直去教書，淪為一介布衣？

張梁毫不掩飾自己的心情，失望道：「我還以為你要幫你哥哥尋個好差遣呢，哪怕沒有肥缺，只要是個官，能重新走上仕途也是好的。」

張伯臨如今不討歐陽參政的喜歡，想要重新出仕，何其之難？張仲微不忍將實情講出來打擊張梁，只好勸他道：「先開個館教書，解決生計，做官的事，來日方長……」

張梁認定是張仲微不願出全力，不耐煩地打斷他道：「你哥哥重新做官，不過是歐陽參政一句話的事，我不信就這樣難，分明是你推諉。」

張仲微一心替他著想，反落了個不是，一時被激起性子，道：「哥哥休棄患難之妻，讓如今當權的幾位都瞧不起他，我能有什麼辦法？」

張仲微長這麼大還從未在長輩面前發過脾氣，張梁一時驚呆了，半晌才抖著手指道：「仲微，你當了知縣，脾氣見長哪？」

張仲微也醒悟到自己言行不當，連忙起身，雙膝跪下，請張梁原諒。張梁擺了擺手，道：「罷了，你如今只是我侄子，又是做了官的，我能拿你怎樣？」

張仲微聽出這話還帶著氣惱，不敢就此起來。張梁不耐煩，想走，卻又捨不得這滿桌子的好菜，便道：「生你養你一場的嬸娘還在家餓著呢。」

張仲微連忙爬起來，叫進店小二，讓他送幾盤好菜到羅家娘子店後院去。張梁見他挑的是幾盤貴得離譜的菜，這才稍稍消氣，將桌上的酒拎起一壺，就要回家。

張仲微還有事求他，忙將他攔下，講了賣客棧，請他簽字一事。張梁心想，你不幫自家哥哥也就算了，還好意思來求我，真是過繼的兒子不再親了，於是推開張仲微遞過來的小本子，道：「我這會兒哪有心思理這個，且等你大哥謀到差遣再說吧。」

張仲微看著他大搖大擺地離去，趕忙追上，補了一句：「叔叔，客棧的事千萬別告訴嬸娘。」

張梁趕著回家吃酒，已是去得遠了，隨口答應了一句，也不知有沒有往心裡去。

張仲微望著滿桌未動的菜，嘆了口氣，叫進店小二，丟去一百文賞錢，請他全送去祥符縣知縣後衙。

張仲微坐在回家的轎子上，暗自琢磨，張梁最後的那句話，意思是他不幫張伯臨謀到差遣，就別想讓他簽字？張伯臨的差遣，張仲微肯定是沒法子的，如此一來，客棧豈不是賣不了了？

張仲微越想越煩躁，直到回了家進了院門，臉色還是陰沉的。林依正同楊氏坐在廳上，圍著一桌酒席，朝他招手道：「才剛有東京酒樓的小二送了酒菜來，說是你點的？」

有楊氏在，張仲微趕忙掩飾情緒，換出笑臉，施過禮，也朝桌上坐了，道：「好不容易進城一趟，卻不知捎什麼回來好，因見這家酒樓的菜燒得不錯，就點了幾樣，請娘和娘子嘗一嘗。」

楊氏笑得很開心，命流雲與他斟滿酒，欣慰道：「你是有心的，去城裡辦事還想著我們。」

張仲微稍顯愧疚，連忙舉杯敬楊氏，又與她奉菜。三人說說笑笑吃完，已是正午時分，日頭升起老高，陽光刺眼，楊氏照例要歇午覺，便命他們散了去。

張仲微扶著林依回到自己房裡，臉色馬上就垮了下來。林依好笑道：「作什麼這副模樣，誰欠了你的錢？」

張仲微將今日與張梁不歡而散的情形講與她聽，嘆道：「叔叔根本不聽我分辯，奈何？咱們新蓋的客棧沒他的簽名，怎麼賣？」

林依一時氣憤，道：「不簽就不簽，咱們不賣了，出租總可以吧？」

張仲微思忖一時，猛一拍桌子：「此計可行，賣房賺的是一時的錢，租房卻月月有進帳，更勝一籌。」

林依方才是在氣頭上才講了那些話，這會兒仔細想了想，卻慢慢搖頭道：「不成，客棧不賣，暫時收不回成本，若娘想起那筆錢，要去鄉下置辦田地，咱們拿什麼給她？」

張仲微一聽這個，也犯起愁來，但卻沒喪失希望，而是催林依趕緊取帳本來翻，看能不能從各個地方省一省，湊個八九不離十。

林依依他所言，開抽屜取帳本，翻開來瞧。如今全家人的生活，有張仲微的俸祿，酒樓的租金收益是純賺的，另外還有鄉下幾十畝田，到了下半年也有進帳，但這兩項加起來，離客棧的成本還是少了一大截。

兩口子合上帳本，相對發愁，唉聲嘆氣。突然，張仲微想起一事，跳了起來，道：「叔叔走時是生了氣的，不知會不會將客棧的事告訴嬸娘。」

林依見他這副模樣，還以為是想出了好主意，不料卻是個壞消息，不禁埋怨道：「你就沒叮囑他？」

張仲微苦笑道：「我叮囑是叮囑了，可叔叔一門心思怪我沒幫哥哥謀差遣，誰曉得聽沒聽進去？」

林依靠在椅背上，道：「現在說這個也遲了，兵來將擋水來土掩吧。」

張仲微並不樂觀，方氏找碴他見得多了，倒不害怕，只是擔心因為此事影響了他和楊氏的關係。他在屋內亂轉了一氣，與林依商量道：「娘子，不如我主動去跟娘講吧？直接告訴她，本要用來買田的錢被我們拿去修了客棧。」

方氏這還沒來呢，一切都只是猜測，何必急著朝槍口上撞？林依不同意他的想法，扭頭喚了青梅來，叫她這兩天不用做別的事了，就到大門口去守著，只要看見東京來人，就趕緊進來通報。

張仲微不解道：「她守著有什麼用？等嬸娘來時已是遲了。」

林依卻道：「別急，我自有主張。」

對於張仲微夫妻來說，防著方氏、瞞著楊氏只是小事，怎樣處置那間新客棧才是最要緊的。照目前的情況看，請張梁簽字已成為不可能，這就意味著客棧賣不了，既然賣不了便只能出租，租給誰、怎麼租，如何儘快收回本金，湊足楊氏買田的錢——這都是讓他們傷腦筋的問題。

林依想著，客棧圖紙是時昆貢獻的，即便現在客棧改賣為租，也當首先通知他，於是同張仲微商量過後，決定去把時昆請來，又為了避人耳目，連青苗也一起請了，只說是林依思念妹子，請他們夫妻來吃酒。

以時昆之精明，猜到林依夫妻突然相請是為何事，接到口信，立即攜青苗，帶上早就準備好的禮物往張家去。

張仲微親自將他們引進第二進院子，命楊嬸在門口守著。林依請他們到桌邊坐下，擺上幾碟香糖果子，邊吃邊聊，將族中不願簽字、客棧變賣受阻一事講了出來。

時昆聽後絲毫不以為怪，笑道：「咱們大宋買賣房屋本來就不容易，不然也不至於鮮有人做這門生意。」並主動提出：「既然賣不了就租吧，按月收租金，是一樣的。」

張仲微與林依大喜，雙雙問道：「就租與你，如何？」

時昆聽了也歡喜，當即商議租金，將價錢約定，又提出一項長期合作計畫，即以後的荒棄之地由他來負責找尋，然後請張仲微動用關係買下，按照他的要求修建住房或商鋪，修好後再轉手租與他。

有人幫忙賺錢誰不願意，張仲微驚喜之餘，又好生過意不去：「這樣做，占了你的便宜了。」

時昆滿不在意地笑笑，道：「若沒有張知縣就買不來地，一切是白搭，還是我沾了你的光了。」

他二人因為這樁長久買賣，終於有冰釋前嫌之兆，有說有笑講個不停。青苗卻發現林依臉上仍有愁苦之色，忙悄悄問道：「姊姊，難道妳不願與我家做生意？」

林依道：「若不願意也不會請你們來了，我們新建客棧乃是瞞著大夫人，想必妳也曉得。本想著將它賣掉，好把成本收回來，以免時日久了，讓大夫人察覺。如今變賣為租，雖然也是門好生意，但卻沒法子一次性把挪用的本金湊齊，這若讓大夫人知道，如何是好？」

青苗聞言也犯起愁來，道：「大夫人一向反對二少爺和二少夫人做生意，這若讓她曉得你們挪用家裡的錢蓋房出租，就算嘴上不說，心裡也是不痛快的。」

林依點頭道：「可不就是擔心這個。」她們竊竊私語讓時昆聽見，他有意相助，遂故意問道：「有什麼事聊得這樣開心，講出來讓我們也樂呵樂呵。」

林依便將為回收本金而發愁的事講了，時昆聽後笑道：「我當什麼難事，好辦得很，咱們按年付租金，一次多付幾年，直到知縣夫人湊足本金為止。」他講完，頓了一頓，把青苗一指，道：「不過須得先問我們家管帳的。」

青苗得他人前如此抬舉，瞬間紅了臉，不過講出的話倒是豪氣十足：「那就這麼定了。」

林依兩口子得他們相助，輕易解決了難題，真是又驚又喜，雙雙起身，誠懇道謝。時昆與青苗連忙閃身躲了，福身還禮。忙完，幾人重新落座，林依告知本金數額，時昆答應三日後將錢送來，順路將契約簽訂。

客棧之事至此商定，張仲微夫妻落下心頭大石，歡歡喜喜重新擺酒，四人吃了個痛快。

第二日，張仲微最擔心的事發生了。晌午時分，他正在房裡瞧著林依親自刷他那頂烏紗帽，就見青梅咚咚咚跑了進來，喘著氣稟報：「二少爺、二少夫人，快，快，東京城裡的二夫人來了。」

雖然是意料之中的事，兩口子還是吃了一驚，林依慌忙道：「趕緊截住她，先帶她到這裡來。」青梅連忙轉身又跑了出去，不料還沒出第二進院子，就迎面遇上了方氏，遂將她帶了進來，道：「二少爺、二少夫人，二夫人自己來了。」

楊氏乃方氏長嫂，方氏不先去見她卻逕直來了後面，其中必有緣由，林依請她坐了，故意問道：「嬸娘見過我娘了？」

方氏今日是帶著目的來的，頭腦十分清醒，道：「妳這是明知故問。」

林依仍舊裝作不懂，道：「侄媳愚鈍，請嬸娘明示。」

方氏是個直爽人，向來不愛那些彎彎道道，直截了當就表明了來意，道：「妳幫我把欠妳娘的九十貫出了，我就替妳保守祕密。」

林依既已湊足本金，哪還怕她告訴楊氏，大不了拒不承認那客棧是他們的，悶頭發大財——如此倒還好了，免得有心人時常上門打秋風。她心裡定定的，臉上就帶了笑，道：「嬸娘說笑了，我做人一向坦蕩蕩，哪來什麼祕密？」

方氏見她不老實，怒道：「東京城裡的客棧難道不是妳的？當心我告訴妳娘，說妳瞞著她賺私房錢。」

林依敢打賭，方氏並不知道那客棧修在何處，便先與張仲微遞了個眼色，再道：「嬸娘定是誤會了，我們在東京城並沒有什麼客棧，僅有一間酒樓，還盤給八娘子了。」

方氏見她講得篤定，張仲微又沉默著不作聲，就動搖起來，開始懷疑是不是張梁在騙她。但她好不容易來一趟，轎子錢都花了幾十文，哪有不撈著什麼就回的道理，便道：「就算沒有客棧，酒樓也是有租金收的，仲微又做著知縣，想必俸祿不少，那九十貫錢，你們替我還上並不是很難。」

九十貫，那可是整整九萬錢，她真是獅子大開口，林依和張仲微都愣住了。

方氏見狀，面向張仲微，訴道：「我好不容易將你拉扯大，別說飯食錢和辛苦費，就是州學的學費都不止九十貫，你如今出息了，又不缺錢，難道替我還這九十貫不應該？」

這一席話既有理又有情，就連林依都為之動容，張仲微更是眼淚盈眶，抖著嘴唇就想答應。但林依卻扯了他一把，道：「嬸娘言之有理，妳好歹養了仲微一場，他就算不能行孝道，也該報恩，但我們在家裡是小輩，上頭既有爹又有娘，手裡的錢都是公帳，沒有私房錢，妳且容我們稟明娘親，再孝敬妳九十貫。」

這話雖然是講給方氏聽的，卻讓張仲微冷靜下來。林依所言甚是，她雖然管著帳，但一分一厘都在楊氏眼裡，若平白無故短了九十貫，如何交代？即使他能挪出九十貫私房錢給方氏，也不好瞞著楊氏，不然若被她知曉，豈不寒心？

他這般思忖著，便開口幫腔道：「嬸娘，我娘子講得有理，這九十貫包在我身上，但須得先稟明娘親。」

方氏怕楊氏比怕張梁的拳頭更甚，一聽這話就急了，罵道：「你是娶了媳婦忘了娘，不過九十貫，你還要稟明你那過繼來的娘。」

張仲微並不知方氏這樣懼怕楊氏，不解道：「嬸娘，我又不是不替妳還，妳著急作甚？」

方氏拉不下臉面來承認自己害怕楊氏，支支吾吾講不出來，反覆只一句，做知縣的兒子不能眼睜睜看著親娘餓死。

林依見她扯遠了，便道：「嬸娘言重了，哪裡就到如此地步，昨兒仲微還想著要助大哥賺錢養家呢，只是叔叔不肯罷了。」

她這一句話成功引開了話題，方氏來了精神，問道：「是什麼賺錢的行當？怎沒聽你叔叔提起？」

張仲微將開館一事講與她聽，道：「有我在祥符縣，還怕哥哥開館賺不到錢？只是叔叔一心盼望哥哥重新出仕，不肯答應。」

方氏與張梁不同，她並不十分在意張伯臨做不做官，只要他能賺錢養家糊口，平平安安即可，於是大罵張梁糊塗，放著好好的差事不讓張伯臨去做，白白耽誤耽誤了功夫。

張仲微兩口子見方氏支持張伯臨坐館，暗喜，忙一唱一和地勸她趕緊回家勸服張梁，好讓張伯臨早日賺上錢。

方氏得知張仲微願意出開館的錢，十分高興，就暫且忘了那九十貫錢的不快，笑道：「你們是親兄弟，應該如此，相扶相持才是正途。」

林依點頭附和，親手包了一包果子，讓她帶回去與張浚明吃，又數出一百文錢與她，道：「嬸娘，這是我偷偷攢的私房，與妳付來時的轎子錢。待會兒回去，我派轎子送妳，不消妳花費。」說完，又特意叮囑她莫要告訴楊氏。

方氏沒想到林依又送吃的又送錢，倒真有幾分歡喜，看她格外順眼許多，笑著隨青梅出去了，臨走時還親親熱熱地道：「等妳生完我再來看妳。」

以往林依刻意討好方氏時，方氏從來不領情，這回卻僅靠一包果子加一百文錢就換來了方氏的笑臉，這讓她大惑不解。張仲微也沒瞧明白，疑惑道：「嬸娘怎麼突然對妳轉了態度？」

林依道：「定是看在你願意幫大哥開館的分上。」她嘴上這樣說，心裡卻另有計較，總結出三項專哄方氏的祕訣來，其一，看在她養育張仲微的分上，錢可以給，但切忌一次給太多；其二，不能光明正大的給，得騙她是私房錢，叮囑她瞞過楊氏；其三，若方氏獅子大開口，就把楊氏抬出來作幌子。

林依想著想著，笑了起來，看來搞定方氏也不像想像中的那樣難嘛。

又過了一天，第三日頭上，時昆親自送租金來，並與張仲微和林依簽訂了長期租約。林依處理好這檔事，就坐在書桌前敲著桌子發呆，張仲微以為她不舒服，忙上前問緣由。林依卻看著他問道：「你說這客棧的本金該入哪一本帳？」

張仲微朝書桌上一看，上頭擺著兩本帳簿，一本是公帳，一本是私帳，記錄著林依的嫁妝。他從來沒想過本金歸屬的問題，經林依這一提，才認真追根溯源。修建客棧的本金來自盤掉酒樓的錢，而修建酒樓所耗費的資金大部分是林依的嫁妝錢，還有小部分為楊氏的贊助。照這樣說來，修建客棧的本金也包含兩部分，一部分還是林依的嫁妝錢，另一部分則是楊氏的。

張仲微從來沒有覬覦過娘子的嫁妝，一想明白，就建議林依按照當初酒樓的投資份額，將客棧的本金分開，歸林依的部分仍舊入她的私帳，至於另一部分，則徵求過楊氏的意見再說。

林依盛讚張仲微做了知縣大有長進，分析起事情來清清楚楚，明明白白，當即提筆將他的建議記下，又問：「酒樓和客棧都有租金進帳，這些是公還是私？」

張仲微毫不猶豫道：「既然是妳自己出的本錢，自然算妳的陪嫁。」

林依偏著頭，笑道：「你倒是大方，只不知娘怎麼想。」

張仲微不以為意，道：「娘何時講過要妳將嫁妝充公？她只是叫妳管家而已，沒得費神管帳還要自己掏錢的。」

林依細細回想，確是如此，倒是她多慮了，遂歡歡喜喜取過算盤，先將酒樓的投資比例算了出來，再讓張仲微去問楊氏的意見。

張仲微到了楊氏跟前，瞞去客棧一節，只道兩口子正在整理帳目，恰好算到這裡，便過來問問。酒樓回收的那筆錢是林依的嫁妝，楊氏並無二話，而屬於她的那部分則是張棟在衢州掙的，遂叫張仲微轉告林依，全入公帳。

張仲微回房，講楊氏的意思講了，林依慶幸道：「我算是命好的，有個知情達理的婆母。」

張仲微不依，黏在她旁邊道：「有婆母就是命好？那我呢？」

林依忙著算帳，哄他道：「有你是我的福氣。」

張仲微這才展了笑顏，心滿意足地朝前堂去了。

林依新買的丫頭青梅還不大認得字，撥算盤就更不會了，林依只好親自上陣，算完公帳算私帳，又指揮青梅和楊嬸將時昆送來的錢妥善藏好。

她這一算帳，足足忙亂了兩三天，其間方氏捎信來，稱她沒能說服張梁，但張伯臨願意瞞著家裡人，隻身前往祥符縣教書。張仲微認為這樣也行，反正祥符縣離東京不遠，就算張伯臨一個人來，想要回家探親也方便。這下他也忙碌起來，尋場所、招學生、跑路子，幾個僚屬正愁找不到孝敬知縣的機會，聽說他要開館，各顯神通，一個願意貢獻家中房屋做教室，一個願意幫忙招學生，另一個乾脆就把家裡的幾個孩子都送了來，稱要拜知縣的大哥為師。

張仲微不想為了裝清廉而拒絕他們的好意，但也不願盲目接受幫助，畢竟坐館的乃是張伯臨，而非他自己。於是乾脆將張伯臨接了來，處處讓他自己拿主意，力爭開的這個館使他稱心如意。

開館尚在籌備中，林依那邊已算完了帳，楊氏自衢州帶回來的錢以及張仲微的俸祿歸入公帳，而明處的酒樓和暗處的客棧租金全部歸入她的私帳。張仲微因張伯臨親自操心開館的事，得了不少閒暇，便坐在林依身旁看她翻帳本，核對最後的帳目。

林依將私帳本子挪到張仲微眼前，指著上面的一筆支出道：「這是我的嫁妝錢，三貫。」說著又取過公帳本子，上面也有一筆支出，亦是三貫，道：「這是你的俸祿，兩筆一共六貫錢，贈與大哥開館使用。六貫錢不算多，置辦了書桌與凳子就只夠付頭一個月的房租了，下個月的開銷得他自己出。」

張仲微對張伯臨的能力很自信，道：「聽說學生已是招了不少，哥哥下個月一定能掙到錢。」

林依點了點頭，命青梅開錢箱取出六貫錢，交與張仲微看過，再遣家丁與張伯臨送去。

張伯臨在外奔波了一天，晚上來到官府後衙，來謝楊氏和張仲微兩口子。他雖棄了官道卻能自強自立，楊氏瞧了很歡喜，便主動提出：「聽說你看中的場地離衙門不遠，我叫她們把屋子收拾一間出來，你三餐就到這裡來吃，晚上也在這裡睡，好省下些開銷。」

住在伯母兄弟這裡自然是好得很，張伯臨大喜，忙起身謝她，又謝張仲微與林依。楊氏留他吃過晚飯，轎子送回東京，再與林依商量，究竟把他安排到哪一進院子。

第一進院子裡住著張棟的兩個妾，第二進院子裡則有弟媳林依，按著大戶人家的規矩，張伯臨住哪一進都不合適，但他們都是從鄉下來的，曾經全在一個院子裡住，所以並不覺得有什麼。

林依向楊氏道：「我們院子裡的空房多一間，照說大哥該住過去，但我這肚子說不準哪天就生了，他現在去住著，恐怕不方便。」

楊氏點頭道：「說的是，妳那裡的兩間空房，到時一間得做產房，一間得住產婆，也空不下來。如此就把我們院子東廂第二間收拾出來叫他住吧。」

林依應了，著手派人去收拾，再去第二進院子開了西邊充作倉庫的正房，翻出嶄新的被褥鋪蓋，叫人去鋪陳，又告訴楊嬸，往後家裡要添人吃飯，每餐的米和菜要酌量增添。

張伯臨的學館很快便開了起來，二十來個學生整整齊齊，坐著嶄新的桌椅，煞是好看。又過了幾天，他不但收到足額的學費，還收到二十份茶水錢，想必是學生家長看在現任知縣的面子上格外孝敬的。他捧著錢回到官府後衙，雖然高興，但回想自己當初的風光，還是有幾分苦澀的，勉強向張仲微笑道：「大哥沾了你的光了。」

張仲微道：「咱們兩兄弟講這個作甚，沒得生分了。」

林依玩笑道：「莫非是大哥缺人侍候，這才心情不好？我派人將錦書和青蓮接來，如何？」

張伯臨曉得她是玩笑，還是趕緊解釋道：「我如今吃住都在妳家已是過意不去，哪能再添兩張嘴。」

林依只不過是說說而已，雖然添人不過添雙筷子，但李舒也住在祥符縣呢，如今離得這樣近，正好趁機撮合他們倆。她有心讓張仲微勸一勸張伯臨，便替他們備了一桌小酒，帶走下人，獨留兄弟倆在房裡。

張仲微明白林依的用意，他自己也是希望張伯臨夫妻重歸於好的，於是酒過三巡便開口勸起張伯臨：「大哥，當初大嫂離家，不管是我們張家的主意，還是她自己的主意，都只不過是迫於形勢。如今你已遠離官場，何不將她接回來，好好過日子？」

張伯臨吃著酒，想著心事，卻不答話。

張仲微急了，道：「那時叫你去接，你說過得寒酸無顏見她，如今學館都開了，眼看著生計有望，怎麼還不去？再拖來拖去，兒子大了，不認你這個爹，看你如何是好。」

此話正中張伯臨心事，他想念李舒倒是其次，主要是掛牽小兒子。李舒家離這裡只有半條街的距離，他好幾次都忍不住偷偷走過去，朝那門首張望，只是不敢去敲門。

他深深嘆了口氣，道：「接，接回來住哪兒？城裡那個院子已是兩三個人一間擠滿了，還是向八娘子借來的。我如今又借住在你這裡，難道要讓她也來借住？就算你願意，還有伯母在上頭呢。」

林依此時就在牆根下，聽到這裡，急得直跺腳，俗話說知妻莫若夫，這張伯臨怎就這麼不瞭解李舒呢？以她的性子，只要他真心相待，不讓她受委屈，難道她現租的那處院子還不讓他住不成？韶華易逝，這般等來等去，人都老了，林依替李舒不值，狠跺兩下腳，扶了青梅的胳膊回房去了。

她大概是著急動了氣，一進臥房就覺得肚子隱隱作痛，忙叫青梅去請產婆來瞧，看看是不是動了胎氣。自從那日楊氏請了產婆來家，她們就全在第二進院子的東廂候命，此刻聽得一聲喚，三、四個人全湧到了正房去，問情況的問情況，摸肚子的摸肚子，最後異口同聲道：「不是動了胎氣，乃是月份足了要生產，趕緊準備產房。」

林依早就做好了生孩子的準備，這會兒聽她們這樣講，想到馬上就能與懷胎十月的孩子見面，那興奮就蓋過了緊張去。楊氏聽說了消息，匆匆趕來，親自帶人查看早就準備好的產房，認為各處都妥當了，才命兩個產婆將林依攙了進去。

張仲微聞訊趕到時，產房門已經緊閉了，只能間或聽到林依在呼痛，他的心隨著那呻吟聲一下一下地揪緊，好幾次都忍不住想衝進去，卻被守在門口的楊嬸攔住了。

過了一時，楊氏親自走出來安慰他道：「女人都要過這一關，目前情況順著呢，不會有什麼問題。你且去同大郎吃酒，等生了我再派人去叫你。」

吃酒？此時的張仲微哪裡有這心情，不但不肯離去，反而趁守門的楊嬸不注意，溜到了窗邊去，衝裡頭喊道：「娘子，妳忍著些。」

林依正痛得滿臉是汗，聽見這話，笑了。幾個產婆卻驚慌失措，一個接一個叫道：「拿香爐把窗戶頂上，女人家生孩子，外頭怎能有男人。」

林依很樂意張仲微在外喊話，卻不敢得罪產婆，忙在疼痛中朝楊氏道：「娘，您叫大哥把仲微拉出去吧。」

楊氏笑道：「我去勸他都不肯停，哪裡會聽大郎的，隨他去吧。」說完又向產婆們道：「我兒子頭一回做父親，難免緊張，幾位擔待則個，等孩子落地，他自有賞錢奉上。」

林依聽了這話，又是感激又是高興，一個笑臉還未露全，下一波陣痛又至，讓她驚呼出聲。

張仲微在外聽見，心如刀絞，恨不得替她將這罪受了去。張伯臨走進院子裡來，勸他道：「三娘順順當當的，你著什麼急，且隨我吃酒去。」

張仲微只盯著產房，看都不看他一眼，道：「你家浚海落地時，怎沒聽見說你去吃酒？」

張伯臨想起那日自己也是在產房外著急跳腳，就忍不住笑了，再不相勸，隨他去擔心。

林依在鄉下時做過粗活，身子骨結實，又很一把力氣，因此雖為頭胎，卻生得順利，從發作開始，不到四個時辰，就聽見產房裡頭傳來一聲嬰兒啼哭，甚是響亮。

一片「生了、生了」聲響起，張仲微先前緊張過度，此時乍一鬆懈，竟身子一軟，順著牆面滑了下去。幸好張伯臨就在他旁邊，連忙把他扶了起來，笑道：「恭喜兄弟升級當爹。」

張仲微站直身子，抹了把頭上的汗，將手一拱：「也恭喜哥哥升級當伯父。」說完咧嘴一笑，就朝產房裡衝，口中高叫：「娘子，娘子。」

產婆們攔不住他，乾脆放他進來，齊齊一福，來討賞錢，張仲微隨手朝外一指，叫她們找青梅去了。他直衝到產床前，叫了聲：「娘子，妳還好吧？」

林依累極，疲憊笑了笑，叫他看楊氏懷裡的孩子。

楊氏把孩子遞給他，臉上帶著些許失望，道：「是個女孩兒。」

張仲微一愣，怪不得剛才他進門時，產婆只顧著討賞錢，卻不報生的是男是女，敢情是怕報了閨女惹他不高興，失了進帳？頭胎失利，是該失望吧，可他瞧著懷裡皺巴巴的小娃娃，滿心都是歡喜，一張嘴笑得合也合不攏。

楊氏雖然失望，還是安慰林依道：「你們還年輕，總會有兒子的，且安心坐月子。」說著起身，把位置讓給張仲微，自己則出去安排湯水、賞錢。

張仲微抱著閨女，就勢在床邊坐下，笑道：「好是好，就是醜了些。」

剛生的孩子不都一個樣兒，哪分什麼美醜，林依噗哧笑了，道：「我還以為你不喜歡呢。」

張仲微小心翼翼地親了親懷裡的肉團，道：「瞎說，我親生的閨女，哪有不喜歡的。」

林依朝外努了努嘴，道：「娘也算是個明白人了，可還是掩不住的失望。」

張仲微安慰她道：「老人家盼孫心切，難免的，妳莫往心裡去。我看閨女挺好，所謂一家有女百家求，將來她長大，不知多少人踏破門檻來求我呢。」

林依又被他逗笑了，道：「你想得也太長遠，只怕到了那時，你又捨不得了。」

張仲微想起張八娘嫁人時的光景，點頭道：「可不是捨不得，叔叔兩回嫁八娘子都比娶媳婦更上心。」

林依仔細瞧著，見張仲微的確是歡歡喜喜，想必這孩子會是他掌心裡的寶貝，一顆緊繃的心這才鬆懈下來，迷迷糊糊睡去。

楊氏親自送羹湯來時，發現林依和張仲微頭碰著頭睡著了，孩子擱在中間。她不知怎地竟生出一絲羨慕一絲感動，連流霞要叫醒張仲微都被她攔住了。她呆呆地看了一會兒，最終幫他們把門帶上，退了出去。

此時雖然已是深夜，但因為剛添了人口，兩進院子燈火通明，無人歇息。楊氏回到房裡，撐著胳膊繼續發呆。流雲見了奇怪，悄悄問流霞道：「大夫人這是怎地了？因為二少夫人沒生兒子，不高興？」

流霞道：「這是頭胎，生閨女又有什麼稀奇，我看不是因為這個。」流雲聽了更是不解，流霞也想不出所以然來。

她們哪裡曉得，楊氏這是想起自己年輕時的光景了，那時她剛生了張三郎，與張棟兩個好得蜜裡調油，是什麼時候開始他們夫妻倆就只剩相敬如賓，少了那份親熱了？

突然，小扣子進來稟道：「大少爺來了。」

流霞忙進去通報，楊氏從回憶裡醒過來，揉了揉眼眶，走到廳裡去見張伯臨，客氣道：「今日家裡忙碌，讓大郎也跟著熬夜了。廚房備了酒，你且去吃幾杯好歇息。」

張伯臨卻道：「田氏一天沒進飲食，還請伯母使人與她送些飯菜去。」

東廂第一間的門一直是鎖著呢，張伯臨怎麼知道裡頭住著田氏，還曉得她沒吃飯？楊氏一愣，突然生起氣來，問道：「是她隔著門告訴你的？」

張伯臨忙道：「不是，是我聽見隔壁有人哭泣，便走過去問詢，這才曉得她沒吃飯。」

楊氏很想硬邦邦講一句，田氏用不著你來關心，但田氏不守規矩，張伯臨並不知道，在他心裡，只怕還當田氏是昔日的弟媳吧。楊氏心想，那些個事講出來丟人，不能讓張伯臨知曉，只好感謝他的提醒，再叫流雲送一份飯菜去田氏房裡。

流雲領命，走到廚房隨便取了兩個菜，盛了一碗飯，使個托盤端著，送去田氏房裡。她進門時，田氏並未哭泣，而是舉著一根銅簪在對著燈細看，她聽見門響，抬頭看見是流雲，忙把那根簪子朝帕子裡裏，想要藏起來。

流雲把托盤朝桌上一擱，快步走到她跟前，將手帕奪了過來，只見裡頭裹著三根一模一樣的銅簪，拿在手裡沉甸甸。她摸了摸自己頭上，插的還是一根琉璃簪，便向田氏笑道：「妳這頭上哪插得了三根簪子，不如送我一根。」

田氏慌慌張張地把簪子奪回來，道：「只是銅的，妳哪裡看得上眼。」

流雲見她小氣，不高興了，甩臉子道：「虧我好心給妳送飯來，妳連根破簪子都捨不得。」

田氏流下淚來，道：「妳是有人養活的，而我還不知要到哪裡去，唯一值點錢的就剩這三根銅簪了。」說著把自己頭上的一根琉璃簪拔了下來，遞與流雲，道：「這個送妳戴好不好？」

流雲一匣子的琉璃簪，哪裡稀罕她這個，從鼻子裡哼了一聲，站在門口罵道：「大少爺憐惜妳餓到哭，特意叫我與妳送飯來，可妳剛才臉上哪有半滴淚，分明是聽見大少爺在外面，故意裝個可憐樣兒來勾引他。」

田氏待要分辨，又怕鬧開去，讓楊氏知曉，只好忍氣吞聲，端過托盤來吃飯。流雲見她不還嘴，覺得沒意思，遂罵了句「吃吃吃，我們家都被妳吃空了」，鎖門離去。

她回到廳裡，向楊氏稟報田氏的情形，道：「我看她好得很，不像餓了兩頓的樣子，是大少爺太過心焦了。」

這話有歧義，楊氏斥責道：「大少爺只是一番好心，妳休要胡言亂語。」

流雲委屈道：「我進門時，她不但沒哭，還有閒情逸致瞧簪子呢，這哪裡是餓得慌的模樣？」

「當真？」楊氏的後背猛地繃直。

流雲連連點頭，將當時的情形描述了一遍。楊氏聽後，信了七八分，大為光火，斷定田氏是為了吃上飯，故意哭出聲來引起張伯臨的注意，又或者還有別的目的。

楊氏的一口牙幾欲咬碎，一雙手也攥成了拳頭，流霞瞧出她在惱火，忙安慰她道：「大夫人莫要多慮，田氏頂多是想博得大少爺的同情，好吃上一頓飯。她與大少爺名分既定，是不敢想入非非的，不然世人的唾沫星子都能把她給淹死了。」

楊氏是因為田氏有前科才一時氣憤，此刻聽了流霞的話，舒了口氣，道：「是我糊塗了，她再蠢，也不至於自己朝絕路上走。」說完又道：「即便如此，她留著也是個禍害，得催著時大官人儘快把那陝北行商找來，了結了彩禮的事，好趕緊把她送走。」

流霞應了，記下吩咐，第二日遣家丁去時家催促不提。

東京城裡的張家二房收到林依生產的消息，由方氏帶著任嬸趕來。張伯臨與張仲微到門口迎她，都以為她會因為林依生了個閨女而口出惡言，於是一邊一個將她扶了，輪番地先講好話。

張伯臨稱，他能順利在祥符縣開館，多虧張仲微與林依相助，特別是林依，把自己的嫁妝錢都拿出來了，這樣的好弟媳哪裡尋去。

張仲微則極力描述新生女兒的可愛，稱自己最喜歡閨女，一點都不覺得遺憾。

方氏的態度卻大大出乎他們的意料，不但沒有半句刻薄話，反而笑容滿面地道：「閨女好，閨女貼心。仲微媳婦在哪裡，我去瞧瞧她。」

張伯臨與張仲微大感奇怪，不知方氏今日為何轉變這樣大。張伯臨跟到產房門口，將張仲微拉後一步，悄聲道：「我娘什麼性子咱們都清楚，只怕剛才的笑臉是裝出來的，你待會兒進去機靈著些，莫讓三娘才生完孩子就生氣。」

張仲微牢牢記了，領著方氏進到臥房，也不讓她近前，只在離床丈把遠的地方掇了個凳子請她坐下。方氏卻是真歡喜，非要走近瞧孩子，親手抱了一會兒，又從任嬸手裡取過一個小包袱，遞與林依道：「這是一塊襁褓和幾件小衣裳，都是仲微小時候用過的，我沒捨得扔，一直帶到了京裡，現在派得上用場了。」

林依見她態度和藹，不敢置信，看了張仲微一眼，才把包袱收下，在床上欠身謝她。

楊氏聽說方氏進了第二進院子，生怕她找林依的麻煩，忙遣了流霞來，請她去吃茶。方氏嘀咕道：「我的親孫女卻不讓我多瞧瞧。」她滿腹的不願意，無奈欠著楊氏的錢，只好隨流霞走了。

她一走，林依便開口問張仲微，掩不住的驚訝：「嬸娘這是怎麼了？難道她真喜歡女兒？我以前怎沒看出來？」

張仲微撓了撓頭，道：「我也不曉得，她今兒一進門就帶著笑，看樣子倒是真心的。」

林依抱起孩子，使勁兒親了一下，笑道：「咱們閨女是福星呢。」她動作大了些，驚醒了孩子，哭鬧起來，張仲微趕忙接過去，晃著拍著哄著，還不忘朝林依瞪去一眼，惹得她同閨女吃了半晌的醋。

方氏在楊氏那裡才坐了不到一刻鐘就覺得渾身不自在，便謊稱家裡有事，辭了出來。任嬸扶著她朝院門口走，悄悄問道：「二夫人，二少夫人生了閨女，妳真喜歡？」

方氏道：「仲微媳婦是看著老實，其實比伯臨先前的媳婦還難對付，上回我來，她好不容易轉了性子，曉得將嫁妝錢送些與我花，若這回生了兒子，長了氣焰，豈不又回去了？我看她生閨女很好，從此就得小意兒做人，等我再叫仲微納幾房妾，多生幾個兒子，她就更抬不起頭了。」

任嬸連聲讚妙計，誇得方氏找不著北，又提醒她道：「擇日不如撞日，何不今天就同二少爺講了？」

方氏聽了這話，心思真活動起來，暗道，林依至少還有一個月的月子要坐，無法侍候張仲微，這時勸他納妾還真是好時機。她想著想著，臉上露了笑容，朝任嬸揮手道：「妳去尋二少爺，說我在院門外等他。」

任嬸暗喜，連忙去第二進院子找張仲微。她心裡有自己的小九九，眼看著二房衰敗，大房興起，她跟著方氏還有什麼出路，不如想法子投靠大房。她進第二進院子時遇見了楊嬸，見她一身好料子，頭上還有釵環，一看就過著好生活，於是豔羨不止，愈發堅定了要擠進大房的信念。

由於這樣的信念，她計畫先去找林依，再通知張仲微，但等她進到房裡才發現他們兩口子在一處，只好一個勁兒地朝林依使眼色。林依見了好笑，便朝張仲微道：「你再不出去，任嬸的眼都要斜了。」

張仲微大笑著出門，任嬸面露尷尬，道：「二少夫人，我是好心來與妳報信的，只因事關二少爺，這才讓他暫避。」

林依抱著孩子並不看她，漫不經心問道：「什麼事，說吧。」

任嬸將方氏的計畫講了，渲染氣氛道：「二少夫人，妳別嫌我講話不中聽，這女人一旦嫁到夫家，要想站穩腳跟，一得靠娘家，二得靠兒子。這兩樣妳都沒有，如今二夫人更是要慫恿二少爺納妾，一旦新人進了門，哪還有二少夫人講話的地方？」

林依對這樣的話不以為然，但也不得不承認，以大宋的環境看，任嬸講的是真理。她飛快抬眼掃了下任嬸的神色，慢吞吞問道：「那依妳看，我該怎麼辦？」

任嬸等的就是這句詢問，忙笑道：「不是我自誇，二夫人最信任的人就是我，二少夫人只要把我調到大房，由我時時向二夫人進言，一定能使她改變主意。」

原來在這裡等著呢，林依暗哼一聲，她曾經受過的欺負，十件裡頭有八件都是任嬸搗的鬼，把她要來大房？想得美。她心裡恨著，臉上卻不動聲色，笑道：「妳要向二夫人進言，留在二房豈不更方便？何必要到大房來？」

「我……我……」任嬸再編不出話來，只好道：「我看二少夫人這裡缺人手，過來幫幫忙。我也算是張家的老人兒了，總比那新來的可靠些。」

林依斷然拒絕道：「知縣家怎會缺人手，倒是二房少了妳不行。」

任嬸還要再講，林依截住道：「我們大房家的門不是朝妳開的，別再癡心妄想。妳也別因為怨我就到二夫人面前搬弄是非，惹惱了我，今天妳講的話就要傳到二夫人耳裡去了。」

任嬸沒想到林依生了個閨女還能這樣氣壯，唬得縮了縮脖子，道：「所謂忠言逆耳，二少夫人不聽我的勸，苦日子在後頭。」

林依冷笑道：「以妳這樣的身分，有些話是不能講的，不然就是忤逆。」

青梅端著雞湯進來，聽到後面兩個字，驚叫道：「忤逆？誰忤逆？」她見屋裡除了林依就只有任嬸，遂指了後者問道：「二少夫人，是她出言不遜？」

林依是照著青苗的模子挑的丫頭，曉得她也是個火爆脾氣，便點了點頭。這若換了青苗，必要衝上去就打，但青梅更有彎彎腸子，只向任嬸道：「妳惹了二少夫人生氣，還不趕緊隨我出去，杵在這裡等打呢？」

任嬸聽見這話，還以為她是來解圍的，忙顛顛地跟著她走了出去。不料她才走出房門，就被青梅一巴掌結結實實打到了臉上，隨後聽見罵聲：「那裡頭躺的是知縣夫人，妳有幾個腦袋，敢來撒野？二夫人的臉都讓妳丟盡了。」

任嬸正想把方氏抬出來呢，卻被她後半句話堵住了嘴，好不難受。她仗著方氏的寵信，在下人堆裡向來橫著走，不想今日卻遇見了敵手，不禁又氣又惱，想要出去搬救兵，又記起還有正經差事沒辦，只好忍氣吞聲，先去尋張仲微。

青梅重回臥房，捧了雞湯餵林依喝，問道：「我方才魯莽了，請二少夫人責罰。」

林依想起任嬸做過的那一樁又一樁的害人事，只恨這一巴掌太輕，咬著牙道：「下回多打一巴掌。」

任嬸在院子裡找到張仲微，瞧著四下無人，便湊過去道：「二少爺，二夫人有事與你商量，正在院門口等著你呢。」

張仲微一愣：「妳剛才與二少夫人講話也是二夫人的意思？」

任嬸慌忙擺手道：「不是不是，是我想念二少夫人，特意去問個安。」她同林依的關係如何，張仲微很清楚，絲毫不信這話，不過想要知道實情，待會兒向林依一問便知，於是沒有深究，只一面朝外走，一面問：「嬸娘找我有什麼事？」

任嬸今日是多講多錯，已恨不得自扇幾個耳光，聞言忙道：「我不曉得，二少爺見了二夫人便知。」

他們到達院外時，方氏已等到心焦，先把任嬸狠狠罵了一通，再才與張仲微提納妾的事，道：「仲微，大房為何要過繼你做兒子？不就是想讓你替他們留後，繼香火？如今你媳婦不爭氣，沒能生出兒子來，指不定大夫人怎麼想你呢，說不準往後就要給你臉色瞧。」

張仲微耐心道：「嬸娘，我才二十出頭，日子還長著呢，怎會生不出兒子？」

方氏趕忙接道：「你命中自然是有兒子的，聽嬸娘的話，趕緊納一房妾室，添個兒子。」

張仲微急道：「兒子我娘子也會生，為何非要納妾？」他以前不願納妾是由於林依不許，而現在不願納妾，卻是因為見多了有妾人家的雞飛狗跳，真心想過一夫一婦的日子，因此這話講出來顯得格外真切。

方氏見他處處維護林依，替林依講話，很是氣惱，竟道：「你那媳婦究竟有什麼好，叫你這般護著她？我看你就是被她彈壓狠了，才萬事都不敢自己作主。你不願納妾，也罷，那就把你大哥的兒子過繼一個來吧。」

張仲微活到二十多歲，自認為受到的最大委屈便是過繼，雖說身為兒子得無條件地服從父母的命令，但張梁和方氏連招呼都不打就把他送去大房的事，至今讓他耿耿於懷。他自過繼那日起就暗暗下過決心，這輩子有兩件事是他堅決不會做的，第一件是不將自己的兒子過繼給別人，第二件就是不過繼別人的兒子。

這會兒方氏讓他過繼張伯臨的兒子，可算是犯了他的大忌諱了，令他忘了孝道，也忘了恭順，怒氣沖沖道：「我和娘子都還年輕，又才生了頭胎，嬸娘就迫不及待要我過繼？這世上沒兒子的人家多著呢，我就算一輩子生不出兒子，也絕不過繼。」

方氏從沒講過張仲微發怒的模樣，一時竟嚇住了，任嬸更是唬得不輕，躲到了樹後頭去。張仲微講完，還是察覺自己的態度不對，但由於他太過氣憤，因此並不想向方氏道歉，而是甩了袖子，拔腿就朝院子裡走。

方氏覺得自己受了天大的委屈，竟站在院門口落起淚來。任嬸見張仲微走了，忙從樹後閃身出來，一面替方氏擦眼淚，一面勸她道：「二夫人莫要傷心，也莫要怪罪二少爺。他還年輕，談過繼的確早了些，妳還是想法子與他納一房妾室，生個親兒才好。」

方氏指著張仲微的背影，哭道：「剛才妳沒聽見？我講一句他頂一句，到最後還衝我發起火來，我這兒子真是白養了。」

任嬸笑道：「二夫人，男人的性子妳還不曉得？都是妻不如妾，妾不如偷，偷不如偷不著。二少爺死活不肯納妾，只是因為他還沒體會個中樂趣，只要妳送一個與他，處上幾日，保准他想離也離不了。」

方氏聽後，淚珠兒落得更多了，道：「我何嘗不曉得這個道理，只是家裡的幾口人都養不活，哪來的錢買妾？難道把妳賣了？」她提起「賣」字，突然來了想法：「不如把小墜子賣了去，得了錢，也不還債，只另挑個水靈的與仲微送來。」

任嬸平日裡沒少得小墜子的好處，這若把她賣了，她往後要上哪裡撈外快去？於是趕忙勸方氏，稱賣了小墜子會惹張梁生氣，又一再提醒方氏，張梁的巴掌、拳頭還有小板凳不是那麼好惹的。她一路勸，一路嚇唬，把方氏朝回家的路上攙，又沒錢雇轎子，只能一步步走了回去。

張仲微回到房中，猶自氣惱，疊聲喚人斟茶，連吃了三盞才勉強壓住火氣。林依奇道：「誰人敢惹知縣生氣？」

張仲微苦笑，將方氏讓他過繼張伯臨兒子之事講與她聽。林依拍著懷裡的女兒，道：「我還以為是勸你納妾呢，怎麼變作了過繼？」

這回輪到張仲微奇怪：「確是提了納妾的事，妳怎麼知道的？」

林依將任嬸投誠反被青梅打了一掌的事告訴他，道：「這麼多年了，任嬸真是一點兒沒變，見誰有錢就想攀。我這裡打了她一掌，還不知她在嬸娘面前怎麼編排我呢。」

張仲微與任嬸同個屋簷下生活幾十年，對她的為人再瞭解不過，遂半是玩笑半是安慰道：「妳還不知道她這個人，就算妳不打她，她也是要亂嚼舌根的，不在乎多這一回。」

林依被他逗笑起來，故意反逗回去，道：「讓我猜猜，看你這樣生氣，過繼的事肯定讓你推了，既然推了一樁，那另一樁定是答應了？不知張知縣看中了哪家的女子？」

張仲微走過去將她推了推，擠到她身旁坐下，接過閨女來，不高興道：「我正煩悶呢，妳還有心思玩笑。」

林依語塞，他剛才的話難道不是玩笑？這真是只許官兵放火，不許百姓點燈。

張仲微摸著閨女仍舊皺巴巴的小臉，向林依道：「過繼的事、納妾的事我都推了，我還朝嬸娘發了脾氣。」

張仲微這樣的性子發脾氣可真是稀罕事，更何況是衝著方氏。林依驚訝了。

張仲微見她詫異，苦笑道：「我也沒料到會這樣。」

到底是青梅竹馬的夫妻，林依對他的心事還是瞭解幾分的，驚訝過後，輕聲問道：「若當初讓你自己選擇，你不會願意過繼吧？」

讓她沒想到的是，張仲微搖了搖頭，道：「我會選過繼，我不是無情無義的人，大伯無後，我給他當兒子是應該的，我只是……只是……」

林依輕聲接道：「只是希望叔叔和嬸娘提前知會你一聲。」

張仲微點了點頭，一手抱著襁褓，一手攬了林依的腰，將腦袋埋進她的脖子裡去。過了一會兒，林依覺出脖子處有冰涼的淚水流過，忙撫上他的背，輕輕拍了拍。

方氏這一走，再沒上門鬧過，不知是被張仲微傷了心，還是琢磨與他買妾的事去了。林依兩口子都不願納妾，正經婆母也支持，因此根本不把方氏的鬧騰放在眼裡，照常過他們的小日子。

日子一天天過去，林依越來越覺得自己帶孩子沒經驗，奶水也不怎麼足，雖有楊嬸幫忙，仍手忙腳亂，於是與楊氏商量過後，決定雇一名奶娘來家。於是送了賞錢給牙儈，請她尋訪老實可靠，有經驗，奶水又足的奶娘。

她們運氣好，正巧牙儈這裡就有一人推薦，這媳婦姓花，家裡三個小子，兩口子養不活，最小的那個還沒滿月就給斷了奶，趁著奶水還充足，出來尋個奶娘的差事。

這花嫂子雖然家裡負擔重卻天生樂觀，整天樂呵呵，覺得只要肯吃苦，總會有一碗飯吃。林依喜歡她這性子，問答幾句，口齒清晰，乾脆俐落，叫她抱了孩子吃奶，姿勢正確，動作嫻熟，於是就拍了板，留下她來，約好每個月兩貫錢，包吃住，每隔十天放一回假，一季一套新衣裳，若是幹得好，另外加工錢。

祥符縣的消費沒有東京高，花嫂子對這待遇十分滿意，當場就在雇傭契約上按了手印。有了花嫂子，林依輕鬆了一大截，安心坐起了月子。

轉眼一個月過去，這段時間裡，花嫂子念及孩子小，主動放棄了休假，對她照顧得無微不至，贏得了張家所有人的讚許，林依出月子的頭一件事，就是給她漲了一百文工錢。花嫂子領了錢，想著又能給家裡的幾個小子改善一頓伙食，心裡很是感激，從此照顧起孩子來更為盡心。

滿月這天，張仲微慎重其事，請卜卦的給閨女算了命，又翻看過黃曆，定下閨名張語，又有按排行的親暱稱呼張大娘。林依前世就是單名一個「語」字，聽了這名字，感覺格外親切，十分滿意，但那個「張大娘」，雖然她知道這樣的叫法是大宋的稱謂習慣，但還是怎麼聽怎麼覺得彆扭，於是問張仲微：「能否換個稱呼？」

張仲微毫不猶豫道：「行，還可以叫張大姊。」

林依猛拍額頭，朝床上倒去，慌得張仲微連忙撲過去，抱住她急問：「娘子，妳這是怎麼了？」

林依呻吟道：「仲微，不知怎地，我一聽這兩個名字，頭就直犯暈乎，大概是犯沖？要不你給改一個？」

做娘的與閨女的名字犯沖？張仲微還是頭一回聽說這說法，不禁覺得新奇，不過改個稱呼也不是什麼大事，便想了一想，道：「那就取個小名喚著，如何？」

林依連連點頭稱好，於是兩口子又去翻黃曆，蒙著眼睛亂點書上的字，忙亂了好一陣子，最後決定指花為名，喚作玉蘭。

擺滿月酒這天，除了幾家親戚，東京城裡的、祥符縣裡的，許多鄉紳官員攜妻上門道賀，連歐陽參政都賞了臉，帶著參政夫人親臨祥符縣。

來客太多，擠滿了小小後衙，不得已，只好在仿照二房曾經的做法，請男客們到酒樓坐席，將院子的空間留給女客。

滿月最重要的習俗便是洗兒，賓客們聚集一堂，在銀盆內煎香湯，下洗兒果、彩錢、蔥蒜，再用數丈彩緞繞住銀盆，先請身分最高的參政夫人以金釵攪水，再由來賓將錢撒入盆中，謂之添盆。

那些個張仲微的幕僚，或存心想通過林依巴結參政夫人的，紛紛抓了大把的錢朝盆內投去，甚至還有投銀塊的，讓林依驚詫不已。

楊氏悄聲與她道：「這是習俗，非是行賄。」林依便心安理得受了，待得洗兒結束，叫青梅和小扣子把盆端到後頭去數錢。

滿月酒擺了整整一天，第二日又單獨請二房吃了頓飯，可把林依累得夠嗆。第三日正準備歇上一天，卻有流霞來報，稱時昆帶來了陝北行商夫婦要與田氏對質，楊氏請她一起去聽聽。

由於陝北距祥符距離太遠，這事兒都拖了一兩個月了，林依也很想知道結果，於是不顧勞累，扶了青梅的手，走到前面廳裡去。

柒之章　便宜買賣

第一進院子裡站著幾名眼生的丫頭和媳婦子，想必是陝北行商帶來的，路途遙遠，還帶這麼些從人，看來青苗所言不虛，他不是沒錢的人家。

廳內，楊氏端坐主位，左手邊坐著張仲微，右手邊是時昆夫婦，對面站有一名陌生男子，約莫四十歲上下，應該就是那陝北行商了。雖然有楊氏在，但中間並未隔簾子或屏風，大概是因為今日情形特殊，需要雙方對質，這才拋開了那些規矩。

林依進門時，陝北行商正在辯解，堅稱田氏所帶去的彩禮錢他根本沒見過。楊氏見林依進來，指了指張仲微旁邊的座位，示意她坐下，再吩咐流霞道：「人到齊了，去叫田氏來。」

流霞領命去開了東廂第一間的門鎖，將田氏帶到廳裡。陝北行商一見到田氏就破口大罵：「賤婦，我一眼都沒有瞧過妳到我家時帶的箱子，連妳的錢長什麼樣都不知道，怎會拿了去？」

田氏一陣驚慌，飛快地朝廳內掃了一眼，問道：「大官人，夫人沒來？」

陝北行商一愣，答道：「路途太遠，不曾來。」

田氏馬上鎮定下來，道：「大官人，我沒說是你拿了我的彩禮錢，那是我臨走前夫人奪去的。」

陝北行商斥道：「胡說，我娘子掌管帳務，又不缺錢，怎會貪圖妳的彩禮錢？再說，她也不是那樣的人。」

田氏被他這一訓，哭起來了：「大官人，真是夫人拿去了。」

陝北行商氣得跳腳，連斥帶罵，田氏哭得愈發厲害了。

楊氏靜靜看完，出聲道：「這裡不是尋常人家，乃是祥符縣後衙，你們要鬧到什麼時候？」

陝北行商一凜，忙冷靜下來，行禮賠罪，稱自己是受了冤枉，一時性急才忘了場合。

楊氏端起茶，不慌不忙吃了幾口，問林依道：「媳婦，妳看這事兒該怎麼辦？」

林依欠身答道：「好辦，既然他們公說公有理婆說婆有理，不如各自舉證，誰能拿出證據來，便是清白的。」

楊氏點頭道：「此計甚好。」又抬頭向陝北行商與田氏道：「那你們二人各自講出道理來吧。」

田氏拿帕子拭著淚，先開口道：「我的錢是大官人的夫人拿走的，她人現不在這裡，沒法對質，怎生是好？」說著說著，哭聲又大了起來：「看來我這冤屈是跳進黃河也洗不清了。」

楊氏聽得直皺眉，怒斥道：「妳要哭就回房哭夠了再來。」

田氏唬了一跳，忙縮了縮身子，把哭聲住了。

陝北行商懊惱道：「是我的疏忽，怕我家娘子車馬勞頓就沒讓她跟來，哪曉得如今少了人證。」

田氏今日一反常態，口齒格外伶俐，道：「大官人明知這回來是為了對質彩禮錢，卻不把夫人帶來，是何道理？恕我之言，只怕你是心虛，故意不帶她來。」

陝北行商罵了聲「胡說」，道：「我哪曉得妳把我家娘子扯進去了，還以為只跟我一人有關。」他說是這樣說，但此事始終是因為他這邊少了個人才變得撲朔迷離，若他再拿不出確鑿的證據，只怕楊氏就要逼著他拿出彩禮錢，搞不好還得吃官司。

田氏此時已擦乾了淚，但不敢落座，只在陝北行商旁邊站著。陝北行商側過身，一雙眼直朝她身上掃視，似要把她吃下去一般。田氏被盯得不自在，朝後挪了一步，又挪了一步，眼看著就要撞著小几，突然陝北行商一個箭步追過去，一手扣住她的手腕，一手指了她身上的衣裳，問道：「妳臨行前我特意與妳做了兩身新衣裳，但妳今日為何穿的是半袖，打扮得如同奴婢一般？」

田氏驚慌失措，一時亂了陣腳，根本不知回答什麼好。

楊氏聞言很不高興，陝北行商是在懷疑張家剋扣了田氏的新衣裳？進而懷疑是張家愛財，故意藉彩禮錢欺詐於他？

張仲微和林依也生出這樣的想法，臉色都沉了下來。

楊氏沉聲道：「她回張家時穿的就是這一身，我張家堂堂官宦人家，豈會眼熱她兩件新衣裳？」

林依把坐在對面的青苗一指，道：「那日是林夫人送田氏來的，她能作證。」

青苗忙道：「田氏回來時，的確穿的是這身衣裳。」

陝北行商眼中疑惑更盛，問田氏道：「那我送妳的兩身衣裳去哪裡了？」

這陝北行商算是時昆的朋友，青苗本是相信他的，但聽了這話卻有些動搖，忍不住質疑道：「大官人，你若是真拿了彩禮錢，交出來便是，也算不得什麼大事，何苦拿衣裳來扯謊？田氏上我們時家的船時，就是這身奴婢打扮，而且一路上也沒見她換過什麼裝束，不知你說的新衣裳從何而來？」

陝北行商仔細回憶當時的情形，他因急著趕路，便攆夫人先行，留下田氏、一名丫頭和兩名家丁在碼頭等候時家的船靠岸，他明明記得當天田氏穿的是新衣裳，怎會上船時就變成了奴婢裝束？

他百思不得其解，後仔細一琢磨，斷定田氏的衣裳是在等候時家船隻時換的，只是他仍舊想不明白，田氏好端端的為何要換衣裳？他將這疑問提了出來，本想難倒田氏，不料田氏卻道：「夫人奪了我的彩禮錢，我身無分文，這才把衣裳當了，換了一身便宜貨穿。」

陝北行商氣得七竅生煙，又在廳裡跳起腳來。

田氏的話前後對得上，且有理有據，由不得人不信，青苗痛心疾首道：「大官人，枉我還在姊姊面前替你講好話，原來是我看錯了。」

林依一直沒作聲，此時突然問道：「田氏，衣裳是妳自己拿去賣的？」

田氏明顯一愣，隨後答道：「不是，是陪我在碼頭等候的小丫頭幫我拿去質鋪當的。」

林依繼續問道：「行商送了妳兩套衣裳，閒置的那套當掉容易，可有一套是穿在妳身上的，妳當時人在碼頭，如何脫下來的？」

田氏顯然沒想到林依問得這樣仔細，想了想才答道：「就近借了間民房，在裡頭換的。」

林依又問：「小丫頭拿著妳的衣裳進城尋質鋪，當掉後再攜著錢去買妳這身奴婢衣裳，最後回到民房，這其中總共花了多長時間？」

田氏開始支支吾吾，答不上來，陝北行商卻接話道：「那城裡我去過，到碼頭一去一來至少得一個時辰。」

林依朝他略一點頭，繼續問田氏：「這一個時辰裡，妳就光著身子在民房裡等候小丫頭回來？」

田氏沒有作聲，只點了點頭。

時昆駁道：「胡說，我家的船就在不遠處，只是有一處需要修葺才耽擱了時候，但從離去到回來接妳，絕不超過半個時辰。妳這一個時辰是從哪裡來的？」

田氏方寸大亂，慌忙道：「我，我……那小丫頭跑得快，沒用到半個時辰。」

青苗問陝北行商道：「那小丫頭在哪裡，喚來一問便知。」

陝北行商犯難道：「不曾帶來。」

楊氏不悅道：「大老遠地叫你來對質，你一個人證都不帶，究竟什麼意思？」

陝北行商連忙道歉，卻又替自己辯解道：「我才到家就接到時大官人的信，連氣都來不及喘，就又朝回趕，實在是時間緊，心裡又急，這才忘記了許多事情。」

楊氏見他講得倒也在理，而田氏又露出了破綻，便暫時放過了他，問道：「除了那小丫頭，還有誰人可以作證？」

陝北行商趕忙想了想，突然記起他帶來的家丁中，有一名是送過田氏的，於是命人將他帶了來，當著眾人的面，問他道：「你送田氏那天，她可曾換過衣裳？」

家丁答道：「換過。」

陝北行商又問：「是怎麼個換法，你說來聽聽。」

家丁一邊回憶一邊作答，講出的話與田氏先前所述的無異。而田氏換衣一事，已明顯被林依問出了漏洞，陝北行商勃然大怒，斷定這名家丁是事先同田氏串通好了的。

但家丁並不知林依問過田氏的事，咬定了證詞不鬆口，正當眾人都跟著著急，陝北行商拱手向楊氏道：「楊夫人，請允我將這廝帶去好好問問，待問明白了再回來。」

他好幾個下人都在院子裡，倒也不怕他跑了，於是楊氏點了頭，許他帶著那家丁離去。

青苗未嫁時最是愛打探消息的，現在嫁了人，束手束腳，不能出去偷看，坐在那裡好不焦急。時昆留意到她坐立不安，不知她怎麼了，忙小聲問道：「娘子，妳不舒服？」

青苗同樣小聲回答：「是，坐久了，不舒服，悶得慌。」

時昆忙道：「那我陪妳出去走走。」

青苗大喜，兩人起身，暫且告退，順著西廂朝前散步，但走到院牆根下，青苗就不挪步了，時昆奇道：「既然出來了，何不出去走走？」

青苗已聽到了外面的動靜，忙豎起一根手指「噓」了一聲：「小聲些，你聽。」

時昆豎耳聽去，牆外傳來幾聲淒厲的慘叫，他渾身一個激靈，再朝青苗看去，卻是聽得津津有味。他從來不知道自家娘子愛打探小道消息，大感有趣，乾脆將青苗一拉，小聲道：「咱們到院門口躲著看熱鬧去。」

青苗大喜，兩人自袖子裡手牽著手，來到院門口，藉著院牆擋住身子，小心翼翼地探出腦袋去看，只見陝北行商正操著一根足有手臂粗的大棒子，朝先前帶進去對口供的家丁身上敲，那家丁慘叫連連，惹得張家兩個守門的家丁也蹭到耳房門口瞧熱鬧。

青苗見了，向時昆嘖舌道：「那棍子是張家的，預備趕賊才用的，卻被你朋友拿來打下人，真夠狠心的。」

時昆低聲笑道：「官府後衙會遭賊？這棍子再不用就要朽了，張家該感謝大官人才對。」

兩人這一番言語，那邊已打停了，陝北行商大概是累著了，將棍子當拐杖拄著，一邊喘氣，一邊問那家丁：「肯不肯講了？不講的話，我就繼續打。」

家丁反手捂著被打疼的後背，道：「老爺，我挨打不要緊，當心累壞了你。」

陝北行商見他還不肯開口，氣道：「你怕我沒力氣打了？」他把耳房門口的兩名張家家丁一指，道：「他們還有力氣，我叫他們來打，如何？」說著，真走到耳房門口，將棍子遞了過去，道：「勞煩兩位接我的手繼續打，待得打完，少不得有幾個辛苦錢奉上。」

張家家規嚴謹，那兩名家丁不敢接棍子，卻笑嘻嘻地指點行商道：「官人何苦這樣麻煩，既是你家家奴，就送去衙門，奉上辛苦費，請他們幫忙打幾板子又如何？」

陝北行商讚道：「好主意，我這就去。」說著就去揪自家的家丁。

陝北行商的力氣雖然不小，但到底沒有章法，所以那家丁還勉強受得了，但一聽要去衙役跟前，就犯起了嘀咕，聽說衙役打人極有技巧，能一點外傷都不露地將人打死，著實唬人。他想到這裡，死活也不肯跟陝北行商朝前面去，跪下求饒道：「老爺饒命，我不是不想說，只是老爺經常教導我們，做人要守信，我這要是招了，豈不就成了不信不義之徒？」

陝北行商責道：「你身為奴僕，當把忠心二字放在最前頭，連最根本的事都忘了，何談信義？」說完，拿棍子捅了家丁兩下，威脅道：「你要是再不講，就捆了你沉塘。」

那家丁伏在地上，連連磕頭，央求道：「老爺，我講，我全講，只求老爺饒石榴一命。」

陝北行商大怒：「原來你死咬牙關不肯講是為了女人。」

院牆那邊聽牆根的青苗明白了，敢情這石榴就是替田氏當衣裳的小丫頭，這家丁乃是她相好，為了護她周全才甘心挨打。

時昆湊到她耳邊笑道：「雖然都不是什麼好傢伙，但他待那丫頭的一片情意倒讓人動容。」

青苗不以為然道：「怎能因為自己的情意就礙著別人？若人人都像他這樣，天下都亂套了。」

原來自家娘子有大智慧，乃是懂大道理的人，時昆肅然起敬。他就站在院牆邊邊上，突然瞧見陝北行商扯著家丁朝這邊來了，連忙將青苗一拉，道：「來了，咱們趕緊回廳裡去。」

青苗一面隨他疾步走著，一面抱怨：「都怪你打岔，害我沒聽到家丁招供。」

時昆忙道：「急什麼，他到了廳裡還得再講一遍。」

青苗這才笑了，兩口子將陝北行商甩掉一截路後，放慢腳步，裝作散步歸來，不緊不慢踱進廳中。

他們剛回座位坐定，陝北行商就拽著家丁進來了，他一踏進門檻，就向楊氏道歉：「楊夫人，都是我管教不嚴，才讓下人犯下大錯，請夫人原諒。」

楊氏猜出事情已是水落石出，便大度道：「誰家都有幾個刁奴，也算不得什麼事，既是問明白了，就叫他講來聽聽吧。」

陝北行商將那家丁朝中間一推一踢，使他當廳跪下，再喝斥道：「還不趕緊將事情始末老實交代？」

那家丁才被狠打了一頓，又叫這一腳踢在腿彎裡，疼得齒牙咧嘴，他一面倒吸氣，一面將事情講了一遍。

原來田氏當衣裳只是件小事，關鍵處並不在於此。田氏早在東京還未啟程時，就悄悄託小丫頭石榴將那六貫錢拿去換成鍍銅的銀簪。六貫錢實在太重，石榴一人搬不動，便叫來她相好的，即這挨打的家丁幫忙，兩人一起，趁陝北行商出門訂船時，將田氏的錢箱搬到金銀房，兌了三根鍍銅的銀簪。

他們辦完差事，回來向田氏領賞，沒想到田氏卻把所有的錢都投進了簪子裡，連一個銅板也掏不出來。家丁和小丫頭又氣又急，一路催著逼著，直到那天在碼頭上，他們威脅田氏要拐了她去賣，田氏才勉強答應他們，把兩套衣裳交給他們去賣，換了銅板當賞錢。

小丫頭當即就借了一件民房，又取了自己一套不大穿的舊衣裳推她進去換。待得田氏換完，她將兩套新衣包進包裹藏好，才將田氏送上了時家的船。

真相大白，所有人的目光聚集到田氏身上，田氏哭起來：「我是被逼的，他們非找我要賞錢，我迫不得已……」

楊氏見她死到臨頭還不講重點，只曉得抹眼淚，就懶得再理她，扭頭吩咐流霞去搜她的屋子。

流雲見過那三根銅簪，興奮起來，忙向楊氏講了一聲，也跟去了。她一面幫著流霞東翻西找，一面後悔道：「早知那不是銅簪而是銀簪，我就是搶也要搶一根過來。」

流霞瞥了她一眼，道：「妳怎麼不搶呢，只要搶了，今天跪在廳上的人就多妳一個了。」

流雲被她奚落，偏又講不出辯駁的話，只好忍了，過了會子，又自言自語道：「若我們找著了簪子，就是有功，不知大夫人會不會將其中一根賞我。」

此時她們已翻遍了整個房間，連床下都搜過來，卻還是一無所獲，流霞聞言，就把氣撒到了流雲身上，啐道：「做妳的春秋美夢，那可是銀簪子，就憑妳一個丫頭也配戴？」

流雲眼一瞪，就要反駁，流霞搶先截住了她的話，道：「有本事妳先把簪子找出來。」

流雲語塞，又在屋裡亂翻了一時，仍沒發現簪子的蹤跡，流霞趁機把她又好好奚落了一頓。

流雲被氣著了，把腳狠跺幾下，摔門出去，直奔正廳，向楊氏道：「大夫人，房裡沒見著簪子，但這幾天田氏沒出過房門，物事一定還在，要麼藏在她身上，要麼埋在土裡。」

楊氏讚許道：「講得有理。先搜她身上，若是沒有，再去查房內的青磚有無撬動的痕跡。」

流霞沒想到流雲沒找著簪子，還能邀一記功，又恨又悔，不願讓她再搶一樁，連忙上前幾步，扯了田氏就走。流雲不甘示弱，架住田氏另一條胳膊，兩人合力把她拽到西裡間。

田氏已是瑟瑟發抖，道：「我只是想改嫁而已，你們為什麼非要把我朝絕路上逼？」

流霞道：「又沒人不同意妳改嫁，妳嫁就嫁，藏錢作什麼。」

田氏哭道：「說是給我備嫁妝，一件值錢的物事都沒有，幾根簪子還是琉璃的。我在張家這許多年，就算沒有功勞也有苦勞，多少也該送我幾個錢傍身，難道這六貫錢我不該得？」

流霞與她相處很多年，見她講得傷心，也有些難過，便將她拉到一旁，背著流雲道：「妳到現在還犯糊塗，連我都看不下去。若不是妳擅自主張去勾搭時大官人，惹來大夫人和二少夫人齊齊動怒，也不會落得如此下場。」

田氏沒想到她勾引時昆的事流霞竟然知道，不禁睜大了淚眼。

流雲看不慣她們講悄悄話，遂衝流霞道：「妳同她廢什麼話，趕緊搜簪子。」說著就衝過去，把手朝田氏懷裡探去。

田氏拚命反抗，拔腿朝角落裡跑，流雲窮追不捨，不料還沒等她追到，田氏竟一頭朝柱子撞去，頭破血流，暈死倒地。

流霞和流雲都驚慌失措，爭先恐後跑出來，叫道：「大夫人，不好了，田氏撞柱子了。」

楊氏驚得站了起來，卻沒有慌張，問道：「簪子可曾搜到？」

流霞一愣，流雲則轉頭就朝回跑，過了片刻，出來時手裡舉了三根銅簪，道：「大夫人，找到了。」

楊氏點了點頭，命流霞去請郎中，又叫流雲和小扣子把田氏抬回她房裡去。

陝北行商向楊氏討過簪子，請時昆刮開，裡頭果然是銀子，秤過重量，也基本對得上，於是便起身告辭。不過他並沒有帶走簪子，而是稱他也沒想到田氏會出事，因此將這簪子留下，與她當藥費。

楊氏知道，陝北行商甘願千里迢迢跑這一趟卻又不取分文，為的是將來來祥符縣做生意時，張仲微能行個方便，於是也不客套，就將那三根銅包銀的簪子收下了。

彩禮疑團真相大白，田氏卻躺到了床上，生死未卜，張家人真講不出是喜還是憂。

楊氏很是氣惱，田氏這一撞，請郎中、抓藥、煎藥，既花錢又耗費人力，真倒成了個甩不掉的包袱了。

郎中還沒來，田氏先醒了，捂著額頭直呼疼痛。楊氏帶著流霞流雲來到田氏房間，將那三根銅包銀的簪子丟到她床上，道：「妳既然處心積慮想要黑下這六貫錢，那就拿著它，自己找郎中抓藥去吧。」

田氏雖然愛這六貫錢，卻認為自己離了張家根本沒法獨立生存，於是捂著額頭只是哭。

流雲出言相譏：「她哪裡捨得走，出了張家的門，一根針都要花錢買，就是再來六貫錢也不夠花銷的。」

田氏的確是這樣想的，猛然被點中心思，一時間竟不知是繼續哭好，還是止了淚好。

楊氏不過是一時氣話，真趕她走又狠不下心來，便命流霞將簪子交與林依，並讓流霞轉告她，田氏請郎中抓藥吃飯，都必須控制在六貫錢以內，不許超過。

六貫錢管田氏看額上的傷及一日三餐還是綽綽有餘，林依並不因她討人嫌就有所剋扣，藥也好，飯也好，一頓不少。

田氏到底年輕，又有張家的好藥好飯供著，只過了半個多月，額上的傷就好透了，可惜的是留下了淺淺的一道疤痕，而時下的婦人又不興留瀏海，因此一道疤橫在那裡，很是扎眼。

林依見了她，道：「妳說妳好好的，撞柱子作甚？這破了相，只怕做妾也找不著好人家。」

這一席話引得田氏又哭了一場，哭過之後，她還是找著林依，提出改嫁的想法，稱，就算她額上有疤，但到底年紀輕，還能生養，若彩禮錢少要些，還是有人願意要的。

林依經過田氏瞞彩禮、撞柱子，已是怕了她，巴不得趕緊將她送出門，於是趕緊找來牙儈，告訴她，不拘哪個地方哪個人家，只要肯把田氏接去，不給彩禮錢都成。

張家人都以為田氏嫁不出去了，卻沒想到她這回運氣好，沒過幾天，竟有一位夫人由牙儈領著，親自上門來談價錢。

正頭娘子親自上門看人，可算得上是一份殊榮，林依十分好奇，便命青梅將她們迎到廳裡來。等到見了面，才發現原來是熟人，這位夫人就是她在州橋巷的舊鄰居，當初同張八娘一起上京的丁夫人。

丁夫人既然要買妾，定是賈老爺刑滿出獄了，林依一問，果然如此，原來丁夫人拿著林娘子交出的錢行過賄，就把賈老爺救了出來。

林依心想，這賈老爺真不是個東西，他能提前出獄全是丁夫人的功勞，結果一出來不是忙著感激正室娘子，而是趕著要納妾。她有些替丁夫人鳴不平，便問道：「你們家不是有林娘子？怎麼還要賣？」

丁夫人道：「林娘子前些日子走失了，一直沒找到。我掛念孩子們，急著要回老家，而老爺要重新開始做生意，身邊沒個人照顧，因此想買兩個人，同舊時一樣，放在東京住著。」

一個不夠，還要兩個？林依先是一愣，旋即明白過來，定是賈老爺擔心後買的妾室仿照林娘子紅杏出牆，所以一買就兩個，讓她們相互監督，當然也不排除是賈老爺自己色心作祟。

林依讓青梅領了田氏進來，指著她額頭上的疤，向丁夫人道：「她就是田氏，已破了相，我也不瞞妳。」

丁夫人笑道：「林夫人以為我為什麼要親自過來相看？就是怕她額上無疤哩。」

林依恍然大悟，丁夫人雖然領了賈老爺的令，卻壓根就沒想讓他稱心如意，正好她這回救他出獄，有功在前，就算買兩個歪瓜裂棗回去，賈老爺也不好衝她發脾氣。

丁夫人將家中的情況向田氏講了一番，又問她道：「我家老爺長年南奔北跑，我又住在老家，因此大多數時候只有妳與另外一個妾待在東京，寂寞孤寂，自然難免，不知妳可願意？」

妾室在東京，主母卻在老家？那東京的家豈不就是妾室的天下？丁夫人的講述在田氏看來簡直就是偌大一個香噴噴的餡餅，讓她渾身上下都激動起來，忙不迭送地點著頭，生怕遲上一秒丁夫人就要變卦。

丁夫人見她這樣快就答應下來，就又問了一句：「妳可要想好了，獨自留在東京的日子並不怎麼好過，千萬不要勉強。」

不就是沒男人在身邊，那有什麼要緊？田氏回憶自己之前的生活，自從嫁進張家，遇上病怏怏的官人，就是守活寡的日子居多，等到官人死了，更是孤零零冷清清，她早就已經習慣一個人了。丁夫人所講的艱難險阻，根本不值一提。

她苦笑一聲：「有什麼能比守寡還苦？」

丁夫人就是看中了她守過寡，耐得住寂寞，加上額上又有疤，這才特意從東京趕到了祥符縣來，此時聽她這樣回答，十分滿意，便轉頭同林依談彩禮錢。

林依之前已被彩禮錢鬧怕了，便同丁夫人商量道：「彩禮錢我們就不要了，只求一個死契，不管田氏生老病死都再與張家無關。」她怕丁夫人多心，又補充道：「所謂初嫁從父，再嫁從身，若三番五次都回前夫家來，不像樣子。」

丁夫人奇怪道：「難道她已改嫁過一回了？」

林依笑道：「是，改嫁過一回，也是與一個行商作妾，但才嫁過去沒幾天，那行商為了討好正頭娘子，就又把她退了回來——這倒也不是她的錯。」

丁夫人點頭道：「那行商的正室夫人倒是個有福的。」

雖然林依不收彩禮錢，但丁夫人還是象徵性地付了兩貫，林依拿了這兩貫，連同田氏養傷剩下的一根簪子一起交給了田氏，道了聲：「好自為之。」

田氏大喜過望，連稱整個張家只有林依一個是好人。林依卻不領情，皺眉斥道：「妳臨走前還要挑撥離間一回？」

田氏生怕給丁夫人留下不好的印象，趕忙閉了嘴。

丁夫人問道：「妳打算何時到我家？」

田氏覺得給丁夫人家做妾簡直是千載難逢的機會，迫不及待道：「我無牽無掛，今日就隨夫人去吧。」

丁夫人雖然詫異她如此心急，卻也沒講什麼，問過林依無意見，就當場把田氏領走了。

林依拿賞錢打發走牙儈，舒舒服服安安心心吐了口氣，走去前面向楊氏稟報。楊氏聽後，點頭道：「妳做得很好，雖然田氏自甘下賤，但我們卻要大方些，不能讓人說三道四。」

林依處理完這樁事，了結了麻煩，高高興興回房哄女兒，又叫楊嬸做了一桌好菜，準備一壺好酒，晚上全家人吃了個痛快。

日子一天比一天過得滋潤，轉眼七夕節快到了。林依很重視這個節日，其熱衷程度讓張仲微百思不得其解。離七月初七還有十天的時間，林依就親手開始「種生」了，她將綠豆、小豆、小麥之類的五穀用水浸在瓷缽之中，待生芽數寸，苗能自立時，再以紅藍彩線束上，置放在小盆內，以供七夕節祭祀牛郎星時所用，取個乞巧之意。

七夕前一日，林依命廚房準備了雞和時興果品，分送給幾家親朋好友，又給歐陽參政和張仲微的幾位僚屬家各送了些過去。

七夕夜至，張仲微見林依如此重視這個節日，天還沒黑就命人在院子裡擺上了瓜果，再去向娘子邀功：「明日一早再來看這些瓜果，若上頭結了蜘蛛網，就表明妳乞到了巧。」

林依自己乞巧，卻看不慣張仲微這樣做，大為不滿道：「怎麼，你嫌我手拙？」

張仲微討好娘子，馬屁卻拍到了馬蹄子上，慌忙道：「不是不是，娘子又會納鞋墊，又會打絡子，怎會手拙？」又大惑不解地問：「娘子要過乞巧節，卻又不許我替妳乞巧，那想要怎麼過？」

林依將他的胳膊一挽，擰了一把，嗔道：「聽說東京城裡今日晚上熱鬧非凡，有竹子、木頭或麻秸編成的棚子，上頭還剪有五色彩紙，叫作什麼『仙樓』，都是些鄉下見不著的景象，你為何不趁著天還沒黑，帶我去轉轉？」

原來娘子是想出門去逛，張仲微這才恍然大悟，忙道：「這有何難，咱們這就去。」他親自走進去幫林依取蓋頭，又吩咐花嫂子將玉蘭抱出來。

哪有過情人節卻帶個小電燈泡的，林依氣得直跺腳。花嫂子倒機靈，見她不樂意，忙把孩子又抱了進去，向張仲微道：「二少爺，孩子還小，就留在家裡吧。你同二少夫人逛完了回來，再替她乞巧。」

張仲微心想也是，閨女才一點點大，今日街上人又肯定多，萬一出個閃失可不好，於是只抱過小玉蘭親了親，就交還給了花嫂子。他帶著紫羅蓋頭回到院子裡，親手幫林依戴上，兩口子到前面稟明過楊氏，一齊坐上轎子，朝東京城裡過乞巧節去了。

七月初七，相傳是牛郎織女銀河相會的日子，在大宋，這日又被喚作乞巧節或女兒節，各家的女兒們以各種方式來乞巧，期盼自己能變得心靈手巧，善做女紅。

東京潘樓街東宋門外的瓦子、州西梁門外的瓦子、北門外和南朱雀門外街及馬行街內，到處都是叫賣「摩喉羅」的商販。張仲微記著家中閨女，走一處買一個，轉瞬間，林依手上已捧了三四個。這「摩喉羅」就是個手捏的小泥人，張仲微買的幾個都是精製的，有的裝著彩色雕木欄座，有的罩著紅紗籠碧，還有的裝飾著金珠牙翠。

這一趟逛下來，花了八百錢不止，林依心疼不已，堅決不許張仲微再買。張仲微拗不過娘子，沒奈何，只好走去看「水上浮」，那是些用黃首鑄成鳧雁、鴛鴦、龜魚之類，彩畫金縷的，由商販舉了，吟唱著引人來買。

夫妻倆一路走一路逛，不期然先遇見青苗，後遇見張八娘，原來人人都趁著過節出來耍子。因他們都帶著繼子繼女，張仲微就遺憾自家閨女太小，不然也能帶出來玩，林依又開始鬧彆扭，嗔道：「你就不想單獨與我過個節？」

張仲微見娘子生氣，忙不迭送地道歉，稱自己每個節日都只想與她兩人過。但這樣的說法林依又不滿意了：「那你把閨女置於何處？難道她不是你親生的？」

張仲微急得滿頭冒汗，大呼女人真難琢磨，實在不好伺候。

夜漸深，街上仍是車馬盈市，羅綺滿街，熱鬧非凡。林依買了一支雙頭蓮，拿在手裡把玩。張仲微則買了一兜兒果實花樣，個個都是油和麵，加蜂蜜和糖做成的笑靨兒。又走過一條街，望見了他們停靠在路邊的轎子，張仲微便稱天黑夜涼，提議及早歸家。林依也逛得累了，加上離了閨女幾個時辰，心裡怪想念，便扶著張仲微的手上了轎子。

夫妻倆到家，到底還是把瓜果擺了出來，等待夜裡結蛛網。林依又捉著閨女的手，穿了個雙孔針，這才去歇息。

七夕第二天，方氏帶著節禮上門來了，雖然遲了幾天，但楊氏對她的要求向來很低，還曉得還禮就算不錯，於是留她吃飯。

方氏今日一反常態，從進門到吃完飯表現得都十分正常，既沒吵鬧也沒挑事，只是吃完飯，稱想去張仲微的院子裡坐一坐。張仲微是她親生的，楊氏雖然不喜歡她分不清關係，還是能體諒她的心情，於是就准了，叫林依帶她一起過去。

方氏到了林依那裡，還是一副和藹可親的模樣，先抱了抱玉蘭，再問了問他們的近況，待得張仲微進來，又拉著他瞧了好半天，稱他長胖了，誇是林依照顧得好。

林依還是頭一回聽見方氏誇她，簡直受寵若驚，但還沒等她從陶醉裡醒過神來，就聽得方氏在問張仲微：「仲微，嬸娘想做兩身新衣裳，能不能借我幾貫錢？」

方氏竟到了借錢做衣裳的地步，張仲微聽了一陣心酸，想也沒想就要答應，卻被林依一個胳膊肘撞過去，疼得直齜牙。

林依正色道：「大哥如今賺的錢足夠養家，怎會連做新衣裳的錢都拿不出來？若我們代行了他做兒子的職責，叫他怎麼想？這不是明擺著要讓人給他扣上不孝的帽子？」

張伯臨的學館是越開越興旺，以他收上來的束脩、茶水錢，確實足夠做新衣裳，張仲微也怕把錢借給了方氏，反倒讓張伯臨陷入了不孝的境地，因而猶豫起來。

林依卻緩了口氣，問方氏道：「嬸娘要借多少？」

方氏先聽林依義正嚴詞講了一大篇，哀嘆借錢無望，正準備用些強硬的手段，卻聽見林依又關心起來，真個兒是喜出望外，忙道：「不多，兩百貫。」

「什麼？」林依兩口子齊齊叫出聲來，張仲微更是瞪大了眼睛：「嬸娘，什麼衣裳要兩百貫？」

方氏支支吾吾道：「全家人……四季衣裳……得要這麼多……」

林依本來也沒打算借錢給她，便照著想好的話應付她道：「借錢給嬸娘也不是不行，但須得先知會大夫人，畢竟她才是我們的娘。」

方氏忙道：「妳不是有私房錢？就拿那個借我吧。」

林依乾脆搬了黃銅小罐出來給她看，道：「這就是我的私房錢，總共不到三百文，嬸娘若要，我分妳五十，再多可就不行了。家裡添了閨女，又新雇了奶娘，處處都要開銷。」

方氏叫道：「那些自有家用，哪消妳拿私房錢出來？」

林依道：「嬸娘，人情冷暖哩，難道不要打賞的？」

方氏嘀咕道：「一個照顧女孩兒的奶娘也值得打賞？妳對女兒也太上心了些，那又不是兒子。」

林依笑道：「我還不是跟嬸娘學的。」

方氏一愣：「跟我學的？」

林依肯定地點了點頭，道：「八娘子也是閨女，怎不見嬸娘苛待於她？我看妳與叔叔都是把她捧在掌心裡呢。」

方氏張口結舌，她能講什麼？反駁林依的話？那不就是告訴眾人她沒把張八娘當回事？她忍了又忍，把一口氣慢慢慜下去，再一點一點擠出笑臉來，道：「是，是，閨女要嬌養呢，那些個奶娘就跟任嬸一般，須得時時賞一賞，不然就不盡心。」

林依連連點頭稱是，誇方氏有見地的話，一句接一句，直到把她誇到不好意思。

方氏一下子聽了這許多誇讚的話，就如同吃了好幾杯濃稠的酒漿，臉也紅了，眼也花了，卻還沒醉到極致，仍記得正事，道：「五十就五十吧，誰叫妳窮呢。」

林依愣了一愣，才反應過來她指的是分私房錢的事，便朝青梅抬了抬手。青梅強忍著笑，從黃銅罐子裡數了五十文出來，交到方氏手裡。方氏緊攥著錢，想著林依才誇過她，應該禮尚往來，便猛誇林依知冷知熱，懂得憐惜親戚，比張伯臨先前娶的媳婦強多了。

林依心想，拿五十文換來方氏一通好話倒也合算，便也露了笑意，命青梅把她送出去坐轎子。待方氏一走，張仲微就拉住林依問道：「娘子，妳說嬸娘要借兩百貫作什麼？肯定不是做衣裳，哪來那樣貴的料子。」

林依當著大房的家，才懶得去理會二房的事，淡淡道：「理她呢，大哥如今賺的錢足夠養家，她不愁吃不愁喝的，能出什麼事？」

張仲微心知她講得有道理，但到底還是放心不下，於是藉著要勸大哥把大嫂接回來，出門尋張伯臨去了。

方氏離開大房，卻沒回東京，而是拐了個彎，來到李舒的住所。她看著那熟悉的院牆院門，想著這裡以前也是她的家，不禁感概萬千。門口的家丁都是認得她的，一見她來，如臨大敵，趕忙使人進去通知李舒。

李舒聽說方氏來了，皺眉問道：「她來有什麼事？」

家丁回道：「她還沒上前搭話，只是呆站在那裡看著。」

甄嬸道：「莫非是有悔意，來接我們的？」

李舒道：「想得美，多半不是什麼好事。」

甄嬸道：「那我出去會會她，若不是好事，就不讓她進門。」

李舒略一點頭，道：「若只是想看孫子，就抱出去讓她瞧瞧，料想她也不會搶了走。」

甄嬸應了，帶了個平時嘴最快的小丫頭朝院門外去。

剛才方氏想進門，被一名家丁攔住，正在那裡吵嘴，抬頭瞧見甄嬸，忙朝她招手道：「妳來得正好，妳家家丁為何不許我進去？」

甄嬸不答，反問道：「方夫人來我們家作甚？」

方氏道：「我來瞧瞧孫子。」

甄嬸便轉頭吩咐那小丫頭，叫她把張浚海抱出來與方氏瞧。方氏大怒：「我來瞧孫子，光明正大，為何不許我進去？」

甄嬸看她一眼，故作驚訝狀：「難道在門口瞧就不是光明正大了？」

方氏語塞，心想還是林依好，比李舒強多了。她眼看著奶娘把張浚海抱出來，院門又關上了，大急，忍不住講了實話：「我是來借錢的，妳讓我進去。」

甄嬸心想，李舒還真猜對了，果然方氏來就沒好事。她張開雙臂，朝方氏面前一攔，道：「我們如今與張家非親非故，方夫人要借錢，找錯人了。」

方氏接過張浚海，在懷裡抱著，道：「我的孫子乃是妳家主人的兒子，怎會非親非故？趕緊讓我進去。」

甄嬸讓她鑽了空子，只好問道：「妳借錢作什麼？」

方氏把張浚海一指道：「他爹想把學館擴建一番，卻短了錢，因此託我來借些回去。」

甄嬸遙遙地指了祥符縣官府，道：「妳放著正經親戚不去借，倒跑到我們家來？」

方氏道：「初建學館時就是他們出的錢，如今擴建不願再添了，奈何？」

甄嬸把手伸到懷裡，摸了半天，摸出兩個銅板來，遞與她道：「我家李娘子如今孤兒寡母，生活艱難，哪來的閒錢借妳？我這裡有辛苦攢下的兩個私房錢，方夫人且拿去用吧，不必謝我。」

方氏看著那兩枚光亮光亮的銅板，氣了個仰倒，差點連張浚海都抱不住。奶娘見她渾身發顫，心生警覺，趕忙把張浚海接了過去，躲回院子。方氏恨不得站在大門口同甄嬸吵一架，不過轉瞬間就想到了更好的整治她的辦法，於是只得意地笑了幾聲，便轉身離去。甄嬸幾人見她怒極反笑，還道她是氣糊塗了，哄笑一氣，返回院子。

方氏咬著牙回到東京，在城門處頓了頓，還是沒朝回家的方向去，而是偏了一偏，來到張八娘家。張八娘此時還在酒樓，家中只有她的繼女羅敷，羅敷見外祖母來了，不敢怠慢，親自捧上茶水，又叫小丫頭去酒樓喚張八娘。

方氏拉著羅敷的手瞧了又瞧，誇她好模樣，將來一定能尋個好夫家。羅敷未嫁女子哪好意思聽這個，慌忙扎進了裡間，不敢再露面。方氏正是要羅敷躲起來，好讓她與張八娘講悄悄話，於是只穩穩坐著，也不許丫頭進去喚羅敷。

過了會子，張八娘腳步匆匆地進門來，還沒坐下就問道：「娘，妳就住在我家酒樓後頭，怎麼不去酒樓尋我，反到了這裡來？」

方氏拉了她坐下，掏出帕子替她擦額上的汗，道：「我兒，妳那兩個嫂子，一個休了的，一個沒休的，全都靠不住，我百般無奈之下，才找到了妳這裡來。」

張八娘見她話講得不中聽，又掛牽著酒樓的生意，遂急急忙忙問道：「娘，到底出了什麼事？咱們親母女，妳還拐彎抹角作什麼，直接講來便是。」

方氏一愣，以張八娘以前的性子，哪會講出這般爽利的話來，看來做生意真是磨練人，讓她越來越向林依靠近了。但方氏可不願張八娘有這樣的轉變，若人人都自有主張，她朝哪裡站？再說今日借錢這樁事，就得找個易拿捏的人。

方氏心想，張八娘再這麼變，終歸是她閨女，講起話來比媳婦方便多了，再說張八娘心軟，只要曉之以理，動之以情，她一定會答應借錢的。

方氏想到這裡，就開口了，拉著張八娘的手道：「八娘，妳二哥頭胎只生了個閨女，妳二嫂真是不爭氣——這事兒妳知道吧？」

張仲微得女兒這樣大的事，身為親妹子的張八娘哪會不曉得，不過方氏稱林依不爭氣，讓張八娘聽不下去，忍不住質疑道：「娘，我聽說大哥頭上也有過一個親姊姊，只不過三歲頭上夭折了，可有這事兒？」

話音剛落，方氏的臉就由白轉紅，由紅轉紫，五彩繽紛，煞是好看，原來她頭胎生的也是個閨女，只是時隔太久，有些淡忘了。

張八娘到底是親閨女，不忍看著母親太過難堪，忙問道：「娘是為了二哥的事來的？」

方氏見她像是要入巷的樣子，就把悶氣拋到了一旁，道：「妳二哥只生了個女兒，又被妳二嫂逼著不許納妾，我這做娘的心裡日夜煎熬，晚上連覺都睡不踏實。想來想去，還是給妳二哥買個妾，儘早續上香火的好。」

張八娘是個與妾共處慣了的人，聽了方氏這話，倒也不覺得奇怪，只是驚訝：「娘，在東京買個妾可不便宜，妳別看那戶買田氏的人家沒花什麼錢，那是因為田氏沖喜不成，反把我三哥克死了，有股子晦氣在，這才沒賣起價。」

方氏興奮起來，湊近她道：「若不是碰上個便宜貨，我也不會起這個心，那個妾，牙儈只討兩百貫，比下等婢女還整整便宜一半呢。」

張八娘不相信：「莫不是騙子吧？」

方氏連連搖頭，十分肯定：「那個妾我是見過的，怎會是騙子？」

「娘見過？」張八娘奇怪問道，「那是誰？娘見過，我應該也見過。」

方氏卻支支吾吾起來，轉了口風，稱那個妾是因為剛從鄉下來，不懂行情，被牙儈騙了。

張八娘不相信，就算那個妾是這樣，難道牙儈也只肯賺兩百貫？

方氏繼續圓謊，稱牙儈也是剛從鄉下來的。此話一出，愈發使她的話漏洞百出，讓張八娘的懷疑又添了一分。她耐心勸誡方氏道：「娘，就算妳想與二哥買妾，也該尋個可靠的牙儈去買，切莫只貪便宜，受了騙去。還有，依我看，這事兒還是先問問二嫂的好，萬一她不同意……」

方氏大怒，張八娘自從做了生意就越來越像林依，如今變得會自己拿主意了。她提高了聲量，氣道：「長者賜，不可辭，難道我花錢與她買妾，她倒還不歡喜？」

張八娘骨子裡到底還是軟弱，見方氏發火就不敢再講。方氏見她服軟，重提要求，讓她借錢。

張八娘自然是不肯，就使了個緩兵之計，稱家裡暫時沒這麼多錢，讓她過幾日再來。方氏自認拿捏得住張八娘，賴著不肯走，道：「妳開著那樣大的酒樓，一天的進帳只怕也不止兩百貫，怎會沒錢？」

張八娘堅稱無錢，方氏就要起賴來，一把鼻涕一把淚，伏在桌子上傷心哭著，就是不肯走。正鬧著，突然羅書生回來了，張八娘覺得方氏丟人極了，實在不願讓羅書生瞧見她的醜態，只好匆忙進屋取了兩錠大金子，塞進她袖子裡，道：「妳自己去兌吧。」

方氏如願得了錢，也不計較她語氣不善，歡歡喜喜地離去，直奔兌房，央掌櫃的將那兩錠金子秤了秤，恰好值兩百貫。她也不換銅錢，還將金子袖了，朝牙儈家去，一路上嘀咕：「八娘子真是做了生意的人，手量極準，一抓就是兩百貫的。」

這位牙儈住在東京最偏僻的小巷子裡，院前一扇破舊的籬笆門，沒有上鎖，方氏推了進去，喚道：「牙儈，牙儈。」

牙儈正在裡頭吃茶，聽見是她的聲音，大喜，向旁邊一名婦人打扮的女子道：「妳真沒料錯，她果然是個楞頭，這不就來了。」

牙儈心裡歡喜，卻故意磨蹭了半天，才一步一挪地走出去，懶洋洋叫道：「誰呀，好不容易歇個覺，也不叫人安生。」

方氏道：「買賣上門，妳還睡？」

牙儈斜著眼瞧她，道：「買賣？什麼買賣？」

方氏道：「我是來買林娘子的。」

牙儈轉身就朝裡走，道：「早就讓人訂了，我還道什麼事，早知道就不起來了，耽誤我功夫。」

方氏好不容易借到了錢，哪肯失了機會，連忙快步上前，攔住牙儈的去路，問道：「誰訂的？可曾下過訂金？」

牙儈故作思考狀，道：「訂金倒不曾下，不過他出價比妳高十貫。」

方氏將袖子裡的金元寶亮了亮，道：「多的十貫我沒有，不過我能立時就把現錢付了，怎樣？」

那金子閃閃亮晃花了牙儈的眼，偏她還要強作鎮定，為這十貫錢磨磨唧唧，猶猶豫豫，將方氏的胃口吊足了十分。如此過了半刻鐘，她見方氏實在是沒有多的錢，這才帶著遺憾道：「林娘子只是叫我做個中人，並未賣身與我，因此行不行的，還得問她自己的意思。」

方氏忙道：「那咱們現在就去問。」

兩人一同掀簾進屋，林娘子正坐在桌邊，見她們進來，忙起身萬福。方氏叫她抬頭，再仔細看了一回，只見她瓜子臉，狐狸眼，一張小口血紅血紅，端的是慣常勾引人的模樣，想必一定能籠絡住張仲微的心。

她將兩錠金子朝桌上重重一拍，道：「林娘子，妳若是隨我走，這兩錠金子就歸妳。」

林娘子先是不同意，口徑同牙儈一樣，要她多出十貫錢，後經方氏一番討價還價，還是以兩百貫成交。牙儈樂得顛顛地，自抹胸裡掏出一張現成的契紙，叫方氏來按手印。

方氏按了，又提議道：「咱們再到衙門去蓋個印信，這才妥當。」

牙儈尖聲叫道：「罷喲，夫人，衙門的印信是那樣好蓋的？總要破費幾個才蓋得上。」

方氏堅持道：「府尹與我二兒子極熟，想必不會收錢。」

牙儈笑道：「人口買賣又不比土地，何必麻煩？」

大宋官府對土地買賣的管理要比人口買賣嚴格得多，凡是民間自立的地契，統稱白契，若到了公堂上，官府是不承認的。但人口買賣就不同了，民間自立的人口契約，哪怕沒蓋官府印信，到了公堂照樣有效。

方氏這樣想著，就依了牙儈，將契紙貼身收好，叫林娘子收拾好包袱，跟著她走。她沒想到的是，林娘子竟是孑然一身，連個裝衣裳的包裹都無，這讓她詫異之餘，又忍不住抱怨連天：「這樁買賣說起來還是虧了，妳光溜溜一個人來，還得我給妳添置物品。」

她講著講著，卻又猛地醒悟，就算要花費，也是林依出錢，與她什麼相干？她這樣想著，臉上的笑就多了起來，一路走，一路細細叮囑林娘子，讓她到了祥符縣一定要設法牢牢抓住張仲微的心，若能使他夫妻二人離心，那就最好了。

林娘子不管方氏講什麼，她都滿口答應，哄得方氏樂呵呵。待得方氏講完，她又開始提問，先問要去的人家家產幾何，人口多寡，再問規矩鬆嚴，還問女人家能否輕易出門，諸如此類。

方氏自豪地告訴她道：「我這個兒子現今是祥符縣知縣，一縣之主，家中富貴自不必說，金銀滿屋，奴僕成群，至於規矩，只要妳籠絡住了我兒子，還不是由著妳定。」

林娘子聽得心花怒放，笑道：「說起來我與夫人的兒子真算有緣，以前妳有個侄兒還住在州橋巷時，我曾遠遠地見過他一面。」

方氏笑著糾正她道：「妳弄錯了，我講的祥符縣這個，就是那個在州橋巷住過的。他雖說名義上只是我的侄兒，其實是我親生的。」

林娘子被弄糊塗了，愣了一愣才反應過來，驚問：「妳要送我去的人家，就是那曾經的張編修？他家娘子姓林的？」

方氏點頭稱是，林娘子的臉色登時變得十分難看，方氏瞧出她不對勁，忙問：「怎麼，妳同他們結過怨？」

林娘子勉強笑道：「哪裡話，做過兩回鄰居，親熱著呢。」又抬頭抹了抹額上的幾滴冷汗，稱舊病突然復發，胸口悶得慌，想買個飲子喝兩口。

方氏瞧她臉色的確不好看就信了，卻掏不出錢來。此時她們已行至城郊，路旁有許多大石頭，林娘子就走去將其中一塊擦了擦，請方氏坐下，道：「我有錢，我去買，夫人這裡稍坐。」

方氏有些不信她，便道：「妳既然不舒服，還是我去吧。」

林娘子卻將她按下，道：「奴婢在這裡，哪有讓主人跑路的道理，就算病到走不動，也該我去。」又道：「我的賣身契夫人貼身收著呢，還怕我跑了？」

這兩句話，前一句方氏聽了極受用，後一句聽了覺得有理，於是就坐了回去，許林娘子尋路邊攤販去了。

林娘子提著裙子，一路快走，轉眼就在一個小樹林前拐了彎。方氏還當彎路那頭有飲子攤，沒有在意，待得等了兩刻鐘還不見林娘子回來，這才著急去找。這一找，直找得她大驚失色，心煩氣躁——林娘子無影無蹤，憑空消失了。

那小樹林前頭還真有個飲子攤，好心告訴方氏道：「有個娘子朝樹林裡去了，已是走了好半天了。」

方氏大急，提起裙子就朝樹林裡鑽，那飲子攤主又好心提醒她道：「夫人，妳若不是東京本地人，還是別進去的好，裡頭路形複雜，容易走不出來。」

方氏不想人沒找到卻把自己給走丟了，於是聽了攤主的勸，沒進樹林，而是掉頭朝東京城裡去。她此時心裡焦急，顧不得什麼儀態，連奔帶跑，頭髮散了也顧不上。

又是一個兩刻鐘，方氏喘著粗氣推開牙儈家那扇破舊的籬笆門，卻與個陌生婆子撞了個正著，忙抓住她問道：「牙儈在不在？」

那婆子莫名其妙問道：「什麼牙儈，妳是誰？」

方氏反問她道：「妳又是誰？」

婆子將背後的房屋一指，道：「這是我家的房屋，妳說我是誰？」

方氏一時沒明白過來，又問：「那賣妾的牙儈是妳什麼人？」

婆子把胸脯拍了拍，道：「這裡就住著我一個，兒子媳婦們都在外頭做工呢，哪來的什麼牙儈。」

方氏聽了，當即扯住她不放，稱她是騙子，夥同牙儈來騙她。婆子先是拚命掙扎，待得從方氏的罵聲中將事情聽了個大概，就停了下來，問道：「妳說的可是一個同我年紀差不多的婦人，領著個花容月貌的小娘子的？」

方氏連連點頭，問道：「妳果然是認識的，快告訴我她們在哪裡。」

婆子笑道：「什麼牙儈，那就是一對過路的母女，說走累了，想借我的屋子歇一歇腳，睡上一覺。我想我一個單身婆子，哪裡不能轉悠會子，於是就借了，以此賺幾個零花錢。」

方氏聽到渾身發冷，強撐著道：「妳胡說，我幾天前也在妳這裡見過她們。」

婆子道：「她們前後一共借了兩三回，妳前幾天見著她們有什麼稀奇？」

方氏兩眼發黑，緊緊揪住那婆子道：「妳問也不問清楚，就讓騙子借妳的屋？」

婆子聽說了她的遭遇，十分同情，道：「照這樣說來，她們根本就不是什麼母女，而是夥同起來騙人的。不過妳這兩百貫的大買賣都不事先打探清楚，卻來怪我這個只賺十來文茶水錢的老婆子，什麼道理？」

方氏被頂得啞口無言，又想著此事不宜耽誤，不然讓林娘子她們跑遠了，哪裡尋去？便鬆開了婆子，強行進屋翻找了一通，見的確無人，才轉身離去。

方氏不敢回家，又是一路疾奔，來到祥符縣，披頭散髮地衝進官府後衙，癱倒在第二進院子。院中晾曬衣裳的楊嫿被她唬了一跳，定睛一看，原來是舊主人，忙上前扶起她問道：「二夫人，妳從哪裡來，怎如此狼狽？」

方氏連跑了兩大段路，實在是沒力氣了，蔫蔫地把頭搭在她的肩頭，虛弱道：「我吃了一樁大虧，趕緊叫仲微出來替我作主。」

楊嫿將她扶進廳裡，放到椅子上坐著，又叫青梅拿鹽水出來餵她，再才去第一進院子通報。

林依正同楊氏幾人打雙陸作戲，張仲微抱著玉蘭在旁看著。楊嬸不敢擾了他們的興致，只在旁靜立。楊氏取茶時，抬頭瞧見了她，問道：「妳怎麼來了，有事？」

楊嬸這才上前將方氏來家的事講了。楊氏聽得方氏上門，臉上果然就不好看，但還是向張仲微兩口子道：「你們去看看吧。」

張仲微應了，將玉蘭交給奶娘，再同林依一同回院。

第二進院子的廳中，方氏才喝完兩大杯鹽水，勉強緩了過來，正扶著椅子喘氣，瞧見張仲微夫妻進來，忙掙扎著起身，迎了上去，且哭且訴，將林娘子逃脫的事講了一遍。

由於她心裡發虛，講得沒頭沒尾，害得張仲微兩口豎起耳朵也沒聽明白。張仲微實在沒辦法，只好讓她坐下，照著公堂上審案的法子，一個問題接一個問題地問她：「林娘子是誰？」

方氏答道：「我給你買的妾。」

林依的臉色馬上就沉了下來，張仲微把她的手輕輕捏了一下，叫她稍安勿躁，接著問道：「她為何要跑？」

方氏道：「她與那個牙儈串通好了來騙我，牙儈那頭收錢，她這頭就跑了。」她林娘子逃跑，講到那房東婆子，哭道：「她們好大的膽子，連知縣的孀娘都敢騙。」

張仲微聽到哭笑不得，又問：「買這個妾花了多少錢？」

方氏道：「整整兩百貫，好大兩錠金子呢。」

林依忽地一下站了起來：「原來先前向我們借兩百貫，就是為了給仲微買妾？」

方氏對她的不恭敬，有些不滿，道：「妳不借我，自有人借我。」

張仲微問道：「兩百貫可不是小數目，孀娘向誰借的？」

方氏道：「向八娘子借的。」又急道：「你這一句接一句，究竟要問到何時去？還不趕緊派人去追那兩個騙子？」

張仲微卻不慌不忙道：「嬸娘既然敢花兩百貫，肯定是簽了賣身契的，有這物事在手裡，還怕她跑了？」

方氏急道：「我就是聽信了林娘子的這句話，才叫她給跑了。」

張仲微安慰她道：「官府捉拿逃奴向來不遺餘力，嬸娘且將賣身契交給我，我叫上哥哥，一同上東京告狀去。」

方氏聽了這話，稍稍寬心，就將林娘子的賣身契自懷裡掏了出來，遞與張仲微。

張仲微自出去找張伯臨去了，林依卻坐著沒動，方氏催她道：「妳難道不是張家人？也趕緊想想辦法呀。要不先派幾個家丁出去找著？」

方氏給張仲微買妾沒成功，林依高興還來不及，才不願意去找，冷哼一聲，起身就進了裡間。方氏欲跟進去，青梅卻將她攔住，道：「二夫人，妳該去那林娘子走失的地方等著的，萬一她只是迷了路，好不容易回頭來找妳，妳卻不在，豈不是白白冤枉了人家？」

方氏氣道：「她一頭扎進了小樹林，怎會是走丟？」

青梅道：「那可不一定，所謂人生有三急，就不許她尋個地方方便方便？」

方氏覺得她講得很有道理，顧不上外面日頭正高，急沖沖地奔了出去，重回東京郊外的大石頭上坐著。

張仲微拿著林娘子的賣身契到學館尋到張伯臨，招手叫他出來，道：「嬸娘在東京上了回當，得報官，哥哥趕緊同我走一趟。」

張伯臨一驚，待得聽張仲微講了原委，趕忙將學生們都提前放了學，鎖上大門，再同他一人騎了一匹快馬，朝東京城飛奔。

馬匹路過城郊時，揚起一片塵土，迷住了路邊苦等林娘子的方氏的眼，惹得她破口大罵，可惜張伯臨與張仲微走得急，沒有看見，也沒有聽見。

張伯臨兄弟到了東京，因為張仲微本身是個官，又與開封府尹相熟，因此就沒有去鳴鼓，而是遞上名帖，直接進到了後衙。

府尹聽張伯臨講述了案情，氣道：「竟有如此狂徒，膽敢在天下腳下行騙朝廷官員的親戚？」當即喚來師爺，叫他拿著林娘子的賣身契去查。

師爺到存放文件的屋子裡翻了一時，前來稟報：「府尹，這張賣身契好生奇怪。」

府尹問道：「奇在何處？」

師爺遞上另一張賣身契，道：「府尹，你來看，這是一張人口買賣的留底，在官府蓋了印信的。」說著，又遞上張仲微帶來的那份：「府尹，你對照著瞧瞧。」

府尹照著他的話，將兩張賣身契放到桌上並排擺放，仔細對照一看，發現了蹊蹺之處。這兩張賣身契，買賣的人口乃是同一個人，即林娘子，而蓋過官府印信的那張上頭，銀主姓賈，並非方氏。

府尹招手叫張伯臨兄弟近前，讓他們也看了，道：「雖說未蓋官府印信的賣身契也有效，但若同時出現，自然以蓋過的為準，何況賈家的這張日期在前頭，乃是幾年前就買了。」

張伯臨驚訝出聲：「照這般看來，我娘買下的林娘子，其實是有主人的？」

府尹點了點頭，又好心提醒他們道：「錢財被騙倒是小事，得防著賈家告你們拐騙人口。」

張仲微問道：「不知這賈家現住何處？」

府尹命師爺查過，一講，原來就是張仲微的舊鄰居，縱火被抓，才放出來的那位行商賈老爺。

張仲微道：「我們與賈家無冤無仇，加之他只是個商籍，想來借他個膽子，也不敢誣告知縣的親戚，除非他以後不想做生意了。」

府尹認為他言之有理，便好心道：「不如我幫你把他叫來，就在這裡問個清楚？」

張仲微正要答應，卻被張伯臨在背後戳了一指頭，只好婉拒了府尹好意，稱現下最要緊的是趕緊把那行騙的牙儈和林娘子捉拿歸案。府尹自然一口答應，就在廳裡擺開筆墨，讓張仲微畫出林娘子畫像，即刻點人去搜捕，又叫張仲微轉告方氏，將那牙儈的畫像也送一張來。

張仲微謝過府尹，同張伯臨告辭出來，問道：「哥哥為何不讓府尹請賈老爺來？」

張伯臨道：「官衙人多，這又不是什麼好事，何必鬧得沸沸揚揚。那賈老爺乃是你們的舊鄰居，又不是不認得，私下找來問問便是，難道他還能不給你這知縣面子？」

張仲微依了他，兩人繞到州橋巷，去敲賈家的門，不料開門的小丫頭卻告訴他們，賈老爺出門做生意去了，不在家。

張仲微想了想，道：「我家娘子同妳家丁夫人相熟，想請她上門一敘，勞煩通報一聲。」

小丫頭卻道：「夫人早就回四川老家去了，也不在哩。家裡只有兩個姨娘，兩位官人見不見？」

張伯臨見這丫頭沒頭沒腦，笑起來：「咱們又不是登徒子，見妳家姨娘作什麼。」

那丫頭紅著臉把頭一縮，就要關門，張仲微連忙叫住她，遞了幾個銅板過去，問道：「妳家是不是有個姨娘姓田？」

小丫頭答道：「是不是額上有道疤的？」

張仲微點頭道：「正是……」他本來想就此讓小丫頭把田氏叫出來，但又怕傳出去不好聽，於是便轉口道：「既然沒有主人在家，那就算了。」

小丫頭見他們再無話要傳，便將門關了。

張伯臨問張仲微道：「既然田氏在這裡，為何不叫她出來問問，看那林娘子身上究竟有什麼古怪。」

張仲微道：「我們兩個大男人來見人家的妾，惹人閒話呢，且先回去，讓我娘子來請。」

張伯臨同意了，兩人去牽了馬，打道回府，因心裡有事，又是一路疾奔，再一次讓塵土迷了方氏的眼，又惹得她罵了一回。

張仲微回到家中，將他們去開封府衙門打聽到的情況講了一遍，再讓她請田氏來家，仔細問一問。

林依極不樂意，道：「我幫著將此事了結，好讓嬸娘弄個妾來家？」

張仲微安慰她道：「只要我沒那心思，就算妾進了門，還不是隨妳擺弄？」

林依最在意的只有他的態度，見他心意堅決，語氣肯定，就高興起來，道：「說的也是，來了妾，轉手賣掉，說不準還能賺幾個呢。」

張伯臨又進來，先替方氏向她道歉，再請她幫個忙，叫田氏來問話。還是張伯臨會做人，這番道歉的話讓林依消了氣，叫過楊嬸吩咐幾句，遣她帶著轎子，趕去東京城。

楊嬸領命，叫了兩個家丁，抬著家裡的小轎子，朝東京城裡去。轎子此時是空的，她本來可以坐，卻急著辦差，嫌慢，只甩著胳膊，邁著大步，同轎夫一起走著。

行路到底比騎馬慢許多，他們在路上就遇見了方氏。楊嬸知道她為何坐在這裡，心裡發笑，暗道，若林娘子真是走失的，那牙儈怎麼也不見了？分明就是一個騙局，偏方氏心存一線希望，所以看不破。她擔心方氏獨自在這裡曬久了出事，便上前道：「二夫人，兩位少爺已上開封府衙門報了案，妳還是回去吧。」

方氏已是曬得頭昏腦脹，就聽了她的話，站起來朝祥符縣的方向走。楊嬸曉得林依此時不願見到她，忙伸出胳膊攔了，道：「二夫人，瞧妳這滿頭大汗的，趕緊上轎子，我送妳回家。」

方氏這才瞧見有轎子，大喜，爽快上了轎，閉著眼，攤在那裡。等她感覺到轎子停了，睜開眼時，發現已置身羅家酒樓後院，只好無奈下了轎子，仗著張梁還不知情，走了進去。

楊嬸進去與張梁見過禮，再出來叫轎夫將轎子重新抬了，朝州橋巷而去。她敲開賈家的門，向開門的小丫頭道：「我們家夫人新做了幾套衣裳，請你們家的田姨娘趁著天亮過去瞧瞧，晚了對著燈，只怕看不清。」

小丫頭問道：「不知你們家夫人是哪位？」

楊嬸答道：「是祥符縣張家的夫人。」

這小丫頭是丁夫人留下的，是知道林依，也曉得她家與田氏的關係，笑道：「原來是祥符縣知縣夫人，我這就進去通報。」

她進到裡面，找到正與另一個妾生悶氣的田氏，將楊嬸的話轉告。田氏現在只是個商人家的妾，地位算低的，有知縣家的夫人相請，多有面子的事，哪有不肯去的，急急忙忙就換了身見客的衣裳，又將林依送她的那根銅包銀的簪子插了，趕到門口去見楊嬸。

楊嬸朝她略福了福，請她上轎，道：「我家夫人正等著姨娘呢。」

田氏見她沒有要攀談的樣子，有些失望，默默上了轎。

方氏上當失財的事，張伯臨最著急，因為這筆錢一旦追不回來，就得由他還張八娘的債，因此親自站在院門口等田氏，一看到她的轎子朝這邊來，就飛跑進去通知林依。

林依能理解他的心情，也挺同情他，遂將對方氏的厭惡暫拋一旁，打起了精神來見田氏。

田氏為了那兩貫錢和一支銅包銀的簪子，還是感激林依的，見了門，道謝的話講個不停。林依可沒功夫與她敘舊，待得茶端上來，直入正題，問道：「上回妳家夫人來時，說林娘子走失了，可曾找到？」

田氏不知林依怎會關心賈家的一個妾，但還是照實答道：「不曾，老爺忙著生意，沒功夫去找她。」

林依又問：「她是獨自出門亂逛走丟的？」

田氏神神祕祕道：「哪裡是走丟的，我聽小丫頭們講，她是受不了老爺的打，偷偷跑掉的。」賈老爺打林娘子？林依不奇怪，賈老爺之所以會有牢獄之災，全拜林娘子所賜，估計早將她恨之入骨了，這回好不容易出了獄，自然要揍她來出氣。

田氏好奇問道：「林夫人，妳問這個作甚？」

林依笑道：「妳不曉得，我還在朱雀門東壁住著時，就與她是鄰居，比認得丁夫人還早。」

原來是舊識，那關心關心倒也不奇怪，田氏了然，又問：「聽說林夫人新做了幾套衣裳？想必件件都是精緻的。」

林依這才想起請她來的由頭，忙叫青梅取了幾件衣裳出來與她同看，末了又送她一件背子，道：「若有了林娘子的消息，千萬告訴一聲，我這舊鄰居還是掛牽她的。」

田氏喜出望外，歡天喜地地把衣裳接了，滿口答應下來。林依讓青梅送她出去，坐了來時的轎子回東京。

田氏剛走，張伯臨和張仲微就從裡間出來了，慶幸道：「看來林娘子騙人的事與賈家無關。」

張伯臨取來一貫錢，遞與林依道：「方才讓妳破費了。」

林依愣了愣，才反應過來這是給的背子錢，嗔道：「一件衣裳而已，又不是綢緞的，也值得你如此？」

張伯臨曉得她不是小氣的人，不然開學館的錢也要一併還了，於是又謝了一遍，將錢收起。

終之章　夫妻交心

田氏到過張家大房一趟，讓林依他們知道了——林娘子雖然不是方氏的逃奴，卻是賈家的逃奴。第二日，張仲微去尋過方氏，拿著牙儈的畫像，連同這個消息一起告訴了開封府府尹。

開封府尹想著，多了這層關係在，若能抓獲林娘子，他可就等於破了兩宗案子，來年政績考核時臉上也有光，於是又多加派了人手，全城搜捕林娘子和牙儈，每個出城的路口也不放過。

林娘子和牙儈都是女流之輩，一時間能走到哪裡去，在這樣大面積高強度的搜捕下，很快就被抓捕歸案了。

事實上，這兩位根本就沒想跑，官差抓到林娘子時，她正在裁縫鋪子裡量尺寸，準備做新衣裳，而牙儈則坐在路邊的一家娘子店裡，吃酒啃肉。

府尹聽得回報，驚訝之餘又大為震怒，拍著驚堂木問堂下的兩人：「你們好大的膽子，犯了案還這般若無其事。」

牙儈和林娘子顯見得是行騙之初就串通過口供，應對的話一模一樣：「大尹冤枉，妾身不知犯了什麼罪。」

府尹見她們矢口否認，愈發惱怒，命衙役將方氏那張賣身契拿到兩人跟前，喝道：「你們膽大包天，竟然騙到朝廷官員家去了。」

林娘子根本不朝賣身契上看，稱：「妾身不識字。」

牙儈常與這物事打交道的人，不敢稱不認得，就湊著看了一眼，卻道：「大尹，這上頭雖然有我的名賤名，但筆跡、手印都不是我的，定然是有人刻意模仿，故意陷害。」

府尹不信，當場讓她用左右手都寫了字，又抓著手按過手印，兩下一對照，還真對不上。府尹大為奇怪，又命師爺將賈家的那張賣身契取來，將林娘子的手印一對照，發現也對不上。

在府尹心裡早就認定了牙儈和林娘子都是騙子，這會兒卻出現這樣的結果，讓他驚呆了。難道後一張賣身契真是方氏偽造的？府尹不相信，而此時在門口圍觀的張伯臨已衝了出來，代母喊冤了。

府尹的一顆心自然是偏著張家的，便喊了退堂，將張伯臨叫到後面，道：「凡事得有證據，不然就算本官相信你們也沒用。」

張伯臨明白，府尹處在這個位置也極難做，於是道：「請府尹暫緩幾日，待我回去問一問母親，查明真相。」

府尹允了，放他回去。

此時方氏並不在家中，而是賴在祥符縣，任人趕也趕不走，她的心思大家都明白，她是怕這場官司讓張梁知道了，因此要躲起來。只是紙終究是包不住火的，瞞得了一時瞞不了一世，眾人都曉得這道理，也就懶得理她了，任由她一人在院門口焦躁踱步。

張伯臨剛邁過門檻，方氏就迎了上去，抓住他喜悅問道：「案子審得怎樣？她們招了吧？錢追回來沒有？」

張伯臨很氣惱，非常氣惱，沒好氣地回答道：「還追錢呢，人家差點反告妳誣陷。」

「啊？」方氏詫異非常，連退三步，但馬上又反應過來，重新撲上去，晃著張伯臨的胳膊，道：「這你也哄我？那張契紙白紙黑字，還有通紅的手印，這能有假？」

張伯臨硬拽著她，一面朝第二進院子走，一面道：「娘說對了，問題就出在這張契紙上。」說話間，他已拖著方氏到了廳上，一手拉開她，硬按到椅子上。張仲微和林依都在廳裡候著，聞言都很驚訝，問道：「契紙有問題？」

張伯臨自懷裡取出契紙，展開來，指著最末端道：「府尹當堂對過筆跡和手印，與牙儈和林娘子的都對不上。」

方氏驚詫得動都動不了，僵在椅子上問道：「怎麼會這樣？這是怎麼回事？」

張伯臨帶著氣，語氣不善：「怎麼回事？這得問您哪。」

張仲微理解張伯臨的心情，但這般與娘親講話，傳出去像什麼樣子，何況是為人師表的人，便從後將他撞了一撞，自己問方氏道：「嬸娘，她們當著妳的面簽名和按手印時，可有什麼異狀？」

方氏已有些傻了，茫然道：「她們並不曾當著我的面簽名和按手印，那張契紙牙儈拿出來時，就已經簽好名字按好手印了。」

幾人都瞪圓了眼睛，望著方氏，不敢置信，身為二房當家主母，竟然犯這樣低級的錯誤？不過仔細想想倒也正常，方氏一輩子都住在民風質樸的鄉下，哪裡見過這樣的騙術，加上她當時買林娘子時是相信牙儈的，自然就會疏忽了這樣的小細節。

張伯臨頹然跌坐在椅子上，念叨著：「完了，就算那兩人不敢反告一狀，兩百貫錢也是追不回來了。」

方氏一聽，捶胸頓足，嚎啕大哭。張伯臨聽得心煩氣躁，大吼：「人呢，快把二夫人送回東京去。」

方氏這會兒哪裡敢見張梁，立時住了聲音，可憐巴巴地看看張伯臨，又看看張仲微，忽地撲到林依跟前，道：「仲微媳婦，妳一向最有主意，快幫著想想轍。」

林依不著痕跡地退後一步，冷冰冰道：「嬸娘想把錢追回來，再與我們買個妾？」

方氏經這話一頂，轉向張仲微，委屈道：「仲微，看你媳婦……」

張仲微正煩悶著呢，根本沒留意到這邊的動靜，只與張伯臨商量：「哥哥，此事不能就這樣算了，傳出去讓人笑掉大牙。」

張伯臨恨道：「極是，這口氣怎能叫人嚥得下。」

張仲微想了想，站起來道：「我再去東京一趟。」

張伯臨問道：「你還要去尋府尹？可沒有確鑿的證據，他也沒法子。」

張仲微搖了搖頭，道：「我不去尋他。」

林依聽說他要進城，忙讓他順道把方氏送回去。方氏一聽，直接兩眼一翻，暈死過去了。也不知是真暈還是假暈，反正青梅掐了半天的人中她就是不醒。林依無法，只得稟明楊氏，將她抬去了張伯臨現住屋子的隔壁，叫楊嬸看著。張伯臨到底還是擔心親娘，又取了錢，親自去找郎中來瞧。

張仲微袖了那張假契紙，騎馬奔向東京城，到參政府下馬，遞帖子，求見歐陽參政。歐陽參政消息靈通，曉得他家在打官司，本來想避嫌，不見他，但參政夫人因為林依送的股份，月月都有進帳，就替他講話道：「若學生真有了難處，你這當老師的卻不管，豈不是寒了人家的心？」

歐陽參政向來很敬重這位夫人，就聽了她的話，命人將張仲微請進來。等到張仲微將案情的來龍去脈講了一遍，歐陽參政自己憤怒了，東京城居然有這樣的狂妄之徒，行騙到他學生家不說，還欲反咬一口。這事若不解決，不是打了張仲微的臉，而是打了他的臉。

他這樣想著，趕忙命人去知會開封府府尹，再抓牙儈與林娘子，直接用刑。

張仲微十分感激，謝了又謝。

歐陽參政卻道：「這回能直接用刑全因一個是布衣，一個是逃奴，若下次換成有身分的，該怎麼辦？」

歐陽參政的話十分明確，即叫張仲微管束愚笨的家人，莫要再貪圖小便宜，中了這樣低劣的騙術。

張仲微聽得無地自容，只能諾諾應了，告辭出來。開封府那邊一時半會兒還出不了結果，但張仲微還是上街買了幾樣禮物，拜訪過府尹，再才回家。

他一回到家，方氏就醒了，將他叫過去問詳細。張仲微到底還是心善，不忍將歐陽參政的責備講給她聽，只道有貴人答應幫忙，叫她放寬心。

正巧楊氏聽說方氏醒了，前來探望，聽見這話，馬上介面道：「既然有貴人相助，定然出不了什麼大事，弟妹且回家去吧。」

方氏哭喪著臉道：「大嫂，妳好狠心，我還躺在床上，妳就要趕我走。」

楊氏拍了拍額頭，道：「是我糊塗了，妳趕緊躺下，安心養病，我自會派人去東京一趟，知會二弟。」

方氏大驚失色，趕忙求她，但楊氏根本不聽，走出門去喚張伯臨，道：「不是我狠心，只是你娘病了，這樣大的事我擔不了干係，你還是趕緊回家報信的好。」

張伯臨一聽就明白了，楊氏是存心要藉這個機會好好教訓方氏一頓。他雖然也有些怨方氏，但畢竟是親娘，聽了楊氏這樣的話，心裡五味雜陳。但楊氏的話合情合理，任誰也挑不出錯來，更重要的是，她是長嫂，在講究長幼有序的大宋，就算她明著教訓方氏，別人也講不了二話。

其實楊氏底下多的是人手，隨便派個人都能去東京傳個話，但她偏偏要張伯臨自己去說，擺明了是想把自己，乃至整個大房擇乾淨了。

張伯臨是個理智的人，對楊氏這樣的做法雖然有些難過，卻十分地佩服，不愧是跟著張棟在官場上風雨幾十年的人，形勢看得十分清楚，該幫的地方不含糊，該利用的地方也絕不手軟。

楊氏對張伯臨講完，轉身就走了。張伯臨還要在祥符縣教書，依仗大房的地方多矣，對她的話不敢不聽，便騎了馬，親自回家一趟，告訴張梁，方氏病在了大房家，今晚肯定是回不來了。

張梁十分奇怪，方氏的身體一向很好，怎會說病就病了？他攔住腳步匆匆的張伯臨，不許他走，問道：「你娘究竟怎麼了？」

張伯臨先是支支吾吾，後來一想，反正爹和娘總會得罪一個。講了，得罪娘；不講，得罪爹。兩害相較取其輕，還是先穩住爹吧。

張伯臨暗地裡一番計較，作出了決定，將方氏被騙、上衙門打官司險被誣告的事大略講了一遍。

方氏上當受騙，這事兒本身，張梁並不在意，他耳裡只迴響著一個聲音，兩百貫，整整兩百貫！

張伯臨見張梁的臉色不對勁，連忙扶他坐下，端了茶與他喝，又替他撫胸順氣。

張梁緩了緩，問道：「那兩百貫是問誰借的？」

張伯臨答道：「娘說是向八娘子借的。」

張梁一聽，把茶盞都砸了，怒道：「咱們住的這房子還是八娘子借的呢，她還好意思去借錢？這下欠了債，還怎麼好意思住下去？」

張伯臨也為此事發過愁，但只能勸張梁放寬心，稱開封府府尹還在提審牙儈和林娘子，相信案子很快就會有進展。

張梁聽出了些意思來，問道：「開封府府尹肯幫忙？」

張伯臨道：「是仲微託人通了路子。」

張梁因為張仲微沒能幫張伯臨謀上個差遣，本來有些怨他，聽了這話，怨就淡了些，感嘆道：「到底是親的，還是不忍看著我們落難。」

張伯臨贊同道：「仲微一直都很顧惜咱們二房。」

張梁嘆道：「去把你娘接回來吧，賴在大房家像什麼，沒得惹你伯母不高興——咱們一家，以後仰仗他們的地方多著呢。」

張伯臨應了，騎馬回祥符，說要送方氏回家，方氏死活不肯，張伯臨只好騙她道：「爹出門去了，沒有五六天回不來，娘怕什麼。」

方氏奇道：「他去哪裡了？」

張伯臨胡亂報了個勾欄的名字，聽得方氏心頭大恨，一時間把什麼都拋到腦後去了，急沖沖地自己就下了床，胡亂套了件衣裳回家去了。

張伯臨是扯的謊，張梁自然正在家等著她，不過令人意外的是，張梁既沒打她也沒罵她，只叫她老實待在家裡，等衙門斷案的結果。張伯臨見方氏無事，便放心地重回祥符縣，儘管官司還沒打完，學館還是得開，不然沒錢吃飯。

開封府那邊，第二天下午就傳來了消息，好消息，牙儈和林娘子都不耐打，沒幾板子下去就全招了，對她們合起夥來騙方氏的計畫供認不諱。林娘子還道，她本來是想到銀主家住幾天，看能不能順點值錢的物事回來，但一聽說對方是與賈家相熟的張家，心裡害怕，這才半路上跑了。

開封府尹斷完案子，追回了方氏的兩錠大金子，交與了張伯臨，又命人找到賈老爺，把林娘子送了過去。結果張家和賈家都備了厚禮謝他，讓他十分得意。而張仲微也備了一份禮，送到了歐陽參政府上，但歐陽參政一貫清廉，並不曾收，只道他把官做好就是給他臉上增光了。

方氏聽張伯臨講了衙門斷案的情形，恍然大悟：「怪不得林娘子一路上向我問東問西，原來是想去搬空仲微家。」

張梁遣她道：「妳把錢與八娘子送到家裡去。」

方氏這兩天低頭伏小，不敢違抗，二話不說就去了。她前腳才踏出院門，張梁就向張伯臨道：「去雇一輛車，咱們搬家。」

張伯臨大吃一驚：「搬到哪裡去？」

張梁道：「還能哪裡，我也只有你一個兒子了。」

原來是想搬到祥符縣去，張伯臨為難道：「我如今住的還是仲微的房子呢。」

張梁道：「我也曾教過兩天書，到了祥符縣，正好與你做個幫手，兩人賺錢，還怕租不起房子養不了家？」

張伯臨見張梁不再反對他以教書為業，大喜，親自動手去搬箱子，決定先到大房借住兩天，明日一早就去看房子。他們家人多，物事又少，很快就將行李收拾妥當，搬到了車上。張梁帶著小墜子、錦書、青蓮、冬麥和張浚明爬上車，讓張伯臨騎馬，命任嬸去知會張八娘，告訴她搬家的事。

任嬸早就覺著不對勁了，急得跳腳：「二老爺要通知八娘子，方才怎麼不讓二夫人順道就說了？」

張梁不理她，疊聲地催車夫開車，張伯臨見狀，忙問：「爹，你不等娘回來？」

張梁黑著一張臉，道：「你娘替你祖父祖母守過三年孝，我休不得她，但留她在東京住還是使得吧？」

張伯臨與任嬸都明白了，他哪裡是要搬家，分明是變了相地趕方氏出家門哪。張伯臨認為此舉不妥，但又覺得是該給方氏些教訓了，於是不再出聲，心想，反正是老父的主意，難道他這做兒子的還能不聽？

他可以不在意，任嬸卻急了，要趕就趕方氏，趕她作什麼，林娘子那檔子事可是方氏一個人惹出來的，與她無關哪。張梁要走，任嬸不讓，竟衝到車前一跪，央求張梁帶她一起走。

張梁卻道：「妳走了，誰來服侍二夫人？妳可是她的陪嫁。」一句話就打發了任嬸，又叫車夫費力氣，抽了她一鞭，然後一車一馬，奔往祥符縣去了。

他們到了祥符縣，暫無住處，便由張伯臨先進去，向楊氏講了借住的事。楊氏聽說方氏被張梁留在了東京，深感大快人心，忙命請他們幾口人進來，吃茶敘舊，安排房屋。張伯臨帶著兩個妾住東廂第二間，張梁帶著小墜子住東廂第一間，還剩下冬麥和張浚明沒住處，就問過林依後，住到了第二進院子的東廂第二間，與小玉蘭作鄰居。

因為張家二房的到來，後衙兩進院子立時被擠得滿滿的。林依聽說張伯臨的兩個妾都和他一起住，腦子裡馬上就不純潔了，又不好朝著大伯子看，只好掐著張仲微的胳膊忍笑。

張仲微吃痛，自然要問個緣由，林依卻不肯說，只好任由她把胳膊掐出了幾個印子來。

他們這邊因為沒了方氏，而張梁又感激大房在這場官司中不遺餘力地幫忙，因此兩房人顯得極親熱，吃著茶聊著天，其樂融融。

東京城裡的方氏到了張八娘家，將錢還了，張八娘很高興，便留她吃飯。母女倆正講著，只見任嬸飛跑進來，一骨碌跌到跟前，方氏正要斥她沒規矩，就聽見她尖著嗓子叫道：「二夫人，不好了，二老爺把妳趕出家門了。」

方氏只當她瘋了，罵道：「胡謅什麼，我是自己出來還八娘子的錢的，怎麼變成被逐出家門了？」

任嬸哭著解釋道：「二夫人，妳才出家門，他們就收拾了行李，全搬到祥符縣去了，只留下咱們倆在東京。」

方氏大驚，拍著桌子站起來：「大少爺也去了？」

任嬸是張伯臨的奶娘，倒還有些偏著他，便道：「二老爺開的口，他哪敢反駁？」

方氏急了一腦門子的汗，急沖沖地朝外走：「反了天了，這日子過不得了。」

張八娘也著急，就沒攔她，催著任嬸跟上去照顧著點。

方氏一步也沒停頓，一氣奔回家中，果然三間房都被清空了，只有她那間還留著個箱子。她頓感眼前發黑，比出了林娘子那事還絕望。張梁不要她了，以後的生活怎麼辦？她陪嫁來的器皿全換作了張八娘頭一回出嫁的嫁妝，陪嫁來的田只剩了幾畝不值錢的旱地，而且還遠在四川老家，不頂用。

張八娘的家就在附近，可斷沒有兒子還在卻靠女兒養的道理，這點規矩方氏還是懂得的，再說，姑爺不比媳婦好對付，若真動粗趕起她來，她可沒本事招架。

方氏看了看空蕩蕩的房間，問任嬸道：「咱們還有多少錢？」

任嬸哭喪著臉道：「二夫人，妳問錯了，妳該問咱們還有沒有錢。」

方氏還真問道：「那咱們還有錢嗎？」

任嬸答道：「沒了，二夫人，妳還欠了我兩個多月的月錢沒給呢。」

方氏一巴掌扇過去，氣道：「都什麼時候了，還跟我講這個。他們走時，妳怎麼也不攔著？」

任嬸捂著臉，委屈道：「他們是坐車走的，我哪裡攔得住。」

方氏嘆了口氣，開始發愁，她們兩人身上連半個銅板也無，不說以後的日子怎麼過，今天的晚飯總要解決吧？任嬸不想餓肚子，極力慫恿方氏上祥符縣去鬧。方氏聽了，把心一橫，道：「說的是，他說讓我留在東京，我就留在東京？我是他明媒正娶的娘子，他到了哪裡也不能不管我。」

任嬸歡快地附和了幾句，道：「二夫人，妳趁著天還沒黑趕緊去，我在家守門。」

任嬸的話乍一聽挺好，可仔細一琢磨，方氏驚訝了：「妳讓我一個人去，自己卻躲在家裡？」

任嬸賠笑道：「屋子總要有人看。」

方氏把眼一瞪：「三間房都是空空的，哪裡需要妳看？」

任嬸擰不過她，只得把門鎖了，隨她一起到祥符縣去。她們主僕走到官府後衙門口時，張梁還在廳上與楊氏等人閒話，他聽得下人通報，斬釘截鐵道：「把門關嚴實了，不許她進來。」

楊氏卻道：「這是我家，若不許她進來，別個只會說我，不會說你。」

張梁只好起身，出去與方氏講：「妳老實在東京待著，一口飯少不了妳的，若是三番五次來吵鬧，就託人把妳送回眉州鄉下去。反正那裡房屋土地都是齊全的，只要我不休妳，就無人敢講閒話。」

方氏叫這一番話嚇住了，生怕他真把自己送回眉州，她可不願孤零零一人待在鄉下，於是把任嬸一扯，掉頭就跑。跑了幾步，又想起件事來，回去朝張梁伸手：「既然飯還是給我吃的，那把錢拿來。」

張梁在袖子裡摸啊摸，摸出兩百九十九個錢，又找看門的家丁借了一個，湊作個整數，交到方氏手裡，道：「妳們省著點，過四、五天沒問題。」

方氏氣道：「我們有兩個人，你這才三百文，多買根針都嫌不夠。」

張梁不耐煩道：「嫌少就別要，自己賺去。」

方氏又被嚇著了，連忙將那三百文抓過來，牢牢攥著，又道：「那我用完了再來找你要。」

張梁道：「不必了，五天後我自會與妳送去。」說完就進院子裡去了，頭也沒回一下。

方氏委屈得直想哭，又無計可施，只好將那三百文錢袖了，準備回東京。任嬸十分不滿，只有三百文，看來她的月錢又泡湯了。就這麼回去，她不甘心，於是慫恿方氏就在這後衙門口大鬧一場，就算不能逼張梁拿出錢來，能逼到張伯臨也是好的。

方氏到了危急關頭倒還不糊塗，狠瞪一眼過去，罵道：「妳沒聽見他說要送我回眉州呢，就會出些餿主意。」

任嬸的膽子還沒大到與方氏頂嘴，只好唉聲嘆氣地隨她回東京去。晚上，兩人買了一個蘿蔔、兩顆青菜，再到張梁留下的半袋子米裡抓了兩把，湊合著吃了飯。

任嬸一想起方氏拖欠她的月錢，心如刀絞，坐都坐不安穩，整個晚上都在苦勸方氏，稱，硬的不成就來軟的，去向張梁認個錯，說不準他心一軟，就肯讓她也跟去祥符縣了。

方氏被她講得有些意動，正在猶豫，任嬸又道：「二夫人，先前咱們家貧時，全靠妳辛勤操勞，苦苦支撐，如今好不容易寬鬆些了，卻不讓妳跟去享福，實在划不來哩。」

方氏呼地站起身來，道：「我明日就去，妳也要見機行事，在一旁幫著些。」

任嬸歡喜應了，鋪床滅燈，服侍方氏歇下。

第二日天才濛濛亮，方氏就被急切的任嬸催著起了床，一路嘀咕著、抱怨著，走到祥符縣去。開學館的人都起得早，她們趕到時，正巧碰見張梁同張伯臨出門，遂歡歡喜喜迎上去問好。

張梁見是她們，大怒：「說好五天後我與妳送去，怎麼還沒過一天就來了？」

方氏忙道：「我不是為錢來的。」

任嬸補上：「二夫人想通了，曉得自己錯了，望二老爺看在多年的夫妻情分上，原諒她這一回。」

方氏聽不慣這話，狠狠剜了她一眼。

也許真因為是夫妻，張梁也聽不慣這話，道：「她若能知錯，日頭早就打西邊出來了。」

方氏見他不吃這套，連忙轉攻張伯臨，抓住他的胳膊道：「你爹不要我，你可不能不要，你為人師表的人，難道不講究孝道了？」

張伯臨忙道：「娘，我又不是不養妳，妳急什麼。」

方氏大喜，但還沒等她高興完，張伯臨又道：「爹也沒說不要妳，只是讓妳留在東京而已，吃穿住用他還是管的。」

張梁伸手將張伯臨拉了過來，衝方氏道：「妳若還攔著，耽誤了我們開學館，五天後恐怕連三百文都領不到。」

方氏心想，她自己是一文錢都賺不到，就算住在東京，也只能指望他們父子開學館養家了，於是只好朝旁邊挪了挪步，讓他們過去。

任嬸見求情失敗，忍不住地埋怨。方氏也很失望，嘆氣道：「這事兒急不得，須得慢慢來。」

任嬸暗暗著急，再慢下去，拖欠的兩個月月錢，就該變成三個月了。她為了自己的辛苦錢，絞盡腦汁想了又想，終於又想出個主意來，道：「二夫人，二老爺之所以聽不進妳的言語，皆因他心裡還恨著妳呢，妳何不託個別人去說說看？」

「託別人？」方氏怔道。

任嬸點頭道：「正是，二夫人找幾個同二老爺關係好的，託他們去求情，說不準二老爺看在他們的面子上，就准許妳搬到祥符縣了。」說著，扳著指頭就數起來：「大夫人、大少爺、二少爺、二少夫人、郭姨娘……」

方氏首先把張伯臨和小墜子否決掉了，道：「伯臨方才的態度妳還沒瞧明白？他的一顆心偏著他爹呢。」又道：「我堂堂正妻去求一個妾？就算能搬到祥符，我還能抬得起頭？」

把這兩位一排除，就只剩下楊氏、張仲微和林依，其中楊氏的話大概最有效，畢竟張梁就住在她家裡，但方氏平生最怕的人，除了已過世的婆母，就數楊氏了，連張梁都要排在後頭的，因此這位也被她給否決掉了。

如此一來，只剩下了張仲微和林依，方氏一想到張仲微，臉上帶了笑，可再一想起林娘子事發時林依的冷言冷語，卻又開始打退堂鼓。任嬸見她這個也不妥，那個也不行，急道：「二夫人，妳若不去求二少爺和二少夫人，可就沒人可選了。」

方氏猶豫道：「那天妳是沒瞧見仲微媳婦的臉色，恨不得生吃我一口，我哪還敢去。」

任嬸道：「那還有二少爺呢，二少爺是妳親兒子，難道不幫妳？」

方氏嘆道：「仲微妳還不曉得，事事都聽他媳婦的，我看這事兒，懸。」

方氏還真是愛走極端，以前比誰都膽大，如今膽子比誰都小，任嬸被她給氣著了，一屁股坐到路邊，不理她了。

方氏在後衙門後走來走去，終於還是下定了決心，喚任嬸道：「妳去把二少爺叫出來，就說我有話與他講。」

任嬸見她終於想通了，連忙跳了起來，轉個身，埋頭就朝院門裡衝。兩名家丁被她嚇了一跳，來不及去攔，只好抓了根門栓，伸過去朝任嬸腿前一攔一掃，令她跌了四腳朝天。

一家丁衝過來，提溜起任嬸的領子，罵道：「這裡是祥符縣官府後衙妳都敢闖，不要命了？」

任嬸被嚇著了，身上又疼得慌，衝門外哭喊道：「二夫人，這可真是牆倒眾人推，他們不讓我進門哪。」

方氏聽見，匆匆趕來，還沒等她開口，家丁先告狀道：「二夫人，咱們大夫人可從來沒說過不許妳進門，妳若要進去，照著規矩通傳便是，為何要由著這奴婢冒冒失失地亂闖？」

方氏被家丁這番話羞得臉通紅，走過去劈手就給了任嬸一耳光，罵道：「不懂規矩，就曉得丟我的臉。」

這些家丁都是人精，曉得見好就收，不等方氏打下第二個耳光，就問道：「二夫人可是要見大夫人？我們這就進去與妳通傳。」

方氏忙道：「不必麻煩，把二少爺請出來便是。」

家丁應了，叫住一個洗衣裳的媳婦子，叫她進去傳話。洗衣裳的媳婦子是沒有資格踏進第二進院子正廳的，她只能先找到青梅，再讓她進去講。青梅知道了，林依自然也知道了，張仲微這位當事人，反成了最後曉得的那個。

林依親自向張仲微講了方氏在外等他的事，又問：「嬸娘找你有什麼事，你可曉得？」

張仲微苦笑一聲，道：「只怕人人都猜得出她來找我做什麼，肯定是不願留在東京，想託我向叔叔求情。」

林依問道：「那你是應下還是不應？」

若張梁是要休掉方氏，或者要把方氏趕回鄉下去，張仲微肯定是要出面的，但如今張梁只是讓方氏留在東京而已，那是繁華的大都市，又不曾少了她的吃穿，而且還有任嬸侍候著，這在張仲微看來並沒有任何苛待的地方，於是他不想管，不願意管。

他在廳內踱了幾步，道：「我若不替嬸娘求情，那就是沒義氣了，不過……叔叔答應不答應，我可左右不了。」

林依偷偷笑了，問青梅道：「二夫人既然來了，怎麼不請進來？這可不是待客之道。」

青梅連忙趕去相請，過了一時，回報道：「二少夫人，二夫人不肯進來，非要二少爺出去，說要單獨與他講。」

林依既已知道了張仲微的想法，就不怕了，將他推了一把，催他出去見方氏，並代她問好。

張仲微到了院門外，見到正在焦急踱步的方氏，行禮請安。方氏道明意圖，讓他到張梁面前替自己求情，稱一個人在東京太過淒苦，盼望同家人團聚。

張仲微滿口答應，但又道：「我一定到叔叔面前提這事兒，但他答應不答應我不敢保證。」

方氏對他很有信心，道：「你叔叔就住在你家，自然要賣你面子。」

張仲微隔天吃飯時，當真順路向張梁提了提，張梁才剛租了新屋，正要搬過去，頭也不抬地道：「沒租她住的地方。」

過了幾天，任嬸來替方氏打探消息，張仲微將張梁的態度講了，並告訴她，張梁同張伯臨幾人已新租了屋子，搬出去了，以後要找他們，不用再上大房家來。

張仲微在方氏面前向來是孝子，如今竟然也不歡迎她了，這是怎麼回事？任嬸愣了愣，才極為不情願地回轉。她哪裡曉得，張仲微現在不願納妾是他自己真意識到，妾室乃家宅不寧之根本，而非林依所逼，因此方氏不聽他的勸，非要朝他屋裡送人，在他看來，就是想要破壞他和和美美的小生活──他這樣想，倒也沒冤枉方氏──她老人家，可不就是這樣打算的？

東京，方氏聽過任嬸的回報，倍感絕望：「難道要讓我去求大夫人？」

楊氏一向看不上方氏，怎會幫她？任嬸覺得這條路太不靠譜，於是勸方氏道：「大夫人巴不得看著二夫人妳落難呢，叫好還來不及，怎會幫妳？還不如另闢蹊徑。」

方氏這會兒是一點兒主意都沒有，聽了任嬸這話，彷彿抓住了救命稻草，急急忙忙問道：「妳還有什麼法子？」

任嬸沒有直接回答她，而是問道：「二夫人，依妳看，如果大少爺去替妳向二老爺求情，勝算有幾成？」

方氏認真想了想，道：「肯定有八九成的希望，至少比仲微的話管用，畢竟他們如今已不住大房家了，而二老爺還要靠著伯臨的學館教書，怎會不給他面子？」她講完，又嘆：「可是妳也瞧見伯臨的態度了，他不肯去哩。」

任嬸笑道：「有一個人的話，在大少爺面前最管用的。」

方氏愣了一愣，反應過來，卻是帶著氣惱：「妳是指李氏？伯臨同他兄弟一樣，都是見了媳婦忘了娘的。」

任嬸點了點頭，道：「正是她，若她能幫著二夫人勸一勸大少爺，大少爺一準兒就答應了。」

方氏道：「當初伯臨入獄，我是開口趕過她的，她恨我還來不及，怎會幫我？」

任嬸笑道：「貿然前去自然是不會幫，須得先賣一個人情與她，這才好說話。」

方氏心中升起希望，忙問：「什麼人情，快快講來。」

任嬸先問道：「李氏當初離家是否心甘情願？」

方氏肯定道：「自然不情願，她已是嫁過一遭人的，又帶著個孩子，若不是手裡還有幾個錢，怎麼過？」

任嬸很開心地笑起來：「既然如此，二夫人何不扮一回紅娘，撮合她與大少爺？」

方氏先是憤怒，當初李舒進門她就是不同意的，認為高官家的閨女不好拿捏，如今好不容易趕出去了，還要接回來？但她仔細一琢磨，李簡夫已然倒臺，李舒如今的娘家還不如她呢，就算再接回來，料想也神氣不起來，揉圓搓扁還不是由著她這個婆母？

她心裡的一口氣慢慢順了過來，臉上也漸漸帶了笑，誇任嬸道：「這主意果然不錯。」

任嬸見事情有望，也很高興，又叮囑方氏道：「二夫人，此事不可操之過急，先莫要提起妳的事，等李氏重新進了門，備禮感激妳時，再向她提起。」

方氏不同意，擔心李舒忘恩負義，進了家門就不認她。任嬸偷偷白了她一眼，暗道，常聽張家那幾個讀書人講什麼「以小人之心度君子之腹」，果然是不錯的，方氏自己是這樣的人，就以為人人都跟她似的。

這些話她不敢講出來，只好耐著性子跟方氏講道理：「二夫人，大少夫人是要強的人，若她曉得妳另有目的，就不肯了。她若不願意，妳還能找誰幫忙去？」

好說歹說終於讓方氏聽了進去，答應先撮合張伯臨與李舒，再提求情的事。

任嬸認為，張家的幾個男人都是服軟不服硬，因此要想達到目的，就得以情感人，於是第二日起了個大早，到前面羅家酒樓借來磨子，磨了一堆江米粉，蒸了幾個團子，讓方氏帶上，趁熱給張伯臨送去，一路上又跟著叮囑了好些話。

方氏到學館尋到張伯臨，將熱乎乎的江米團子遞給他，又摸了摸他的臉，道：「上回來時就覺著你瘦了，今日特意起了個大早，做了幾個家鄉的團子，趕緊拿進去，同你爹趁熱吃了吧。」

張伯臨真以為她是特意來送吃食的，感動到熱淚盈眶，將團子送進去後，馬上又回轉，請方氏進到一間休息室，與她斟茶來吃。

方氏見他肯與自己坐下講話，驚喜異常，暗讚任嬸的主意果然高明。她接過張伯臨奉上的茶，卻不吃，望著他道：「我兒，你消瘦得緊，看來只有妾室確是不頂用，沒有正室在身邊就是不行。」

張伯臨聽見這話，還以為她是來勸他另娶的，一根弦立刻緊繃起來。

方氏卻道：「李氏那人雖然蠻橫些，但料理家事還是不錯的，加上又與張家添了孫子，我也就不同她計較，你不如擇個吉日，還把她接回來吧。」

勸張伯臨把李舒接回來，這事情本身並不能讓他驚訝，畢竟張仲微夫婦早就勸過他無數次了，但這樣的話從方氏嘴裡講出來，就令他太過震驚了，好半天才回過神來。

他盯著方氏看了又看，總覺得那番話的後頭還有個「但是」。他的確沒有猜錯，方氏沒有目的怎會甘做好人，不過她是經任嬸叮囑過的，將後頭的轉折藏起來了，因此張伯臨等了半晌，也沒等來變化。

張伯臨自新租了房屋，就有意將李舒接回，只是苦惱如何去向張梁講，此刻聽見方氏有同他一樣的心思，欣喜若狂，忙道：「娘有這樣的打算，何不去向爹講？」

方氏苦笑道：「你爹恨著我呢，怎會聽我的話？」

張伯臨失望道：「我做兒子的更不好提了，看來我此生與她無緣。」

正說著，有學生來請，張伯臨便告了罪，朝教室去了。

方氏自學館出來，想到白跑了一趟，心情很是糟糕，就將一腔怒火撒到了任嬸身上。任嬸滿腹委屈，道：「大少爺又不是不肯，只是讓二夫人去向二老爺提一提而已，二夫人為何不答應？」

方氏氣道：「二老爺會聽我的？」

任嬸回嘴道：「聽不聽的，講了再說，二夫人這樣一來，自個兒把自個兒的路堵死了。」

主僕倆都認為自己才是有理的那個，吵吵鬧鬧地朝東京去了。

張伯臨的心情久久不能平靜，連方氏都在想念李舒，他還等什麼？如今他屋也租了，賺的束脩也養得活家人，正是將李舒接回來的好時機，但他卻遲疑，不知如何向張梁講。

他不是不好意思，只是當初趕李舒走，張梁也有份，如今他這做兒子的去提，豈不是在打老子的臉？本來指望方氏幫忙，卻被拒絕了，如何是好？

晚上學生放學後，他還不想回家，便與張梁在學館門口分手，獨自朝官府後衙去，想找張仲微吃兩杯。張仲微正同林依逗小玉蘭玩耍，見他愁眉苦臉，忙問緣由。

張伯臨苦笑著講了煩悶之事，向張仲微道：「要不你幫我向我爹提一提？」

張仲微還沒應答，林依卻嗤道：「你們這些男人，真以為女人生來就沒骨氣？大哥想要接舒姊姊回來，也不問問人家願意不願意。」

張伯臨傻眼了，又不得不承認，林依講得很有道理，李舒是什麼性子他很清楚，若不問她的意見，貿然上門去接，她肯定不願回來。加上他這幾個月，由於羞愧、自卑種種原因，沒去瞧過李舒一眼，說她心裡沒有氣，他自己都不信。

林依見張伯臨一臉頹然，又有些不忍心，教他道：「既然不曉得人家的心思，就該設法去問一問。」

張伯臨心想，女人的心思自然是女人更加瞭解，於是虛心求教道：「三娘指點指點我，大哥感激不盡。」

張仲微也幫著勸：「撮合姻緣是積福的好事哩。」

林依本來就是願意幫忙的，經他們兩人這一說，馬上思索起來，她想起李舒提過張浚明，便道：「我記得浚明的生辰馬上就到了，何不以此為由，下個帖子給舒姊姊？」

張伯臨猶豫道：「她待浚明固然不錯，但畢竟不是她親生的，她會給這個面子？」

林依道：「你請她，顯得你有心，至於來不來，則是她領不領情的事。」

所謂當局者迷旁觀者清，張仲微先回過味來，喜道：「大哥，我娘子講得有理。你不就想知道李氏願不願意回來嗎，若她願意，豈會不來？」

張伯臨一想，真是這麼回事，於是歡歡喜喜答應下來，又拱手道：「不管成不成，先在這裡謝過你們。」他實在是盼著李舒回來，張浚明的生辰宴還沒著落，先親筆寫了帖子來，央林依親自與李舒送去，理由是：「萬一她有話要捎帶，那些丫頭媳婦子怎聽得清楚。」

林依暗笑一氣，答應了，接了帖子，坐轎子到李舒家去。李舒聽說她來了，很是高興，連忙命人開了大門，請她進來，笑道：「好些時日不見妳來，還道妳把我忘了。」

林依玩笑道：「確是把妳忘了，今日來，也不過是受人所託。」

李舒聰敏人，一聽就猜到端倪，紅了臉不作聲，只接過張浚海來拍著。林依自袖子裡取出帖子，遞與她道：「再過幾天是浚明生辰，舒姊姊若有空，帶著浚海去瞧瞧哥哥吧。」

李舒啐道：「誰要瞧他。」

林依見她聽岔了，大笑：「我講的是浚海的哥哥，浚明，妳道是誰？」

李舒窘了，臉上更紅，只好藉著看帖子來遮掩，瞧了一時，道：「雖然不是我親生，但到底是從小帶大的，還真有些想他。」

林依道：「他心裡只有妳這個娘呢，也是想得緊。」

李舒想起自從她離開張家，張伯臨還沒來瞧過她，就恨道：「孩子倒比大人重情意。」

林依知道她指的是什麼，故意道：「大人也重情意呢，只是沒臉來。」

李舒聞言，點頭道：「他的確是沒臉。」

林依笑著起身，道：「有臉沒臉的，等他自己跟妳解釋去。」又問：「舒姊姊到底去是不去呀，給個準話兒。」

李舒拍她道：「做了幾天知縣夫人，果然狂妄起來。」待得送林依到門口，又笑道：「妳親自來請，我自然是要去的，怎能不給知縣夫人面子。」

林依也笑：「只要妳去，我差事就算了結，管妳是給誰面子。」她告辭回來，將李舒答應赴宴的事講了，大家都很高興，張伯臨更是謝了又謝。

楊氏得知此事，特意把張伯臨叫去，道：「李氏是個好的，你想接她回來是對的。只要她願意回，你爹那裡我去講。」

張伯臨正愁這個，聽見楊氏主動應承，喜出望外，卻又擔憂一件事，若張梁並不歡迎李舒來張浚明的生辰宴，怎辦？

楊氏聽了他的苦惱，寬他的心道：「這有什麼難的，到時兩處擺酒，男人都到你家去，女客到我這裡來，兩人根本連面都見不著，肯定起不了衝突。」

這就是要借場地的意思了，張伯臨又是一陣歡喜，將她謝了又謝。

接下來的幾天，大夥兒為了張伯臨與李舒復合，也為了張浚明的生辰宴忙開了。請廚子的請廚子，借桌椅的借桌椅，張伯臨這個當事人就更不用提，忙碌得是腳不沾地，把學館的事情全交給了張梁。

張梁只當他是重視庶長子，雖有些不以為然，但也沒攔著。這日他獨自在學館教書，忽然有人來找，他丟了書本出來一看，卻是個奴僕打扮的人，身上穿得比他還好。這人自稱是王翰林家的家丁，奉命來請張伯臨去王翰林府上講話。

張梁一聽，嚇呆了，因為當初李簡夫倒臺，張伯臨入獄這些事，就是王翰林同歐陽參政聯起手來辦的，如今他來找張伯臨，只怕是凶多吉少。

張梁心中一陣慌亂，斷不敢報出張伯臨行蹤，只道：「我兒子這幾日有事，不知去了哪裡，只怕一時半會兒回不來，不如我跟你走一趟？」

可憐天下父母心，張梁雖然害怕，但還是想替張伯臨去探探消息，因此才講出這個話。

來人聽後，雖然不大願意，但轉念一想，請不到兒子，去個老子也算能交差，總比回去挨罵的好，於是就點了頭，請張梁上了他帶來的轎子。

張梁坐在轎子上，心下忐忑不安，暗自猜測，難道這就是所謂的先禮後兵？

自從李簡夫倒臺，王翰林順風順水，也同歐陽參政一樣，有了一間御賜的大宅子，張梁所坐的轎子就在這宅子前停下，等候看門的進去通報。

王翰林聽說張伯臨沒請到，只來了張梁，十分惱火，認為這是張家不給面子，當即就要轟走張梁，根本不想見他。王翰林夫人卻道：「老爺，你也不想想，你今日是為了什麼才去請張伯臨？這事兒對他父親講，只怕還合適些。」

王翰林聽了夫人的這番話，復又高興起來，連聲衝下人喊了好幾個「請」字，又讚夫人道：「還是妳心細，且在簾子後聽著，若我有忘記了講的，妳提點著些。」

王翰林夫人笑著應了，當真在簾子後設了個座兒，過去坐了。

張梁惶恐不安地進來，準備與王翰林磕頭，王翰林卻命人攔了，請他到椅子上坐下，又叫人端上香茗來，十分地客氣。他越客氣，張梁越害怕，上了茶，又不敢不喝，端起茶盞來時，一雙手抖個不停。

王翰林不知他心裡想什麼，只當他是上不得檯面，還沒開口談事情，就先有了三分悔意。他想去問一問夫人的意見，就仗著自己是個官，把張梁晾在了那裡，掀簾進去了。

王翰林夫人見他進來，驚訝問道：「怎地了？」

王翰林不講話，將她拉到裡面，才道：「虧妳把張家誇得跟什麼似的，妳瞧那個張梁，連個茶盞子都端不穩，怎麼配得上我們王家？」

王翰林夫人急道：「罷喲，你還挑三揀四，也不瞧瞧我們家十一娘今年都多大年紀了，再不出嫁，傳出去羞煞人。」

王翰林拿閨女無法，只好嘆了口氣，重新出去。張梁正在廳裡等得心焦，又不敢走，看見王翰林出來了，趕緊抹了抹額上的汗，大著膽子問道：「不知王翰林找小人來，所為何事？」

王翰林聽他講話倒有些文縐縐的意思，就把瞧不起他的心思壓下了幾分去，問道：「你如今在哪裡高就？」

張梁老實答道：「在祥符縣開了個館，教書哩，混口飯吃罷了。」

王翰林又問：「令子也在那裡教書？」

張梁暗暗叫苦，果然問道張伯臨身上來了，他斟詞酌句，慢慢答道：「犬子已熄了做官的心思，只盼平平安安到老。」

他只望王翰林聽了這話，能放過張伯臨，卻不料王翰林竟失望道：「我還以為他有些雄心壯志呢，怎這般經不起風雨？」

張梁當初好幾次進京趕考，雖然沒有考上，卻也為了走關係，同好些官員打過交道，好歹算是見過些世面的人，此時聽了王翰林這話，暗自琢磨，難不成自己猜錯了？王翰林其實是想提拔張伯臨，而不是要害他？

王翰林見張梁低頭不語，還以為他聽不懂，愈發覺得他上不得檯面，乾脆就把話挑明了講，稱他家有個女兒，今年剛滿二十，聽說張伯臨學問不錯，人也生得整齊，因此想與張梁結個親家，只不知張伯臨自從休妻後可曾另娶。

王翰林敢講這番話，自然是曉得張伯臨沒有另娶的，拿這個來問張梁，分明只是走個過場。

張梁聽了王翰林的話，除了不敢置信，還是不敢置信，直到狠狠掐了自己一把，疼得齜了牙，才相信這天大的好事確是砸到他頭上了。他因為太過喜悅，就忘了留意王翰林描述自己女兒的話，只曉得他家的兒子張伯臨。被堂堂朝廷二品大員瞧上了，這只要娶了王翰林家的閨女，什麼仕途什麼榮華富貴，豈不就是信手拈來的事？

他當即打著哆嗦，應下了王翰林的話，稱一回家，就請媒人上門來提親。王翰林對他的態度還是滿意的，便命人還是用剛才那頂轎子送了他回去。

王翰林夫人自簾子後轉出來，不滿道：「這張梁果真上不得檯面，眼皮子也太淺了些，一聽說可以與咱們家結親，連我家女兒生的什麼樣兒也不問問就答應了。」

王翰林不悅道：「我說他上不得檯面，妳要駁我；我聽了妳的話，妳卻又有意見，到底要怎樣妳才滿意？」

王翰林夫人潑辣，不然王翰林也不會一個妾也沒得，當即就與他吵了個天翻地覆。

當然，這些事情張梁是不知道的，直到回了祥符縣，也沒想起來自己忘了問王翰林家閨女的樣貌。他下了轎子，覺得自己已是王翰林的準親家，賞錢也沒給，就大搖大擺地進了學館。

這會兒張伯臨已回來了，正在望著空蕩蕩的教室發愣，不知父親和學生怎麼都不見了。張梁走進來，拍了拍他的肩膀，笑道：「別看了，學生都讓我放回去了。」

張伯臨詫異道：「爹，無緣無故，你放學作什麼？咱們家的口糧可都指著這些學生呢。」

張梁哈哈一笑，將他見王翰林的事繪聲繪色講了一遍，又洋洋自得道：「你有了這門好親，有的是官做，還教這門子破書作什麼。」說著用力拍了拍張伯臨的肩膀，出門尋媒人去了。

等張伯臨從震驚中醒過來，張梁已沒了蹤影，他拔腿追出去，邊跑邊問，足足追了半條街才把張梁追到，氣喘吁吁問道：「爹，你做什麼去？」

張梁奇道：「自然是去尋媒人上王翰林家提親去，不然跑了一門好親，後悔大著呢。」

張伯臨死命拽住張梁，不肯放他走。張梁不明所以，追問緣由。張伯臨無法，只得告訴他，自己想與李舒復合。

這若放在先前，張梁沒準就答應了，可如今將王翰林與李舒一對比，他自然而然地要選擇前者。他見張伯臨想的同自己不一樣，大罵他糊塗，但張伯臨不管他怎麼罵，就是不肯鬆手。

張梁到底上了點年紀，掙不脫張伯臨的手，只好軟了語氣，道：「你若還想著李氏，將她接回來做個偏房便是，何苦為了一個女人放棄大好前程？」

張伯臨卻道：「官場上的那點子事，兒子看穿了，不願再回去。爹，你就依了我吧，兒子不會讓你餓著的。」

張梁急得跳腳，卻又無可奈何，只能由著張伯臨把他硬拖回去了。他坐在屋裡生悶氣，不過倒也沒灰心，因為兒女的親事向來都是父母作主，就算張伯臨不同意，他也一樣能去換草帖。

張梁瞅著門外的張伯臨，心道，我看你能守到什麼時候，明日你總要去教書，我怎麼也能尋到機會去媒人那裡。

他卻是低估了張伯臨的本事，第二日天還沒亮，張伯臨就去街上尋了個閒漢來，許他幾個錢，命他從早到晚守住張梁，不許他去媒人家。

張梁身後多了個盯梢的，氣到鼻孔冒煙，卻又拿張伯臨無法。他思來想去，覺得此事光靠自己的力量極為難辦，不如求助於他人。他在東京祥符這麼些親戚，總不會個個都似張伯臨這般糊塗。

他想著想著就笑起來，故意招手喚那個閒漢：「喂，我兒子有沒有跟你講，不讓我去走親戚？」

那閒漢倒也實誠，答道：「不曾，張老爺只要不去媒人那裡就成。」

張梁哼了一聲，大步邁向官府後衙去見楊氏。那閒漢想跟進去，卻被家丁攔下，張梁得意洋洋地看了他一眼，朝裡面去了。

楊氏見到他，客氣問道：「新租的屋子還住得慣？」

張梁答了，又寒暄幾句，道：「大嫂，妳瞧伯臨這糊塗孩子，明明有一樁好親，他就是不肯答應。」

楊氏心內一驚，問道：「什麼親事？」

張梁要賣關子，故意反問：「大嫂先猜猜，今日我上哪裡去了。」

楊氏是答應過張伯臨復合的事的，可沒心思與他猜謎頑，不耐煩道：「我怎麼曉得你去了哪裡。」

張梁還有事求她，聽出她語氣不善，不敢再顯擺，老實答道：「王翰林家有個女兒想嫁與伯臨為妻，大嫂，妳說，這算不算天大的好事？」

楊氏將椅子一拍，氣道：「你難道不知道王翰林與歐陽參政政見不和？你想讓大郎娶王翰林家的女兒是什麼意思？想讓伯臨與仲微兄弟倆反目為仇？」

張梁實在是沒想過這層干係，瞠目結舌，愣了好一會兒才尋出個藉口來：「伯臨怎會與仲微為敵？他若娶了王翰林的女兒，倒似個『知己知彼，百戰不殆』。」

其實什麼王翰林與歐陽參政政見不和，只是楊氏講出來嚇唬張梁的，這二人在官場上都圓滑無比，有分歧也只在私底下，面兒上的功夫做得圓滿無比，就算張伯臨跟了王翰林也沒什麼大礙。只是這樣一來，李舒怎麼辦？楊氏可是答應過張伯臨，只要李舒有意回張家，她就要幫他說服張梁的。

楊氏盯著張梁，有很多話此時講來都嫌太早，無奈之下，只好從王翰林家下手，問道：「王翰林那個女兒多大年紀，樣貌如何，品行如何，你都瞭解清楚了？」

張梁愣住了，他記得王翰林好像提過一點半點，但當時他太過驚喜，什麼都沒聽進去。

楊氏見他這副模樣，哭笑不得，又問：「王翰林想許給伯臨的那個女兒是不是今年二十？」

張梁連連點頭，道：「依稀聽見王翰林提過，就是二十。怎麼，大嫂知道她？」

楊氏好笑道：「滿東京的人誰不曉得他家有個嫁不出去的閨女，只是礙著王翰林的面子，不肯講罷了。」說著，就詳詳細細講起那王家閨女的情況來。

張梁聽她講了一通，才明白這偌大的餡餅為何偏偏砸到了他頭上——原來王翰林家的這個女兒排行十一，但除了雙親，人人都不喚她十一娘，而是稱呼麻娘，只因她長了好一臉的麻子，不戴面紗根本沒法見人。就因這一臉的麻子，哪怕她爹是翰林學士，也無人問津，一直挨到了二十歲還沒嫁出去。

張梁的一張嘴張了又閉，閉了又張，硬拗著道：「我早就猜到了，王翰林是什麼身分，若不是閨女有些個小毛病，怎會瞧上我們家伯臨？即便如此，還是我們高攀了，伯臨若是娶了他家的閨女，前途無量。」

楊氏看著他，恨不得講一句：反正不是跟你過日子，你當然講得輕鬆了，只不知那滿頭滿臉的麻子，張伯臨見了，會不會唬得不敢進門。

她為了張伯臨，慢慢地勸張梁道：「你就算是為了大郎的前程，也該與他挑個模樣周正的，娶個麻臉媳婦回家，惹人笑話哩。」

張梁一心攀上王翰林，哪裡肯聽這個話，見她不肯幫忙，氣呼呼地就走了。他在祥符就大房這家親戚，再尋不出第二家，於是出得門來，直朝東京去。那閒漢極是賣命，一路跟到東京城，還與張梁開玩笑：「張老爺，四川老家去不去？我幫你雇馬。」

張梁沒閒心與他吵嘴，瞪過一眼，開始琢磨，東京兩戶人家，是去方氏那裡，還是去張八娘那裡？他想了想，方氏是個講不通道理的蠢貨，還是先去探探張八娘的口風，於是就帶著閒漢這甩不脫的尾巴，朝羅家而去。

此時正是酒樓最忙碌的時候，張八娘在店中脫不開身，張梁只好由羅書生陪了，坐著等她，但左等右等就是不見她回來。羅書生叫閨女跑了一趟，還是只帶回個口信：「酒樓客人實在太多，抽不出空來，娘講了，若外公是要借錢，就同我爹說。」

張梁自然曉得張八娘為何有這樣一句話，臉登時紅了起來，心裡把方氏暗罵了上十遍。他尷尬地朝羅書生笑了笑，道：「我怎會到你們家來借錢，只是有件事情想託你幫個忙。」

羅書生對岳丈還是尊敬的，忙問他有什麼事，只要幫得上的一定幫。

張梁聽了這話，覺得女婿比兒子更懂事，便將王翰林有意結親，而張伯臨不但不肯，反而派了個閒漢盯梢的事講了，又央道：「好女婿，你去請個媒人來家，我同她說。」

羅書生不想管張家的事，但轉念一想，若為這麼點小事就把岳丈得罪了划不來，不如使個金蟬脫殼的計策，媒人還是給請，但他自己只管躲出去，若別人問起，就稱他當時不在場，什麼也不知道。

他想定了計策，就站起身來，道：「爹，你坐著吃茶，我去幫你請媒人。」

張梁不知他心裡的打算，見他這般熱情，有些過意不去，忙道：「哪消你親自去，隨便遣個人便得。」

羅書生怕走不脫，哪裡肯聽，只稱旁人去他不放心，匆匆忙忙就走了。張梁暗誇著好女婿，喜孜孜地等著。

過了會子，媒人沒等到，卻聽見院門口吵吵嚷嚷，鬧個不休。羅家閨女膽子小，不敢出去，便央外公出去瞧。張梁走到院門口一看，原來是跟著他來的那個閒漢將一個媒婆打扮的人攔在了門口，不許她進來。他先問那媒人道：「是我家羅女婿請你來的？」

媒人連連點頭，指了閒漢，抱怨道：「你家怎麼回事，特意請我來卻又不許進門，再不讓我進去，我就走了，許多生意等著呢。」

張梁氣得慌，抬腳踢了閒漢一下，罵道：「趕緊閃到一邊，莫耽誤了老爺的正事。」

這一腳不輕，閒漢疼得倒抽冷氣，心裡卻歡喜想著，有了這一腳，就能向張伯臨多討幾個錢，於是高高興興地向張梁道：「張老爺，你想踢幾腳就踢幾腳，千萬別客氣。」

張梁氣得猛翻白眼，只當他瘋了，死命扒開他，朝那媒人叫道：「快些進去。」

媒人應了一聲，快速閃身進門，等到她在院內站定，轉頭一看，傻眼了——那閒漢倒扛著張梁，正大步朝外跑著呢。

張梁倒掛在閒漢的肩膀上，硌得胸疼，頭也發暈，慌忙叫喊，那閒漢卻偏不聽，直到跑至另一條街上才把他放了下來。張梁惦記著那媒人，一落地就朝回衝，卻被閒漢攔了回來。閒漢威脅他道：「張老爺，我有的是力氣，你若再跑，我就一氣把你扛回祥符縣去。」

張梁恨恨地跺腳，卻拿他沒法，只好道：「那我去瞧瞧我家夫人。」

這個要求閒漢准了，又跟條尾巴似的，隨張梁到了羅家酒樓後院裡。方氏見到張梁，喜出望外，卻不知他是來送生活費的，還是來接她回祥符的，於是眼巴巴地盯著，等待他開口。

張梁看了看院子裡守著的閒漢，招手叫方氏近前，小聲道：「妳悄悄地出門去，尋個媒人，也別請來家裡，直接叫她出個草帖，填了伯臨的生辰八字，送到王翰林府上去。」

填草帖，那不就是要娶親？方氏愣道：「送到王翰林家作甚？」

張梁笑道：「我們家要作興了，王翰林有意將女兒嫁與我們家伯臨，得趕緊提親去。」

方氏還指望著賣李舒一個人情，好讓自己有機會去祥符呢，因此一聽這話，堅決反對，死活不肯出門去尋媒人。

張梁一直認為方氏是討厭李舒的，現在好不容易有機會娶一房新媳婦，卻為何不願意？他百思不得其解，便準備動用武力。

任嬸瞧著不對勁，連忙上前，道：「二老爺，只要你答應把我們接回祥符縣，二夫人馬上就去尋媒人。」

方氏好不容易盼到李舒娘家失勢，怎會願意又娶一房不好拿捏的媳婦？她恨任嬸講得不如意，伸出巴掌就朝她臉上扇去，罵道：「哪個說我要去請媒人？」

張梁本來沒指望方氏，但如今只剩下了她，只好耐著性子問道：「妳為何不同意這門親？王翰林那是怎樣的人家，若伯臨娶了他家小娘子，還愁沒得官做？」

方氏才不稀罕什麼官不官的，她娘家哥哥是官，兒子伯臨也曾是個官，如今都是什麼下場？她所期盼的和張梁完全不一樣，她只願家裡平平安安，吃喝不愁，再來個聽話的好媳婦，懷抱兩個胖孫子，這輩子就滿足了。

這老兩口心裡想得完全不一樣，哪裡談得到一處去，完全是雞同鴨講，吵吵嚷嚷了好一陣，也沒能出個結果。

張梁一氣之下，到對面算命的攤子上借來紙筆，寫下張伯臨的生辰八字，交與任嬸道：「這趟差事就交與妳了，若辦得好，重重有賞。」

任嬸一聽說有錢拿，十分願意，接過紙就要出門。方氏衝上去，把她攔在門口，罵道：「妳到底是誰的陪嫁？妳要是敢去尋媒人，我轉頭就把妳賣掉。」

任嬸還沒答話，那蹲在門口的閒漢一聽見「媒人」二字，嗖地就衝了過來，叫道：「誰要去尋媒人，先吃我兩拳。」

方氏樂了，忙把任嬸一指，道：「就是她，快些攔住了。」

閒漢上前一步，將任嬸兩條胳膊反剪，方氏則趁機搜出張伯臨的生辰八字，撕了個粉碎。

張梁走出門來，瞧見這一幕，氣得直轉圈：「反了，反了。」

閒漢生怕張梁再待下去，他的工錢就要泡湯，於是放開任嬸，衝張梁唱了個肥喏，道：「張老爺，若您尋了媒人，我一家老小明日就要喝西北風。」

這話只講了一半，張梁正等著他接下文，人就被扛了起來，氣得他哇哇大叫。閒漢也不理他，埋著頭一路狂奔，直到見了張伯臨才把他放下來，伸手要工錢。

張伯臨聽閒漢講了經過，讚許有加，當著張梁的面付了工錢，又叫他照舊盯著。張梁大罵張伯臨不孝，惹來學館裡許多學生探頭探腦，張伯臨卻故意大聲道：「我生怕父親路上有閃失，特意雇個人跟著，何來不孝一說？」

此話一出，那些腦袋就又縮回去了，看來很是認同。張梁欲哭無淚，只好回家，坐在屋裡生悶氣，連小墜子端茶來也被他趕了下去。他仔細想了想，張伯臨為何不願娶王翰林家的閨女，皆因惦記著李舒，看來要想做成這門親事，還得從李舒那裡下手。

他想著想著，計上心頭，馬上提筆，與李舒寫了一封信，大意是，張伯臨這裡有一門好親，為了避免女家誤會，希望李舒能深明大義，早日另尋人家，趕緊嫁了算了。

李舒正在家，高高興興地準備參加張浚明的生辰宴，等待與張伯臨復合的日子，沒想到等到的卻是這樣的一封信，直把她氣了個火冒三丈，差點派家丁打上張家門去。

甄嬸勸她冷靜，道：「此事其中必有蹊蹺，還是找到張家大少爺問個明白的好。」

李舒卻搖頭道：「還有什麼好問的，咱們遭人嫌了，趕緊回老家去吧。」

甄嬸急道：「怎能不問個清楚就走，萬一這不是張家大少爺的意思呢？」

李舒道：「我知道，這事兒十有八九不是他的主意，但我就算要重回張家，也得他們家兩位尊長同意不是？不然哪怕回去了，也得天天看著人家的臉色度日，有什麼意思？」

這話確是有道理，甄嬸嘆了口氣，不作聲了。李舒抱了兒子，開始指揮下人收拾箱籠，準備三天內就離開祥符縣，回四川老家去。

大房那邊，林依才剛得知張梁欲與王翰林結親的事，急急忙忙趕到李舒家來，看到的便是這番忙碌著要搬家的景象。她大驚失色，慌忙問李舒道：「舒姊姊，妳這是要搬到哪裡？」

李舒站在屋簷下，看著下人們捆箱子，答道：「回四川，至於去眉州，還是去雅州，尚未想好。」

林依猜想她是聽到了風聲，忙道：「妳莫要聽外頭的那些傳聞，大哥可是一心一意想要接妳回去。」

李舒心裡堵得慌，也不分辯，直接取出張梁的那封信，遞與林依瞧。林依一樣是張家的媳婦，看了幾行，也被氣著了，摔了信紙道：「叔叔真是越老越糊塗。」

李舒見她摔了信紙，反倒笑了，問道：「妳說我是搬回老家，還是留在祥符縣改嫁？」

林依答不上來，只能報以苦笑。她眼看著屋裡都被搬空了，心知耽誤不得，匆忙告辭，催著轎夫以最快的速度衝到學館，尋到張伯臨道：「大哥，你還在等什麼，趕緊去舒姊姊家看看吧，再不去，人都走了。」

張伯臨驚詫道：「出了什麼事？」

林依沒好氣道：「問你爹去。」

張伯臨不知是什麼事讓她也發這麼大脾氣，待得匆匆趕到李舒家，見了那搬家的陣仗，又撿起地上的信件看了看，這才明白了端倪。

李舒抱著張浚海，離他三步遠站著，冷冷道：「兒子還小，我不想改嫁，只怕要讓你爹失望了。不過我也不願做那等討人嫌的，即刻就回老家去，不耽誤張大少爺成親。」

甄嬸掇了一包錢出來，扔到張伯臨腳下，道：「預先恭賀張大少爺新婚大吉，這包錢就當禮金了。」

張伯臨心中無鬼，倒也沒臊著，只是愧疚得緊。他看了看李舒，又看了看她懷裡已會拍著小手叫爹的兒子，突然一個箭步上前，抱過張浚海，向李舒道：「回老家也沒什麼不好，我同妳一起回去。」

李舒怎麼也沒想到張伯臨會作出這個決定，一時愣住了。甄嬸替李舒高興，卻不忘提醒張伯臨：「你就算走了，張家二老爺也一樣能替你把王家小娘子娶進門，到了那時候，我們家李娘子算什麼？」

李舒聽了這話，迅速回過神來，奪回兒子，緊緊摟著，道：「若照你這般行事，我的浚海生生由嫡出變作庶出了。」

跟李舒回老家乃是張伯臨臨時起意，的確是沒思慮周全，此時聽甄嬸一講，也覺得不妥，登時煩惱起來。

門口突然傳來一個聲音：「我說你們還猶豫什麼，酒樓不是剛訂了幾桌，趕緊把復合的喜酒辦了，什麼事都不用再怕。」

幾人扭頭一看，原來是林依。林依走到他們跟前，笑道：「恕我多事，不放心跟來看看，不過算是跟對了，好歹出了個主意。」

張伯臨仔細想了想，猛一拍手，轉身就跑：「三娘這主意不錯，我趕緊回家改帖子去。」

李舒追了幾步，叫道：「不用改，街上有現成的喜帖賣。」說完，見眾人都掩嘴偷笑，不好意思起來，羞紅臉扎進了房。

她與張伯臨二人也算得是好事多磨，林依不忍進去臊她，抱了抱張浚海，告辭離去，幫著張伯臨準備喜宴的事。

就這樣，張浚明的生辰宴被臨時改作了喜宴，原先的帖子壓下，另發喜帖出去，告訴親朋好友，張伯臨與李舒夫妻二人即將復合了。

在大宋，這種被休後又被接回夫家的事雖然不多，但也不算罕見，不過往往都是悄悄地知會親友，不會大肆操辦。而張伯臨為的就是斷了張梁的想頭，因此怎麼熱鬧怎麼來，只要是認識的人，喜帖一張不漏，還特意給王翰林也送了一張過去，那成串的大鞭炮更是買了一串又一串。

到了喜宴那日，所有的賓客都到齊了，張梁才得知李舒要回張家，等他緊趕慢趕到酒樓想要阻止，已是來不及了，只好哭喪著臉由著李舒叫了爹，接過張浚海來抱著。

張伯臨樂呵呵地辦完了酒宴，攜妻帶子回家去了，留下張梁坐在酒樓門口唉聲嘆氣，經張仲微勸了好一會兒才回家去了。

林依先是擔心張梁會到李舒跟前找麻煩，但轉念一想，公爹到底不是婆母，好對付得很，於是就放寬了心。

張伯臨與李舒終於又過上了安穩的小日子，楊氏卻暗自疑惑，王翰林與張伯臨向來沒什麼接觸，好端端的怎麼就瞧上他了呢？她通過昔日東京的那些關係，悄悄查了查，發現張伯臨居然是牛夫人極力推薦給王翰林的。

楊氏驚怒之下，決定與娘家斷絕往來，發誓，以後就算過年，也不會踏進牛夫人家半步。

張伯臨與李舒歷經了兩次磨難，很懂得珍惜了些，你敬我來我敬你，日子過得親親熱熱，倒把兩個通房丫頭擠到了一邊去。

方氏仍舊住在東京，雖然時不時地總上祥符來，卻再也不敢露出跋扈模樣，只是見了李舒總要磨一磨，稱她與張伯臨復合自己也出了力，如今輪到她來還人情，去說服張梁，許她搬回祥符縣。

李舒現在沒得婆母在身旁，日子過得逍遙自在，自然不肯幫這個忙，只要遇見方氏，除了耍太極，還是耍太極，讓方氏也拿她無法。

光陰如梭，轉眼一年過去，小玉蘭也會走路了，成日跌跌撞撞，找娘，找爹爹。這閨女長得像張仲微，讓他愛極，只要一抱上就捨不得撒手，這日他脫了官服，正與小玉蘭躲貓貓，自己藏起來，讓她找。小玉蘭笑呵呵地東看看西瞧瞧，一路尋到院門口，一抬頭，卻見個長鬍子的老頭領了一大群隨從盯著她瞧，玉蘭沒見過他，覺得陌生，趕忙轉身找奶娘，咿咿呀呀，叫她去喊家丁趕人。

那老頭的一張臉先紅後紫，看起來氣得不輕，但對著個小娃娃又不好發作，只好把袖子一甩，準備進院子。

張仲微等得久了，忍不住從藏身之處鑽出來，想作個弊，提醒一下閨女，但一探頭，愣住了，不敢置信喚了聲：「爹？」

鬍子老頭正是張棟，威嚴地輕點一下頭，當作應了。張仲微好幾年不曾見他，趕忙上前磕頭，玉蘭跟著爹學，也磕了一個。張棟臉上總算有了點兒笑容，自一個妾手裡接過一只盒子，遞給玉蘭，當作見面禮。

玉蘭歡天喜地跑回第二進院子，舉了那盒子給林依瞧，林依打開一看，裡頭是一對成色上好，雕工精細的玉鐲，她驚訝問道：「這是誰人送的？」

玉蘭太小，講不清楚，奶娘花嫂子上前代答：「在門口遇見一位老爺，二少爺管他叫爹，這鐲子就是他送的。」

林依更為驚訝，站起身來：「大老爺回來了？」

花嫂子方才是頭一回見張棟，不敢肯定，楊嬸從廚房趕來，道：「二少夫人，確是大老爺回來了，已朝大夫人廳裡去了，二少爺跟著。」

林依得了肯定答覆，遂抱起玉蘭，也往楊氏那裡去。

第一進院子的廳裡，張棟正在誇讚張仲微，稱他眼光好又會做人，把歐陽參政跟得定定的，換得了官路順暢，比張伯臨強多了。

張仲微不敢居功，先道：「我能跟著歐陽參政，全靠當年爹的指點，不然依我自己的性子跟了李簡夫，如今也好不到哪裡去。」又道：「自從娘回京，幫扶我不少，參政夫人在私底下也同我們家親熱。」

林依在門口聽見這話，暗讚一聲，張仲微這幾年果然是歷練了，長進不少，曉得捧張棟捧楊氏，卻隻字不提自己和媳婦，免得引來反面效果。她走進廳去，與張棟磕頭，與楊氏行禮，又哄著玉蘭叫了祖父。玉蘭聽話，甜甜叫了一聲，又非要鑽到楊氏懷裡歪著，使得楊氏笑容滿面。

張棟對孫女的期望並不怎麼高，正因為如此，瞧起玉蘭來還算是順眼，就著面兒上的情，誇了她幾句聰敏可愛。

楊氏剛才得了張仲微的讚，要還清，便指了林依，誇道：「歐陽參政之所以與咱們家走得近，全靠媳婦把參政夫人哄得好。」

張棟看過家信，大略曉得些林依靠股份拉攏參政夫人的事，這樣的手段他是極為欣賞的，因此跟著楊氏，由衷讚了林依幾句。

林依受寵若驚，又感到奇怪，張棟自己沒了親兒子，應該很盼著張仲微替他續香火吧，為何見了孫女也高興，見了沒生出孫子的兒媳也無半句怨言？

成長環境所致，林依是敏感的人，她認為，凡是有異常的事情都是有原因的，因此待得張棟發話讓他們夫妻退下，就拉了張仲微到偏僻處，悄悄問道：「爹怎麼見誰都和顏悅色，難道在任上出了變故？」

張仲微好笑道：「爹好幾年沒回家，自然見誰都開心，妳怎麼盡朝壞處想？」

林依不好意思道：「我這不是擔心爹嗎……」

張仲微肯定道：「放心，爹是極會做官的人，這此回京是要高升了，他不想張揚，這才沒傳開。」他頓了頓，又道：「不過我也沒想到他這樣早就回來了，還以為下個月才到，所以沒同妳講。」

林依將手一拍，接道：「其中必有緣故。」說著把他一推，慫恿他去聽牆根。

張仲微死活不肯，反推她道：「爹帶了那麼些人回來，妳這當家還不趕緊去安排住處。」

林依一聽，還真犯起愁來，張棟帶回的人，男男女女足有十來口，第一進院子和第二進院子加起來，一共只剩三間房，這哪裡夠住？

她與張仲微回到自己房裡，同他商量道：「我看爹帶了好幾房下人回來，只怕要在外面租個房與他們住。」

張仲微卻道：「不急，爹不一定住在祥符，聽說他下一個差遣就在京裡，這些人恐怕都要跟了去。」

即便如此，上任前的日子總要對付過去，難不成張棟才來家，就要把他朝外趕？林依發現，和男人商量家務事果真是對牛彈琴，於是撇下張仲微，先使人去打聽附近有哪些短期租房的地方，再派青梅去第一進院子守著，等楊氏一得閒，就來告訴她。

半個時辰後，廳門終於開了，張棟腳步匆匆地出來，帶著那一群人，全朝東京去了，一個也沒留下。隨後，楊氏出現在門口，遠望張棟離去的背影，神色複雜。青梅從她臉上瞧出一絲恨意，嚇得一哆嗦，趕忙跑回第二進院子，稟報林依。

林依納悶，看了張仲微一眼，道：「難道是因為爹帶了許多妾回來？」

張仲微搖頭道：「我看不是，娘還在衢州時，爹的妾大概就不少了。」

他講得有道理，林依想起楊氏之所以回東京，就是因為受不了張棟一個接一個地納妾，若要恨，早就恨了，犯不著今天才恨。那究竟是什麼原因，讓平日喜怒不形於色的楊氏忍不住在人前顯出了恨意？

林依猜了又猜，猛地恍然：「仲微，此事一定與爹的反常表現有關聯。」

張仲微還未接話，就見流霞出現在院子裡，趕忙把要講的嚥了回去，又給林依使了個眼色，叫她噤聲。

流霞走到門口，站定行禮，稱楊氏有請林依，說完便匆匆走了。

張仲微兩口子很詫異，因為平日楊氏傳話都是使喚小扣子，今日勞動心腹，必有要事。

林依整了整衣裙，朝前面去，暗道，大概就是為他們剛才猜測的事了。她到了第一進院子，剛進廳，門就被流霞從外關了，舉目看去，廳內除了她自己，便只剩下楊氏。

楊氏靠在椅背上，看上去極為疲憊。林依上前行禮，輕喚一聲。楊氏回過神來，指了指離自己最近的一張椅子，示意林依坐下。

林依依言坐了，問道：「娘叫我來有什麼事？」
楊氏唇角浮上一抹苦笑：「妳爹方才告訴我，他有一個通房有孕了，想要抬她作偏房。」
楊氏初聽這一消息時，恰如晴日一驚雷，炸響在頭頂，但這時她看林依，臉上雖有驚訝神色，卻只是淡淡的，連詫異都談不上。
林依為什麼表現淡然？楊氏馬上就想通了，原因很簡單，林依兩口子如今有錢，張棟也有錢，誰也不消誰養活，張棟就算要生親兒，絲毫不影響他們的生活，有什麼好擔憂的？
其實林依此刻的心情很複雜，從理智上來講，她不關心張棟的妾有孕無孕，但從感情上講，她卻不願楊氏傷心難過，然而張棟是她公爹，她這個做兒媳的，就算有意偏著楊氏，又能講什麼？哪怕要幫她，也只能暗地裡，根本見不了光，再說，畢竟張棟才是與張仲微有血緣關係的那個，不管林依選擇什麼樣的立場，都得先問張仲微的意見。
楊氏有些話想與林依講，但一看她這淡然的表情，又不想說了，遂揮了揮手，叫她下去。
林依一怔，楊氏特意地叫她來，就為了告訴她張棟的妾懷孕了？下文呢？
在她發愣的間隙，楊氏又改變了主意，問她道：「我記得妳同二郎成親時，我給過妳一張方子，妳可還記得？」
那張方子還壓在箱子最底下呢，從來沒派上過用場。林依答道：「自然是記得的，還在我那裡。」
楊氏輕聲道：「那是女人服的，還有張男人的。」
林依一時沒明白，愣了一會兒才醒悟——楊氏生怕張棟生出兒子來的人，為什麼敢放心大膽地獨自回東京？只怕早就給張棟服過絕育的藥了。若真是這樣，那個妾肚子裡的孩子是誰的？
林依這會兒才結結實實吃了一驚，望向楊氏。
楊氏好似猜到她在想什麼，朝她點了點頭，不知問她，還是問自己：「怎辦？」

還真猜對了？林依深吸一口氣，吐出一個字：「查。」

楊氏點了點頭，臉上有欣慰之色：「同我想得一樣。」

既然要查，事不宜遲，楊氏立即欽點人馬，由流霞親自帶領，奔赴衢州，暗中探訪那個妾到底與哪些人交往過密。

說實話，林依對流霞此行並不抱太大希望，且不說那個男人能不能找到，就算找到，這干係性命的事，他肯輕易承認？古代又沒有親子鑑定技術，只要沒有捉姦在床，他大可一口否認。

楊氏卻似乎胸有成竹，流霞一走，她便開始收拾行李，準備搬到東京，與張棟同住。林依猜想，難道她是兩手準備，一面尋找偷情者，一面暗地裡下手，除掉懷孕的妾？只是張棟就在跟前，如此行事，太過大膽了吧？

楊氏還是去東京了，林依懷著忐忑不安的心情送她到門口，望著通往京城的那條路，久久不肯回房。

張仲微一直覺著林依這幾天極為神祕，總與楊氏關了門嘀嘀咕咕，此刻又見她這般模樣，忍不住開口相問：「娘子，娘好端端的，去東京作甚？」

林依還道他是瞧出了什麼，忽地一驚，旋即鎮定下來，勉強笑道：「爹在東京，難道他們不該夫妻團聚？」

張仲微做了幾年官，機靈許多，馬上反問：「娘若想團聚，當初就不會離開衢州。」

林依懷念當初那個傻愣傻愣的官人，道：「許是多時不見，想念了。」

張仲微仍舊不相信，駁道：「若是想念，爹才去東京時怎麼不跟去，反耽擱了好幾天才出發？」

林依再編不出理由來，只好耍賴：「你自己問娘去，我怎麼知道。」說完，甩了手朝裡走。

張仲微跟著她回房，支走下人，關起門來問她：「我們夫妻多年，妳還瞞我？流霞為什麼突然帶人去衢州了？」

楊氏早就編好了流霞去衢州的理由，對外稱，她在衢州時曾在廟裡許過一個願，求菩薩保佑張棟高升，如今願望成真，特意派流霞回去還願。

此刻林依見張仲微質問，將這理由又拿出來講，反正人是楊氏派的，若張仲微朝深處問，就一推三不知。

但張仲微聽後，一言不發，只深深看了林依一眼，轉身朝前堂去了。他這是真生氣了，林依有些惶恐不安，可又不能追上去告訴他真相，畢竟張棟不但是他名義上的爹，還是他的親伯父，更重要的是，他也是個男人。哪怕這個男人出自真心不願意納妾，也絕不能指望他能夠站在女人的角度看問題。

林依可以告訴張仲微流霞去衢州的真實目的，可她擔心被追問——在沒有任何人證的情況下，楊氏怎會斷定張棟妾室懷的是野種？

若張仲微真提出這個問題，楊氏的藥方必然要暴露，接下來，該是張仲微勃然大怒，深恨楊氏斷他伯父的後路吧？多半還會向張棟告密，使得張棟休了楊氏。

平心而論，林依並不贊同楊氏的做法，太過毒辣。但她身為女人，不由自主地同情楊氏，更何況，楊氏是真待她不錯，反正張棟不育已成定局，有些事就一直隱瞞下去吧。

林依想了很多很多，突然就記起楊氏所贈的藥方來，於是起身拖出床下盛舊衣的箱子，打開來，開始翻尋。這一翻不得了，那張藥方竟然不見了蹤影！

林依越翻越急，額上冒出密密汗珠，張仲微突然折返，出現在門口，道：「別翻了，藥方在我這裡。」

林依整個僵住，蹲在地上，抬頭看他。

張仲微仍舊站在門口，沒有近前，道：「我不是刻意偷看，是那天玉蘭翻亂了妳的衣裳，我好心替妳收拾，這才看見了。」

林依腦中一片混亂，終於明白方才張仲微那深深一眼的含意。他既然找到藥方，定已知曉其功效，心裡一定惱怒非常吧？林依一心只在考慮如何替楊氏隱瞞，卻沒料到，先陷入困境的人是她自己。

林依知道不出聲是不行的，她又不願出賣楊氏，只好將事情攬到了自己身上，道：「我一向善妒，有這物事也不稀奇，所幸還沒機會派上用場。」

張仲微的話語裡帶上了氣惱：「事到如今，妳還騙我。」

林依前後左右仔細想了想，並不曾發現有漏洞，不禁奇道：「我怎麼就騙你了？」

張仲微氣道：「妳不是這樣的人，若我真納了妾，妳只怕早就走了，頭都不會回，怎會惦記著給她們吃這樣的藥？」

林依一愣，隨即感動，她沒想到張仲微竟瞭解她到如此地步。她眼中浮上淚花，哽咽著問道：「你不怪我留這樣的方子？」

張仲微見她要哭，心先軟了三分，放緩了語氣道：「反正我是不會納妾的，妳有方子跟沒方子有什麼兩樣？」

林依撲過去，朝他身上捶了兩下，嗔道：「那你還給我臉子瞧。」

張仲微聞言，又來了氣：「本來沒什麼事，妳偏我瞞我，將我至於何地？」又小聲問道：「方子是娘給妳的？」

林依見瞞不過他，只好點了點頭。

張仲微又問：「妳們瞞著我的事，也同藥方子有關？」

林依身子一僵，央求道：「仲微，你別問了，我要是講了，就成了不信不義之人了。橫豎此事與咱們沒關係，就當不曉得吧。」

張仲微是讀書人，在他看來，背信棄義是一件很嚴重的事，於是想了想，認真問道：「真與咱們沒關係？」

林依也想了想，指了指他，又指了指自己，道：「同你沒關係，同我沒關係，同咱們閨女也沒關係。」

其實楊氏在張棟身上動手腳的事，張仲微能猜到幾分，當初張棟子嗣單薄的猜疑，還是他告訴林依的呢。他左想右想，覺得只顧自家嫡親三口實在有些自私，但天人交戰幾個回合，還是點了頭，道：「既然與咱們沒關係，妳也別摻和了，當心引火上身。」

林依點了火，將那張方子燒了個一乾二淨，拍拍手道：「我不摻和，我什麼也不曉得。」

張仲微摟過她來，貼在耳邊道：「以後有事不許瞞我。」

林依重重點了點頭，緊緊地反抱住他。二人經過藥方一事，反倒交了心，愈發地親熱起來，成日黏在一處，有些初成親時的黏糊勁，讓下人們瞧了都偷笑。

轉眼兩個月過去，其間東京風平浪靜，讓林依幾乎忘記了那個妾的事，直到流霞歸家，真帶了個男人回來，才讓她驚醒，同張仲微齊齊趕到東京去。她不是要摻和什麼，只是單純地擔心楊氏，不想她受到傷害。

林依當初料想的不錯，偷情的男人好找，想讓他承認極難，那人見到張棟，跪下就喊冤，稱自己只是那個妾的表兄，楊氏卻非要誣陷他們私通，望張棟作主，還他們一個清白。

哪個男人願意自己頭上有頂綠帽子，張棟恨楊氏多事，狠瞪了她一眼。楊氏卻不慌不忙，拍了拍手，裡間就走出一溜兒人來，依次是那個妾的貼身丫頭、衢州守大門的小廝，和衢州守二門的婆子。

最後由那丫頭將事情經過講了一遍，稱那個妾的表兄為了不讓人傳閒話，每回都是帶了光明正大的藉口，從大門大搖大擺進來的，當然，事先都與兩道看門的人遞過賄賂。

這話由那妾貼身的丫頭嘴裡講出來，十分地令人信服，張棟的臉瞬間就綠了。

林依望著氣定神閒的楊氏，由衷地佩服，原來她特意趕到東京住了兩個多月，不是為了向那個妾下手，而是為了讓她周圍的人講實話，至於是威逼還是利誘，那都已經不重要了。

張仲微見到這一幕，心裡的石頭落了地，原來林依和楊氏瞞住他的是有關張棟的一樁醜事，這樣的事不曉得也罷。

張棟氣到最後，已不知該作什麼反應，只一個勁地叫著要將妾和那表兄拖出去杖斃。

正當偷情的妾室與她表兄嚇得瑟瑟發抖時，楊氏攔住了咆哮的張棟，稱，既然他們情投意合，何不成全他們，就當做了一樁善事。

張棟哪裡肯，堅決搖頭。

楊氏卻道：「那許多風流雅士將妾贈來送去，留下的都是一段佳話，老爺效仿一二，別個只會讚你大度瀟灑。」

張棟將這話聽進去了，認真參悟其中道理，認為有些事情的確是你自己越在意，別人才越起哄，若自個兒先丟開了不當回事，旁的人也就淡了心思。

他這般想著，就故意露出淡然神色，朝那偷情的表兄揮手道：「不過一個妾，同我腳上的鞋履有什麼分別，你既喜歡，就拿了錢來，領去吧。」

將妾領走，那個表兄倒是樂意，只是拿不出錢來。小妾心知留下只有死路一條，拚命將平日積攢的物事搜羅了一堆，拿出來勉強抵了當初的身價銀子，隨她表兄去了。

張棟只是在意別人怎麼評價他，乃是個假大度，其實心裡憋悶得慌，進了後院，那一大群妾接著，看誰都覺得給他戴了綠帽子，於是一氣之下，叫楊氏喚來人牙子，將一屋子的妾全部打發了，只有在楊氏跟前侍奉的流霞與流雲留了下來。

楊氏原先自衢州回京，就是懶得與張棟的一群妾費腦筋，如今全散了，讓她又生起過日子的心來，於是就沒跟著張仲微夫妻回祥符，而是留在了東京。官場上行走，本來就不是一個人的事，那些同僚的家眷，個個都需要應酬，張棟原先在衢州，乃是一州之長，少了楊氏還能勉強成行，如今調任回京，需要打點地方多之又多，因此十分高興楊氏留了下來，做他的賢內助，左右手。

林依知道，張棟過段時間，緩一緩，肯定還想生兒子，不過楊氏是個有本事的人，無論出現什麼狀況，肯定能應付得了。

張仲微也隱約知道了張棟絕育的事，但他並不打算去告訴張棟，因為他想著，既然已成既定事實，捅破了又能改變什麼？還不如大家一起瞞著，和樂度日，橫豎他同林依孝敬些也就是了。

他們兩口子回到東京，訪客不斷，先是呂氏上門借錢，後是牛夫人趕來叮囑，要求張家莫借錢與她。原來當初呂氏為了奪牛夫人的權，看到朝廷頒佈了禁止官員從商的禁令，就故意給楊升買了個官做，使楊家的兩棟酒樓開不下去，全部關門了事。他們家少了收益進項，幾座小莊子又經營不善，很快入不敷出，呂氏想借錢，牛夫人卻命楊升辭官，重新做生意，婆媳意見不和，成日在家吵鬧。

牛夫人降服不了兒媳，便向兒子求助，楊升卻只顧著與蘭芝快活，根本不理會，逼急了，還冒出一句：「當初我要娶蘭芝，妳老人家攔著不許，如今這個媳婦可是妳親自挑的，不論好壞，與我不相干。」

牛夫人氣得在家病了幾日，呂氏趁機四處借錢，前者生怕她給楊家欠下一屁股債，拖著病體，挨個給親朋好友打招呼，叫他們別借錢與呂氏。

牛夫人特意跑到張家來囑咐，真是多慮了，呂氏來張家，林依根本就沒見，她實在找不出借錢給他們的理由。當初他們遭遇火災，雖蒙楊家收留，但這點恩情早就讓後來接二連三的仇抹滅了，想到牛夫人甚至曾企圖把王翰林家的庶子女嫁給張伯臨，張家上下就沒一個待見楊家人的。

沒過多久，眉州的方家，即方氏的娘家、張八娘的前夫家，發生了一件大事——方睿犯事，抄家罷官，方正倫後娶的媳婦丟下尚在繈褓的兒子，回娘家去了；王夫人要顧官人兒子，又要顧兩個孫子，忙亂了幾天，一病不起。

方家亂成一團糟，方氏就跟丟了魂兒似的，再也不惦記著去祥符，只想回娘家看看。張八娘擔心兒子，方家後宅沒了主事的人，誰來關心孩子的冷暖？這兩人都想回眉州看一看，兩下一商量，竟真成行了。

羅書生自家也有孩子的人，將心比心，暫時關了學館，將閨女和酒樓都託付給了林依，親自送張八娘和方氏去了眉州。

前後兩個多月，張八娘等人回轉，令大家吃驚的是，她竟然把兒子帶回來了。大家都佩服她有本事，林依私底下問她：「方家怎麼肯了，是看在嬸娘的面子上？」

張八娘道：「他們家敗了，我娘家卻正興旺，舅舅覺著兒子跟著我更有出息。表哥認為羅家幫他養兒子，看起來也不錯，於是都准了。」

林依本來還想問問羅書生的態度，轉而一想，這是多餘，若羅書生不願意，又怎會由著張八娘把兒子帶回來。

張八娘帶了兒子在身邊，十分滿足，由此格外感激羅書生，等羅家那個閨女出嫁時，拿酒樓掙的錢出來替她置了一份厚厚的嫁妝，引得眾人都讚她這個繼母厚道。

方氏自眉州回來後，成日倦怠，再也打不起精神鬧騰。張梁見她娘家敗了，反而高興，將她接回了祥符，另置一間屋子住著，時不時就過去奚落兩句。好在正受寵的小墜子，還有李舒都是厚道人，並沒因此踩著她，讓她的日子勉強還能過下去。

張伯臨家的兩個通房，由於李舒始終壓著，一直沒能生養，竟主動求去。張伯臨本就覺得愧對李舒，便准了。李舒念著她們都是從李家出來的，並沒找人牙子來賣掉，而是將她們嫁了人，一個去了鄰城，一個去了外省。

一年時間裡，林依在東京的房產又增加了兩處，正當她歡欣鼓舞之時，一紙調令下達，張仲微調往蘇州，任通判。這差遣好是好，只是離東京可就遠了，好在還有時昆，不至於沒人照料。

臨行前，親朋好友陸續來送，青苗挺著七個月的大肚子，攥了林依的手，哽咽著不肯放。林依笑道：「上有天堂，下有蘇杭。我是去享福，又不是受苦，妳哭個什麼。」

青苗睜了淚眼，問道：「天堂是什麼？」

「天庭，天庭。」林依連忙改口。

此時林依也有了三個月的身孕，張仲微不肯走陸路，託時昆訂了兩條大船，一條住人，一條裝家什，張棟又把自己的儀仗借與他用，既安全又威風。

這天黃道吉日，風和日麗，正是揚帆起航的好時候，張仲微懷抱玉蘭，手扶林依，嫡親三口，登船朝蘇州去了。

番外篇

蘇州幸福生活之一　愛女如命

張仲微到了蘇州，走馬上任，在知州下掌管糧運、水利和訴訟等事項，這通判一職，品階雖然不高，卻是由皇上直接委派，輔佐郡政，相當於知州副職，且兼有監察職責，有直接向皇上報告的權力。通判的位置極為重要，連知州向下屬發佈的命令，都要通判一起署名方能生效。張仲微任了這樣一個職位，一到蘇州，那些溜鬚拍馬、敘舊拉關係的，就跟走馬燈似的，絡繹不絕。更有甚者，連宅子都替他準備好了，收拾得整整齊齊，只等他一家三口入住。

張仲微帶著妻小在船上過了一夜，同林依商量，住了別人的屋總要受制於人，他們自己又不缺錢，還是另租的好。林依懷著身孕，正是昏昏沉沉的時候，聽他講得有理，就點了點頭，隨他去操辦。

張仲微去租屋，根本不消自己操心，好幾個牙儈主動上門，十來座寬敞又便宜的宅子任他挑選。張仲微念及家中人口少，不肯要那太大的，只挑了一座三進帶跨院的，命人收拾乾淨了，帶著家人搬了進去。

他們帶來的下人，除了青梅，就是楊嬸，奶娘花嫂子因有家小，留在祥符縣了。林依見人不夠使，想添幾個丫頭媳婦子，這消息剛傳出去，就有許多熱心人士紛紛送上婢女來，水靈得一個勝似一個。

張仲微一見這架勢，林依還沒開口，他先嚇著了，親自下了封門令，凡是送人來的一律攔住，不許進門。

林依故意逗他道：「何不挑那樣貌出眾的留下幾個，就算你不想收，也能賣了賺錢。」

張仲微瞅了她肚子一眼，道：「我是擔心妳動了胎氣。」

林依發起小脾氣，揪住他耳朵道：「怎麼，若我沒懷孩子，你就要收進來？」

自她這回懷孕，張仲微就習慣了她的無理取鬧，全歸結於孕期不良反應，乖乖地把耳朵給她揪了一會兒，才道：「別個送來的人，哪裡敢使？我也不會挑人，還是勞動娘子請牙儈來挑幾個。洗衣灑掃的可以暫緩，關鍵是玉蘭的奶娘得抓緊。」講完摸了摸她的肚子，補充道：「順便給咱們老二也挑一個。」

林依笑著應了，自去請牙儈挑人。

隔了幾天，那些受到拒絕的送禮者，又送了一批衣料玩物到張家，林依煩不勝煩，乾脆以養胎為由，閉門謝客。那些人見送禮不能討通判夫人的喜歡，就打起了玉蘭的主意，挑了些專教大戶人家小娘子學女紅學琴棋書畫的清閒女門客，送到張家來。

這些清閒女門客並非賣身之人，她們原也是大戶人家嬌養的小娘子，自幼家教良好，富有才情，因為後來家道中落，才不得不出來討生活，賺些錢補貼家用。

林依看了看身前的小玉蘭，照著大宋的計算方法，她今年已經三歲了。女子出嫁早，若真要培養一個知書達理的小娘子，大概是時候了吧？

林依這般猶豫著，就勉強接受了那些人的好意，答應讓幾個女門客來教教看，但工錢由張家自己來支付。

自此，小玉蘭只有吃過晚飯才有玩耍的時間，上午認字、下午學琴。林依計畫著，先打兩年的基礎，等她大些，再學其他的課程。

這樣一來，張仲微少了許多能與女兒相處的時間，因為那些女門客教習時，他怕林依吃莫名飛醋，不敢上前，只能站在遠處相望。

如此過了不到半個月，張仲微就受不了了，與林依抱怨道：「玉蘭還小，妳逼得這樣緊作什麼？」

林依奇道：「只學兩門課還緊？」又嗔道：「你以為我願意？女孩子家，及笄就要說婆家，她今年三歲，再不抓緊，更有她著急的。」

及笄是十五，今年三歲，還有足足十二年，時間寬裕得很，張仲微不明白林依為何這般焦慮，待見了桌上的課程表才恍然大悟，那張紙上密密麻麻列了好些課程，有認字、寫字、繡花、縫補、畫畫……挨著數下來，足有十來項，就算一年學一門，十二年也學不完，怪不得林依要這般著急。

張仲微舉著那張表，哭笑不得：「娘子，妳在祥符縣時可從來沒起過這念頭，怎麼一來蘇州就跟變了個人似的？」

林依不好意思道：「到這裡後，也結交了幾戶人家，那家世家境還不如我們呢，卻將幾個小娘子教得極為出眾，把我們家玉蘭比下去了。」說完，又朝玉蘭學習的那間屋子一指，叫張仲微看那女門客，道：「那還是家道中落的呢，你瞧瞧那通身的本事。」

張仲微能理解林依的心情，她是琴棋書畫一樣不會，僅有寫字一項勉強過關，如今朝蘇州才女們中間一站，覺得自慚形穢，生怕閨女將來也有這種感覺，所以才想從小就抓起來。

他摟著林依坐下，道：「從孀娘到八娘子，難道妳沒瞧出點什麼來？」

林依不解其意，愣道：「這與她們有什麼干係？」

張仲微與她解釋了一番，大意是女子在夫家能不能立足，一是靠娘家，二是靠為人處事的能耐，至於什麼才情，能頂幾分用處？他講完，又自信滿滿地道：「就憑我們張家如今的聲望，還擔心玉蘭尋不著好婆家？不知多少人搶著要呢。」

林依看著他，表情有些奇怪，問道：「你講了這麼一大篇，究竟什麼意思？」

張仲微摸了摸腦袋，眼睛不敢看她，道：「那些課程不必學了吧，瞧妳把玉蘭拘得沒了點活潑樣子。」

林依看著他笑了：「琴棋書畫你說用不著，那讀書寫字學不學？」

張仲微仔細想了想，道：「這個還是要學的，不然將來嫁了人，我與她寫信去，她看不懂，怎辦？」

林依笑倒在他身上，打趣道：「你就把她嫁在屋後頭，連書信都省了。」她一句玩笑話，卻叫張仲微當了真，開始思索，挑哪樣的人家，才有進嫁的可能。

林依見他愛女如癡，不願理他，挺著肚子起身，將那張課程表看了又看，到底還是心疼女兒，便揉作一團，扔了。從此玉蘭兩年內的課程只剩下一門，除了下午認認字，其他時間都是同張仲微捉迷藏，盪秋千，賴著要隨他出門，也不知是誰給誰的樂趣更大。

蘇州幸福生活之二　再為父母

端午將至，張家上下忙碌，準備過節。大宋的端午不是從五月初五開始，而是從五月初一的「端一」開始過起。自這日薄西山起，市面上開始賣桃賣柳、葵花、蒲葉、佛道艾等節日物品，都擺上了櫃檯，或由小販經紀提籃，沿街叫賣。

玉蘭嘴饞，張仲微又要送禮，林依提前包了粽子，鹹的甜的，盡使些精貴材料，煮了滿滿一大鍋。他們家送禮，別人家也一樣，到了五月初二，家裡堆滿了別家送來的粽子，樂了玉蘭，卻讓林依哭笑不得。

又有些道觀，備了經筒、符袋、靈符、卷軸、巧粽、夏桔等物，送贈貴宦之家。張仲微的職位在蘇州舉足輕重，自然也收到了好幾份，多到堆放不下，林依只好命人準備了一個香案，凡此類物事送來，全放上去供著。

到了端三，張家有驚喜，青苗竟自祥符縣到蘇州，千里迢迢送催生禮來了。大宋習俗，每當女子懷孕月份將滿之時，須由娘家父母親、舅舅、姑姑送禮催生。林依父母早逝，族人亦無走動，青苗想著，自己作為她唯一的娘家妹子，送催生禮雖然不太合規格，但總比沒人送的好，於是就把時昆留在家中照看出生剛四個月的閨女，自己帶了僕從，趕到蘇州來了。

林依此時已到了生產的月份，聽說青苗來送催生禮，感動莫名，親自到門口迎她。青苗忙扶了她胳膊，小心翼翼朝裡走。林依卻推開她，笑道：「叫青梅扶我便得，妳瞧瞧我這院子，比起祥符縣後衙如何？」

青苗舉目望去，只見粉牆黛瓦，奇石異樹，果然與祥符景象大為不同。待得進到廳裡，地上的青磚竟是雕了花鳥魚蟲的，讓她驚嘆不已：「這院子這般講究，姊姊果然是享福來了。」

二人坐定，小丫頭捧上催生禮，一只銀盆蓋著錦繡巾，巾上放著花朵，還有一張畫了五男二女花樣的草帖子。林依掀開錦繡巾，盆裡盛著一束粟桿，她想起生玉蘭時，這些習俗都不曾經歷過，不禁一陣心酸，一陣感動，隔著銀盒攥了青苗的手，開口時卻是嗔怪語氣：「妳家閨女才四個月，實在不該丟下她，獨自跑過來。」

青苗動容道：「若無姊姊成全，我哪有今日，更不會有她。」

二人敘舊一時，玉蘭做完功課，跑到廳裡來邀功：「娘，我今日認了十個字，爹誇我聰敏，要帶我上街去耍。」

林依叫她與青苗行禮，笑道：「妳瞧她這得意樣兒，真不知隨了誰。」一抬頭，瞧見張仲微跟在玉蘭後頭進來了，便補了一句：「都是她爹慣的。」

張仲微認為女兒就是要嬌養，若自個兒都不疼，還能指望去了婆家會受到看重？他存著這樣的心思，所以不但沒反駁林依的話，反而得意洋洋笑了一笑，抱起玉蘭，問她想上街買什麼。

青苗過來與他見禮，笑道：「我家那個，時昆也是寶貝得緊。」

張仲微受了她的禮，謝她來催生，又問家丁要安好。三大一小聊了一時，林依見了青苗面露疲乏，便命青梅帶她到前面院子去歇息。

張仲微進門時，手裡就攥著一樣物事，此刻見廳裡沒了旁人，便將拳頭舉到林依面前攤開，掌心一枚「催生符」。

林依拿起來看了看，問道：「你特意去廟裡求的？」

張仲微點了點頭，幫她掛到脖子上，道：「這是保母子平安的，據說靈驗得很。」又道：「還有一首催生歌，我念給妳聽——一烏梅三巴豆七胡椒，細研爛搗取成膏。酒醋調和臍下貼，便令子母見分胞。」一念完，又要起身，說去照著這首「催生歌」，親手調那催生膏藥。

林依對什麼符呀膏呀的並不大相信，但難得自家官人有關愛之心，難道還攔著，於是便讓他去了。因青苗來了，林依有了人陪，張仲微便在端午這天帶玉蘭去逛街，逛到晚上，扛了三只箱子進家門，打開來看時，全是孩子玩的玩意。

張仲微將其中一箱送了青苗，叫她帶回去與孩子玩。青苗倒是笑著收了，林依卻嗔怪道：「來去路迢迢，讓她大老遠地帶一箱子玩意回去，不是難為人嗎？」

張仲微不好意思地摸了摸腦袋，強詞奪理道：「她有帶下人，又不消她扛。」

到底是一份心意，林依也不好多說，便走去看另外兩箱。有一箱裡頭盛的是些陶瓷做的娃娃、泥捏的偶人，及一大包小點心，鹽豆兒、破麻糖、風糖餅，還有一個小玉蘭扒在箱子邊上，眼巴巴瞧著，一看就是給她買的物事。

另外那只箱子林依就看不明白了，裡面既有與玉蘭那箱一模一樣的陶瓷娃娃、泥偶人，也有木片做的帆船、竹子做的竹馬，還有一堆鑼兒、刀兒、槍兒之類。

張仲微一面拿糖與玉蘭，一面笑著解釋：「這胎還不知是男是女，所以男孩兒女孩兒愛玩的玩意我都買了些，以免遺漏。」

聽起來似乎很有道理，但林依仍舊疑惑：「女孩兒愛的玩意，玉蘭那箱裡已經有了，何必再買一套？」

張仲微責怪她道：「若真生個女孩兒，與玉蘭一樣都是咱們的閨女，怎能厚此薄彼，讓她玩些舊的。」

青苗聽了，感歎道：「都說我們家時昆寵孩子，我看還不及姊夫半分。」

林依見張仲微這般舉動，嘴上雖怪他浪費，心裡卻是高興的，趁機還教導小玉蘭，將來一定要孝順爹爹。

林依瞧完玩意，命人收起，又吩咐廚房擺飯，準備過節。端午乃是大節，時人極為看重，夜幕降臨，仍有小販沿門叫賣，張仲微好心，使人去買了些回來，好叫他們早些回家團聚。林依由青苗扶著走去瞧門上懸掛的艾草天師，與玉蘭講端午節的典故。

一時飯菜上桌，幾人團團圍坐，想到如今大家都是和和美美，吃起粽子來，格外香甜。明月當空，張仲微吃了兩杯酒，詩興大發，搖頭晃腦，惹得林依和青苗偷笑不止，陪他胡鬧到夜深。

玉蘭早就撐不住，叫奶娘抱去睡了，林依也覺得身子疲乏，正要去睡，起身時卻腹中一痛，發作起來。

雖然來得突然，卻是足月，加上他們又都是經歷過生產的，因此並不驚慌。張仲微一把抱起林依送到產房，青苗則分派起事務來，一面打發人去請產婆，一面命廚房燒備湯。

那些產婆是一早就請好的，只是因今日是端午，才放了她們的假，許她們回家過節去了。她們都是有經驗的人，曉得林依的產期就在這幾天，因此張家來人一叫，馬上就動身，很快便至產房。

張仲微已不是頭一回當爹，但那份緊張勁兒絲毫不曾減，在產房外踱來踱去，好不焦急。林依進去個把時辰後，產房內漸漸傳來呼痛聲、產婆的指導聲，張仲微一心急，奔到門口，拍著門板喊話道：「娘子，妳放心，就算妳生了閨女，我也不納妾。妳莫要著急，慢慢生。」

產房內外哄堂大笑，朝內端熱水的小ㄚ頭手一顫，一盆水灑了一半。產婆彎著腰，忘了喊吸氣吐氣。林依正在使勁兒，嘴角一彎，洩了力。

產婆眼瞧著不是事兒，趕出來，插著腰，命令張仲微躲遠些，莫要搗亂。青苗連忙從產房裡出來，將張仲微推到了院子外面去，又與他講了些厲害關係。

張仲微聽說生孩子是鬼門關，不得打擾，被唬住了，不敢再進院。只好在角門處站著，他正伸著腦袋朝內張望，突然聽見角落裡有人議論，講的是「五月初五產子，男害父，女害母」。這是大宋廣為流傳的說法，意思是，五月初五這天生的孩子，若是男孩兒，剋父；若是女孩兒，則剋母。

張仲微讓這番議論分了神，暗道雖然他不介意生男還是生女，但既然生閨女要剋母，為了林依的安全著想，還是生兒子吧。

還沒等他胡思亂想完，產房那頭傳來一陣響亮的啼哭，孩子落地了。

張仲微立刻精神振奮，奔了過去，他衝進產房，扒開產婆，直到產床前才停下來。他一見到林依滿頭的汗水和疲憊的笑容，立馬就把五月初五生子有礙父母的話忘得一乾二淨，上前找帕子找水，又問孩子在哪裡。

產婆抱了襁褓，早在旁邊候著了，聽得一聲問，齊齊福身，大聲報喜：「恭喜張通判，是位小少爺。」

張仲微滿心歡喜，又是一陣輕鬆，抱過兒子親了親，自言自語道：「管它剋父不剋父，我都養定了。」

產婆是做這行的，聽懂了他的意思，笑道：「張通判錯了，這會兒已是子時末丑時初，小少爺是五月初六生的，既不剋父也不剋母，乃是個有福氣的。」

張仲微聽後大喜，重賞產婆。

林依不解其意，不過能生個兒子，她也很高興，雖然她不重男輕女，但在這樣的社會環境上，能有個兒子傍身，穩妥許多，既安了張棟楊氏的心，也斷了方氏送妾的藉口。

青苗為他兩口子高興，特意去廟裡上了一炷香，又留下照顧了林依十來天，才登船回祥符縣。

張仲微與林依自此兒女雙全，湊作一個「好」字，深感此生足矣，別無他求。

蘇州幸福生活三　家的真諦

張仲微喜獲麟兒，以其出生地為名，喚作張浚蘇。

轉眼三年過去，到了張仲微蘇州任上的最後一年，這幾年他在衙門裡的差事頗為順心，前途光明，只等卸任後回京，另候差遣，而林依在蘇州無煩心親戚紛擾，亦過得甚為如意。

想到即將離開蘇州，張仲微與林依還有些戀戀不捨，兩個孩子卻是興奮莫名，尤其是張浚蘇，他還沒有見識過天子腳下的繁華，聽說京城裡好吃好玩的物事數不勝數，那一顆心早就飛遠了。

沒幾日，中秋佳節至，林依尋思著，這恐怕是他們在蘇州過的最後一個節了，於是早幾日就開始準備節下吃食，還命人去請講銀字兒的、雜耍的、調教蟲蟻的，存心想讓大家都樂一樂。

張浚蘇最愛過節，一大早不消人催，自己一骨碌爬起來，跑到林依房裡，嚷道：「娘，爹今日很乖，我想帶他上街去耍。」

這到底是誰帶誰耍？為了上街玩，竟來了個父子顛倒，真不知這孩子跟誰學的。林依忍俊不禁，拿手點了點他的小腦門，笑罵：「真叫你爹聽見，你又該挨板子了。」

張仲微對兒子要求嚴格，張浚蘇有些怕他，聞言不再作聲，只牽著林依的衣角，可憐巴巴地看她。

大宋各大節日，街上都熱鬧，唯獨這中秋節是一定要在家裡過的。林依耐心與張浚蘇講道理，勸他稍安勿躁，到了晚上，有好吃的又有好玩的。

張浚蘇不開腔，不說好，也不說不好，一頭撲進林依懷裡，扭作一股糖。林依見不得他撒嬌，心一軟，便折中道：「叫姊姊帶你去街上吃早飯，可好？」

林依總擔心大街上的吃食不夠乾淨，怕小孩子吃了容易鬧肚子，因此平日裡只准他們在家裡吃，不許到街上去。張浚蘇上回去外面吃早飯，還是一個月前，他早就想再去嘗一嘗了，此刻聽林依鬆了口，一跳三尺高，歡呼著奔去玉蘭房裡了。

林依望著他蹦跳的背影，搖搖頭，家裡的廚子都是照著外頭的手藝做的，能有什麼分別，偏他就愛朝外跑。

張浚蘇到了玉蘭房裡，玉蘭還在梳妝，穿著一件桃紅衫兒，端端正正坐在凳子上，由奶娘梳頭。張浚蘇性子急，等不得，好不容易待她梳完頭，抓起一朵絹花朝她頭上胡亂一插，拉起她就朝外跑。

奶娘們急急跟出去，叫道：「小祖宗，慢著些。」

玉蘭暈頭暈腦被張浚蘇拽著，直到出了大門，才知這是要去外頭吃早飯。她也愛外頭的吃食，聞言高興，但還是停下腳步，教訓了兄弟幾句，囑咐他不許亂跑，再牽了他的手，規規矩矩朝前走，命奶娘丫頭婆子們在後頭跟著。

兩人到了街上，好一派熱鬧景象，街口蓋的兩個浴池，門前賣著門面湯，專供懶得自己燒水洗臉的人買來使用。再朝裡走，越過賣調氣降氣各種丸藥的攤子，就是專門早飯的一條巷子。

煎白腸、糕、羊血、魚羹、粉羹、五味肉粥、七寶素粥……各種點心，應有盡有。張家的飲食雖然也豐富，但張仲微和林依都是過過苦日子的，本著不浪費的原則，每天早上只做兩三樣，像這樣種類齊全的，張浚蘇很少見到，立時笑顏逐開，沿著巷子一路吃下去，喝了粥，買了糕，還站在二陳湯的攤子前不肯走。

玉蘭拉不動他，只好哄道：「二陳湯是大人才喝的，你一個小娃娃眼饞什麼？」

張浚蘇老老實實地點點頭，道：「姊姊，浚蘇聽話，浚蘇不喝二陳湯。」

玉蘭欣慰地拍拍他的腦袋，一個「乖」字還未講出口，就聽見張浚蘇道：「姊姊，金橘團小娃娃能喝，姊姊與浚蘇買。」

玉蘭讓他揪住話柄，沒奈何，只好與他買了一碗。張浚蘇倒還懂事，先讓玉蘭喝了幾口，再自己端過來，幾大口見了底兒。

此時他吃飽喝足，猶嫌不夠，又指了應節氣的玩月羹，央玉蘭買與他吃。玉蘭終於明白林依為何不親自帶張浚蘇出來，原來他到了街上，這般纏人。為了張浚蘇的肚子著想，她決定嚴肅一回，道：「你吃得夠多了，不許再吃。」

張浚蘇委屈道：「可是這玩月羹浚蘇還沒吃過。」

玉蘭哭笑不得：「你既然沒吃過，怎曉得它叫玩月羹？」

張浚蘇慌忙掩住口，紅著臉垂下頭去，但沒過會子就又抬了起來，可憐兮兮道：「我上回見它，還是去年的中秋節，這整整一年過去，浚蘇想它了。」

下人們在後面聽見，笑個不停。張浚蘇的奶娘上前，向玉蘭笑道：「就與他買了吧，帶回家，晚上賞月時吃。」

玉蘭無可奈何，乾脆買了好幾碗，向攤主討了個食盒裝著，帶回家來。

林依見了那一盒子玩月羹，哭笑不得，家裡的玩月羹正做著呢，怎麼又買了這許多回來？

張仲微偏袒閨女，忙道：「奶娘丫頭們跟出去一早上了，都辛苦了，將這玩月羹拿去分了吧。」

林依剜了他一眼，依言將盒子遞與奶娘，叫她們自去分食。

入夜，圓月當空，絲笙鼎沸，宛若雲外。林依命人就在園子裡擺下一桌，斟滿新酒，端上蟹，更有大盤石榴、梨、棗、葡萄，堆滿桌子。

張仲微舉杯祝月，又難免感慨，自那年離開眉州進京候任，竟是再也沒回去過，兩個孩子更是不知家鄉模樣，不知哪年哪月才能得到機會，回去看一看眉山、岷江。

林依亦仰頭望明月，剎那間有恍惚，辯不清這是千年前的月亮，還是千年後的那輪。閉眼回想，穿越前的林林總總，不知從哪年哪月起，開始漸漸淡忘，竟只有官人兒女始終簇擁在心頭。

張仲微飲盡杯中酒，忍不住感嘆出聲：「不知何時能再回家鄉。」

林依摟住玉蘭和浚蘇，微微一笑：「家人在哪裡，哪裡就是家。」

張仲微回望她的笑臉，再瞧見兒女臉上的嬌憨，瞬間釋然。

梨花雪後
最揪心催淚、最深沉決絕、最蕩氣迴腸的古代宮鬥傳奇！
一個讓兩個權傾天下的皇帝念了一生都不願放手的烈性女子！
她的每一步都踏得戰戰兢兢，可每一個起落卻又走得步步驚心……
梨花雪後（全三冊）2012年04月震撼上市

片段一：當犀利的女人遇見霸烈的男人

「我們怎樣才能算是熟人呢？」

「兩種方式，一種是天長日久，一種是春風一度。我跟你，天長日久不太可能。」

「何以見得？」

「就算你有興趣，我也沒有和你天長日久的興趣。我可以在你身邊待幾年，然後分道揚鑣。」

「妳真是隨便！」

「這句話也適用於你，或者說，你更隨便？」

「委屈？」一個人在她身上某個地方戳了一下，然後辛情覺得自己的肌肉解放了。

「委屈個屁！」辛情說道，動了動手，果然可以動了。擦擦眼淚，瞇了又瞇，眼前模模糊糊出現張男人的臉。

「你指使人綁架我？」辛情眯著眼不敢睜開。

「是請妳。」那聲音說道，帶著笑意。

「你們家的禮儀真特別啊，我是死人嗎，用棺材請……」辛情看著模模糊糊的人臉，「你的聲音很熟，你是誰？這是哪兒？」

「不是棺材，是箱子。」男人解釋道。

「本質上都一樣，不信你躺躺試試！」辛情邊說著邊想這個聲音，「棕紅斗篷！你是棕紅斗篷！」

終於想起來了。

「棕紅斗篷？妳這麼稱呼我？看來妳對我印象深刻。」男人說道。

「沒錯，我一向對兩種人印象深刻，一種讓我開心的，一種讓我鬧心的。」辛情說道。

「我是讓妳鬧心的。」男人把她放在床上，「一會兒讓大夫來看看妳的眼睛。」

「這是你的臥室？」辛情模模糊糊地能知道屋子裡沉暗的色彩，心裡陰暗的傢伙。

「沒錯，妳是第一個躺在我床上的女人。」男人說道。

「開玩笑吧？聽聲音就知道你老得可以了，別告訴我你純情得沒碰過女人。還是你……是特殊男人？」辛情問道。腦中想那個棕紅斗篷的臉，一看就是久經情場的人，還說什麼第一個躺他床上的女人。

「特殊男人？」男人重複一遍。

「沒有男根的男人，亦稱宦官，俗稱太監。」辛情說道。

「妳想看看嗎？」男人離她近了，臉模模糊糊就在眼前。

「有什麼好看的，不都一樣嗎？」辛情平靜地說道，「要調情的話，換些詞兒吧，我又不是沒見過男人。」

「妳果然不一樣，難怪南朝皇帝對妳感興趣。」那男人饒有興趣地說道。

「你說奚祁？還好，見過兩回。」辛情含糊說道。皇帝見女人，尤其是他感興趣的女人，一般都是床上見。

「如果他知道妳在我手裡會是什麼樣？」棕紅斗篷問道。

「雞飛了還有鴨子，鴨子死了還有鵝，就算飛禽都死絕了還有走獸。」辛情說道。

「妳的說法很獨特，不過，我會把妳當鳳凰養的。」棕紅斗篷說道。

「哦，原來你是農場主人。初次見面，我叫辛情，請問貴姓？」辛情問道

「拓跋元衡。」棕紅斗篷說道。

「姓拓跋？你是剛才他們稱呼的『主人』？」辛情乾脆閉上眼睛。藥勁沒過，渾身用不上力。

「真聰明！」拓跋元衡誇讚。

「嗯，奚祁也這樣說過我。」辛情陳述事實。

「以後妳聽不到他這樣說了。」拓跋元衡說道，口氣有點陰。

「是啊，聰明的人也不會被綁架了都不知道對方是誰，他以後不會說我聰明了。」辛情嘲諷地說道。

「我的意思是——以後妳見不到奚祁了。」拓跋元衡說道。

「不見就不見，也不是我什麼人。」辛情又問道，「你請我來直接說一聲就行了，為什麼把我當死人運進來？還是說我是見不得光的？」

「不是見不得，是現在見不得。」拓跋元衡說道。

「哦！」辛情哦了聲，「你綁我來為什麼？」

「因為本王對妳感興趣。」拓跋元衡說得很直接。

「我對你不感興趣。」辛情也答得很直接。

「奚祁呢？」拓跋元衡問道。

「不感興趣。」辛情說，「我對那些把女人當動物養的男人都不感興趣。」

「慢慢妳會有興趣，也許還會離不開本王。」拓跋元衡說道。

「我離不開你的時候只有一種可能，就是我死了，沒法動了。」辛情說道。男人們為什麼都這麼自大。

「不會的，本王不會讓妳死的。」拓跋元衡很肯定地說道。

「謝謝。我要好好睡一覺，沒事別打擾我，我睡不好的話脾氣很大。」自己摸索著拽過被蓋好，睡覺，「哦，還有，出去的時候幫我把門關好，謝謝。」辛情說道，然後把被子蒙腦袋上睡覺。

「妳不怕本王對妳怎麼樣？」拓跋元衡問道。

「跟你說過了，我又不是沒見過男人，有什麼怕的，不就那麼回事嗎？」辛情說道。

拓跋元衡笑了，推門出去。辛情呼呼大睡。心情一放鬆，睡了二十多個小時，醒了的時候，眼皮都快融成一片了。

「魚兒，我又起晚了，不好意思啊！」辛情邊說著邊迷迷糊糊地坐起來像往常一樣用腳丫子在地上找鞋，然後伸懶腰，打哈欠：「魚兒，明天妳弄點水叫我起床吧，我就不用洗臉了……」打開門，門外四個小丫鬟正端著水盆，拿著巾帕之類的站著。

看了看，自己接過水盆轉身進屋，卻見拓跋元衡正坐在床對面的椅子上似笑非笑。

「當王爺都這麼閒啊？」辛情把水放好，自己隨便洗了洗臉，擦乾淨，把頭髮簡單攏了攏，綁成一束，動作一氣呵成。

「奴婢服侍小姐更衣。」兩個丫鬟捧著簇新的華服。

「不用了，苦日子過慣了，穿不習慣好衣服。如果你們府裡有粗布衣服，可以給我兩件。」辛情擺擺手，「如果有吃的東西，給我點粥就行了。」

馬上就有丫鬟端了豐富的早餐來了。辛情看看，跟靳王府的級別是一樣的，只不過比起靳王府的似乎不夠精緻。她從來不跟吃的東西作對，所以自由自在開始吃。這一年來她已經習慣右手筷子、左手饅頭的早餐模式了，但是這裡沒有饅頭，都是小小的糕點，只好將就一下了。

吃完了，對那丫鬟說道：「明天讓他們把那個東西做大一點，能換成饅頭最好。」

那丫鬟忙答應了，辛情這才看拓跋元衡：「當王爺的不是得上朝嗎？」

「不用天天上朝。」拓跋元衡說道。

看看，級別高的人就是不一樣，哪像她們這些小工蟻，一天不幹活就得餓肚子，難怪大家都樂意當官呢。

「沒什麼想說的？」拓跋元衡問道。

「基本上沒有，我不習慣和陌生人滔滔不絕。」辛情說道。

「那——我們怎樣才能算是熟人呢？」拓跋元衡的口氣有些輕佻。

辛情看他一眼，「兩種方式，一種是天長日久，一種是春風一度。我跟你，天長日久不太可能。」

拓跋元衡眯了眯眼：「何以見得？」

「就算你有興趣，我也沒有和你天長日久的興趣。」辛情說道，「所以，我可以在你身邊待幾年，然後分道揚鑣。」

「妳真是隨便！」拓跋元衡笑著說道。

「這句話也適用於你，或者說，你更隨便？」辛情也笑著說道。

「妳也曾經和奚祁這樣談過條件？」拓跋元衡問道。

「現在是我和你在談，與他無關。」辛情說道。

「本王考慮一下。」拓跋元衡說道。

「好。你最好快一點，我沒什麼耐心。」辛情說道。

拓跋元衡看著她，還是似笑非笑的表情。

片段二：我要當級別最高的小老婆

「您是皇帝了？」

「對。」

「那我是您哪個級別的女人呀？」

「除了皇后，妳自己挑。」

「我有選擇的餘地嗎？」

搖頭。

「那我就當除了皇后之外級別最高的那個好了。」

「好！右昭儀。」

「我想當貴妃，聽起來比較有氣勢。」

「過段日子吧。」

「好！那——您什麼時候需要我陪您上床啊？」

「今晚。」

又過了二十幾天，坐在桌邊左手饅頭、右手筷子的辛情，被闖進來的人嚇了一跳。有男有女的一堆人都恭敬地低頭站著。辛情也不說話，儘量保持平靜的心情把那個饅頭吃掉。等她吃完了，有一個人才站出來說道：「奴才等奉旨奉迎娘娘入宮。」

「娘娘？說我？」辛情問道。

「正是娘娘。」那人說道。

娘娘？誰的娘娘啊？辛情想問，但想了想還是算了，不管是誰的娘娘，她還能反抗怎麼著？先去看看好了。

「哦，走吧！」辛情起身。

那些人忙讓出路來，其中一個在前面帶路，其餘的都沒有聲響地跟在後面。上了華麗的轎子——果真是八人抬的。轎簾上也是描龍繡鳳的，華麗麗的感覺。

辛情坐在轎子裡想答案。皇帝？皇帝是誰？突然抽什麼瘋讓她當娘娘？她對當娘娘不感興趣，倒是對當人家的娘感興趣。

她在這個人生地不熟的鬼地方只認識兩個人，而且連點頭之交的那種認識都算不上——拓跋元衡和拓跋元弘。難道拓跋元衡把她獻給自己老爹了？有可能，這個人看起來陰險得很，這種事情肯定幹得出來。如果真是這樣，等她成了他後媽，一定讓他老子閹了他。

還有一種可能，就是換屆選舉之後，拓跋元衡當上新一屆皇帝了，所以讓她當小老婆，這也說的通。如果是這樣的話，怎麼辦？

呃……到時候再說好了！

不知不覺，轎子落了地，有人掀開轎簾，嘴裡還說著：「請娘娘下轎。」然後一隻白白的手伸過來欲扶她，辛情閃了開，自己邁出轎子，四周環顧一下，森嚴，跟奚祁家一個氣氛——墳墓一樣的寂靜，靈堂一樣的莊重。

「皇上有旨，請娘娘先行沐浴更衣。」宮女說道，「請娘娘隨奴婢來。」

沐浴？然後上蒸籠？據妖怪們說，唐僧就是這樣被吃掉的。

隨宮女上了臺階，走上高臺之上的那座名為鳳凰殿的宮殿，牌匾看起來很新。

跳進大木桶裡，辛情閉著眼睛泡著。這樣泡完了就得上皇帝的床了吧？聽說古代後妃和皇帝上床之前都要仔仔細細地洗個澡，她一直想問的是：皇帝用不用洗？

水慢慢地涼了些，辛情出浴，仍舊穿自己的粗布衣服，頭髮散著讓它慢慢乾。然後四處逛逛看看這個寢宮，這個寢宮雖然也富麗堂皇，但是與奚祁家相比稍顯粗糙，不過倒是比奚祁家更有氣概，奚祁家更像是精心打扮的女子。

辛情看了看地上鋪的長毛地毯，不忍心踩，她的小客廳裡也有一塊鋪在地上，她通常都側躺在上面看電視，或者趴在上面玩電腦，從來沒捨得穿鞋踩幾腳。這個地毯看起來比她那個好多了，想了想，她脫了鞋，光著腳走來走去。

真是舒服！躺一下試試，再趴一下。臉上癢癢的，真是舒服啊，好東西就是不一樣！閉上眼睛，好好享受享受。

滿屋子的宮女太監見她這個樣子，都有點不知所措，還好，皇帝來了。

拓跋元衡進了殿就見地上趴了個人。

「妳接駕的方式很特別。」拓跋元衡說道，看著仍舊趴著的女人。揮了揮手，所有的宮女太監都靜靜地退出去了。

辛情睜開眼睛就看見一雙黑色的靴子，「喂，換鞋，我的地毯啊……」然後抬頭往上看，拍拍手站起來，「您是皇帝了？」

「對。」拓跋元衡沒計較她沒有行禮，本來也沒指望。

「哦，那我是您哪個級別的女人呀？」辛情的口氣平淡得很。

「除了皇后，妳自己挑。」拓跋元衡說道。

「看來您沒考慮我說的條件。」辛情又自顧自地在地毯上坐下來，然後抬頭看拓跋元衡，「您不坐啊？」

拓跋元衡挨著她坐下，挑起她一綹頭髮聞了聞，「好香。」

辛情沒什麼反應，「剛洗完當然香了。」然後看拓跋元衡，「我還有選擇的餘地嗎？」

拓跋元衡搖頭。

沒有？那就是說她一定得當他的小老婆了，既然如此當然得選個級別高的，免得被人吃得骨頭都不剩。

「既然沒有，那我就當除了皇后之外級別最高的那個好了。」辛情說話的口氣像是買水果時人家介紹一堆之後她隨便挑了一個一樣。

「好！右昭儀。」拓跋元衡說道。

右昭儀？聽起來好沒氣勢，她以為全天下的後宮除了皇后之外最大的都是貴妃呢，而且既然當了一把妃子，她也想當當貴妃，就像楊貴妃那樣的多好，禍害天下。

「右昭儀？」辛情想了想，還是說了，「我想當貴妃，聽起來比較有氣勢。」

拓跋元衡抬頭看看她，「過段日子吧。」

「好！那——您什麼時候需要我陪您上床啊？」辛情一點也沒有不好意思，一個有權勢的男人這麼痛快答應一個女人的條件，那就代表對她的身體有興趣。

「今晚。」拓跋元衡小聲在她耳邊說道。

「好！」辛情點頭。

這個拓跋元衡和奚祁還是有些不一樣的，奚祁喜歡玩貓捉老鼠的遊戲，把老鼠先放出去，然後在旁邊看著，時不時嚇唬老鼠一下，然後再看，等老鼠著急地開始反抗的時候他再把老鼠吃掉。拓跋元衡很直接，抓到的老鼠就要吃掉，他比奚祁少了耐心。

「朕希望妳晚上可以不穿這套衣服。」拓跋元衡仍舊很小聲，聲音裡充滿了挑逗。

「好，沒問題。」辛情答道。

隨遇而安是她的生活方式，既然拓跋元衡不給她選擇，她就給自己選個不好中的最好吧。她現在要做的是趁拓跋元衡還有興致的時候給自己建個保護罩——地位，然後再慢慢想辦法讓拓跋元衡放了她。最好是皆大歡喜，她對流血犧牲一點也不感興趣。

「等著朕。」拓跋元衡起身，順便在她脖子上親了一下，然後才往外走。

辛情迅速用袖子擦了擦，冷笑。

吃過晚飯，辛情還是光著腳在宮裡走來走去，太監宮女們也都脫了鞋子在宮裡侍奉。辛情讓他們都出去，然後脫光衣服，在櫃子裡拿塊紅色薄紗披在身上，頭髮從一側順下來，側躺在地毯上。

不穿那套衣服，她就不穿衣服。她本來就不是什麼貞節烈婦，對她來說，只要沒有心，跟哪個男人上床都沒什麼區別。這個身體以前是蘇朵的，屬於過唐漠風，以後這個身體是她辛情的，屬於她自己。

想找一個可以兩個湯匙共喝一碗熱湯的人，找一個可以讓她感覺溫暖的人，可是沒找到，在她二十六年的生命裡，沒有找到。在她二十六年的生命裡一直是孤孤單單的。

孤孤單單的。

在這裡她溫暖了一年，暖得都要化了，然後又是冬天來了。

拓跋元衡進得殿來，四周高高的燭臺都亮著，地毯上側臥著纏繞著紅色薄紗的辛情，在純白色的地毯上極具誘惑。拓跋元衡走到她身邊，沒動，原來是睡著了。彎腰抱起她，江南女人果然輕盈。她睜開眼睛，半睡半醒。

「您來晚了。」她說道，一點也沒有不好意思。

「嗯，有事要處理，等急了？」拓跋元衡口氣輕佻。

「是啊，等急了。再不來我就睡了。」辛情雙手環上他的脖子，故作嫵媚。

「孤枕難眠，愛妃。」拓跋元衡把她放到床上，自己也不脫衣服，只是把她抱在懷裡，「這傷如何弄的？」

「撞的，家裡窮沒錢治，撒了些灰就這樣兒了。」辛情慢慢地為他解衣服，既然躲不了，那就讓事情以最快的速度過去。

「著急了？」拓跋元衡笑著問道，隔著她身上的薄紗親吻她的肩頭。

辛情看他一眼，扯扯嘴角，接著又繼續幫他解衣服，露出他厚實的胸膛。辛情邊斜眼看他，邊用一根手指劃過他的胸前，然後如願地看到拓跋元衡眼中升騰起來的情欲，辛情對著他笑。

「妳真是個妖精，愛妃。」拓跋元衡抓住她的手，在她耳邊說道。

「過獎。」辛情笑著看拓跋元衡，心中冷笑。男人，果然是用下半身思考的動物。

「沒誠意。」拓跋元衡勾起她的下巴。

「那這樣如何，皇上？」辛情翻身將他壓在身下，輕啃他的肩膀，任拓跋元衡的手在她身上撫摩。

她身體輕顫，與情欲無關，實在是因為不習慣別人碰她，她連乘地鐵都跑到最前面的車廂，那裡人少，不會與人有身體接觸。

只是拓跋元衡似乎誤會了，他以為她的輕顫是因為他的愛撫。

漾小說 43

北宋生活顧問 4

國家圖書館出版品預行編目資料

北宋生活顧問 / 阿昧 著. -- 初版. -- 臺北市 :
麥田, 城邦文化出版 : 家庭傳媒城邦分公司發行,
2012.03
面；公分. --（漾小說；43）
ISBN 978-986-173-746-1（第4冊：平裝）

857.7　　100028249

作　　者　阿昧
繪　　圖　游素蘭
責任編輯　施雅棠
副總編輯　林秀梅
編輯總監　劉麗真
總 經 理　陳逸瑛
發 行 人　涂玉雲
出　　版　麥田出版
城邦文化事業股份有限公司
104台北市中山區民生東路二段141號5樓
電話：（886）2-25007696　傳真：（886）2-25001966
發　　行　英屬蓋曼群島商家庭傳媒股份有限公司城邦分公司
104台北市中山區民生東路二段141號2樓
客服服務專線：（886）2-25007718；25007719
24小時傳真專線：（886）2-25001990；25001991
服務時間：週一至週五上午09:00~12:00；下午13:00~17:00
劃撥帳號：19863813；戶名：書虫股份有限公司
讀者服務信箱：service@readingclub.com.tw
麥田部落格　http://blog.pixnet.net/ryefield
香港發行所　城邦（香港）出版集團有限公司
香港灣仔駱克道193號東超商業中心1樓
電話：852-25086231　傳真：852-25789337
E-mail：hkcite@biznetvigator.com
馬新發行所　城邦（馬新）出版集團【Cite(M) Sdn. Bhd.(458372U)】
11,Jalan 30D/146, Desa Tasik, Sungai Besi, 57000 Kuala Lumpur, Malaysia.
電話：（60）3-90563833 傳真：（60）3-90562833
美術設計　洸譜創意設計股份有限公司
印　　刷　鴻霖印刷傳媒股份有限公司
初版一刷　2012年 03月08日
定　　價　250元
I S B N　978-986-173-746-1